王瑶全集

卷八

润华集
王瑶书信选
王瑶年谱
王瑶著译年表
王瑶著作目录

王瑶 著

河北出版传媒集团
河北教育出版社

编 辑 说 明

本卷收《润华集》《王瑶书信选》《王瑶年谱》《王瑶著译年表》《王瑶著作目录》。

《润华集》为王瑶先生生前亲自编定，收入本集时，对选文略有增删：《日译本〈现代中国文学讲义〉序》一文因收入本全集第3卷，不再编入；另增添《自我介绍》一文。

《王瑶书信选》系本编辑小组从广泛征集的书信中选编而成，共收致40位收信人100封书信。均按手稿或手稿复印件排印，按写作日期顺序编号，年月日均以两位数标示。日期不明者，编在最后。

《王瑶年谱》《王瑶著译年表》《王瑶著作目录》，由本编辑小组在杜琇编《王瑶年谱》、王超冰编《王瑶著译目录》（均载1990年《新文学史料》第3期）基础上，详加审订，补充而成。

1991年9月25日

目　录

润华集

中国现代文学研究的现状和前景
　　——在"现代文学研究创新座谈会"上的讲话 …………3
还是谨严一些好
　　——读文随感 ……………………………………………7
文学史著作应该后来居上
　　——在《上海文论》主持的"重写文学史"座谈会上的发言 ………12
研究问题要有历史感
　　——在《文艺报》座谈会上的发言 ……………………15
"鲁迅研究"教学的回顾和瞻望
　　——在"鲁迅研究教学研讨会"上的发言 ……………20
关于中国文学史的名称问题 …………………………………26
"本事"和"索隐" ……………………………………………30
"五四"揭开了中国文学史的新页 …………………………35
"五四"精神漫笔 ……………………………………………41
希望看到这样一本书
　　——为北京大学九十周年校庆作 ………………………49
贯彻"双百"方针二愿 ………………………………………55
谈重读 …………………………………………………………58

由衷的喜悦
　　——贺《中国大百科全书·中国文学卷》出版 …………… 61
蹒跚十年 ……………………………………………………… 64
像鲁迅那样对待文艺工作 …………………………………… 66
在日本仙台日本东北大学学术座谈会上的发言 …………… 72
关于朱自清先生 ……………………………………………… 80
我的欣慰和期待
　　——在清华大学纪念朱自清先生逝世四十周年、诞生九十周年
　　　座谈会上的发言 ……………………………………… 83
三晋河山的颂歌
　　——《现代咏晋诗词选》序 …………………………… 88
坚韧执着的人格力量
　　——严昭《严慰冰传》序 ……………………………… 94
国庆抒情 ……………………………………………………… 99
自我介绍 ……………………………………………………… 103
真实写出历史全貌
　　——钱理群、吴福辉、温儒敏、王超冰著《中国现代文学
　　　三十年》序 …………………………………………… 104
对"五四"新文学的文化反思
　　——《在东西古今的碰撞中》序 ……………………… 108
用世界的眼光看待文学成就
　　——《中外文学系年要览》序 ………………………… 114
一本简明适用的中国现代作家作品选本
　　——《中国现代作家作品选》序 ……………………… 117
日本学者研究中国文学的成果
　　——相浦杲著《日本人心目中的中国文学》序 ……… 120

勾画出了中国少数民族对现代文学的建树
　　——《中国少数民族现代文学》序……………………124
选择学术方向应顾及自己的个性
　　——乐黛云著《比较文学与中国现代文学》序………128
中国现代女作家的文学道路
　　——阎纯德、白淑荣等编著《中国现代女作家》序……132
新诗流派溯源的研究
　　——孙玉石著《中国初期象征派诗歌研究》序…………136
讽刺艺术的历史考察
　　——吴福辉著《戴上枷锁的笑》序………………………140
地域文化张力的探索
　　——任伟光著《现代闽籍作家散论》序…………………144
鲁迅研究的一个中心问题
　　——《鲁迅与中外文化》序………………………………149
鲁迅生平史实研究的新收获
　　——蒙树宏著《鲁迅年谱稿》序…………………………153
用鲁迅精神研究鲁迅
　　——吴小美《虚室集》序…………………………………157
郭沫若文学道路的深入考察
　　——黄侯兴著《郭沫若的文学道路》序…………………162
郁达夫生平的发展线索
　　——温儒敏作《郁达夫年谱》序…………………………167
沙汀艺术成就的新探索
　　——黄曼君《论沙汀的现实主义创作》序………………171
建国初期的文艺运动（1949年10月—1952年5月）……176
后记……………………………………………………………251

王瑶书信选

一九四八年至一九八九年 ·················257
19480808	致季镇淮 ·············	257
19510508	致叔度 ···············	257
19520826	致杜琇 ···············	259
19570707	致杜琇 ···············	260
19601207	致杜琇 ···············	262
19601212	致杜琇 ···············	263
19640818	致杜琇 ···············	264
19661123	致杜琇 ···············	265
19681013	致杜琇 ···············	266
19681021	致杜琇 ···············	267
19691101	致杜琇 ···············	269
19730115	致林辰 ···············	271
19730617	致林辰 ···············	272
19750815	致杜琇、王超冰 ·······	272
19751229	致陆耀东 ·············	274
19760514	致王德厚 ·············	276
19761015	致杜琇 ···············	277
19761020	致杜琇 ···············	279
19761023	致杜琇 ···············	280
19761027	致杜琇 ···············	281
19761120	致陈鸣树 ·············	282
19761222	致陈鸣树 ·············	283
19770208	致任伟光 ·············	285
19770701	致王德厚 ·············	286

19780401	致陈子善	286
19780720	致王德厚	287
19790525	致杨义	288
19790525	致王德厚	289
19790623	致任伟光	290
19790823	致王德厚	291
19790831	致王德厚	292
19790901	致王德厚	293
19800120	致陈鸣树	294
19800123	致张挺	295
19800204	致王德厚	296
19800317	致王德厚	297
19800426	致王德厚	297
19800512	致石汝祥	298
19800512	致王德厚	300
19800702	致王德厚	300
19801208	致石汝祥	302
19810107	致钱鸿瑛	303
19810120	致石汝祥	305
19810210	致石汝祥	306
19810512	致石汝祥	308
19810613	致单演义	309
19810706	致石汝祥	310
19811110	致石汝祥	310
19811112	致丁尔纲	311
19811114	致任伟光	312

19811205	致任伟光	313
19820106	致陆耀东	314
19820106	致陈山	315
19820224	致陆耀东	316
19820407	致钱鸿瑛	318
19821013	致石汝祥	320
19821022	致杜琇	321
19830103	致钱鸿瑛	322
19830126	致任伟光	324
19830307	致石汝祥	325
19830309	致钱鸿瑛	326
19830330	致刘泰隆	327
19830409	致钱鸿瑛	328
19830616	致钱鸿瑛	330
19830810	致钱鸿瑛	331
19830906	致杜琇	332
19830911	致杜琇	333
19840703	致张挺	334
19840801	致钱鸿瑛	335
19850120	致董大中	337
19850329	致钱鸿瑛	337
19850501	致张挺	339
19850507	致刘正强	340
19860412	致钱鸿瑛	340
19870513	致秦川	342
19870514	致马识途	342

19870708	致陈则光	343
19870708	致钱谷融	344
19871030	致潘旭澜	344
19871110	致卓如	345
19871128	致陆耀东	345
19880615	致方铭	346
19880617	致朱栋霖	347
19881019	致王德厚	347
19881121	致樊骏	348
19881205	致蒙树宏	349
19890308	致杨义	350
19890408	致阎愈新	350
19890409	致李思乐	351
19890416	致卓如	351
19890517	致王晓明	352
19890602	致孙庆升	353
19890710	致台湾长安出版社	353
19891011	致蒙树宏	354
19891012	致王元化	355
19891023	致王元化	356
	致家斤	357
	致邓牛顿	357
	致许怀中	358
	致许怀中	359

王瑶年谱 363

王瑶著译年表 …………………………………………403

王瑶著作目录 …………………………………………459

再版说明 ………………………………………………473

润 华 集

中国现代文学研究的现状和前景

——在"现代文学研究创新座谈会"上的讲话

1984年9月在哈尔滨举行的中国现代文学研究会理事会上，我们决定召开一次以青年研究工作者为主的现代文学研究创新座谈会，当时是从两方面考虑的：一是现代文学研究这一学科本身的发展需要，一是现代文学研究队伍建设的需要。

我们这个学科是一门比较年轻的学科，但也已有了几十年的发展历史。概括地说来，在建国以前，一些先驱者的研究，为学科的形成与发展奠定了基础；在五十年代初，现代文学开始成为独立的学科，并已初具规模；从五十年代中期开始，一直到"十年内乱"，现代文学研究走着一条曲折发展的道路。1978年党的十一届三中全会以后，现代文学研究工作开始全面复苏。最初几年，主要是进行"拨乱反正"的工作，在理论上澄清了现代文学的根本性质问题。同时大力恢复实事求是的科学学风，对一大批作家作品进行了"再评价"——这些工作实际上具有某种"平反"性质，因此，其中掺杂着一些强烈的感情因素是可以理解的。直到近年，才开始转入日常的学术建设。无论是资料的搜集、整理，还是研究格局的开拓，研究方法的改进，都取得了很大的进展。可以看出，我们的研究工作越来越具有"世界的眼光"，"历史感"日益加强，更加重视文学本身的规律和特点，显示了扎实、稳步前进的趋势，这是与"面向世界，面向未来，面向现代化"的时代精神相一致的。但与此同时，我们也强烈地感到，学科的现状与全国全面改革的形势仍然不相应。我们现在正面临着社会生活的巨大变革，文学的巨大变革，现代科学的发展以及由此引起的思维方式、研究方法的变革，这些都要求我们的研究工作要有重大的突破和创新。在这样的时刻，特别需要有更多的如鲁迅所说的敢于打破传统观念与方法的"文学闯将"，这是时代的要求。邓小平同志在《解放思想，实事求是，团结一致向前看》一文中说："干革命，搞建设，都要有一批勇于思考，勇于创新的闯将。"又说："在人民群众中，肯动脑筋，肯想问题的愈多，对我们的事业就愈有利。"对于现代文学研究这门学科来说，这种创新的必要性与迫切性更为显著，它远远超越了学科本身的范围。现代文学是从"五四"文学革命开始的，而文学革命的精神扼要地讲来，就是要求用现代人的语言（白话文）表现现代人的思想和愿望（民主、科学、社会主义），实际上它就是要求中国实现现代化的思想情绪在文学上的反映。我们要求学习外国进步文化，发扬民族优良传统，建立新文化和新文学，都是从促进中国现代化着眼的。在几十年的历史实践中，我们有成功的经验，也有可以引以为戒的教训，总结这些经验对今天有很大的现实意义。我们今天面临的仍然是类似性质的重大问题，不过是在新的现实面前属于更高层次的问题罢了。因此研究这段历史的意义已超越了文学本身的范围，正如我们把高尔基的《母亲》作为社会主义文学的开端那样，说明社会意识形态虽然决定于经济基础，但并不是始终同步的。中国人民对现代化的强烈要求从"五四"已经开始，而现代文学史就反映了对这种要求的追求和实践的足迹。

其次，我们现在实行对外开放，与世界各国进行文化交流，我们就必须把中国文学放在世界的范围去考察；而且既然是交流，就要求彼此都有正确的了解，我们要研究外国的东西，也希望别人正确地理解我们的文化和文学，我们有责任把中国的东西科学地实事求是地传播到世界。我们常说打开窗口，意思是说面向世界、学习一切对我们有用的东西；但窗口也是可以从外面向里看的，我们必须对中国的文化和文学进行系统的科学研究，帮助别人正确地理解我们。许多外国友人看中国文学作品，正是企图由此来获得对中国人民和社会生活的具体形象的认识的。再次，我们要繁荣和发展我们的文学事业，对于"五四"以来的文学道路也有一个继承问题。粉碎"四人帮"以后，我们提出的第一个口号就是"恢复和继承五四革命现实主义传统"。继承与革新并不是对立的，对于优秀的历史传统，我们只能采取一要继承，二要发展的态度，因此深入研究"五四"以来的现代文学发展过程是十分重要的。正因为如此，我们才感到"创新"的重要性和迫切性。可喜的是近年来我们已经涌现出了许多有才华的青年研究工作者，他们思想活跃，富有时代敏感，勇于接受新鲜事物和打破旧的框框。因此充分发挥他们的优点和潜力，帮助他们尽快地成熟起来，对于这门学科的建设是至关重要的。现代文学的研究队伍和我们的学科一样，也是相对年轻的。当然，就年龄构成来说，也仍然可以分为老、中、青三种人。由于经历、素养等方面的差别，这三种人是各有其长处和不可避免的历史局限性的。在研究工作中，应该充分发挥各自不同的优势和避免自己的弱点，在学科建设方面发挥不同的作用。这些年来，我们研究队伍中这三种人总的说来是比较团结、协调得比较好的，这也是我们研究工作进展比较迅速的一个原因。我们应该珍惜这种团结、协调的局面。与此同时，青年研究工作者的迅速成长，是一个更加引人注目的趋向。今天在座的诸位，就是青年研究工作者的一部分优秀代表。这就说明，我们研究队伍的后备力量是十分充足的。现在召开这个创新座谈会，就是希望更充分地发挥青年研究工作者的作用，能够引起更多的人对培养青年研究工作者的重视。鲁迅在1919年就描绘过一条的"进化的路"，希望青年做超过老年人的"新人"，而且说这是一条"正当广阔的路"[1]。我相信我们的队伍是会这样发展下去的。

正因为"创新"和青年研究工作者使命的重要性，我们在筹备过程中得到了中国作家协会、现代文学馆和社会科学院文学研究所的协助和合作，使这次会议能够顺利召开，我在此表示感谢。我们请了鲍昌同志、刘再复同志和乐黛云同志给大家作报告，又在现代文学馆开会，这对于大家开拓思路，扩大视野，掌握时代精神，高瞻远瞩地看问题，以及对于研究工作和资料整理的现状的了解，相信是有帮助的；但更重要的仍然在于大家的发言和讨论。最后，我希望大家都用实际行动，支持我们的专业刊物《中国现代文学研究丛刊》，共同把它办好。我在此敬祝会议成功，祝大家在研究工作中多出成果，祝我们这一学科得到新的发展。

原载《中国现代文学研究丛刊》1985年第4期

* * *

〔1〕鲁迅：《热风·随感录四十九》。

还是谨严一些好

——读文随感

无论是文学批评或文学理论的文章，尽管它分析或阐发的对象是具体作品或艺术特征，但既已形成了论文，就都应该属于社会科学的范围。既然是科学，则不论内容如何新颖，见解如何独到，在表述或论证时总应该要求论点鲜明，论据准确，文字清晰可读，不至出现纰漏或引起误解。这大概不能算是苛求吧。但在某些文章中，对这些基本要求却常常有不尽完善的地方。

譬如在论述中国文学应当走向世界文章中，不止一位作者引用了《共产党宣言》中的下面一段话："由于开拓了世界市场，使一切国家的生产和消费都成为世界性的了。……物质的生产是如此，精神的生产也是如此。各民族的精神产品成了公共的财产。民族的片面性和局限性日益成为不可能，于是由许多种民族的和地方的文学形成了一种世界的文学。"其实这里的"文学"一词并非指文艺作品，中译本下面已附有注解："这句话中的'文学'（Literatur）一词是指科学、艺术、哲学，等等方面的书面著作。"就是说它指的是包括文艺理论在内的科学著作。至于具体的文艺作品，则马克思主义经典作家不仅在论述许多不同国籍的作家中都分析了它们的环境、语言与时代的特色，而且在《德意志意识形态》中还对德国人的"虚假的普遍主义和世界主义"给以严厉的批判,指出他们"把这个虚无缥缈的王国、'人的本质'的王国同其他民族对立起来,宣布这个王国是全世界历史的完成和目的","是以多么狭隘的民族世界观为基础的"。中国文学当然应该走向世界,在彼此互相借鉴和交流中提高自己的艺术质量,并以富有民族特色的优秀作品丰富人类艺术的宝库,但不仅人民的生活与心理状态有自己的民族特点,而且文学是语言的艺术,而语言又是同本民族的思维方式和感情表达方式分不开的,不能设想文学的走向世界可以同"虚假的普遍主义和世界主义"等同起来。如果这样的理解不算错误,那么引用《共产党宣言》中的那段话,就很难成为引用者自己论点的支柱了。

关于论据的采用也有很难成立之处。前些日子某些文章企图为周作人附逆平反的论据,就是明显的例子。有的人竟然说什么"由人民出版社出版的《毛泽东著作选读》一书在注释中,关于现代著名作家周作人的提法出现了引人注目的变化:不再提及他曾在抗战时期出任伪职之事"。一查新版《毛泽东著作选读》,这条注释是关于周作人、张资平两个人的,注文分别注明了两人的生卒年月、籍贯、简历,然后综述一句:"周作人、张资平于一九三八年和一九三九年先后在北平、上海依附侵略中国的日本占领者。"援引者连这条注文也没有看完,就匆忙地引为重要论据了。这类荒唐的例子当然是个别的,但作为重要论据而值得推敲或怀疑的地方,在某些文章中却是颇不鲜见的。

一些文章中用了许多不常见的难懂的新词语,读来有生涩阻滞之感,已颇为人们所诟病。当然,在广泛介绍外来的学术论点或表达作者自己的创见时,旧的词汇不能准确说明，运用一些新词是无可非议的；而且这种运用是否得当与他所持的论点是否正确，也并不是一回事，不能简单地对之持否定的态度。但运用时第一必须含义明确，第二必须如鲁迅所说，避免用那些"只有自己懂得或连自己也不懂的生造出来的字句"。现在有些新词确实使读者有似懂非懂之感，含义不太明确不能不说是一个原因。即如近来使用频率很高的"文化积淀"一词，从字面看来似乎是指传统文化总体，如果这种理解不错，那么照鲁迅"拿来主义"的提法，就可以对之采取"或使用，或存放，或毁灭"的态度；但在另一篇文章或同篇文章的另一处，作者又似乎用来专指类似精神胜利法等完全消极落后的糟粕，那岂不是就只能对之采取"毁灭"的态度了？这也许只是误解，但这类含义不太明确的词汇运用过多，是会影响读者的理解程度的。一位七八十岁的老教授曾半开玩笑地对我说："现在的文学理论文章里面充满了什么'模糊性、共时性''失落感、孤独感''忧患意识、超前意识'之类的词汇，很难读下去，大概像我们这样年龄的人的'性''感'意识的确'失落'了，只好不读。"当然，并不能说这些词不可以用，"性"是指事物的质的规定属性的，"感"是指人的具体感受的，"意识"是与存在相对立的思想领域的自觉活动，其本身并不玄虚缥缈；但如果作者赋之以不很明确的、只可意会的含义，又集中使用过多，那是只会使文章艰涩难读的。如果也学着用某些新词来说明的话，就是"过于陌生化是会影响接受主体的量的构成"的。

近年来宏观研究之风颇盛，作者观察问题时站得高，视野广，致力于全局的总体把握，这是时代的要求，是值得赞许的好现象。特别是针对某些如鲁迅讥为研究"邻猫生子"的钻牛角尖的文章，这种创新的努力尤为可贵。但宏观必须有准确的依据，总体把握常常要用一些高度概括的判断，如果根据不足，概括有误，是会影响主要论点的说服力的。有些论点之所以使人读后产生"似是而非"又"似非而是"的感觉，就因为它所申述的观点虽不无所见，但所论问题的范围很大，而作者的概括和论据却是有漏洞的。譬如主张对外开放和文化交流，这本来是正确的论旨，但论者却用力抨击中国几千年来在闭关政策下所产生的封闭体系的文化，这就值得商榷了。因为中国并不是从来就采取闭关政策的，不要远溯玄奘赴西域和"万国衣冠拜冕旒"的唐代了，郑和奉命七下西洋是明代的事情，而由政府明令限制对外贸易和禁止教士传教等所谓闭关政策是从清代康熙时开始的，怎么能说从来就是封闭的呢！又如有的人断言中国文学一向缺乏主体意识，也是很难自圆其说的。中国文学史中最丰富繁盛的作品就是抒情诗，而抒情诗的主体就是诗人自己。难道"帝高阳之苗裔兮"不是指屈原，见到"床前明月光"而"低头思故乡"的不是李白自己？也许可以论证他们的主体意识与立论者所提倡的受过个性主义洗礼的近代主体意识有所不同，但决不能用缺乏主体意识来概括中国文学史。又如有的文章综论20世纪的世界文学思潮，笔触遍及世界诸大洲的众多国家，但并无只字涉及社会主义，就不能不说是重大的遗漏，而且是一定会影响到作者的总的概括和论断的。因为不论作者如何分析和评价，文学思潮和社会主义直接发生联系确实是20世纪世界文学的重要现象和新的思潮，它并不是处于萌芽状态的无足轻重的现象，而是在好些国家居于领导地位、影响遍及全球的重大现象。"视而不见"不是一般的疏漏，是与作者的论题范围直接相关的。类似上述诸例对于这些立论者的主要论点来说，似乎都是小疵，但它并非无关大局。因为大而空的文章是不能说明问题，也不会有很强的说服力的，可见即使从宏观着眼，也是既不能脱离客观事实，也不能和微观对立起来，排斥细致深入的研究的。

前人治学，有义理、考据、辞章之分，各派着重点不同，各有其优点和成就。如果我们取其所长而综合运用之，则大体上与我们所提倡的鲜明、准确、生动是有其一脉相通之处的；因为这也是规律。再用通俗一点的话说，文章要有说服力，必须摆事实、讲道理。这就必然要求论点鲜明，论据准确，论证过程严密，文字清晰可读，这里并没有谈到论点的是非或正确与谬误的问题，那是要通过百家争鸣来求得解决的，但成为争鸣中的作家的前提条件，就是"言之成理、持之有故"，如果所言之理或所持之故本身就发生了问题，甚至有不能自圆其说之嫌，是一定会影响论者在争鸣中的位置的。我们应该牢记一句老实话，文学研究是科学，因此还是谨严一些好。

原载《红旗》1987年第20期

文学史著作应该后来居上

——在《上海文论》主持的"重写文学史"座谈会上的发言

　　文学史是一门科学，它和文学创作有着明显的不同。比如说，鲁迅写过一部小说《阿Q正传》，这是文学创作。我们后人也可以搞创作，可以在质量上和水平上争取超过鲁迅，但却不能也去写一部《阿Q正传》。而文学史就不一样了。鲁迅写过一本《中国小说史略》，别的人还可以再写中国小说史，甚至你的书仍叫这个名字也无不可，因为中国小说史并不是鲁迅的专利。从道理上来说，后人总该比前人高明。鲁迅在写小说史时还没有看见过三言二拍，很多其他资料当时也没有看见过，而今天我们都看到了。所以，我们的小说史应该超过鲁迅的小说史——至于我们没有超过他，那只能怪我们水平低，没出息了。文学史既然是一门科学，它就得不断发展，而且理应后来居上。如果一门学科总是老样子，那只能说明我们的研究工作是停滞了，所以大家都希望重写文学史，写得比过去更好，这是理所当然的，应该这样。

　　过去的文学史，不管是谁写的吧，如果打个比方——我在我的《中国新文学史稿》后记中就这样说过——就好像是唐人选唐诗。后人选的唐诗远远超过了唐朝人，但唐朝人有唐朝人的选法。在唐人的唐诗选本中，有的连杜甫都不选，简直不可思议。但当时确实就是存在着那么一种观点,一种看法。至于这种看法对不对,我们可以也应该探讨、研究。我们的文学史作为一个学科也是如此。现在许多同志觉得需要以新的观点、从新的高度来重新研究这个问题,当然是一件好事,应该说,这是时代的需要。

但是,不管谁来写文学史,要求写出来就成为一致公认的定本,我觉得很难。现在大家在价值观念上也不尽相同。我觉得,只要在文学史的某一方面有所突破,有新的认识,有自己的特点,这就是好的。可以大家都来写,写出各种不同的文学史,每个人都谈他自己的观点和评价,不要被以前框框所拘束,这样我们就可以把文学史这个学科推向新的高度。

文学作品不可能随着时代的发展而任意改动,但文学史学科却总要发展,要突破过去,要后来居上。每个时代的文学史都应该达到自己时代的高度。我们正处在一个重新思考的时代,已经到了重新审视我们走过的道路,重新来研究文学史学科如何发展的时候了。所以我觉得,《上海文论》的同志们提出了"重写文学史"这一命题并在刊物上开辟专栏,是很有意义的。

重写文学史,现在大家都觉得有这种需要,但还没有、也不可能很快就写出来。当前的问题是,我们需要认真地探讨一下,应该怎样才能写好,这种探讨是很必要的。同时,我也提出一点希望,就是不要认为我们讨论出的结论就是唯一正确的,我们将写出的这一本就是最好的,大家都照这个路数来。在这方面过去我们是有不少教训的,也吃了不少亏。那时候似乎总要搞一本最好的文学史,要一致公认,颇有点"钦定"味道。这种做法是不可取的。现在要重写文学史,我看就要真正做到百花齐放,百家争鸣。这些人愿意以这种框架、这种观点来写,可以;那些人愿意以那种观点、那种框架来写,也可以。不要认为过去的不好,我们的这本就最好,这种办法恐怕不行。还是大家都来写文学史,都来接受历史的不断检验。通过历史的检验,优秀的文学史总会出现的。

原载《上海文论》1989年第1期

研究问题要有历史感

——在《文艺报》座谈会上的发言

从《文艺报》所整理的"情况摘编"看，我们中国现代文学研究会的刊物《中国现代文学研究丛刊》，《文艺报》的同志都下功夫看了，我很高兴，这对于我们改进工作会有很大帮助。这个刊物的文章我自己看得比较少，都是别的同志具体负责编辑的。

现代文学研究作为一门学科，是很年轻的；因为严格地讲，它是解放以后才开始的。解放以前虽然也有过一些文章，但是并没有人把它当作一门学科来研究。那时大学里根本没有开设现代文学史这门课程。中文系的必修课仍然是从文字训诂入门，越古越好。那时搞现代文学的人是受歧视的。朱自清先生开始在清华大学教现代文学的课程，教了两年也教不下去了。当时的社会风气就是这样。

全国解放了，在民主革命胜利的高潮中，大学生们很兴奋，由于对旧的一套教学内容不满意，要求改革的呼声很高。1950年，教育部开始课程改革，就规定了要把"五四"以来的现代文学史作为必修课。1953年，教育部召开第一次现代文学史教学大纲讨论会时，全国只有十几个教员参加。现在我们从事中国现代文学教学和研究的，全国已有三千多人。从这个队伍的成长过程看，这门学科确实有了很大的发展。大家努力用历史唯物主义的观点来研究现代文学发展的历史。当然在它的发展过程中，由于受到各种政治运动的影响，不可避免地也经历了它自己的曲折坎坷的道路。例如就所评述的作家来说，1955年因为"胡风集团"事件而去掉了一批。1957年又因为反右去掉了一大批。到了"文化大革命"，就只剩下鲁迅一人了。

三中全会以后，大家解放思想，开始以新的眼光，从总结历史经验的角度进行现代文学的研究。应该说，无论从选题的广度或研究的深度看，这几年都取得了很大的成就，达到了新的水平，成绩是十分显著的。但为了更好地推动这门学科的发展，我们也不能不注意目前存在的问题。就作家作品的研究来说，目前的情况是两头大，中间小。一头是研究大作家的比较多。这是因为要按照教学计划给学生讲课，就必须讲鲁迅、茅盾、郭沫若等大作家，所以，1979年开第一次全国文学研究规划会议时，各高等学校报来的题目多是鲁迅、郭沫若、茅盾、巴金、曹禺、老舍等作家，而且多是讲稿。另一头是过去为人所忽视的一些作家，如沈从文、徐志摩等。《中国现代文学研究丛刊》收到的文章有许多也是这一类的题目。把现代文学作为历史现象进行深入的综合研究的文章，学术水平比较高的文章，也有一些，但是比较少。

就从事现代文学研究和教学的这支队伍看，绝大多数都是高等学校的教师，骨干力量都是四五十岁的中年人。因为现代文学这门课一向被认为是政治性很强的课程，所以教员也多半是"双肩挑"干部。他们既是政治干部，又是专业教师。他们都是历次政治运动的领导者或积极参加者，埋头走所谓"白专"道路的人极少。他们身上有许多优点，有一定的马列主义修养,有政治敏感,接受新事物比较快;但由于历史原因,知识面比较窄,业务基础尚欠深广,外语和古代文化知识较差。当然,这是就一般情况说的,而且只是个人的印象,并不准确。这些年来有些人十分勤奋和努力,已经出现了一些成熟的、有显著成就的人,许多是四五十岁的副教授,是这支队伍的骨干力量。由于受到十年内乱的影响,高等学校里讲师、助教一级青年教师的业务基础,一般更需积极加强。就现代文学研究这个领域来说,许多文章的一个比较普遍的现象是缺乏历史感,不能把所论述的作家或问题与当时的时代条件紧密联系起来。比如对沈从文的评价,这个作家没有得到我们应有的重视,确实与"左"的影响有关系,是我们研究工作中的缺点,但造成这种现象也有它的历史原因,而且作家自己也不是完全没有责任的。我们要纠正过去的缺点,但是也不能认为过去的评价全部都是错误的;这需要具体分析,而且必须置于一定的历史范围内加以考察。

我们不能低估一些国外学者的观点对我们的影响,现在有些人实际上是受了他们的影响的。由于社会条件不同等复杂的原因,国外学者的观点在许多方面都和我们有较大的差异,这就需要我们研究和分析,不能笼统地去对待。就目前的研究情况来看,虽然主流是健康的,但也有一些"左"的或"右"的偏差。外国人的某些价值观念,包括对作家、作品的评价以及一些文学观念,对我们是有影响的。过去"左"的框框的影响还存在着,在教学中也不少,但是也存在着另一种思潮。最近一期的《文学评论》上有一篇文章,认为现代文学的历史证明,作家离政治远一点,他的创作成就反而大一些。《中国现代文学研究丛刊》上也发表过持类似观点的文章。还有一些关于作家评论的文章，都使人感到多少受了一些国外学者的影响。

我们是赞成思想文化交流的，也赞成学习外来的有用的东西，但必须采取"拿来主义"的分析态度，而且既然是交流，为什么我们不能用我们的观点去影响别人呢？这当然有困难，因为他们有自己的政治观点和思想偏见的问题，但是如果我们相信自己的观点是符合客观实际的，是科学的，而一个严肃的学者是会尊重事实和真理的，那就有可能对别人发生影响。我们讲三十年代的左翼文艺运动，那时我们什么宣传工具也不掌握，但是我们成长壮大了。为什么我们现在就不能做到这一点？对于国外一些人所写的现代文学史或小说史中的一些明显错误，我们必须坚持原则。

最后，谈一点关于现代文学的范围问题。史学界有些同志认为从鸦片战争到中华人民共和国成立都应该属于近代史，而把建国以后的历史归于现代史，这和文学史的习惯方法有所不同。文学研究工作者也有人主张现代文学与当代文学不应分开。总之，对于历史分期的界限，学术界是有一些不同看法的。我不打算在这里细谈这个问题，我觉得就文学史而言，目前流行的近代、现代、当代的分期界限是可行的；当然随着时间的推移，将来还会有变化，但目前这样的划分还是比较适当的。问题在于研究现代文学史的人不能眼中只有"五四"以后的三十年，既不关心"五四"以前的事情，也不关心今天的创作。历史的长河是连绵不断的，任何现象都是一定历史阶段的产物，都有它的来龙去脉、继往开来的历史延续性。因此必须扩大眼界，注意现代文学的历史渊源和它对今天可能发生的现实意义。这样才可以避免就事论事的毛病。

原载《文艺报》1983年第8期

"鲁迅研究"教学的回顾和瞻望

——在"鲁迅研究教学研讨会"上的发言

参加这次会议，我有几点想法。

我们经历了"文化大革命"，经过了对鲁迅伟大人格的体验过程，对鲁迅的认识更深刻了。关于鲁迅的人格，我只举一个例子。近年来，我们编了许多人的文集、全集，但能把所有文章都收进去的，只有鲁迅；只有鲁迅的文章每一篇都可以拿出来见人，经得起历史的考验。鲁迅说过，许多反动思想都可以以新的面貌出现，现在我们知道，它甚至可以披上马克思主义的外衣出现，可见学习鲁迅是非常必要的。

我在这次会上最没有发言权。因为从教员方面说，教师的讲授应该反映出学术界对这门学科所达到的水平。我不教"鲁迅研究"课已有二十五年了，完全没有新的经验和体会。今天有关鲁迅研究的文章，仅从1981年到1986年就有七千多篇，专著三百多部，我教课的那个时代就没有达到这样高的水平。大家注意的问题也很不相同，比如国民性问题，现在是人们讨论的热点，那时却根本不能讲，只好回避。听课的学生也大不相同了，钱理群同志反映的现在学生们的那些想法，如"寂寞感"之类，那时根本没有，当时学生提的最普遍的一个问题是：鲁迅为什么不入党？当时就是这样的年轻人，这样的思想，他们认为，既然鲁迅思想那样先进，理所当然是应该申请入党的。可见从教员和学生两方面说，都同今天有很大的不同；它说明时代确实前进了，所以我感到自己没有发言权。

　　解放以前大学里没有这门课，也没有现代文学史，只有个别人作过一些讲座，写过一些讲义，短时期的；如杨振声先生、朱自清先生。解放以后，民主革命胜利了，大家对旧的课程不满足，要求改革，增加新的课程。以前北京大学中文系标榜所谓"余杭章氏之学"，入学后先修文字声韵之学，即从小学入手。小学是为了通经的，所以中国文学史也讲到唐朝就差不多了，元明清可以不讲，更何况"五四"以后。1951年教育部颁布了改革方案，现代文学史是必修课。那时候李何林先生从解放区来，在教育部工作，教育部指定一个小组搞教学大纲，召集人是老舍先生，还有李何林先生和我参加。那时因为我最年轻就推我起草，其中鲁迅占的分量很少。1953年院系调整完成了，加强了领导，周扬同志出面召集了一个起草现代文学史统一教学大纲的会议，要各学校的教师来参加；当时很多学校开不出这门课程，才来了十八个人。领导上参照苏联的《苏维埃文学史教学大纲》比照着起草，人家开头是《苏维埃文学的发展道路》，然后是伟大的苏联作家，有高尔基、马雅可夫斯基、法捷耶夫等十个人；我们就如法炮制，开头是《中国新文学前进的道路》，然后就是鲁迅、郭沫若、茅盾，也搞了十个人。在这里面，鲁迅所占的比例是最多的，但并不是一门课。当时把教学大纲比作宪法，是必须执行的。1955年全面修订教学计划，北京大学改成五年制，学莫斯科大学。五年级的"文学专门化"设了两门课，其中就有"鲁迅研究"，这就开始有了作为专题课程的鲁迅研究。最早开设这门课的是山东大学，当时山大的校长是华岗,他曾写过一本《鲁迅思想的逻辑发展》。上海华东师大由许杰先生讲,南开大学由李何林先生开了这门课。北大让我开,因为我的教学任务已经很重,没有开。高校院系调整以后,北大、清华、燕京三校中文系合并,都要补开"现代文学史"这门课,光这门课就够我应付的了。后来乐黛云同志教"现代文学史"的课,我才开始讲鲁迅研究。

我的办法完全是李何林先生的办法。李先生是个很好的人,性情耿直。他在教育部的时候,不想当干部,非常之想教书,南开大学请不到人,他就答应去南开,教育部不放他,李先生就找我商量,叫我先去顶替,我就每星期去南开教一次书,然后再回北京,顶替了一年,我教鲁迅研究时,他已讲好几年了,我请教他,他对我说,讲鲁迅研究,第一是要注意难点,第二是要注意重点。他认为难点有四个:一个是五篇文言论文,一个是旧诗,一个是《野草》,一个是《故事新编》。他认为学生看不懂,应该帮助他们念通,一句一句讲可以,一篇一篇讲也可以。重点就是小说和杂文,那时候鲁迅研究课必须面面俱到,样样都要有一点,教学大纲有要求,我是一本书一本书讲的。这和现在的要求不同,现在鲁迅研究是一门选修课,没有统一的规定。在理论上讲是可以在一个学校同时由两位教师开两门鲁迅研究课的。光一本《野草》也可以开一门课,是百家争鸣,鼓励竞争。现在钱理群同志在北大讲的鲁迅研究课非常好,很受学生欢迎,这在今天是符合选修课的要求的。

我有这样一个想法,教学工作与科研工作是有区别的。写一篇文章,写一部书,最忌讳的是人云亦云,内容有点错误不要紧,但完全说人家说过的话,四平八稳,是很不好的。但是教学不能忌讳人云亦云,我们要在讲课中反映出学术界关于这门学科所达到的水平,把它系统化、条理化地传授给学生,这就是教师的职责。要求每堂课都有教师自己的新见解,是不大可能的。

鲁迅研究课涉及三个方面:学生、教师、鲁迅著作。我们要把这三个方面沟通起来,就应该把符合不符合鲁迅著作作为研究和教学的主要原则。教员当然可以发挥他自己的见解和心得,但他立论的根据必须符合鲁迅的原著。同学们是八十年代的青年,当然会带着今天的观点看鲁迅,但最大的制约还是鲁迅著作本身。主体必然要受客体的制约。"横看成岭侧成峰,远近高低各不同。不识庐山真面目,只缘身在此山中",庐山是个客观存在,从这个角度看,横看成岭;从另一个角度看,侧看成峰,但它毕竟还是庐山。李四光到庐山发现了冰川,那是向来讲庐山的人没有讲过的。但不能说庐山里有海,因为庐山并没有海。意识流也总得流得有个边。我以为研究鲁迅,既要有历史感,又要有现实感。历史和现实结合起来就比较好。有一个意见我很欣赏,就是李何林先生说的:"把鲁迅还给人民。"

现在的学生有一个风气,就是喜欢宏观地看问题,一来就讲总体把握,许多研究生都喜欢先搭一个架子。总体把握本来是好的,可以使我们把眼光放开;但是不能不愿接触具体的东西,或接触得太少,这样,这个总体把握就失之于空。我们以前总批评有些学者"见树不见林",这个当然不好,林不是树的简单加法。但如果要概括出一个命题,下一个断语,总要覆盖论断对象的百分之七八十吧?如果不从具体出发,见林不见树,黑压压一片,究竟是林还是着了火也搞不清，那就不好。我们大家讲的都是自己所理解的鲁迅，究竟在多大程度上符合鲁迅这个客体，必须以鲁迅著作为依据。所以我想最好是引导学生去多读鲁迅的著作，让他们喜欢鲁迅；即使他们现在没有时间多读鲁迅的书，只要喜欢了，以后也会多读的。

这两年来，因为历史条件的关系，大家对中外文化这个问题特别注意。1986年鲁迅逝世五十周年，全国好多省都举行了学术讨论会，不约而同地都讨论了"鲁迅与中外文化"这个题目。因为对外开放，接触了大量外来的东西，同鲁迅当时所面临和思考的问题有许多相似之处，所以重视这个问题是很自然的。鲁迅的意见和经验也确实有许多值得我们借鉴或深思的地方，应该进行深入的研究。但我不赞成"深刻的片面"这个提法，我还是觉得毛泽东同志提得有道理，"要求所有的人都不带一点片面性，这是困难的"，但是应该"要求看问题比较全面一些"，避免片面性。如果立意追求"深刻的片面"，结果深刻是很难追求到的，片面却一下子就得到了。我们很容易犯这样的毛病，比如我们讲鲁迅的《拿来主义》《看镜有感》，强调鲁迅如何反对"国粹"，但我们就不大讲鲁迅"拿来"之后又如何脱离了外来的影响。他自己就说，《彷徨》比《呐喊》技术圆熟了，脱离了外国作家的影响。脱离就是吸收了人家好的东西，经过消化，建立了有自己民族特色的新文化，这是要有一个过程的。我们承认外国有许多好东西，我们民族落后了。但有些东西并不因为是外国的就好，而是因为时代进步了，是新时代的事物才好。比如汽车就比毛驴快，汽车并不是哪个国家的专有，是时代的进步，各国都可以有。有些是属于民族的，比如油画和中国画，是两种不同的民族艺术，两种流派和风格，不能说一定是一种取代另一种，为什么要互相排斥呢？两种画都可以传下去嘛！文学艺术是创造性的工作，应该吸取别人的长处，但它是有民族特点的，应该注重于创造，鲁迅的著作就体现了这样的精神。

我觉得教员能引导学生读鲁迅的书，让他们热爱鲁迅，就是成功的。鲁迅和今天的青年隔了半个多世纪，是有距离的；但从根本上讲，当代青年没有排斥鲁迅的道理。"团结起来，振兴中华"是北大学生提出来的，这和鲁迅提出的青年要创造第三样的时代有什么根本的区别？青年是可以接受鲁迅的，希望经过我们的努力，取得良好的社会效果。

原载《鲁迅研究动态》1988年第8期

关于中国文学史的名称问题

我们的文学史应该命名为"中国文学史"呢，还是应该叫作"汉文学史"？目前对此是有不同意见的。我以为"汉文学史"的名称很不妥当，应该仍命名为"中国文学史"，而在内容上把各兄弟民族的文学史的材料适当补充进去。

为什么"汉文学史"的名称不妥当呢？如果"汉"指汉语，则由汉语写成的文学作品在日本、朝鲜、越南都有，是否也应该成为"汉文学史"的对象？这显然是不恰当的。文学虽然是语言的艺术，但它反映的是各时代的人民生活，带有很显著的时代的特点；我们不能把语言工具来当作文学作品的本身，取消了一切思想内容和形式风格的特征，取消了各时代文学和人民生活的联系。过于强调语言的重要性，则是否译文优美的翻译作品也可以算作是汉语的文学创作呢？这是不能不连带引起的问题。如果"汉"指汉族，则首先牵涉到汉民族的形成的时代问题，而上古的一些作品也只好权且归于汉民族所独创，这已经不大妥当，但困难还不止如此，我们必须从现有的文学史材料中剔除一些过去所常讲的东西。不要说北朝的民歌（如"敕勒歌"等）了，就是作家也在所难免，譬如元代著名的散曲作家贯酸齐，就不是汉族人。这样的作家和作品早已成为我们文学史的有机部分，现在是否应该因为作者的民族成分而被排斥呢？过去我们曾批评过那种不从具体作品出发，而由作者的阶级成分来肯定作品的企图，认为那是一种庸俗社会学倾向，现在则要求首先审查作者的民族成分了，这又算是什么倾向呢？而且有些作家的民族出身是向有歧说的，譬如李白这样伟大的作家，究竟是否能确定为汉族人，也还不是没有问题的。表面上看，这样做是批判了大汉族主义思想，贯彻了民族政策，实事求是地处理问题；其实不然，我们文学史上产生了屈原、李白、杜甫、曹雪芹、鲁迅等这样伟大的作家，应该说是中国各族人民共同的骄傲，他们的作品也是大家共有的财富，而不应该视为是汉族所独有的。可以设想，如果我们在讲坛上大讲我们汉族诗人如何的伟大，等等，而听讲者当中有各兄弟民族的学生，他们将如何感想？因此说，这不是批判了大汉族主义思想，反倒是宣扬了那种思想。我们除去充分尊重各兄弟民族的文化传统以外，也应该承认中国各族人民所创造的文化是有它的共同特色的，我们不能以为过去的优秀传统仅为汉族人民所独有。如果把"汉文学史"的"汉"字确定为兼指汉族、汉语二者，即汉族作家或人民用汉语所创作的文学发展历史，问题也仍然没有解决；因为它不只排斥了非汉族作家的作品，而且也强使汉族作家为汉族所独有，而这是很不恰当的。我们说"鲁迅的方向就是中华民族新文化的方向"，因为他的坚韧、彻底的反帝反封建的革命精神是有利于中国各族人民共同的解放事业的，因此我们绝不能说鲁迅的方向只是汉族新文化的方向。有人还举出鲁迅的"汉文学史纲要"来作为主张"汉文学史"这一名称的理由，但不只他同时还有《中国小说史略》的书名，而且这些都是他早期的著作，他根本没有考虑到我们现在所讨论的问题，这是很难作为论点的依据的。

为什么像中国哲学史、中国科学史等学术部门不发生这样的争论呢？它们所讲的哲学家或科学家的民族成分和所用的语言工具都与文学史所讲的大致相同，但似乎没有人主张命名为"汉哲学史"或"汉科学史"的争论。这就牵涉到文学和语言的关系问题；就语言说，它是民族构成的要素之一，汉语就是汉族人民所用的语言；我们不能说汉语就是中国语，因为各兄弟民族都有他们自己的语言。但这是否也适用于文学呢？就不尽然。文学虽然是语言的艺术，但它与语言本身不同，语言仅只是文学创造的工具或材料；在性质特征上它倒是与哲学相似的，例如都有人民性、思想性、革命性等问题。文学作品可以反映各族人民所能共同理解的现实生活和思想感情，也能同样给他们以艺术的享受和满足。当然，阅读文学作品是必须首先要通晓语言的，但阅读哲学著作也一样，而且它们都可以经过翻译而为不懂汉语的人所接受和理解。伟大的作品经过好的翻译仍然能给人以强烈的感染，使读者完全理解它所表现的内容；而这一点，就与语言很不相同。汉语经过翻译后就再也不是汉语了，要理解汉语的本身就不能通过翻译。由此可见，由于"汉语"名称的确定，而以为必须把文学史也改为"汉文学史"的那种意见，是只注意到文学与语言之间有密切关系的一面，却忽略了文学史的对象是文学，而文学在性质上是与语言根本不同的。

当然，无论过去或目前，许多有关中国文学史的著作和大学的讲义，内容都是有缺陷的；它们大都对各兄弟民族的文学发展情况讲得过少，而这是不应该的。由于长期的历史的隔阂，目前要弥补这一缺陷的确有实际困难，大家掌握的材料都非常不够，而这又不是马上就可以解决的。但逃避问题并不等于解决问题,如果把"汉文学史"的名称确定下来,反而使大家安于现状,不积极去搜求和研究各兄弟民族的文学史材料了,这对目前的缺陷是毫无补助的。反之,如果大家都认为名称应该是"中国文学史",内容应该包括各兄弟民族文学发展的历史,那倒可以推动大家积极地展开对各兄弟民族文学的研究工作;那么经过一定的时间,目前这一缺陷就可以得到补正,而后来的学习中国文学史的人也就可以比较全面地了解中国各民族文学发展的面貌了。

一部文学史著作的内容是否可以包括不同民族用不同的语言所写的作品呢?这样做是否适当呢?应该说这是不成问题的。譬如我们见到过许多种的欧洲文学史,那论述的对象就是不同国家用不同语言所写的作品,但在文学史的发展上又都是彼此有联系的,就我们国家说,我们的文化和古典文学应该视为全民的财富,用不同语言所写的好作品也应该通过翻译尽量使各族人民都能阅读;因此把"中国文学史"的内容扩大化不只是完全可能的,而且也是适当的。

基于上述理由,我不赞成采用"汉文学史"的命名,而主张仍用"中国文学史"的原称,将其内容加以扩大。

1957年1月9日

原载《新建设》1957年第2期

"本事"和"索隐"

在过去的诗话、笔记一类书籍里，常常有关于某一文学作品的"本事"的记载。这些本事，有些是记录作家写作某一作品时的原因或情景的。如胡仔《苕溪渔隐丛话》引《侯鲭录》云："东坡在汝阴，初春庭梅盛开，月色鲜霁；夫人曰：'春月胜如秋月；秋月令人惨凄，春月令人和悦。'坡笑曰：'子诚知言。'即召客饮，作减字木兰花云：'春庭月午'影落春醪光欲舞。步转回廊，半落梅花婉娩香。轻风薄雾，都是少年行乐处；不似秋光、只与离人照断肠。"这类记载对于我们理解作家创作时的心情和作品所表现的内容显然是有帮助的。这里想谈的是另外一类关于小说戏曲的"本事"，这在笔记小说的记载里也非常多，如蒋瑞藻的《小说考证》中就收录了不少。它除了说明作家为什么要写这一作品之外，还常常具体指出作品中的某一人物即影射某某人之类。最明显的例子是《儒林外史》和《孽海花》，几乎书中所有的人物都已被人指明为影射某某人了。也有很多人在探索作品本事或作品中人物的影射对象上花了不少工夫，这种工作通常称作"索隐"，也是在笔记等书籍中可以常常遇见的。当然，这类记载中有许多是荒唐的、错误的。例如说高则诚《琵琶记》中的蔡邕是影射王四的，因为"琵琶"两字中有四个"王"字；托名蔡邕是说王四曾为人种菜，做过"菜佣"。还有如《红楼梦索隐》之类的穿凿附会的说法；这些都是无稽的,对理解作品也毫无帮助。但并不能因此就说凡是这一类有关本事或索隐的记载和材料都是无用的;如果这种记载的确翔实可靠,而我们又把作品所影射的对象只当作作家在创作时所根据的素材,而并不把它和作品中的人物形象等同起来,那么这种材料还是非常有用的。以现代作品为例,谁也知道老舍先生的剧作《西望长安》是以反革命分子李万铭的事件为素材的,用过去的术语说,李万铭事件就是这一作品的"本事",或者说其中人物栗晚成是"影射"李万铭的;如果有人来探索这一"本事",他就是在作"索隐"。这说明作家根据一些真人真事来写作是常有的事情,而有些关于影射和索隐的记载也是有根据的。我们研究一部古典作品,如果能对作品中人物的来源和作家的创作过程进行考察和分析,对作品的理解无疑是有帮助的;而这些记载就可以给我们的这种研究工作提供一定的线索和材料。

苏联学者多宾在《论题材的提炼》一文(见《译文》1955年11月号)中,曾根据各种不同的作家回忆录来研究著名作家的生活里有哪些原型,又有哪些现实的生活冲突推动了作者的想象,这样就可以明了各个作家是从哪一方面来改造他从生活中得来的素材的。例如契诃夫的小说《跳来跳去的女人》,他研究出其中女主人公的主面面貌是符合于实际生活中的原型的,但她也并不像在小说里所写的那样是一个浅薄的妇女。小说里画家的原型是契诃夫的朋友列维坦,但他并没有像小说中所写的那种放浪怠惰的特征。他研究了许多著名作品的取材,指出了古典作家是从生活中汲取他们的题材的,不过他们在创作中把题材改造得符合于自己的人生观。这种研究对于理解古典作品是很需要的,从这里可以看出作家观察生活和典型化的过程和方法。我们在对《红楼梦》研究的批判中，曾反对过胡适派那种把作者的身世经历和作品中的人物形象等同起来，从而取消文学典型的社会意义的自然主义观点，但我们从来就承认贾宝玉的形象在一定程度上是包括着曹雪芹自己生活经历的概括的。如果我们准确地知道了许多古典作品中人物形象的原型，而这些原型的历史材料又很丰富，那对我们研究古典作品是有不少帮助的；我以为在笔记一类书籍中关于小说戏曲的本事或索隐的材料，就可以给我们提供这种研究的线索。

鲁迅先生在《〈出关〉的"关"》一文中曾说："然而纵使谁整个地进了小说，如果作者手腕高妙，作品久传的话，读者所见的就只是书中人，和这曾经实有的人倒不相干了。"这说明经过作家概括和典型化以后的艺术形象和原型的巨大区别，说明我们不能把二者等同起来看的道理；但在同一篇文章里鲁迅就说过："作家的取人为模特儿，有两法。一是专用一个人……二是杂取种种人，合成一个。"在我们的古典作品中，专用一个人作原型的例子并不少；譬如前面提到过的《儒林外史》和《孽海花》。鲁迅在《中国小说史略》中就说："《儒林外史》所传人物，大都实有其人，而以象形谐声或庾词隐语寓其姓名，若参以雍乾间诸家文集，往往十得八九。"如马二先生是影射冯粹中之类。如果我们对冯氏本身的为人历史有所了解，则研究作者在塑造马二先生这一典型时所进行的艺术加工的方法，是会有更细致的领会的。《孽海花》也是如此，鲁迅说"书中人物，几无不有所影射"；如李纯客是影射作者的老师李慈铭的，鲁迅评为"亲炙者久，描写当能近实，而形容时复过度，亦失自然"，等等，我想鲁迅的这些话是和他对李慈铭本人的了解有关的。李慈铭是清末绍兴人，鲁迅杂文中对《越缦堂日记》就有过评论，蔡元培《鲁迅全集》序开头就说山阴（绍兴）的地理环境与文学的关系，接着说："最近时期，为旧文学殿军的，有李越缦先生，为新文学开山的，有周豫才先生，即鲁迅先生。"鲁迅曾辑过《会稽郡故书杂集》，他对乡邦文献一向是很重视的，就因为那里"禹、勾践之遗迹故在"，他希望"后人穆然有思古之情"。李慈铭死于1894年，鲁迅先生已十四岁，正是在三味书屋读书的时候；他对李慈铭了解得很清楚是无可怀疑的。我想这也是他对《孽海花》中李纯客这一形象作艺术评价时的一部分根据。

像苏联多宾在《论题材的提炼》一文中所作的那样，根据对作家的多种的回忆录来研究作家的创作过程，那当然是很好的；但没有那些回忆录怎么办呢？小说戏曲在封建社会里被认为只是属于"闲书"一类，离"文苑"是相当远的，因此我们连很多作者的简略事迹都不十分清楚。这使我想起了鲁迅先生的《不应该那么写》（见《且介亭杂文二集》）一文，在这篇文章里他介绍了苏联魏列赛耶夫的《果戈理研究》一书中的下面的话："应该这么写，必须从大作家们的完成了的作品去领会。那么，不应该那么写的一面，恐怕最好是从那同一作品的未定稿本去学习了。"然后接着说："这确是极有价值的学习法，而我们中国却偏偏缺少这样的教材。"于是他"在没奈何中，想了一个补救法"，建议读者把"新闻上的记事，拙劣的小说"来当作"不应该这样写"的标本。我想鲁迅先生这些话是应该引起我们的思考的，我们虽然也极端需要对古典作家的创作过程进行研究，了解他们进行艺术概括和典型化的方法，但我们对他们的实际生活的确知道得太少了，又缺乏作家自己的日记或别人的回忆录之类的书籍，那么是否也有一个补救法呢？我以为有些可靠的本事或索隐的记载，如果我们对作品中人物所影射的对象的历史遭遇等有较多的了解的话，对于这方面的研究也是有帮助的。我们不能认为这类材料毫无用处，它至少可以为我们的研究工作提供线索，帮助我们理解作家的创作过程和提炼题材的方法。

原载《文艺报》1956年第21期

"五四"揭开了中国文学史的新页

中国现代文学史是从1919年五四运动开始的:"五四"不但是中国人民反帝反封建的政治运动,而且也是一个伟大的思想运动,即新文化运动。1911年的辛亥革命结束了中国的帝制,推翻了清朝统治者,但并未完成民主革命的任务。第一次世界大战爆发以后,帝国主义暂时放松了对中国的侵略,中国的民族工业得到了一定的发展;虽然还受着日本帝国主义和封建军阀的压力,但资本主义经济开始有了繁荣的景象,一次新的革命风暴正处在酝酿状态。一些先进分子积极从事思想启蒙工作,影响很大的刊物《新青年》创刊于1915年9月(第一卷名《青年杂志》),就是适应民主革命对文化思想的要求而诞生的。作为新文化运动的主阵地,《新青年》提倡民主政治、思想自由和白话文学,向中国传统的旧礼教、旧道德和旧文学展开了猛烈的攻击,削弱了封建主义在知识分子中的思想影响,促进了民主和科学的进步思想的发展。近代西方的各种文化思想被广泛地介绍进来,产生了巨大的社会影响。第一次世界大战的结束和1917年的俄国十月革命的成功鼓舞了中国的先进分子,他们对实现民族独立和民主自由,产生了新的希望和信心。新文化运动的发展和深入跟封建保守势力和复古主义者发生了尖锐的冲突,在思想对垒中更加扩大了新文化的影响。1919年4月巴黎和会中各帝国主义者承认了战后日本承继德国以前在中国山东省所掠夺的权利，中国封建军阀政权的媚日卖国，是"五四"爱国运动发生的直接原因。"五四"是由反帝开始的，到这个运动大规模地展开以后，就又成了广泛澎湃的反封建运动；当时的群众口号"外争国权，内惩国贼"就充分地表现了这个运动的性质。巴黎和会暴露了帝国主义者侵略的真面目，打破了以前许多人对所谓的"公理"等言词的幻想，促进了中国人民走向现代化的决心；"五四"以后，新文化获得了群众基础，更发展到了新的阶段，各种宣传新思想的白话报刊和群众团体，在全国各地蓬勃地发展起来。中国人民把"五四"作为中国现代史的起点，是有充分的事实根据的。

新文化运动的参加者最初虽然人数不多，但随着运动的深入发展，到"五四"时已经形成了一支声势相当浩大的文化队伍；著名的作家鲁迅，由于他从《新青年》提倡文学革命起，就以彻底的、不妥协的态度，向传统封建文化思想展开了英勇的斗争，做出了伟大的贡献，因而事实上成为新文化运动的旗手和现代文学的奠基人。1918年5月他写的第一篇小说《狂人日记》就是一篇以崭新的形式指向封建主义的作品；它以前所未有的彻底精神，反映了中国历史进到新的阶段的特征，同时也表现了中国现代文学在创作上的最初收获。

作为新文化运动的一个重要组成部分的文学革命，是由提倡白话文开始的。中国传统的文学作品大都是文言文写的，它是一种典雅的脱离口语和现代生活的书面语言，学习起来相当困难，这就妨碍了文学的表现人民生活和扩大读者范围的时代要求。虽然在19世纪末叶就已经有人提倡白话了，但那些人大都是提倡白话而不反对文言，或者主张用白话来写通俗书报的文字，而文学作品则仍须用典雅的文言，并没有正面提出过反对封建旧文学的主张。辛亥革命以后，文言文在文学创作和日常应用上仍占主要地位。《新青年》提倡文学革命，首先就主张"白话当为文学之正宗"。从当时先驱者们的言论看来，他们的理由主要有两点：第一，白话是一种完善的文学语言，它远比文言文更富于艺术表现力，更能完满地表现人们的思想感情；第二，白话能够为一般人所看懂，容易普及。这第二点是更为着重的，它实际上体现了民主革命启蒙运动的迫切需要；所以文学革命以提倡白话文开始并不只意味着文学的形式和表述工具的革新，而是体现了如何能促使文学更好地和更有效地为人民服务这一时代要求的。

除提倡白话文以外，文学革命的更为重要的意义是反对旧文学的封建性的内容。陈独秀在《文学革命论》中攻击旧文学说："其形体则陈陈相因，有肉无骨，有形无神，乃装饰品而非实用品；其内容则目光不越帝王权贵，神仙鬼怪，及其个人之穷通利达。所谓宇宙，所谓人生，所谓社会，举非其构思所及。"说明他的反对旧文学是与要求有现实意义的表现"人生""社会"的新文学密切联系的。鲁迅把旧文学归结为"瞒与骗的文艺"，认为"世界日日在变，我们的作家取下假面，真诚地、深入地、大胆地看取人生并且写出他的血和肉来的时候早到了；早就应该有一片崭新的文场，早就应该有几个凶猛的闯将。"[1]这些话是表达出了文学革命的主要精神的。虽然由于当时新文化运动的先驱者们一般还缺乏系统的理论建树，但它的根本精神是前进的，从而由此开辟了一个新的历史时代。

"五四"同样推动了新文学的发展，1919年，全国不同性质的白话报刊达四百余种，并陆续发表了许多新的文学作品。长期以来文言文的正宗地位终于被接近人民生活的白话所代替，新诗、短篇小说、散文、话剧等形式的文艺作品逐渐增多，新的文学团体也大量出现，其中影响最大的是成立于1921年的文学研究会和创造社。文学研究会提倡为人生的艺术，举起了现实主义的旗帜，认为"文学应该反映社会的现象，表现并且讨论一些有关人生一般的问题"。重要作家有沈雁冰（茅盾）、叶绍钧等，他们的作品对社会现实含有强烈批判的特色。创造社主张个性解放，提倡浪漫主义。主要作家有郭沫若、郁达夫等人。他们的作品富有反抗现实和表现理想的精神。其他许多进步作家的作品虽然在艺术风格上各有不同的特色，但都表现了新文化运动以来的反帝反封建的精神。初期的作品中反封建的主题占压倒的优势，到1925年以后，则反帝的内容也大量增强了。

作为中国现代文学的奠基人，鲁迅的作品就充分地表现了新文化运动和文学革命的根本精神。他的短篇小说集《呐喊》和《彷徨》从被压迫人民的角度出发，深刻地反映了从1911年辛亥革命到1924年第一次国内革命战争开始这一历史时期的社会现实，塑造了一系列成功的人物形象。他以很多篇幅描写了在帝国主义、封建主义压迫下急遽破产的农村生活和农民的悲惨遭遇，其中最杰出的作品是《阿Q正传》。通过这一作品，他批判了辛亥革命的失败，深刻地表现了如果没有占中国人口绝大多数的农民的觉悟和参加，任何革命都是不可能成功的。他写了农民的生活条件和悲惨遭遇，更尖锐地批判了农民身上存在的妨碍他们觉悟的性格上的弱点，即"精神胜利法"。在《故乡》中，除了描绘近代中国农村破产的图景，农民闰土的痛苦和麻木以外，也表现了作者对未来的乐观和确信，"地上本没有路，走的人多了，也便成了路。"《祝福》中农村妇女祥林嫂的一生充满了辛酸和血泪，作者不只描写了她在物质生活上的悲惨境遇，更重要的是精神恐怖所给予她的巨大压力，就连和她处于同样地位的柳妈以及周围一些欣赏她的痛苦的人，也都不自觉地促成了这个平凡女人的悲剧。在另外一些小说中，鲁迅也描写了知识分子在沉重的压迫下所经历的苦难；他们原来抱有美好的理想，迫切要求自由和解放，但结果总是被强大的黑暗势力所压碎，得到的只是幻灭和苦痛。《孤独者》里的魏连殳不甘心跟庸俗的人们同流合污，但黑暗的现实终于逼着他妥协了，躬行"先前所憎恶、所反对的一切"；他在"胜利"喧闹声中咀嚼着"失败"的悲哀，终于负着内心的创伤离开了人间。《伤逝》中的人物是"五四"时代的青年，他们勇敢地争取婚姻自由，要求个性解放，但在当时的现实条件下只能成为悲剧。鲁迅从探索中国革命力量的角度考察了知识分子的命运，看到了他们的优点和弱点，并且希望他们勇敢地摆脱"孤独"和空虚，探索一条新的生活道路。除小说外，他还写了大量的杂文和散文，他的杂文带有广泛的社会批评的特色，使读者能从生动具体的事例中感受到爱憎的分界和战斗的精神；一些以抒情叙事为主的散文则无论在创作构思或语言风格上，都有清新而深厚的艺术特色。

郭沫若的诗集《女神》出版于1921年，它标志着一个诗歌创作的新时代的开始。《女神》中所表现的热烈的反抗叛逆精神和对未来的乐观主义信念反映了人民反帝反封建的高昂情绪。他采用了自由诗的形式,借助神话传说,历史人物和自然界形象,以澎湃的热情、丰富的想象和激动人心的语言,歌唱出了彻底叛逆和热望新生的时代声音。他也是著名的话剧作者,他的早期剧作《三个叛逆的女性》用新的观点处理了古老的历史题材,表现了强烈的反封建精神,是中国现代文学中较早出现的戏剧作品。

"五四"时期的著名作家还有叶绍钧、郁达夫等。叶绍钧的小说以整饬的文体和朴素的风格描写了小市镇知识分子和一般小市民的灰色生活,他善于运用写实手法对不合理现象和消极的性格进行嘲讽和批判,能够引起读者的关切和深思。郁达夫的小说真挚动人地描写了知识分子的受压抑和痛苦忧郁的心情,其中充满了对旧礼教的挑战,坦率地表现了青年人对青春、爱情和合理生活的追求。他也是著名的散文作家,他的散文以清新的笔调、真率的表白和愤激的热情,得到了读者的称誉。

中国现代文学由"五四"文学革命开始,随着时代的前进和人民革命的深入,得到了很大的进步和发展。文学革命由理论倡导到创作实绩,由形式的变化到内容的革新,鲜明地揭开了中国文学史新的一页;中国现代文学正是沿着这样一条道路发展过来的。

1964年4月,为"五四"四十五周年作

* * *

[1] 鲁迅:《坟·论睁了眼看》。

"五四"精神漫笔

一 "五四"理应是青年节

"五四"是一次伟大的思想解放运动，它在人们思想观念上所引起的巨大变化，的确是划时代的。现在我们规定"五四"为青年节，特别重视青年的创造性和历史使命，这确实是"五四"精神的一项重要内容。谁都知道，"五四"新文化运动的中心阵地是《新青年》，它创刊时的原名叫《青年杂志》；当时会员最多的社团是"少年中国学会"，出过《少年中国》和《少年世界》月刊。李大钊写过著名的文章《青春》，认为"凡以冲决历史之桎梏，涤荡历史之积秽，新造民族之生命，挽回民族之青春者，固莫不惟其青年是望矣"。鲁迅当时的著名论点之一，就是"青年必胜于老年"，他认为"创造这中国历史上未曾有过的第三样时代，则是现在的青年的使命"[1]。更趋极端的则有钱玄同的"四十岁以上的人都应该枪毙"之说，丁西林的名剧《压迫》中的主人公也说："一个人一过了四十岁，他脑子里就已经装满了旧的道理，再也没有地方装新的道理。"这种新的观念和传统的看法是完全相悖的。孔子讲"三十而立，四十而不惑"，人要到四十岁才算成熟，于是四十岁的人就开始留胡子，抱孙子，这才算熬到了可以成名立业的年龄。金圣叹在贯华堂本《水浒传》的序中说："人生三十而未娶，不应更娶；四十而未仕，不应更仕。"四十岁以前只是人生的准备阶段，属于少不更事的岁月。以前称赞青年最习用的一句成语是"少年老成"，它的含义完全是褒义的；但经过"五四"的洗礼，人们如果仍用这句话来称赞青年，就等于说他没有朝气，变成贬义了。同样，如果我们说一位年长者富有青年人的气质，完全是赞扬性的；但在过去，这等于是说他幼稚。观念的变化如此之显著，不能不说是"五四"思想解放的一项重要成果。

事实上新文化运动和文学革命的前驱者，当时也都是四十岁以下的人，我们完全可以说"五四"是以青年为中坚力量的。以"五四"这一年为例，当时年龄最大的陈独秀和鲁迅，也只有39岁和38岁，其余的如周作人为34岁，李大钊为31岁；胡适28岁，郭沫若27岁，毛泽东26岁，叶圣陶25岁，茅盾23岁，冰心只有19岁。当时这些青年人树立了多么大的历史功绩，是人所周知的。记得抗战后期的1944年，当时国内民主运动高涨，重庆政府明令把青年节改为3月29日（黄花岗烈士纪念日），不准纪念"五四"，重庆《中央日报》社论的题目就是《五四之风不可再长》，因此"全国文协"才针锋相对地定"五四"为文艺节。我们并不赞成在年龄上搞"一刀切"，四十岁以前怎样，四十岁以后又怎样，思想意识的不同是不能简单地用年龄来划线的。但"五四"的经验告诉我们，青年人的热情是十分宝贵的，也的确能够有所建树；那种一听见青年人要求民主的声音就急着采取戒备措施的心态，恐怕最终是要碰钉子的。

二 "我是我自己的"

鲁迅的小说《伤逝》中的女主人公子君有一句著名的话："我是我自己的,他们谁也没有干涉我的权利!"这的确是觉醒了的"五四"青年的语言。按照传统惯例,在谈话中除过对下属或子女等以外,是不能随便自称"我"的;现在的习惯用语如"我以为""我的意见"等,都是"五四"以后才流行的。过去官场中的自称"卑职"之类不说,即使是对地位相当的人谈话,也多自称名字,如"某某觉得尚可斟酌"之类;不是连孔子也说"巧言令色足恭,左邱明耻之,丘亦耻之"吗?那子贡自称"赐"也就更不稀奇了。如果不自称名字,也多半要用"自己""兄弟"等代词;敢于直称"我",以平等的态度表示个人的看法,要求别人尊重自己的独立,确实是"五四"以后的事,这是同"五四"提倡尊重个性、人格独立分不开的。

又如我们把文艺作品叫"创作",也是"五四"以后的事,这是同过去的"善属文,辞采华丽"之类不同的。郭沫若等讴歌创造,《创造周报》创刊号上就宣称"我们是要更新创造我们的自我",认为创造社同人的共同点就是"内心的要求",就是认为创作必须是表现作家的个性和内心世界的。当时对旧文学的批判是那么尖锐,如"桐城谬种、选学妖孽"之类,抨击的对象正是那种不要创造,而一味以模仿古人为能事的旧式文人。譬如一个人写了一首律诗,如果别人称赞他是"盛唐风格"或"沉郁顿挫,直逼老杜"之类,他就高兴得不得了,这哪里谈得上作者自己的个性呢!所以鲁迅说:"最初,文学革命的要求是人性的解放。"[2]沈雁冰在革新后的《小说月报》第一期上讨论文学问题,首先提出的是"文学和人的关系",周作人提倡"人的文学",都说明了人的觉醒和个性的解放是前驱者注意的焦点。尊重个性和人格独立是民主的基础,是和人的现代化密切联系的,这是值得我们继承和发扬的"五四"精神的重要内容。

三 "娜拉"的出走

妇女解放的程度通常是衡量社会解放程度的天然标尺,思想解放运动当然首先要接触到妇女问题。民主精神的锋芒是直接指向封建等级制度的,鲁迅指出中国过去"人有十等','一级一级的制驭着,不能动弹";那最下面的一级叫"台","台"的下面就是"比他更卑的妻"[3]。这正说明妇女是长期处在社会最底层的,因此在《新青年》第一期上陈独秀就发表了他的《妇人观》,鲁迅在《新青年》上的第一篇文章就是《我之节烈观》,与《狂人日记》写在同一年。"五四"时期热烈地讨论女权问题,提倡男女平等,周作人称赞清初俞正燮的《节妇说》和《贞女说》,都是提倡民主精神的必然结果。

"五四"新文化是以西方文化为重要参照的,因而真正产生了巨大社会影响的,还是易卜生的《娜拉》。1918年《新青年》4卷6期上发表了罗家伦、胡适合译的话剧《娜拉》(以后潘家洵的译本更名《傀儡家庭》),胡适还写了介绍性的论文《易卜生主义》;剧中女主人公娜拉要求独立人格,不甘于做丈夫的傀儡,于是离家出走了。为什么要介绍易卜生呢?鲁迅的解释是"因为事已亟矣,便只好先以实例来刺戟天下读书人的直感"[4]。事实上不仅在话剧创作上有了写女子追求自由独立而离家出走的如胡适的《终身大事》和欧阳予倩的《泼妇》，而且在社会上也直接引起了巨大的影响。鲁迅在北京女子高等师范学校演讲时所面对的那一群有一条"紫红的绒绳的围巾"的青年女性，就是娜拉的崇拜者，因此鲁迅所讲的题目才是《娜拉走后怎样》。我们只要翻翻例如白薇的《悲剧生涯》或者阎纯德等编写的《中国现代女作家》中关于早期一些女作家的经历，就可以体会到走娜拉道路者的艰辛经历了。

妇女对人格独立和男女平等的强烈要求，在"五四"时期的话剧创作中反映得最为明显。譬如以古诗《孔雀东南飞》为题材的剧作，一时竟出现了四种，即熊佛西的《兰芝与仲卿》，袁昌英的《孔雀东南飞》；北京女子高等师范学校国文部四年级学生联合编的《孔雀东南飞》，和杨荫深的《磐石与蒲苇》。内容都是控诉妇女的悲惨命运的。郭沫若写了《三个叛逆的女性》，歌颂历史上的卓文君、王昭君和聂嫈，作者在"后记"里强调："她们不是因为才力过人，所以才成为叛逆；是她们成了叛逆，所以才力才有所发展的呀。"就更是鼓动妇女起来自我解放和发展了。

经过了七十年，不仅当时所要求的参政权，就是鲁迅在《娜拉走后怎样》中所说的经济权，例如财产继承和男女同工同酬等，现在都已经明文载于宪法和法律，好像妇女问题已经不存在了，也不大有人认为男女平等还是民主精神的重要内容；但看看社会上计划生育工作所遇到的困难，甚至大学生分配工作时所遇到的阻力，就不能不深深地感到，民主精神是同现代化的进程相联系的，"五四"所强调的男女平等的精神，还是必须继续发扬的。

四 "重估一切价值"

鲁迅在《狂人日记》中大声疾呼："从来如此，便对么？"这是一种时代的呼声，因此才发生了那么激动人心的社会影响。胡适在《新思潮的意义》中对此更有明晰的理论表述，"新思潮的根本意义只是一种新态度，这种新态度叫作'评判的态度'"："对于习俗相传下来的制度风俗，要问：这种制度现在还有存在的价值吗？""对于古代遗传下来的圣贤教训，要问：这句话至今日还是不错吗？""对于社会上糊涂公认的行为与信仰，都要问：大家公认的，就不会错了吗？人家这样做，我也该这样做吗？难道没有别样做法比这个更好，更有理，更有益吗？"胡适由此而作出了一个重要的概括："'重新估定一切价值'，便是评判的态度的最好的解释。"周作人在《复古与反动》一文中对胡适这一概括给以很高评价，他说："新文化的精神是什么？据胡适之先生的解说，是评判的态度，是重新估定一切价值。""重新估定一切价值"可以说是"五四"新文化运动的理论旗帜，也是"五四"精神的中心内容。对于一切传统的观念和判断，包括权威的"圣贤教训"和社会公认的习惯势力，也包括外来的各种学说和文化，都要提出质疑和评判，当然这也就意味着新的思想观念的倡导和确立。为什么鲁迅、郭沫若、茅盾等人当时都赞扬过尼采呢？实际上他们并不是对尼采哲学体系的全盘接受，而是赞赏尼采那种独立思考、重新估定价值的鲜明态度。

那么什么才是进行评判的价值尺度呢？应该说，尽管前驱者们的观点并不完全相同，但就其主旋律来说，则不能不是符合于民主和科学的精神，有利于中国现代化进程的观念或事物。新文化运动本来是在世界形势和西方文化的影响下，中国人民对现代化的历史要求的一种自觉的反应。文学革命如果用一句话来扼要地说明，就是要求用现代人的语言（白话）来表达现代人的思想感情（民主、科学），它是与封建专制主义和蒙昧主义直接对立的。因此就价值观念说，现代化就是对待文化评估的重要尺度。当时对国民性和启蒙运动的讨论等，都是为了促进人（国民）的觉醒和解放，使之成为"现代中国人"，即实现"人"的现代化，以适应中国走向现代化的历史潮流的；发扬民主是如此，发展科学也是如此。这是评判的尺度，也是"重行估定一切价值"的出发点。

中国社会的现代化进程是漫长而艰巨的，现代文化的创造和同外来文化的融合同样是一个长期的历史进程，这个历史阶段远未结束，我们今天仍处在这个进程之中。作为现代化的起点，"五四"新文化运动所提出或讨论过的许多问题，今天仍然是学术文化领域注意的热点。尽管问题的提法不同了，内容进入到更深的层次，更广阔也更复杂了，但就许多方面来说，仍属于同"五四"时期相同的类型或范畴；其根本原因就在于我们所面临的仍然是现代化的问题。因此就追求的目标来说，"五四"精神的许多方面都是需要我们继承和发扬的。尽管时代前进了，内容更深化了，但"五四"精神的主要方面是决不能随意抛弃的。

1989年3月7日

* * *

〔1〕〔3〕鲁迅:《坟·灯下漫笔》。
〔2〕鲁迅:《〈草鞋脚〉小引》。
〔4〕鲁迅:(集外集·〈奔流〉编校后记三》。

希望看到这样一本书

——为北京大学九十周年校庆作

1925年北大校庆27周年的时候，鲁迅写过一篇文章，题目是《我观北大》（见《华盖集》）。鲁迅认为北大有着优良的"校格"，而且以被人视自己为"北大派"而自豪。他认为北大的"校格"有两条，"第一，北大是常为新的、改进的运动的先锋"，"第二，北大是常与黑暗势力抗战的"。现在北大已经在庆祝自己的90周年校庆了，回顾九十年来的历史，总的看来，它的经历是同中华民族的现代化进程同步的，充满了如鲁迅所说的弃旧图新的改革精神；特别是在学术文化领域，如果要考察中国现代思潮的变化发展的脉络和轨迹，是不能忽略北大在其中所发生的重要作用的。

近年来由于我国执行对外开放政策，中外学术文化的交流十分频繁，于是探讨和比较中外文化思想的特点、异同，以及彼此间的交流和影响的文章日渐增多，甚至有人称之为"文化热"。其实就文化学术思想的变迁而言，这个过程至少从戊戌维新运动就开始成为震撼社会的思潮了，而"京师大学堂"的成立就是一个重要的标志。应该说，这是中国现代化进程的一个组成部分，而且我们今天仍然处在这个历史过程之中，因此它引起人们广泛的重视和思考是很自然的。但如果在进行理论地、思辨地探讨问题的同时，认真考察一下清末以来的历史进程，无疑是会得到许多有益的启示的。因为像如何汲取外来学术文化而使之现代化这类重大问题，并不是今天才发生的，前人也曾为此作过深邃的思考，在某些方面还有过艰辛的实践，无论其成败得失，他们的经验或教训对我们都是宝贵的。由于我们今天仍然处在这个历史进程之中，因此要写出一本高质量的学术思想史或文化史还有很多困难，甚至像黄宗羲《明儒学案》、梁启超《清代学术概论》这类综观全局的书籍，一时也还难以出现。因此我想如果只选择一个适当的角度或审视点，来考察中国在学术文化方面的现代化过程，可能是既具体有征而又能体现发展轨迹的，在现阶段也比较容易着手。我是从一个关心这方面问题的读者的需要提出这个希望的，并且认真想了一下，觉得如果把北大作为考察的角度或审视点，是相当典型的，容易说明全局性的问题和历史进程。我设想这本书的名字可以叫作《从历届北大校长看中国现代思潮》，我觉得中国现在需要这样一本书，我自己也希望看到这样一本书。

我这个想法是受到两方面的启发的。第一，三十年代法国著名作家巴比塞访问苏联之后，曾写过一本书，叫作《从一个人看一个新世界》，实际上是通过斯大林来介绍苏联的，当时曾轰动一时；现在看来，不论其观点是否正确，这种通过某一审视点来总揽全局的写法是可取的。这本书就写得很漂亮。鲁迅也曾计划用"药、酒、女、佛"四个字来作为魏晋南北朝文学史的专章题目，同样是想通过典型的历史现象的角度来综述这一时期文学史的全貌的；足见如果选择得当，这种方法是可取的。第二，冯友兰在他的《三松堂自序》中记述了曾任北大校长多年的蒋梦麟对他说的一段话，很值得我们深思。蒋梦麟说："他在大学中搞了几十年，经过许多风潮，发现了一个规律：一个大学中有三派势力，一派是校长，一派是教授，一派是学生，在这三派势力中，如果有两派联合起来反对第三派，第三派必然要失败。"这里说明了他多年当校长的体会。大学中也确实存在这么三派势力，因此冯友兰对之颇加赞许。但他言犹未尽，值得再深入分析。从逻辑上说，三派势力中两派的联合共有三种可能：其中校长联合学生反对教授一种，事实上没有可能，也从未在任何大学发生过；就北大学生方面而论，不仅五四运动以来就有"民主堡垒"之称，直到今天，"团结起来，振兴中华"的口号是北大学生首先提出的，"小平，您好"的标语是他们高高举起的，不能设想居领导地位的校长会联合学生来反对教授。至于校长联合教授反对学生的事，旧社会在一些反动势力很强的学校里的确发生过，但在北大这样的学校也是不可能的。因为北大的教授人数很多，集中了各种学科的专家学者，用表彰的口气说是"人才荟萃"，带点贬义的说法是"知识分子成堆"，或者如十年内乱时期的斥之为"庙小神灵大，池浅王八多"，其实这些意思都差不多，就是说他们是一个在学术上都有一定成就的群体；他们勤恳地教书育人、从事科学研究工作，尽管由于年龄、经历和修养的不同，在对某些事物的看法上可能与学生有较大的差别，但从来也不曾想到要同自己爱护的学生处于对立的地位。最后一种可能就是全体师生联合起来反对校长了，这种可能性是存在的，在一些大学里也发生过，而且当然是为校长以及有权任命校长的执政当局所最不愿发生的。所以蒋梦麟的经验和体会实际上是从校长的地位考虑的，就是说作为校长，一定要用全力来防止第三种情况的发生；因为如果引起全校师生的一致反对，校长就必然会当不成的。其实这也是当权者在遴选校长时，首先要考虑的问题，因为选任大学校长毕竟同任用其他政府官员不同，任命者必须考虑到这个人选在教授和学生中所可能引起的反应；特别是像北大这样的学校，他必须选择学术地位很高、能孚众望的知名人士来担任，以便除了希望能够体现当权者的意图之外，还能缓和与调整学校内部的关系。就校长本人说，虽然一个大学在整个社会中确实只是一个小的单位，所谓"庙小""池浅"也不无道理，但它的影响却是弥漫于全社会的；因此作为校长，他也必然会珍视这种地位，以学校的名义和声望进行活动。举例说，最初主持京师大学堂校政的孙家鼐，他是咸丰时的状元，光绪帝的师傅，当时声望很高，至少在表面上是支持变法维新的，因此才有设置西学、开办译书局等措施，但他又不是维新派，与康、梁等人不同，他还是近代工业（纱厂）的开创者，因此考察他与维新思潮的衍变关系是符合中国现代思潮的历史进程的。又如"五四"时期的北大校长蔡元培，实际上当时"五四"爱国运动是以学生为主的，新文化运动是以教授为主的，校长并没有公开出面倡导，但林琴南《致蔡鹤卿太史书》仍以校长为主要攻击对象，就因为他主张大学应"循思想自由原则，取兼容并包主义"，而且认为大学不仅为"按时授课"之所在，且"为共同研究学术之机关"[1]。可见如果我们认为北大可以作为考察中国现代思潮的一个适宜的审视点的话，那么历届校长的声望、思想和学术贡献等是可以作为北大的社会影响的适当代表的。而且教授和学生都是群体，其构成比较参差复杂，而校长则为个人，在总体上是可以代表学校某一时期的社会影响的。因此我觉得从历届北大校长来考察中国现代思潮的进程这一设想，是可行的，也是有效的。

这一设想的着重点是考察中国现代思潮，而不是北大校史的变迁。北大的历届校长都是著名的学者，他们不仅是北大的校长，而且也是某一时期学术文化界的代表人物，在他们身上集中地反映了当时思潮的热点和重心。举例说，孙家鼐与戊戌维新的关系，严复对《天演论》《法意》《群学肄言》等的翻译及其政论著述对社会产生的巨大影响，蔡元培的美学思想和教育思想，胡适的主张白话文以及倡导用近代科学方法整理研究古籍等多方面的尝试，都不只是属于一个学校的事情。一直到解放以后，我们现在不是仍然怀念和思索马寅初在五十年代所主张的市场经济和人口计划是符合中国社会的实际的吗！如果只把他们的主张和行为单独地作为孤立现象来考察，那么这些只是个别历史人物的贡献和成就，但如果把他们联系起来作为一条发展线索来考察，那么他们的活动和贡献就构成了现代中国学术文化思想发展中的一个历史环节；其所以如此，除了他们个人的成就以外，是同他们作为北大校长的身份密不可分的。因为他们不只是一个著名的全国学术中心的代表人物，而且周围还有一大群知名学者程度不同地支持和赞同他们的主张。所以，从这个角度审视和考察中国现代思潮，就有可能看到中国在现代化进程中所经历的艰难曲折的前进步伐。

去年（1987）纪念八一建军节六十周年的时候，上映了一部论述人民解放军成长壮大的历史纪录片，片名是《让历史告诉未来》，我觉得这个片名起得很好！因为无论就哪一方面作历史的考察和研究，都是为了从中得到启示、有益于今天和明天的。历史总是不断前进的，中国的现代化进程是这样，北大也是这样。在今后的年代里，北大当然要发扬自己的光荣传统，发扬弃旧图新的改革精神的"校格"，才能无愧于时代所赋予的使命。现任北大校长提出要发展基础科学，把北大建设成为世界第一流的大学，这个提法本身就是富有时代特色的，它说明我们的视野已经和过去不同，而是面向世界、面向未来的。我相信在建设具有中国特色的社会主义新文化的过程中，在促使自然科学和社会科学各种学科的研究都居于世界领先地位的努力中，北大是一定会担负起它所应该担负的历史使命的。

1988 年 1 月 5 日
收入《精神的魅力》一书

* * *

〔1〕蔡元培：《答林琴南书》。

贯彻"双百"方针二愿

自提出"百花齐放,百家争鸣"的方针以来,我们已经历了三十年坎坷曲折的道路。回顾这段历史,大家不仅痛感到"双百"方针是学术发展的必由之路,而且认识到要使这一方针得到贯彻,必须有一个和谐融洽、互相尊重和信任的学术环境。这些都不必多说,作为一个学术工作者,理应是欢欣鼓舞的了,然而,细想起来,似乎还有一点疑虑,爰表二愿,以明所感。

一曰,希望目前这种宽松的环境气氛能保持稳定性和持续性。前两年,当农村经济改革初奏成效的时候,报刊上登载了许多农民既欢迎又怕"变"的思想,当时不假思索地以为这是农民小生产观念的反映。现在反省,作为知识分子,自己也对"变"有所担心,因为这其实是从痛苦经历中体验来的。即使在十年内乱时期,也没有什么人公然说"双百"方针取消了,但一则把"百家"归为只有无产阶级和资产阶级两家,再则强调"兴无灭资"和对资产阶级实施"全面专政",最后竟然变为"百家争鸣,一家作主,最后听江青的"。一经诠解,面目全非。当然,这是前二十年发生过的事;十年内乱结束以后,在拨乱反正期间就已经提出要实行"双百"方针了。但就以最近十年来说,超出正常的"争鸣"和批评范围的事也是若断若续的。一阵强调清除精神污染,一阵强调反对资产阶级自由化;即使当时的情况确实有此必要，至少界线是很不清楚的。这当然会影响到人们研究、探索和创新的勇气，当然也就对"双百"方针的贯彻不能不起消极作用了。过去了的事的价值就在于它能提供借鉴，因此我祝愿这种宽松融洽的气氛持久稳定，这是有利于"双百"方针的真正贯彻的。

二曰，希望争鸣时彼此处于人格平等的地位，尊重和理解对方的论点，以理服人。现在大家都对"无限上纲"深恶痛绝了，所谓"无限上纲"其实也是有一个"上"的起点的，尽管那个起点并不是人家的主要论点，但抓住它就可以上升到反党反社会主义的高度。近十年来，这种现象算是绝迹了，但"庶几近之"的情况还在时隐时显地出现，姑妄名之为"有限上纲"吧。譬如说，不是对所批评的论点加以科学的剖析，而概之曰"这是一种值得注意的倾向"，或者自称"我们马克思主义者"，轻率地指斥对方"背离了马克思主义"云云。当然，他可以大度地欢迎争鸣或反批评，但这种"大度"其实是"故作争鸣状"的，他已经以作结论的姿态判定是非了。因此也很少看到对方的反批评，因为那不是争鸣，而是"辩诬"。鲁迅早就说过："无论是谁，只要站在'辩诬'的地位的，无论'辩白'与否，都已经是屈辱。"[1]这种现象显然是对贯彻"双百"方针不利的。又如，近来有一些阐述新的理论和方法的文章，其中用了比较多的不常用的难懂的新名词，就有人以不懂为理由，视之为异端邪说。其实运用新的词汇是否得当同该理论或方法之正确与否，并不是一回事。我年轻时读的马克思主义书籍，其中也是塞满了"意德沃罗基""奥伏赫变"之类难解的词汇的，这并不是优点，但也不能由此证明马克思主义就没有生命力。如果要想辩驳某种理论或方法的谬误，只能就其立论本身加以科学的分析和论证，而不能采取简单否定的办法。总之一句话，就是希望争鸣时要采取说服的态度，而不是压服的态度。

就贯彻"双百"方针的环境气氛说，三十年来没有比现在更好的了，因为说到底，它所需要的条件就是社会主义高度民主的问题。现在政通人和，全国都处于建设和改革的高潮，一些消极性的现象是一定会克服的。在社会主义建设的征途中，"双百"方针必将得到贯彻并取得辉煌的成果。

原载《群言》1986年第8期

* * *

[1]鲁迅:《华盖集·忽然想到（十）》。

谈　重　读

鲁迅在《读书杂谈》中把读书分为职业的读书和嗜好的读书两类，其中职业的读书一类由于工作的性质和需要，常常须反复读一些与业务有关的书籍，不是浏览一下就可应付得了的，这类重读的现象并不稀奇。但嗜好的读书便不同了，如鲁迅所说："是出于自愿，毫不勉强的。"那吸引读者爱不释手、一再重读的，就不能不是书籍本身的力量。我们平常讲优秀的文艺作品富有艺术魅力，就是指它具有一种引起读者由衷爱好的力量。

以前朱自清和叶圣陶两位合编过两本书，一本叫《精读指导举隅》，一本叫《略读指导举隅》。"略读"当然不要求重读，精读则很难看过一遍了事，是必须重读的。但那本书既属于指导性质，着眼点又在必备的文化知识修养，其实已同嗜好的读书有所不同；因为即使完全自愿，如天天读某些经典著作，也是很难归之于嗜好一类的。至于略读一类，读者本来的意图不过是如鲁迅一篇杂文的题目：《随便翻翻》。像我们平常翻看报纸杂志那样，虽然也是"出于自愿，毫不勉强"，但除了与业务和日常生活有关的资料或文章外，大部分兴趣其实是在动态或信息，与爱好或魅力是相去颇远的。所以我以为真正能引起人的嗜好、能拨动人的心弦的，最普遍的只能是优秀的文艺作品。

有些作品我们读了觉得还不错，但不大愿意再去重读一次，或者重读时反而倒了胃口，觉得印象还不及初读时好；但有的作品则许多人都读过不止一回，而且似乎越读越有味。最近中央电视台配合电视连续剧《红楼梦》的上映，举办了"《红楼梦》知识电视赛"，其中许多题目都是有关《红楼梦》一书的情节或描写的细微之处的，只看过两三遍原书的人根本无法回答；但据闻不仅答者众多，成绩优异，而且应答者大都是普通读者，并不是红学的专门家。看来清朝人所谓"开谈不说《红楼梦》，纵读诗书亦枉然"（《京都竹枝词》），不仅是实际情况，而且是迄今不衰的。

当然，像《红楼梦》这样的名著是突出的例子，但经得起咀嚼重读，而且仍然使人兴味盎然的作品并不少；苏轼《送章惇秀才失解西归》诗云："好书不厌百回读，熟读深思子自知。"有时重读是可以获得新的艺术感受的，受益并不亚于另读一本新书。我最近就有这样的体会。香港三联书店请老舍的女儿舒济同志精选一本老舍的选集，胡絜青同志要我写一篇序，于是我将老舍的许多作品又仔细重读了一遍。老舍作品的风格是平易近人、富有幽默感的，这些作品我不仅早已读过，而且多年来在教学和研究中常常谈到，照通常情形说，是不会有太多的新鲜感了，然而不然，我再一次感受到了新的惊异与喜悦，新的发现与启示。这就说明优秀的作品是可以把读者带入不断创造的新天地、使人常读常新的。老舍在《诗人》一文中称诗人为"最快活，最痛苦，最天真，最崇高，最可爱，最伟大的疯子"，"要掉了头，牺牲了命，而必求真理至善之阐明，与美丽幸福之揭示，才是诗人"。我想这种精神也许就是许多作品之所以那么诱人的秘密。

所以我建议，如果有您读过而觉得很好的作品，不妨再来重读一次。

原载 1987 年 8 月 18 日上海《新民晚报》

由衷的喜悦

——贺《中国大百科全书·中国文学卷》出版

看到包括两千多条目、三百多万字的《中国大百科全书·中国文学卷》的出版，感到由衷的高兴。这种高兴是属于两方面的：第一是我们终于有了自己编纂的大型的关于中国文学的百科全书式的工具书；第二是作为参加这一工作的一员，经历了八年之久的反复推敲和修订，现在总算以成品形式呈现在读者面前了。虽然它的质量和社会效益还有待检验，但它的完成和正式出版总是一件值得喜悦的事情。

如果从"类书"算起，即以粗具百科全书性质的魏文帝《皇览》算起，中国大概是编纂百科全书最早的国家，文学无疑居其中很重要的位置。但近代以来，我们只能查阅和利用外国出的百科全书，因为我们没有编纂这种书籍，这是同我们悠久的文化传统和国家地位不相称的。现在我们要编纂具有中国特色和风格的，包括古今中外各学科和各知识门类的完备的百科全书了，当然要参阅世界各国的同类著作，但对于《中国文学卷》来说，不仅那些著名的同类书籍中可供参阅或借鉴之处甚少，倒毋宁说是应该以我们的实绩来供其他国家的编纂者参阅和借鉴；因为这毕竟是属于中国专有的学科，而且也是最能体现中国特色和风格的部分。这就加重了工作的难度。

我是始终参加了这一工作的，虽然对全书的体例框架、条目设置，以至最后完稿也都参加过一些意见，但根据分工，我是负责现代、当代文学部分的具体工作的。从框架条目的设置到组织写稿，中间屡经曲折，直至最后定稿，我是深切地感受到这一工作的艰巨的。百科全书是传播知识的工具书，它不同于文学史或独抒己见的学术论文，它要求以条目的形式提供实事求是的客观的知识。既要重视新的成就，又要注意稳定性；既不能有重大遗漏，又不能在条目之间有重复；既要溯本求源、注意知识的系统性，又要脉络清楚，注意文字的可读性。这在具体处理上常常会发生很多棘手的问题。姑举一例，即以"活人上书"来说，古代文学的各编写组就不会遇到这个问题。为了避免重大遗漏，我们起先拟了一个很长的条目名单，打算多请教一些文艺界的同志仔细斟酌，然后再有选择地定下来。但请教的结果都是建议再增加某些人名，没有建议删削的；而限于全书体例，原拟的名单也无法全部容纳，于是最后只有由编写组自己讨论酌定了。又如新时期的创作，本来是当代文学的新成就，是应该着重介绍的；但百科全书的体例又要求稳定性，于是我们只能采取综述方式，以"新时期文学创作概述"为一大条，不再罗列其他条目了。现、当代文学距离我们时间近，因此常常遇到许多特殊的问题。譬如按照百科全书体例，重要条目下都要列举一二参考书目，目的是向读者提供进一步了解该条目所述知识的有肯定评价的相关著作。这在古代文学部分很容易做到，但现代文学部分就比较困难。又如在资料核对方面，由于现代文学缺乏经过整理的权威的工具书，往往为某一期刊的起讫年月，某一作家的出生或作品的出版年代，就须查阅许多期刊或书籍。这都与现、当代文学距今较近、研究积累不多有关。类似的困难在编纂过程中确实遇到了不少。

  以上谈的只是个人在工作中的一些感受，就全书讲，应该说还是比较满意的。因为它确实组织了大批学者撰稿，每一条目都是尽可能请对之素有研究的专家学者执笔的；而且指导思想明确，编写方针具体，大家都遵照百科全书的工具书性质，努力实事求是地介绍知识，务求材料翔实，叙述清晰，总的看来是达到了百科全书所要求的质量的。它条目缕分清晰，知识容量丰富，既可以作为工具书备索检用，又可以作为入门书供自学深造之用，这在当前都是非常需要的。它的不足之处很大程度上是由于受到学科本身目前所达到的水平的制约，这是很难超越的；但它的问世本身对于提高学科的研究水平就是一种衡量和促进，因此无论如何这是一件可喜的事情。

        原载 1987 年 10 月 20 日《光明日报》

踽踽十年

《中国现代文学研究丛刊》创刊于十年内乱结束、拨乱反正全面开始之际，到现在已出了四十期、整整十年了。十年来，它经历了现代文学研究这一学科的由窒息到复苏、由重新评价历史现象到开拓新的研究领域，以及对新的文学观念和研究方法的追求与探索、学科本身的发展和创新等，可以说它是反映了这一学科在新时期的前进步伐的。十年来，全国涌现出了大量的新的专业人才，目前全国从事这一学科的教学和研究人员已近四千人，绝大部分是中、青年学者，其中有些就是通过本刊首次发表自己的研究成果的。《丛刊》已经成为专业性的交流学术思想和研究成果的全国性学术期刊，成为文科大学生和文学爱好者喜爱的刊物。它不像有些刊物那样经翻看后即被扔掉，读者是把《丛刊》当作有用的资料精心保存的。十年来，我们已经有了相当数量的国外订户。由于国外汉学界的研究方向日渐趋重现代中国，许多学者对《丛刊》的重视是可以理解的。在开展学术交流的努力下，本刊已与许多国外学者取得了联系，有的已经为本刊寄来了文章，这是令人欣慰的。

所有这些都不说明我们对《丛刊》的学术质量已经很满意，它的缺点以及许多有待我们去深入研究和探索的问题是很多的，都需要我们进一步做艰苦的工作。但这些缺点和问题也同样反映了这一学科目前所达到的水平，它不仅是这个刊物所存在的问题，而且是这一学科本身的问题；这是有待于从事这项工作的全体人员来共同促进和提高的。

十年来这个刊物的行程并不顺利，而是蹒跚前进的；已有几次濒于"心肌梗塞"，面临停刊危机，感谢中国作家协会和作家出版社给予支持，才终于"抢救"过来了。这主要指的是经济危机，即赔"钱"就难以维持运行。由于本刊是民间学术团体主办的，缺乏固定的经济来源和编辑编制，日常事务都由各单位的专业人员轮流兼任，出版则只有请出版社予以协助和支持，这在市场情况比较好的情况下是可以勉强维持的。但众所周知，学术刊物是无力与消遣性或通俗性的读物竞争的；一旦销路萎缩，既缺乏竞争能力，又无"大锅饭"充腹，则其濒于生命危机就是很自然的了。我们这种"诉苦"并非乞求读者的同情，而是有很强的现实意义。目前出版界正处于学术著作出版难的低谷时期，《丛刊》面临大劫，虽尚未心肌梗塞、生命垂危，却显然呼吸已经很急促了。这种情况十年来我们已经遇到过，并非"空前"，但确实希望能"绝后"；"抢救"的日子是很不好过的，姑不论"效果"尚悬于几微之间。这个刊物是国内唯一的关于这门学科的学术刊物，联系着广泛的作者和读者，社会效益是不言而喻的；值兹出版十周年之际，我恳切希望各方能给以有力的支持和鼓励，使它能够继续办下去。

原载 1989 年《中国现代文学研究丛刊》第 3 期

像鲁迅那样对待文艺工作

列宁曾说:"对于社会主义无产阶级,文学事业不能是个人或集团的赚钱工具,而且根本不能是与无产阶级总的事业无关的个人事业。"鲁迅的战斗的一生就是文艺工作者的光辉榜样。从中国新民主主义革命开始的"五四"时期,他的作品就是自觉地与"革命的前驱者""取同一的步调"的"遵命文学"。以后经历了统一战线的分化,"同一战阵中的伙伴"竟然"有的高升,有的退隐,有的前进","新的战友在那里呢"?他怀着追求革命队伍的目标,孜孜地"上下而求索"。在鲁迅成为伟大的共产主义战士以后,他更从无产阶级革命理论的高度,结合当时中国文艺界的实际情况,多次提出了文艺战士应当警惕把作品视作商品的腐蚀人们思想的问题。他不仅严格地要求自己,而且谆谆告诫文艺工作者必须摆正革命和文艺的关系,抵制错误思想腐蚀,坚持文艺为人民大众服务。在"左翼作家联盟"成立大会上,他首先敲响了"在现在,'左翼'作家是很容易成为'右翼'作家的"警钟,接着就发出了"要造出大群的新的战士"的号召。他看到了当时一些自称"左翼"作家的致命弱点,就是把文学当作名利之阶的"敲门砖",回避参加"实际的社会斗争",这当然是很容易成为"右翼"的;他把注意力集中在新生力量方面,要求造出大群的无产阶级文艺战士。因此他的许多对文艺工作者的批评,特别是关于抵制错误思想腐蚀的告诚，正是他对这样的战士的具体要求。今天重温鲁迅的这些宝贵意见，仍能受到深刻的教育。

文艺工作者是把自己的作品作为提高人们觉悟的精神食粮，还是作为努力推销的商品，这是首先必须解决的根本问题。在鲁迅生活和战斗的那个时代，社会是以生产资料私有制为基础的，商品化的影响到处泛滥，文艺界也毫不例外；鲁迅就指出过当时一些杂志的作者"都是乌合之众，共同的目的只在捞几文稿费"。我们姑且不说那种主张"资产是文明的基础"、穷人爬上去才"有出息"的梁实秋，或者身为书店老板的三角恋爱小说制造商张资平之流，就是自称为革命文学家的，不是也有人"因为出了一本或两本书，有了一点小名或大名，得到了教授或别的什么位置，功成名遂"了吗？鲁迅深刻地指出："革命文学者若不想以他的文学，助革命更加深化、展开，却借革命来推销他自己的'文学'，则革命高扬的时候，他正是狮子身中的害虫。"正因为我们有许多像鲁迅这样的文艺战士，才有了现代文学发展的辉煌的成果。但那种抱着创作当商品，追名逐利，借革命来推销自己作品的"害虫"也并非没有。鲁迅对这种人的揭露和批判是十分深刻的。他指出这些"忽翻筋斗的人"并不是"以文艺为阶级斗争的武器"，而是"借阶级斗争为文艺的武器"；如果革命文学、阶级斗争这些词句有助于他欺蒙读者、提高价格的话，他是很乐于把它当作商品的装潢的。于是就出现了如鲁迅所勾勒的那样的图画："'革命'和'文学'，若断若续，好像两只靠近的船，一只是'革命'，一只是'文学'，而作者的每一只脚就站在每一只船上面。"鲁迅斩钉截铁地指出，这种"要爬上资产阶级去的'无产者'

一流",他的作品,"从开手到爬上以及以后,都决不是无产文学。"在革命向前发展的过程中,这种人的由左而右,当然是毫不足怪的,甚至有"化为民族主义文学的小卒,书坊的老板,敌党的探子的"。然而革命的文艺运动却仍然在像鲁迅这样的战士的努力下存在和发展,因为无产阶级的文艺家从来就是必须以为人民群众服务为最高目标的。鲁迅称赞殷夫的诗爱憎鲜明,"属于别一世界";称赞柔石的为人是"只要是损己利人的,他就挑选上,自己背起来"。他援引列宁对高尔基是无产阶级作家的评价,认为原因就在高尔基的一身,"就是大众的一体,喜怒哀乐,无不相通"。鲁迅自己的实践也有力地证明了这一点,他丝毫没有那种私有观念的低级趣味,而是"做无产阶级和人民大众的'牛',鞠躬尽瘁,死而后已。"

文艺工作者必须摆正自己与人民群众的关系,是把自己作为劳动人民的普通一员,还是把文艺看作是高人一等的工作,这个问题如果解决不好,尽管作者主观上有为人民服务的愿望,仍然是会容易地受到错误思想的侵袭的。当时有一些人由于长期脱离实际,虽然主观上也同情和向往革命,但往往是由高人一等的恩赐观点出发,脑子里充满了不切实际的玄想。当时这种幻想的最普遍的形式就是"以为诗人或文学家现在为劳动大众革命,将来革命成功,劳动阶级一定从丰报酬,特别优待,请他坐特等车,吃特等饭,或者劳动者捧着牛奶面包来献他,说:'我们的诗人,请用吧!'"这其实就是一种高价待沽的思想,正如鲁迅所说,他们讲革命胜利不过是"付多少钞得多少利,像人寿保险公司一般"。这样的人如果不改变自己的观点,也是很容易变成"右翼"的。

鲁迅并不轻视革命文艺家或知识分子的作用，他说："知识阶级有知识阶级的事要做，不应特别看轻，然而劳动阶级决无特别例外地优待诗人或文学家的义务。"鲁迅自己就是把人民群众看作是中国的"脊梁"，时时解剖自己，以"有一分热，发一分光"的态度，不倦地为人民努力工作的。他称赞那种"愿意切切实实的，点点滴滴做下去的"文艺青年，认为"他是楼下的一块石材，园中的一撮泥土，在中国第一要他多"。这就是说文艺工作者必须把自己看作是普通劳动者，克服那种高人一等的思想。

文艺工作者是坚持艰苦朴素的工作作风，还是追求生活享受，贪图舒适和安逸，这是有关文艺方向的重大问题，决不是什么"小节"。鲁迅一生从不计较物质享受，把全部精力都用来进行工作，他说："我不玩，我把我的时间都用在工作上。"这正是革命文艺战士的本色，他要求自己是十分严格的。他不相信那些"住洋房，喝咖啡'却道唯我把握住了无产阶级意识，所以我是真的无产者'的'革命文学者'"。而且对于那种"一碰小钉子，一有小地位（或小款子），便东窜东京，西走巴黎"的"革命文学家"给予了尖锐的批判。许多事实证明，追求安逸和享受的生活作风最终是要引入歧途的。

在中国无产阶级文学兴起的初期，在鲁迅生活的那个时代，革命文艺运动中出现上述各种现象可以说是必然的，是有深刻社会根源的。在旧中国，反映生产资料私有制的意识形态在社会上还占统治地位，它必然会从各个方面对文艺工作者起腐蚀作用。更重要的，如鲁迅所说："是左翼作家之中，还没有工农出身的作家。""有些所谓革命作家，其实是破落户的飘零子弟。"鲁迅曾经写过一篇《文坛三户》的文章，指出当时"凡有弄弄笔墨的人们，他先前总有一点凭借：不是祖遗的正在少下去的钱，就是父积的还在多起来的钱"。鲁迅把这两种人叫作"破落户"和"暴发户"的子弟，他们的作品就放射着"顾影自怜"或"沾沾自喜"的"神彩"。另外一种是"暴发不久，破落随之"的"仅存无聊"的"破落暴发户"。这就是说当时从事文艺工作的人实际上都还受着由家庭或社会来的封建的和资产阶级的思想的很大影响。不管是"沾沾自喜"也罢，"顾影自怜"也罢，主宰他的思想中心的都没有离开过"钱"，这样的人如果不进行自觉的改变，即使口头上把革命文学讲得十分响亮，又怎么能符合文艺战士的要求呢！所以鲁迅断言："使中国的文学有起色的人，在这三户之外。"这就从社会根源上指出了种种错误倾向产生的原因。当然，对于一个有觉悟的革命文艺工作者来说，出身不好并没有阻塞他前进的道路，而只能增强他的自我反省的责任感。许多人就是在前进中逐步摆脱了家庭和社会所带给自己的不良影响和作风，抵制了外来的思想腐蚀，而锻炼成为真正的革命战士的。所以鲁迅满怀信心地指出：尽管在革命过程中"有人退伍，有人落荒，有人颓唐，有人叛变，然而只要无碍于进行，则愈到后来，这队伍也就愈成为纯粹精锐的队伍了"。鲁迅的道路就充分说明了这一点。他坚信"惟新兴的无产者才有将来"，憎恶自己出身的本阶段，"毫不可惜它的溃灭"，因而能够无情地解剖自己，正视从旧社会因袭下来的重担，抵制各种腐朽思想的"软刀子"的侵袭，掌握时代的脉搏，坚持正确的方向。他刻苦学习，而且能和实际结合，"使所读的书活起来"。他说:"倘能生存,我当然仍要学习。"这就使他对于革命理论能够真正弄懂弄通,并按照革命战士的要求来解剖自己和其他文艺工作者。他深恶那种"脑子里存着许多旧的残滓,却故意瞒了起来"的人,认为革命文学的"根本问题是在作者可是一个'革命人'"。因为只有达到这样的要求,才能自觉地抵制各种错误的思想和作风。

我们今天与鲁迅生活的那个时代当然有很大的不同。但是我们不能不看到,在社会主义初级阶段仍然不可避免地保留着从旧社会沿袭下来的痕迹,产生鲁迅所深刻批判过的那种错误思想和作风的条件仍然存在,而且还有各种从外部来的错误思想的侵袭,因而文艺工作者的责任也就更重了。重读鲁迅这些论述使我们深切地感到,既然鲁迅在那样的历史条件下能保持如此旺盛的革命意志,我们又有什么理由不严格要求自己呢?

原载《太原日报》1984年5月24日

在日本仙台日本东北大学学术座谈会上的发言

我一点准备也没有，我想既然是座谈会，那就大家一起谈。大家有什么问题可以问我。我知道一点儿，就回答一点儿。不知道，就说不知道。现在我先就大家提出来的两个问题，谈一点自己的看法。

第一个问题是魏晋时期的士大夫和今天知识分子的区别。

现在我们没有士大夫这个名词，现在我们叫作知识分子。知识分子这个名词似乎是和现代化的学校教育、教育制度有联系的。过去的士大夫也有文化知识，但是每个朝代都有一套类似现在的录取公务员的办法。汉朝有从地方上推举孝廉方正的办法，魏晋有九品中正制度。总的讲，过去的知识分子、士大夫，他只有一条出路，就是做官。学的东西都是一样的，大家都学相似的内容。现代的学校制度似乎跟工业革命有关系。学校里边有很多的学部，很多的系科。很多人毕业以后并不一定当公务员，当公务员的人是很少的一部分。这一不同就决定了很多方面的不同。因为士大夫总是官吏或准备做官的，所以他和皇帝制度非常密切。魏晋实行九品中正制，居于高品的人都出身于门阀世家，一个人他的出身越高，社会上的地位也越高。例如王谢两家，自东晋以后，世居宰辅大官，直到唐朝才有"旧时王谢堂前燕，飞入寻常百姓家"的慨叹。现在的大学，受了高等教育的知识分子至少在表面上都是平等的，当然完全没钱也上不起大学，但是家庭出身并不能直接影响他的地位。而且他们的工作也不一定是做官，各种各样的职业都有。现在的学校制度似乎跟文艺复兴以来的个性主义、人文主义有关系。所以每个知识分子都是独立的人。他可以选择自己的工作，也可以选择自己想要研究的学科。这同过去是很不相同的。我举一个例子。我们中国明清两代的科举制度，由考试录取秀才、举人、进士，这仍属于士大夫一类。但是清朝后期留学生多起来了，1904年开考试东西洋游学生之例，考取者给以举人、进士称号，高等者授翰林院编修，当时称洋翰林。清末文人王闿运曾有诗云"已无齿录称前辈，尚有牙科步后尘"。"齿录"是科举每属所刻印的名单，诗的上句表示科举已废；下句即指留学生中有"医科进士"，皇帝给了他一个进士的称号。牙科属医科，诗中用"牙科"是为了与"齿录"对仗。现在的知识分子也有当公务人员的，但和过去士大夫的概念也不一样了。最大的不同是过去的士大夫都服从于皇帝，而现在的知识分子至少表面上是人格独立的。过去一个读书人还没有做官，叫作"处士"，意思和没有结婚的女人叫作"处女"一样；只要一成为士大夫，就已经不是处士了，他只能永远忠于皇室。人为什么要读书呢？过去的说法就是"学成文武才，卖与帝王家"。现在也有人对学校制度不满，但是没有人说"学成科学才，卖给资本家"，没有这样的说法。因为至少每个人都有相当的自由，不必"从一而终"。我想主要的不同就是这样。当然也有相似的地方，一般地讲，知识分子总要服务于社会，那就要受社会需要的制约，也要受政府的管理；因为知识分子是凭自己的知识生活的，而统筹社会需要和管理社会的是政府。那么知识分子自然也不能不照顾政府方面的需要，特别是在政府机关中任公职的知识分子。这同过去士大夫照顾皇帝的需要，虽然总的说是不同的，但也有些类似的地方。不知对不对，我对这些问题没有研究过。

第二，阿部先生要我介绍一点昆明西南联合大学时代的闻一多、朱自清先生的生活情况。我先讲西南联合大学的简史。

1937年北平沦陷后，清华大学、北京大学、南开大学合起来成立一个大学，叫作长沙临时大学，设在湖南。另外是由北京师范大学、北平大学、北洋大学三个学校合起来成立的西北联合大学，设在陕西。现在西北联合大学的情况我不讲了，只讲"西南联大"。长沙的临时大学在长沙开学后，因为校舍不够用，所以把文学院设在湖南衡阳。当时正值暑假期间，学生大部分都回家了，所以并不是有计划地一块儿到湖南，只是由学校写信通知、让学生自己想办法到湖南报到。这些学校的教授们，北京陷落后也是先到天津，再坐轮船到南方，然后绕到长沙去。但是在长沙或者衡阳的学校秩序并没有稳定下来，因为学生到校的时间很不一致，而且1938年武汉就陷落了。所以1938年就决定从湖南迁移到云南昆明。因为昆明校舍不够用，文学院就先到云南的蒙自开学。后来1939年就回到昆明去了。昆明没有校舍，先是借用了一个中学的地方，住不下很多人。后来西南联合大学自己盖了房子，叫新校舍。但新校舍是很简陋的草房，而借来的中学校舍倒还是楼房。从北京到昆明去的教授呢，也并不是大家一起去的，是从不同的路线，自己想办法去的。当时最好、最舒服的路线是从上海坐轮船到越南，然后从海防又坐铁路到昆明。当然也有极少数的人有办法坐飞机，但最多的是坐大卡车。由湖南坐卡车要好些天才能最后到昆明。最苦的一种是走路，由长沙步行到昆明。至于究竟采取什么方式，就由自己决定了。闻一多先生是同大部分学生走路到昆明的。朱自清呢，因为他的夫人是成都人，成都没有陷落，他就先到了四川成都，然后再到昆明。闻一多一家人都长期住在昆明，朱自清只是一个人，他夫人和一家在成都。

这三个学校合起来以后，后来的三校仍然保留自己的系统。"西南联大"没有校长，只有三个委员，就是原来三校的校长，机构也是有三套。教授、学生原来都是分属三个学校的，"联合"带有临时性质。但是后来时间长了，原来三校的学生都毕业了，后来招收的学生就成为西南联合大学的学生了。但教授还是分属原校，如北大教授、清华教授。开始时朱自清先生是清华大学中文系系主任，同时也是西南联合大学中文系的系主任。后来西南联合大学的系主任就由北大的系主任担任了。另外清华大学成立了清华大学文科研究所，在昆明乡下，闻一多是所长，但他们都在西南联合大学讲课。

我再讲一点他们的生活情况。当时他们的生活非常苦。1937年卢沟桥事变以前，教授大概拿三百元左右的工资；那时三百元的工资很高，国民党的钞票和英美货币挂钩，规定三块钱可以换一美元，五块钱可以换一英镑，因此生活比较稳定。到了昆明以后，工资虽然还是可以拿三百块钱，但货币贬值了，成了象征性的东西，买不到什么货物。当时政府规定每个公教人员每月可以领取一定数量的相当于市场大米实际价格的货币，叫作"米贴"；公教人员的生活主要来源靠"米贴"，最多的一个人每月可以拿一石二。这是按照米价浮动的，可以保证最低的生活水平。抗战以后名义上工资不变。但是三百块钱已经买不到一盒烟了，没有实际意义，所以生活主要是靠这个"米贴"。那时候我是助教，我的生活倒比闻一多先生好得多。因为虽然他的工资三百元，我的工资八十元，但这没有什么意义。他的"米贴"是一石二，我的是一石，但是我是单身一个人，他是全家五口人。当时大家的生活很困难，每个人都想办法找钱。学工程的想法在工商业中找兼职，学法律的挂牌子当律师，学文学的没什么办法，闻一多就刻图章。朱自清则除了在大学教课外，同时又当中学教员。我也是又当助教，又当中学教员。在昆明时期的生活，大家都非常困苦。闻一多先生因为他家人口多，生活尤其苦。当时他的研究所在昆明乡下，我也在研究所里工作。因为他在"联大"有课，必须常到城里去，所以他到乡下来时我们大家就添一点肉；他不来，我们也就不吃了。闻一多、朱自清他们1937年以后写的东西为什么很少呢？因为当时出版非常困难。出版的东西很少。仅有的几种杂志都是土纸印的，字迹模糊不清，并且很容易破。闻一多这个时期发表的文章比较少，但存稿很多，现在我们正计划整理。为什么发表得少呢，因为受到当时出版条件的限制。闻一多这个人，大家都知道他是诗人，早年写的诗爱国主义情感很浓厚。但1937年以前他在大学教书的时候，学生们要求抗日，他仍然拥护国民党政府。他的思想变化，他的生活变化，从湖南走路走到昆明这段经历，可能对他很有影响。他为什么要和学生一块儿步行呢？他原来是学绘画的，开始时可能想多找一点艺术素材，他一路上画了很多东西。从湖南步行到昆明所经过的地方是中国生活水平很低，人民生活很苦的地方，这对他可能是有影响的。抗战开始以后，闻一多到蒙自、到昆明，开始他非常用功，并没有参加政治活动。在蒙自的时候，闻一多住在楼上，别的教授、教员在下边议论抗战形势，或者上街买东西，他都不参加，只在楼上研究学问，大家给他起个外号，叫作"何妨一下楼主人"。他参加政治运动是1942年以后的事。1941年是抗战期间变化比较大的一年。在中国，国民党、共产党以外，中国民主同盟于1941年成立了。中国民主同盟当时有一个领导人叫罗隆基，他在清华读书时期和留美期间，跟闻一多是同学，两个人是好朋友。民主同盟成立于重庆，但云南是它活动的中心；因为云南的地方官吏龙云，是土著军阀，和蒋介石有一些矛盾。由于这些关系，1942年以后闻一多就参加了中国民主同盟，成为领导人之一，并积极参加了学生的争取民主的运动。闻一多这个人富于诗人气质，他思想转变后非常激烈，和学生一起积极活动，后来国民党把他杀害了。当时大学的学生当中有左派和右派，受国民党、共产党影响的学生势力之间的斗争很激烈，闻一多是坚定地站在进步的左派学生一边的。朱自清不像闻一多那样激烈，他也是一贯支持进步学生的，但没有闻一多那样表现激烈。他的变化比较缓慢，闻一多的转变则突发性很强，变化很鲜明。就他们的学问讲，朱自清开始时写诗，后来写散文。到了抗战时期，朱自清在大学里教古典诗歌，也教文学批评。他一方面仍然写评论新诗的文章，一方面研究古典诗歌。闻一多开始时写新诗，后来完全不写新诗了。而且他研究的学问也是越来越古。开始时研究唐诗，如李白、杜甫的诗，后来就研究汉魏乐府、楚辞、诗经、周易、甲骨文，越来越古，好像上楼梯。他原来留学美国时学绘画，喜欢英国诗，回到中国开始时教英国文学，然后就教唐诗。以后他潜心于研究工作，很少教授像他那样用功。他研究古籍的时候，书架上以前的外国书都没有了。以前他写新诗，到研究古籍的时候，就完全不谈新诗了。到了四十年代，他参加民主运动的时候也是这样，把全部精力都付与民主运动了。他和学生一起活动，自己写宣传文章，自己油印，主动地上街讲演。他和朱自清是多年同事、好朋友，但我的印象他们两个人是两种不同的性格。用我们中国一般政治上的评价讲，朱先生前半生比闻一多进步，但后半生对闻一多的评价比较高。因为闻一多的变化是鲜明的，表现是非常激进的，而朱自清的变化则是像不断而缓缓向前流动的溪水那样，是渐变性的。我们可以把闻一多的一生分成三个时期：写新诗的时期、书斋研究时期、民主战士时期。这三种形式的生活特点朱自清也都有，但它是贯穿始终的，我们不能把它截然分成三个时期。

在东京的时候，我也碰到有人询问西南联大的情况，为什么现在好些人又对这个学校的历史感兴趣了呢？我想有一些原因。西南联合大学这个学校到1946年就没有了。但是这个学校毕业的学生在社会上还很多。大体上讲，有一大部分留在大陆，又有一部分在台湾，还有一部分在美国。现在有些人很怀念昆明那个时期。我们中国现在的教育部部长叫何东昌，就是西南联合大学的学生。他讲到大学教育的时候，就常提到以前西南联合大学的情况。我还看过台湾出版的长篇小说叫《未央歌》，也是写西南联合大学的学生生活的。去年还是前年，在北京成立了一个西南联合大学校友会。这个学校的历史令人怀念，学生的分布面比较广。现在中国的政策是对外开放，希望大家交朋友，所以中国的这些西南联合大学毕业的学生跟美国的校友联系，是受到鼓励的。当时这个学校的设备非常简陋，但是许多好教授、著名学者都集中在这个学校。而且这些教授虽然生活清苦，但都能专心从事教学和研究工作，学校的学风不错。现在包括在中国的一些人，都很怀念那个时期。当时虽然生活苦，但是学习气氛很浓。我们是在那个地方生活过来的人，我想起来的第一件事就是感谢昆明的气候。四季如春，一件蓝布大褂可以过一年。现在中国正在进行教育改革，许多人很容易联想到西南联合大学。当时西南联大的教授绝大部分都留在中国大陆，也有少数流到台湾的，例如钱穆，是台湾很有名的教授，他当时就是西南联合大学的教授。

这一个问题就讲到这里，我一个人讲得太多了。

1984 年 10 月 8 日
原刊日本《东洋学》第 53 号，1985 年 5 月 30 日

关于朱自清先生

朱自清先生（1898—1948）字佩弦，原籍浙江绍兴。他是我国现代著名诗人、散文家、学者、民主战士。

朱自清的祖父和父亲曾在江浙一带做过一些地方小官。他1898年11月22日出生于江苏东海县，1903年全家从东海搬到扬州定居，所以他曾自称"我是扬州人"。他幼年受的是传统的家庭教育，1912年开始在扬州上中学，1916年考入北京大学预科，1920年毕业于北京大学哲学系，毕业后即回杭州等地中学教书。

朱自清在大学学习期间就受到"五四"新文化运动的影响，走上了文学创作的道路，开始写新诗。他是"新潮社"的社员，文学研究会的早期会员。1922年出版的《诗》月刊是"五四"以来最早出现的诗刊，他是编辑之一。同时他在杭州还赞助了冯雪峰、汪静之等青年诗人组织的湖畔诗社。在进步思潮的影响下，具有民主主义思想的朱自清在诗里抒唱了他对生活的感受和追求，表现了坚定的正视现实和面向人生的态度。1923年3月，他的长诗《毁灭》在《小说月报》发表，引起了文坛的普遍重视。1925年"五卅惨案"发生，他曾写过充满爱国精神的诗篇《血歌》一首。他的诗内容积极健康，语言朴素自然，既摆脱了旧诗词的束缚，又不陷于欧化句式的模仿，为新诗创作开拓了前进的道路。他在"五四"时期写的诗分别收在诗合集《雪朝》和《踪迹》里。

1925年8月，朱自清受北京清华学校的聘请，担任中国文学系教授。此后他的创作便逐渐转向散文，并开始了关于中国古典文学方面的研究。他早期以抒情叙事见长的散文多收在《踪迹》《背影》和《你我》等集子中。1931年8月，他曾至英国留学，并漫游欧洲，次年归国后写成了文笔优美的《欧游杂记》和《伦敦杂记》。他的散文作品，有的直接从现实生活取材，抨击当时的黑暗社会，表现了爱国主义的热情；有的则叙述个人经历，回忆家庭往事，寄情山水风物，反映了他向往新生活、然而又诸多牵掣的矛盾心情。他的抒情散文《桨声灯影里的秦淮河》《背影》《温州的踪迹》《荷塘月色》等都是脍炙人口的名篇。这些文章感情真实动人、布局严密精当、语言凝练、比喻贴切，有很高的艺术成就，所以经常被选作中学语文课的教材。

抗战期间朱自清写过一本散文《语文影》，当时未能出版。抗战胜利后写的文字很多，主要收在1948年出版的《标准与尺度》和《论雅俗共赏》两书里。这个时期他目睹社会现实的种种黑暗和矛盾，思想有了很大转变，他积极支持和参加青年学生和社会上的民主爱国运动，成为当时引人注目的民主战士。在作品风格上也相应地有了变化，早年那种漂亮缜密的作品少了，写的多是针对现实、偏于说理的文字；思想严肃认真，有很强的现实意义。他要求自己站在"近于人民的立场"来说话，所以文字既周密妥帖，也更趋于普及。

在古典文学研究方面，朱自清有很高的造诣。他治学严谨，既能充分掌握史料，又时有新见，是这方面著名的学者。"中国文学批评"是他专门致力的学问；《诗言志辨》、

《〈文选序〉诗出于沉思义归乎翰藻说》等论著，立论精审，辨析入微，就是这方面的代表作。但更重要的成就是在诗的研究方面。他自己是诗人，中国诗，从《诗经》到现代，他都下过很大的功夫。早年他喜欢的诗人是陶潜、谢灵运、李贺，曾做过详审的行年考证；晚年所致力研究的诗人是韩愈、杜甫，对宋诗尤其注意，遗稿《宋五家诗钞》，诠释精审，即其明证。他说诗的态度比较客观，力求对古人有所了解；从《诗经》到现代，他当作一条诗的发展线索来加以考察和研究；对新诗的许多见解，也都是从史的发展观点来立论的。

　　1948年8月12日，北京解放前夕，朱自清贫病交加，因胃疾逝于北京。新中国成立后，于1953年出版《朱自清文集》四册；因意在精简，删削颇多。以后曾单出过文集未收之作如《中国歌谣》等。近年上海古籍出版社收辑了他有关中国古典文学方面的全部著述，出版了《朱自清古典文学专集》五册，从中我们可以看到朱自清作为古典文学研究专家的学术成就。

原载《浙江画报》1982年第12期

我的欣慰和期待

——在清华大学纪念朱自清先生逝世四十周年、
诞生九十周年座谈会上的发言

朱自清先生离开我们已经四十年了，现在纪念他，我觉得有两件事情还是值得欣慰的。

第一件事情是《朱自清全集》已经出版了，印得很漂亮，收入的文章也很多。这应该感谢朱乔森同志，他做了许多工作。

1948年朱先生逝世不久，曾组织了一个全集编辑委员会，由浦江清先生负总责，成员有叶圣陶、郑振铎、吴晗诸位，我也忝居其列，做了一些具体工作。《全集》很快编好，交上海开明书店出版。1949年全国解放以后，由于开明书店是私营企业，业务收缩，没有能力出版《全集》，于是就删除了其中的大部分，改为《朱自清文集》。叶圣陶先生在《题记》中说，"文集"是"全集"的精简本，并列入原拟的"全集目录"二十六种。《朱自清文集》于1953年出版只印了2500本，现在已很难找到了。

当时，我对《朱自清全集》没有能够出版，感到十分不安。多年来不断有人来信询问编辑《朱自清全集》的事情，特别是北京师范大学的钟敬文先生，曾当面严厉地对我说："为什么不把它搞出来，这是你义不容辞的责任。"然而实际上是有许多困难的，如朱先生的散文《背影》，多年来皆被选入中学语文教本,但在一个时期因为据说内容涉及人性论而被删掉了,"全集"怎么能有条件出版呢!后来环境宽松了,但我们国家的出版体制是搞分工的,人民文学出版社不出古典研究的书籍,古籍出版社又不要现代文艺创作,而且好些位原来的编辑委员已经先后逝世。我曾把他的"日记"选录发表了一部分,《新文学史纲要》也是我介绍发表的,做了一点微不足道的工作,就是无法促进"全集"的出版。后来我知道朱乔森同志曾写过《李大钊传》,是研究中国近代史的专家。于是有人找我时,我就请他去找乔森同志,这实在是一种不负责任的态度。今天《朱自清全集》终于出版了前三卷,而且收入的遗文比原来的计划还要多,这都是乔森同志努力的结果。我原来也做了些搜集佚文的工作,但很不完全,现在乔森同志编的"全集"确实是名实相符的,印刷装帧也比"文集"漂亮得多,我觉得这是一件值得欣慰的事情。

  第二件事情是清华大学又成立了中国语言文学系,这也是值得欣慰的。现在全国新成立了许多大学,为什么清华大学中文系就该取消呢?应该看到,清华中文系不仅是大学的一个系,而且是一个有鲜明特色的学派。清华大学中文系的成就和贡献,是和朱先生的心血分不开的;朱先生当了十六年之久的系主任,对清华中文系付出了巨大的精力。朱先生在日记中提到要把清华中文系的学风培养成兼有京派海派之长,用现在流行的话说,就是微观与宏观相结合;既要视野开阔,又不要大而空,既要立论谨严,又不要钻牛角尖。他曾和冯友兰先生讨论过学风问题,冯先生认为清朝人研究古代文化是"信古",要求遵守家法;"五四"以后的学者是"疑古"，他们要重新估定价值，喜作翻案文章；我们应该采取第三种观点，要在"释古"上用功夫，作出合理的符合当时情况的解释。研究者的见解或观点尽管可以有所不同，但都应该对某一历史现象做出它之所以如此的时代和社会的原因，解释它为什么是这样的。这个学风大体上是贯穿于清华文科各系的。朱先生在中文系是一直贯彻这一点的。清华中文系的学者们的学术观点不尽相同，但总的说来，他们的治学方法与墨守乾嘉遗风的京派不同，也和空疏泛论的海派有别，而是形成了自己的谨严、开阔的学风的。这种特色也贯彻在对学生的培养上。清华中文系不但规定必修第二外国语，而且还必须要学一门欧美文学史，这是由西方文学系的外国教授讲的，要求很严，但是朱先生坚持必须学习。关于"五四"以来新文学的课程，也是从清华大学首先开设的，由朱先生自己讲。他强调要适应我们的时代发展。比如新诗，人们说是"欧化"的产物，朱先生说应该叫作现代化，因为诗要发展，就必须现代化。新诗不是借鉴历史来的，而是从欧洲来的，和过去的诗体变化不同，但它适应现代化的要求。清华中文系的许多学者都强调时代色彩，都力求对历史作出合理的解释，而不仅仅停留在考据上。这个学派是有全国影响的，在社会上发生了很大的作用。解放以后，北大教语言学的王力先生、朱德熙先生，教文学的吴组缃先生、林庚先生，社会科学院文学研究所的余冠英先生、俞平伯先生，一直到台湾大学的董同和先生、许世瑛先生，都是属于这个系统的，它的分布面相当广。清华中文系的成就和特点都是和朱先生分不开的。朱先生还长期兼任清华图书馆馆长，"五四"以来的文学作品，各大学以清华的藏书最多。

三十年代，朱先生开始为清华图书馆收集清人文集，现在清朝人的文集在清华图书馆收藏得最完全，这是清华图书馆的一个特点。朱先生对充实图书馆是有一套计划的，这也是他的功绩之一。现在清华中文系又成立了，我觉得应该继承过去的传统和成就。这些成就是和朱先生的努力分不开的，因此，对其的成立表示欣慰。

谈到对朱先生的学术研究，现在许多文章都着重谈他的散文，而对他的诗和学术研究则相对忽略了。其实朱先生也是一个诗人。最早的诗集《雪朝》，就是朱先生与其他几个人的合集，《毁灭》是"五四"时期最著名的长诗。郭沫若在《创造十年》中就认为朱自清是文学研究会的代表诗人。湖畔诗社的几个诗人汪静之、冯雪峰等，也是朱先生早期当中学教员时扶植起来的。他对诗的研究很早，而且对新诗的发展一直是关心的，几乎每年都有关于新诗的评论文章。抗战期间他写了《新诗杂话》，一直到1947年还写了《今天的诗》的文章。他也写旧诗，有两本旧诗集，但未出版。一个叫《敝帚集》，另一个叫《犹贤博奕斋诗钞》，都是表示只是自娱性质，并非提倡旧诗。对古典文学的研究也是如此，他是十分重视古为今用的，强调要回到现代的立场。他很重视古典文学的普及工作，主张用中国的传统文化来提高人的素质。叶圣陶先生和朱先生从三十年代便开始关注中学语文教育，现在中学语文课本叫"语文"，这两个字就是叶圣陶先生和朱先生他们倡导的，原来都叫"国文"。朱先生曾说，中国有四本书在群众中很流行：《古诗源》《六朝文絜》《古文观止》《唐诗三百首》。他想把这四本书用白话文注解，用现代的观点加以解释。他鼓励中文系的毕业生去当中学教员，还自己开了《中学国文教学法》一课，与学生共同讨论。一直到他逝世之前，还同叶圣陶先生合编一套中学的语文教材。他研究中国文学批评是从词意辨析入手，强调必须分析传统用词的准确内涵，不能望文生义。例如"自然"一词，朱子说陶诗平淡出于自然，"自然"是指一种生活态度，钟嵘《诗品》中的自然是指不用典。都和今天"自然"的含义有所不同。又如妙不可言的"妙"不能改为"好"字。总之，不同时代的用词虽然相同，但其具体内涵是有变化的。这项辨析工作虽然没有按计划完成，但由此可以看出他谨严认真的治学态度。可见朱先生除散文外，值得我们研究探讨的东西还是很多的。

清华中文系既然成立了，就要继承朱先生的事业，这是我的期望和心情。

原载 1988 年 12 月 10 日《文艺报》第 49 期

三晋河山的颂歌

——《现代咏晋诗词选》序

由中共山西省委宣传部文艺处编辑，贺新辉、宋达恩二同志选注的《现代咏晋诗词选》，是一本别开生面的现代诗词选集。它汇集了近三百首"五四"以来歌咏山西的优秀诗篇，集中地展现了山西"表里山河"的形势，革命的历史和人物，文物古迹和风土人情，建设成就和地方物产。可以说它是诗化的"地方志"，是山西历史的缩影，是晋阳大地绚丽风光的壮美画卷，也是党领导山西人民进行伟大革命斗争和建设的赞歌。它的作者既包括老一辈的革命家，也有著名的现代作家和诗人。这些诗有的是运用了传统的古典诗词的形式，也有的是用"五四"以来的新诗体写的，如艾青、田间、贺敬之等著名诗人的作品，它们的共同特点就是诗的形象比较鲜明，地方色彩很浓。鲁迅早在三十年代就曾向年轻的左翼作家提出要注意描绘地方的"风景、动植、风俗等等"，增添作品"地方色彩"的要求[1]，因为这是提高作品的艺术质量所需要的，特别是诗歌。诗以抒情为主，要求达到真切感人的艺术效果，就必须情景交融，言之有物，而地方色彩的浓厚是有助于达到这一要求的。所以，这本书不仅是一本进行爱国主义教育的形象化教材，而且对于文学艺术的创作也会有一定的启示作用。

诗集的首篇，毛泽东同志的《沁园春·雪》："北国风光，千里冰封，万里雪飘。"以雄伟气概和豪迈的气魄，描绘了秦晋高原的壮美风光。陈毅同志的诗句："黄河东走汇百川，自来表里太行山。万年民族发祥地，抗战精华又此间。"简要地概括了山西的地理形势及其在我们伟大祖国所处的历史地位。山西自古就有"表里山河"之称，"东则太行为之屏障，西则大河为之襟带。北则阴山、大漠为之外蔽，而勾注、雁门为之内险。南则首阳、砥柱、析城诸山滨河而错峙。汾、浍萦流于右，漳、沁包络于左"[2]山西境内到处是连绵不断的崇山峻岭，"五台高耸白云飞"（朱德《过五台山诗三首》），"峥嵘突兀吕梁雄"（陈毅《过吕梁山》），"太行山似海，波澜壮天地；山峡十九转，奇峰当面立"，正是"相看长不厌，万幻数难悉"（陈毅《过太行山书怀》）。在巍巍群山之间，遍布着险要的关隘，著名的就有雁门关、宁武关、平型关、娘子关、杀虎口等。"娘子关头悬瀑布，飞腾入谷化潜龙"（郭沫若《过娘子关》），雄伟的地势，辅之以历史传奇故事，是令人心荡神摇的。山西的崇岭、大河、雄关、险隘，构成了极其壮阔奇伟的地理背景，给山西的历史、人物，增添了英雄主义的色彩。

山西素称我国"古代文化摇篮"，自古就有尧都平阳、舜都蒲坂、禹都安邑，后稷教民稼穑于稷山、嫘祖养蚕于夏县的传说。这些当然不一定是信史，但1954年在襄汾县丁村发现了旧石器时代中期的文化遗址，证明十五万年以前我们伟大民族的祖先就居住在山西这块土地上。1961年山西侯马东周遗址的发掘，得到了大量的铜器陶范等出土文物，让我们窥见了古代山西文明之盛。"花纹雕镂夺天工，鬼神奔呼惊欲绝"，"翩翩鸾凤下蓬莱，翎羽缤纷五色开"，"构思变幻欺造化，别开蹊径出心裁"（张颔《侯马出土陶范歌》）；在两千多年前就有这样精湛的工艺美术，不能不使我们产生强烈的民族自豪感。"霸图衰歇三分晋，块土开基一统唐"（陈毅《过汾河平原》），号称我国古代封建社会文明高峰的唐朝就兴于晋阳。山西境内的许多唐代文物和古建筑，与北魏时代的大同云冈石窟，交相辉映，闻名世界。"屡沦夷狄空形胜"（陈毅《过汾河平原》），山西也是历史上民族斗争十分激烈的地方，有许多少数民族统治的王朝就建立在山西；留存至今的大量名胜古迹生动地记录了少数民族和汉民族共同创造祖国文明的辉煌史实。

"从来燕赵多豪杰"（朱德《太行春感》），生活在山西这块土地上的人民，像"苍苍"吕梁、"洋洋"汾水（贺龙《为晋绥烈士塔题词》）一样，充满英雄气概，具有光荣的革命斗争传统。历史上农民起义的英雄，抵御外来侵略的壮士，层出不穷；"五四"以后更涌现出了大批先进人物，为革命事业英勇斗争，鞠躬尽瘁。高唱"我是宝剑，我是火花"战歌的高君宇，就是山西为革命献身的早期共产党员之一。抗日战争时期，山西人民在中国共产党领导下所进行的可歌可泣的斗争，更是中国现代史上最为壮丽的英雄史诗。"日寇侵略灾难深，毛主席挥师去东征，飞舟破水斩急浪，天堑黄河一扫平"（肖华《黄河凯歌》）；还在1936年春，为了实现党的抗日民族统一战线主张，工农红军就从陕北渡河东征，到了山西。"华北收复赖群雄，猛士如云唱大风。自信挥戈能退日，河山依旧战旗红"（朱德《赠友人》）；1937年"七七事变"后，党中央作出伟大战略决策，由朱总司令率领八路军挺进山西，以五台、太行、吕梁山为依托，创建了晋察冀、晋冀鲁豫、晋绥三大革命根据地。"平型雁门捷,阳堡显奇迹"(陈毅《过太行山书怀》);"伫马太行侧,十月雪飞白,战士仍单衣,夜夜杀倭贼"(朱德《寄语蜀中父老》);"一鸣霹雳响,万山杀敌声","飞兵迎面来,猛虎扑羊群"(肖华《晋西伏击战》)。在中国共产党的领导下,英雄的山西军民同全国人民一道,用自己的生命与鲜血创造了"以弱胜强"的人间奇迹,根本改变了抗日战争的战局。"创业不拔赖基地,我过太行梦魂安"(陈毅《过太行山书怀》),在整个抗日战争时期,山西成了夺取战争胜利的牢固基地,为了这个胜利,山西人民献出了续范亭到刘胡兰这样的自己最优秀的儿女。"太行浩气传千古"(朱德《悼左权同志》),烈士的英灵将与壮丽的山河结为一体,永垂不朽。

中国人民革命的伟大胜利,使山西的山河、文物都获得了新生。人民创造的文物古迹回到人民手中,为人民所享用。"晋祠风物美,山水共清虚","游憩工农众,疲劳得展舒'(董必武《游晋祠》);面对历史遗迹,人们不再"发思古之幽情",而要高唱一曲新时代的赞歌:"帝王兴废长已矣,人民世纪金不换"(陈毅《游晋祠》)。山河在历史主人人民的眼里,更显得千姿百态,雄浑之中露出了别有风致的妩媚,"汾河流水哗啦啦,阳春三月看杏花。待到五月杏儿熟,大麦小麦又扬花。九月重阳你再来,黄澄澄的谷穗好像狼尾巴"。这里充满了人民对新生活的喜悦,"打开小门旧篱笆,社会主义前程大。一马当先有人闯,万马奔腾赶上他。人心就像汾河水,滚滚长流日夜向前无牵挂"(乔羽《汾河流水哗啦啦》)。在社会主义大道上一往无前的山西人民,在党的领导下,正在用自己的双手创造着新的山河和新的美:

"斩断神牙鬼爪，镶上一串明珠"（谢觉哉《三门峡》）；"平地楼千仞，高渠水一泓"；"公路交如织，频频汽笛鸣"（郝树侯《太原新景》）。透过"频频汽笛鸣"，人们听到的是古老的山西向现代化进军的脚步声。同样重要的是，在我国古代文明的摇篮山西，人民在创造现代化物质文明的同时，正在创造社会主义新的精神文明。"品德比尧舜，才能赛卫霍，姑射山之人，丰姿永绰约"（谢觉哉《参观临汾龙祠公社途中》），一代社会主义新人正在成长。未来掌握在人民手中，他们一定会创造出比他们的英雄前辈更加宏伟的业绩，山西人民的英雄主义的新史诗正在新的历史高度上继续谱写。从这一意义上说，这本《现代咏晋诗词选》的编选工作并没有结束，甚至可以说现在还仅仅是开始。人们有理由期望，随着山西社会主义建设事业的发展，将会出现一本本更为动人的新的"咏晋诗集"。

由于本书入选的诗人很多，他们的经历和修养，写作时的感受和心境，都很不相同；而且又采用了不同的形式和诗体，因此表现在艺术风格上也是千差万别的。但作为一个整体来看，它又体现了百花争艳的丰富多样的绚烂色彩，这是同它所歌颂的山西的壮丽的山河和英雄的人民相适应的，而仅仅这一点，就足以显示这本书在艺术上的特色了。

山西是我的出生地，虽然四十多年来旅寓在外，很少回去，但正如鲁迅在《朝花夕拾·小引》中所说，"思乡的蛊惑"是会令人"时时反顾"的，因而读了这本《现代咏晋诗词选》之后，精神上感到很大的满足。也是鲁迅的话："我也不愿意别人劝我去吃他所爱吃的东西，然而我所爱吃的，却往往不自觉地劝人吃，看的东西也一样。"[3]我之所以愿意把这本书推荐给读者，就因为它是我自己所喜爱，因而希望别人也会喜欢的书，而且我认为重视文学作品中的地方色彩，今天仍然是值得提倡的事情，这本有特色的书对此是会有所启发的。

1981 年 5 月 10 日

*　　*　　*

〔1〕参见《鲁迅书信集》547 号。
〔2〕顾祖禹：《读史方舆纪要》。
〔3〕鲁迅：《小约翰·引言》。

坚韧执着的人格力量

——严昭《严慰冰传》序

经过十年内乱，由于当时震惊全国的所谓"严案"，尽管使人啼笑皆非，也并不十分清楚它的经过和曲折，但严慰冰这个名字对许多人来说都是很熟悉的。当我们今天需要正视和反思这段历史的惨痛教训，需要以先进战士的人格力量来激励我们前进的时候，我们多么需要能把铁骨铮铮的战士的怀抱和经历作出生动真实的描述呢！《严慰冰传》可以说就是这样的一本书。作者严昭同志不仅是传主的胞妹，对她的生活和经历最了解，而且是共同参加革命工作并一起被囚禁多年的并肩斗争的战友；她不仅了解传主生活的一切细节，更了解传主的伟大的心灵和高尚的人格，因此由她来撰写这本书是最恰当不过的了。至于文笔的晓畅和感情的浓郁，虽然十分鲜明，但较之内容的真实性来，反而是次要的特点了。

严慰冰同志在青年时代就显露了她的文学修养和才华。1936年冬，我正在清华大学中文系学习，并担任学生会刊物《清华周刊》的总编辑，有一天，系主任朱自清先生把我叫去，让我看一封信和几篇散文和诗的文稿。朱先生说："寄信的人叫严怀谨，是松江女中的高三学生，她想明年投考清华中文系。这个学生的文章写得不错，很有才华，我们也希望能招到这样的学生。我已回信给以鼓励，并介绍你给她以具体的帮助，她如来信提问，你要认真回信。"我看了她的文稿，确实感到很有才华。就这样，我们就通起信来，谈的多是文学和考大学的事。但第二年抗战就开始了，清华根本无法招生；大家都音讯断绝，天各一方地流浪起来了。一直到全国解放以后，我才有机会见到她本人，并知道她已改名严慰冰。五十年代中期，她曾在北大工作，见面谈话的机会多了一些，对她的经历也知道了许多。1962年读到新出版的她的叙事长诗《于立鹤》，我既为诗中的革命气概和抒情气氛所感染，也为她在多年从事实际工作之后，又进行文学创作而欣慰；我是坚信以她的生活积累和文学才华，是一定会贡献出许多佳作的。但不久"严案"就发生了，我也进了"牛棚"，还专为此受过审问，我个人没有什么，但内心真为她的命运担心，而且一点也不知道她的消息。直到1979年，在她出狱之后不久，我才在国务院第二招待所看到她。经过13年的折磨，面貌憔悴，身体很坏，但意志仍然十分旺盛，并谈了她的写作计划。果然我陆续读到了她的一些作品，文笔仍然十分清新，感情则愈加深沉坚定；我希望她能写出更多的东西，遂与唐弢同志一道，介绍她加入中国作家协会。但她的身体确实是愈来愈弱了，1984年3月初，在我赴香港讲学前夕，我还去北京医院看过她，谈了好一阵；不幸我在滞港期间，在报上看到了她的噩耗，既不能亲临吊唁，又无力强忍悲痛，只能木然沉思，久久不能自已。

慰冰同志的贡献远不只她与文学的因缘，我之所以剌剌不休者，一方面是我只能谈这方面的内容，另一方面也是从此正可以看出她的坚韧不拔的精神力量。我以为最能概括她

的生平和怀抱的,莫过于她的那首"诉衷情"的《自叙词》:

> 当年不羡万户侯,沙场灭寇仇;
> 麸米野菜充饥,一代竞风流。
> 妖尘起,苦为囚,渐白头;
> 峰回路转,晚晴笔耕,花满神州。

她的一生确实是无愧于那个"一代竞风流"的时代的,可贵的是在经历了可怖的长期折磨之后,疾病缠身,她的意志仍然很旺盛,坚持"晚晴笔耕"死而后已;她用自己的全生命,谱写了一首壮丽的诗。

  我在这里想谈谈她的叙事长诗《于立鹤》,因为从她描写她的故乡烈士于立鹤的诗篇中,我们很自然地就会联想到作者自己的精神和情操,她显然是把自己对家乡和祖国的真诚的爱,对多灾多难的人民的同情和理解,对于人生、革命的追求和信念,都融注在诗中了。"江南一道水,九曲三湾脉脉流,两岸栽满垂杨柳。灌溉良田千万亩,流入长江不回头。河水溶溶绕青山,青山脚下小村庄,玫山湾,傍山依水好地方。"——读着这样优美的诗句,人们自然会想到,正是如此青山绿水的美丽环境抚育了诗人的童年。当诗中出现了"前庄三先生"——诗人的父亲,革命先烈严朴同志的形象时,诗的情调也变得激越起来,"菊花天气近新霜,严朴同志来演讲";正是那些激昂的宣传革命真理的内容唤醒了很多人,当然也启发了诗人自己的新的追求,于是如诗中所描写的那样,"唯物史观埋头读,埋头读,东方破晓,曙光早进屋"。这些书香人家的子弟,背叛了中国知识分子的传统道路,把自己的生命投入了人民革命的洪流,获得了崭新的意义,这些,在诗中都有生动具体的反映。到了全诗的高潮——于立鹤被捕入狱,革命知识分子的人格力量与生命价值,升华到了一个崇高的境界:"牢房宽如笼,牢门狭似缝。岗层层,锁重重,细雨正濛濛。挨千般拷打,一杖下,一道血,一层皮。刑询经几次,男子汉,大丈夫,宁为玉碎,不为瓦全!才苏醒又昏迷。"严慰冰同志当然没有想到,就在她写出了这样的"豪气冲天"的诗句几年之后,她自己也面临了与先烈于立鹤类似的考验;她自己也成了"宁为玉碎,不为瓦全"的巾帼英豪。这首长诗今天读来仍然具有强烈的感人力量,我想,最根本的原因就在于诗中融注了诗人自己的革命情操和崇高的人格力量。"诗如其人",严慰冰同志是把"作诗"与"做人"高度统一起来了。不但她的"诗"因其人格而获得了启迪读者的魅力,她的"人格"也因其"诗"而获得了富有诗意的升华。这首诗在艺术上也颇具特色,她采用了"民歌体",但处处表露出诗人古典诗词的深厚修养;使诗中的革命激情表现得深沉、蕴藉而厚实。当然,她的文学才华远没有充分发挥出来,创作只是她生命中的一小部分,我谈这首诗也是意在说明她的人格力量。

就在这本诗集的扉页上,作者题了下面的四行诗:

　　生若春花之绚烂兮,
　　死如秋涛之壮烈。
　　为革命历尽艰辛兮,
　　俯仰无愧于天地。

"哲人其萎",我想,这是可以同样奉献于严慰冰同志之灵的。

1988年4月24日于北京大学寓所

国庆抒情

北京的秋天是最美丽的季节，阳光灿烂，天高气爽。我向学生宿舍楼走去，只见学生们有的在忙着出大型壁报《国庆特刊》，有的在排练文艺节目，浸沉在准备庆祝国庆活动的节日气氛里。忽然，一位同学来找我，让我看看他写的文章。我拿过来，那用红色写的四个字的标题非常触目：《国庆抒情》。他通过自己上大学的体会，尽情地歌颂了社会主义祖国。文章写得热情洋溢，十分动人。我和他谈了我的看法，他腼腆地说："感想倒不少，就是不容易表达出来。"这个同学的业务基础并不特别好，但他学习很刻苦，肯钻研，因此进步很快。他的文章引起了我许多的联想，使我久久不能平静。看看这些可爱的青年人的朝气蓬勃的面貌，想想我们的学校、我们的文化教育事业的发展和变化，深切地感到祖国在前进，人民在前进。前进的步伐是从哪一个侧面都可以感受到的。由于这个启发，我也就袭用了他的题目，记下自己一些感触的片段。

现在的学生都是在红旗下长大的，他们同我的青年时代不同，带有新的感受是很容易理解的。但教师，特别是上了岁数的老教师，是不是也发生了变化呢？从表面上看来，尽管还是那些熟悉的名字和面孔，但跟以前比较，无论在生活、工作，以至整个精神面貌，都发生了很大的变化。我教书已经三十多年了，解放以前，我在清华大学中文系教书，学生们展开了声势浩大的反饥饿运动，中文系系主任朱自清先生生活贫困，患着重病，但他拒绝领取美国的"救济粮"，支持学生运动。他把唐人的诗句"夕阳无限好，只是近黄昏"，改写作"但得夕阳无限好，何须惆怅近黄昏"，写好后压在写字桌的玻璃板下面，表示自己的感触。意思是只要祖国有光辉的前景，人民能得到解放，自己即使衰老也是无所谓的。当时我曾为他那种热爱祖国、渴望解放的心情所激动。朱先生是在解放前一年逝世的，现在我的年龄比朱先生当时的年龄还大十来岁，但心情确实不同了，我一点也没有那种"黄昏感"。这并不是因为我的身体好，而是社会主义祖国欣欣向荣，人民意气风发的时代潮流把人们都卷进去了，因此心里想的只是怎样把工作多做一些、做好一些，尽最大可能贡献自己的力量。前些天我遇到了哲学系的老教授邓以蛰，他已经年近八旬，但精神矍铄，还积极参加教学参考资料的编译工作。记得以前在朱自清先生的追悼会上，他曾送了一副亲笔书写的挽联，上联记不清了，下联是"来生不作教书人"，当时他那种愤激情绪曾引起了许多人的同感。现在他却怀念教学工作，再三表示自己身体不错，还可以胜任。我笑着问他是否还记得"来生不作教书人"的事，他马上严肃起来了："那是什么时代！"接着便爽朗地笑了。"如果真有来生，而且由我来填志愿的话，只要改一个字就行了，'来生定作教书人！'"的确，时代不同了，人们的心情也不同了，胸怀爽朗，热爱工作，大家都致力于一个伟大的共同的目标，这就是我们这一代人的普遍的精神状态。

这种心情是很容易理解的，简单地说，就是懂得了生活和工作的意义，懂得了自己的工作同祖国建设和人民生活的关系。在旧社会，不知道有多少正直的有理想的知识分子经历了辛酸的个人奋斗和最终幻灭的悲剧！记得当时一位同事曾用自嘲的口吻说："我每天是教书为了吃饭，吃饭为了教书，究竟哪个为了哪个，自己也不甚了然了。"那结果当然只能是当一天和尚敲一天钟，对生活采取了"熬"或者"混"的态度。自从 1949 年 10 月 1 日这个伟大日子开始，全国人民就一股劲地向着一个共同的目标前进，这就是努力改变我国"一穷二白"的面貌，使它在一个不太长的时间内建设成为具有现代工业、现代农业、现代科学文化和现代国防的伟大的社会主义国家。这个宏伟的目标吸引了全国人民，当然也激发了知识分子的理想和热情。我自己就是这样，每一想到"我国的艰巨的社会主义建设事业，需要尽可能多的知识分子为它服务"这一论断时，就为自己工作做得很少感到自疚，而且总切望同学们能学得更好，能更快地成长起来。他们是祖国的建设者，不久就要到全国各地担负各种不同的工作，教育工作者的责任就是要培养他们在德、智、体几方面都得到发展，成为有社会主义觉悟的有文化的新人。尽管我们每一个人所做的只是一小部分的具体工作，但它像一部大机器中的螺丝钉一样，不只同整体密切联系，而且是同伟大的目标息息相关的。旧社会知识分子中常见的那种理想和现实的冲突，现在变成了目标和干劲的关系，人们对生活和工作充满了幸福感和责任感。为人民服务成了普遍的生活目标，我觉得这就是干劲的动力和源泉。

在教学工作中我经常和同学们接触，逐渐熟悉了他们，彼此有了思想感情的交流。以前我在教学中考虑得最多的是教学内容的逻辑性、材料的充实和观点的明确，等等，而很少考虑到同学的实际需要和接受能力。现在我比较具体地知道他们的优点和弱点，有什么问题需要解决，因此就常常考虑自己应该怎样启发和帮助他们。我为他们在学习中取得的每一点进步感到高兴，也为他们存在的某些弱点感到不安，这样教学工作就比较有了针对性，也建立了真正彼此关心的师生关系。过去我也知道要向自己教育对象学习的道理，但理解得很抽象。现在我深切地体会到，从同学那里是可以学到许多东西的，因此我喜欢在课余活动时间常到他们宿舍走走，听听他们又在谈论些什么，学习中存在什么问题。我感到自己从他们的思想和情绪中得到许多启发。

在国庆这个伟大节日来临的时刻，看着青年同学们幸福的面孔，想着祖国欣欣向荣的景象，我心情十分激动。我们的方向和目标是明确的，光明的前景是耀眼的！既然我们认识到我们从事的是这样光荣和伟大的事业，我们就一定能够坚定地向着这个目标奋勇前进。

原载 1978 年北京大学校刊《北京大学》

自 我 介 绍

在校时诸多平平，鲜为人知。惟斯时曾两系囹圄，又一度主编《清华周刊》，或能为暌违已久之学友所忆及。多年来皆以教书为业，乏善可述，今仍忝任北京大学教席。迩来垂垂老矣，华发满颠，齿转黄黑，颇符"颠倒黑白"之讥；而浓茗时啜，烟斗常衔，亦谙"水深火热"之味。惟乡音未改，出语多谐，时乘单车横冲直撞，似犹未失故态耳。

1987年5月为《为清华十级
（1934—1938—1988）纪念刊》作

真实写出历史全貌

——钱理群、吴福辉、温儒敏、王超冰著
《中国现代文学三十年》[1]序

这是一本由钱理群、吴福辉、温儒敏、王超冰等四位青年研究工作者撰写的有特色的现代文学史著作。这个事实本身就是令人振奋的。从1922年胡适在《五十年来中国之文学》的最末一节"略讲文学革命的历史和新文学的大概"开始,六十多年来在不同时期出版的各种有关现代文学史的著作,已经相当多了;它已构成了一部关于现代文学的学术研究史,记录了这门学科在艰难曲折中跋涉前进的历史足迹。其中较早的著作,无论是前述胡适《五十年来中国之文学》(1922年),还是陈子展《最近三十年中国文学史》(1928年,原为《中国近代文学之变迁》中的一节),或周作人的《中国新文学之源流》(1932年),都是着眼于新文学与传统文学,特别是与近代文学的历史变迁关系的梳理,这固然反映了当时人们对于现代文学的一个特定的观察角度,同时也显示了现代文学尚未从中国文学整体研究中分离出来,成为独立的学科。真正用历史总结的态度来系统地研究现代文学的,应该说是始于朱自清先生。他1929至1933年在清华大学等校讲授"中国新文学研究"的讲义,后来整理发表题为《中国新文学研究纲要》,是现代文学史的开创性著作,它以作家的创作成果作为主要研究对象,着眼于从丰富的文学现象来探讨各类作品产生和发展的社会原因和历史经验，重视作品的艺术成就及社会影响，特别是注意分析了外国文学对中国现代文学的影响及其对各种流派的形成在思想风格上所起的作用，并采用了先有总论然后按文体分类评述的体例，这对以后的现代文学研究都有重要的启示作用。中华人民共和国的成立，标志着新民主主义革命的胜利完成，现代文学的发展已经历了一个完整的历史阶段，这就更有条件从整体上来考察和研究它的发展过程和历史特点了。五十年代初期，由于适应当时高等学校新设"中国现代文学史"这一课程的教学需要，先后出现了好几种比较完备系统的现代文学史著作，这些以教材形式出现的著作虽然都努力尝试运用历史唯物主义的观点来说明现代文学的产生和发展，但同时也反映了民主革命胜利初期的时代气氛与社会心理；如对于解放区作品的尽情歌颂，对于国统区某些政治态度暧昧的作品的谴责，即其一例。由于当时政治气氛和学术空气比较正常，各种各样的大规模的政治运动尚未开展，因此这一时期出现的各种现代文学史著作，都尚能各抒己见，具有不同的特点。总的说来，它们为这门学科的研究奠定了基础，形成了后来研究工作者沿用的格局和范围，为进一步的深入研究确立了一个起点。但随着我国学术思想界"左"的倾向的抬头，这些著作都受到了不同程度的批判；代之而起的是一批以所谓"文艺上的无产阶级路线和资产阶级路线的斗争"作为基本发展线索的现代文学史著作。这些著作不仅把研究的重点对象由作家作品转向文艺运动，甚至政治运动，而且模糊、以至否定了现代文学反帝反封建的新民主主义性质。研究的范围越来越窄，"现代文学史"变成了"无产阶级文学史"；到了那"史无前例"的日子，最后就只剩下一个被歪曲了的鲁迅。粉碎"四人帮"以后，经过拨乱反正的工作，特别是党的十一届三中全会以后，随着现代文学研究工作的全面复苏，又出现了一批新的现代文学史著作。这些著作或在六十年代编写的教材基础上修改和补充，或由一些地区、学校组织集体编写，总的看来，尽管在体例或深度上还没有更大的突破，但都对现代文学的基本性质，以及对文学运动、作家作品的评价上，进行了大量"拨乱反正"的工作。这对于推动现代文学研究回到马克思主义的实事求是的轨道上来，起到了积极的作用。

近年来，现代文学研究开始转入日常的学术建设。许多研究工作者对现代文学进行了客观的考察和具体的分析，他们的研究成果显示了这门学科正在扎实、稳步地前进。本书的作者就是近年来涌现出来的几位引人注目的青年研究工作者。从书中可以看到，他们吸收并反映了近年来的研究成果与发展趋势，打破狭窄格局，扩大研究领域，除尽可能地揭示现代文学发展的历史主流外，同时也注意到展示其发展中的丰富性与多样性，力图真实地写出历史的全貌。他们注意从文学发展的历史过程与历史联系中去分析各种重要的文学现象，重视文学本身的规律和特点，重视作品的实际艺术成就，以及艺术个性与风格的特点；注意对文学思潮和流派的历史考察，努力揭示各种文体发展的内在线索。他们还研究了中国现代文学所受外国文学的影响，并注意探讨现代文学民族风格与特色的形成过程。在体例安排上，则既注意到文体分类，以突出各种文体的发展和不同流派的特点，又对某些代表艺术高峰的作家作品进行专章论述，以显示各个时期艺术发展所达到的水平。当然，上述这些特点主要是从作者的写作意图和致力方向上说的，至于实际所达到的水平，自然也有力不从心之处，甚至还存在某些薄弱环节，如在体例框架以及研究方法上尚有待于重大突破，对文学发展的内部规律还需要作更深入细致的研究等。但这些弱点实际都在一定程度上反映了当前这门学科本身所存在的不足，是有待今后创新的重大课题，因而是不能苛求于作者的。鲁迅曾经说过，在历史发展、进化的过程中，一切不过是"桥梁中的一木一石"，必然随同历史的前进而"逝去"[2]。随着现代文学这门学科的进一步发展，我们相信一定会有更新更完善的文学史著作出现。但就目前而论，本书确实反映了现阶段的研究水平并且具有比较鲜明的特色，因此我愿意把它介绍给中国现代文学的爱好者和关心者，并瞩望本书的作者们继续前进，不断取得新的研究成果。

*　　*　　*

〔1〕《中国现代文学三十年》，1987年上海文艺出版社出版。
〔2〕鲁迅：《写在〈坟〉后面》。

对"五四"新文学的文化反思

——《在东西古今的碰撞中》[1]序

为了纪念"五四"七十周年,为了对从"五四"开始的新文学进行文化反思,探索新文化建设的道路,促进中国现代化的步伐,中国现代文学研究会负责编辑了这本论文集,意在引起人们的思考和重视。"五四"是经历过多次纪念活动的,每一次都提出过一些同时代和思想文化有关的重大问题,引起了人们的关注;这一事实本身就显示了"五四"在现代中国社会变革和思想文化的精神历程中所占有的重要位置。十年前纪念"五四"六十周年的时候,当时关于"实践是检验真理的唯一标准"的讨论正处于热潮,周扬同志撰文认为它是本世纪以来的第三次思想解放运动,而第一次思想解放就是从"五四"开始的。现在又过了十年,随着中国"对外开放、对内搞活"的改革步伐的进展,许多外来的现代文化思想和学术流派被广泛地介绍进来,它们同中国古老的传统文化、"五四"以来所倡导的新文化,以及这些不同学派的外来文化之间,不可避免地要发生矛盾和碰撞;这就不能不引起人们对现代文化建设的严肃思考和对"五四"新文化的历史反思,因而如何对待外来文化和传统文化的态度,就成为近年来学术界的"热门"课题。其实这些问题并不是今天才发生的,"五四"时期的前驱者们所认真关注的正是同样的问题。他们为此作过深邃的思考,有过热烈的争论，留下了宝贵的财富，几十年来人们正是通过自己的实践在现代化的道路上探索前进的。当然，其中有好的经验，也有足以为戒的教训，而且我们今天仍然处在这一探索前进的过程中，只是思考更趋向深层，问题更显示紧迫罢了。因为这个问题本来是同中国现代化的进程同步的，而"五四"正是它的起点。虽然接受外来思想文化影响和进行或倡导某些改革早在清末已经开始，但未能得到胜利发展，也没有产生巨大的社会影响，只是通过"五四"，才在新的历史条件下，作为新文化运动，明确地提出了思想革命和文学革命的口号，重新估定价值，显示了新的时代特征。"五四"所提倡的民主和科学的思想都是外来的，它抨击的对象当然是专制和愚昧，这是中国走向现代化的历史起点，因此对"五四"的不同评价也反映了人们对文化价值的不同态度。不仅"五四"时期就有认为它是"不值一哂"的国粹派，三十年代还有过认为"五四"是资产阶级的、白话文是"非驴非马"，必须用"无产阶级"的文化取而代之的说法。四十年代更有人断定"五四"所创造的文艺形式是"大学教授，银行经理，舞女，政客以及其他小'布尔'的适切的形式"，并主张用所谓"民间形式中心源泉"论来否定"五四"文学传统。直到八十年代，也还有人指责"五四""切断"了中国文化，形成了"文化断裂带"。这些对于"五四"的不同评价都是同对以"五四"为开端的中国新文化、新文学的价值判断，以及对"中国文化向何处去"的理解与选择直接关联的；当然，它也从另一角度证明了"五四"的历史意义与重要地位。

现在是有必要也有条件对"五四"的意义进行反思的时

候了。这就必须把握"五四"思想革命与文学革命的基本精神。我认为,从根本上说,"五四"思想革命与文学革命是中国人民在世界形势和外来文化的影响下,对现代化的历史要求的一种强烈反映。它的内容可以分为三个层次:首先是"语言的现代化"。"五四"新文化运动从"提倡白话文,反对文言文"开始,最根本的理由就是文言文不能准确地表达现代人的复杂的思维与情感,不能为普通人所掌握,不利于打破思想文化的封建垄断和吸收外来的新思想。其次是"思想的现代化"。文学革命如果用一句话来概括,就是用现代人的语言来表现现代人的思想;现代人的语言是白话文,现代人的思想就是民主、科学以及后来提倡的社会主义,它是与封建专制主义与蒙昧主义根本对立的。再次,"五四"把"人的现代化"作为更重要的目标。本世纪初,鲁迅提出的"立人"思想,以及他与许寿裳共同讨论"怎样才是理想的人性?中国国民性中最缺乏的什么?它的病根何在?",等等,可以看作是"人的现代化"的思想萌芽。"五四"时期,正如鲁迅所说,"最初,文学革命者的要求是人性的解放"[2];沈雁冰在革新后的《小说月报》上讨论文学问题,首先提出的是"文学和人的关系";周作人提倡"人的文学",以及当时对"改造国民性"的文学启蒙主题的提出等,都表明"五四"思想革命与文学革命的核心,确实是"人"(国民)的解放、觉悟与改造;而"人"(国民)的解放、觉悟与改造,其基本动力、目的与标志,又是为了适应中国走向"现代化"的历史潮流,挣脱封建主义的束缚,使之成为"现代中国人",即实现"人(中国人)的现代化"。总之,"语言的现代化"(扩大来说,就是"文学的现代化"),"思想的现代化"和"人的现代化",构成了"五四"思想革命和文学革命的基本内容,这就是"五四"的时代精神。为了实现这一目标,就必须打破"闭关自守"的封闭状态,"放开度量,大胆地,无畏地",将外来新文化"尽量地吸收"[3]。这是"五四"文学革命与中国历史上多次文学变革运动(如唐宋古文运动)的根本不同之处。朱自清在总结中国新诗发展道路时,曾经指出,"按诗的发展的旧路,各体都出于歌谣,四言出于《国风》《小雅》,五七言出于乐府诗";但"新诗不取法于歌谣,最主要的原因还是外国的影响;别的原因都只在这一个影响之下发生作用"。他接着说:"这是欧化,但不如说是现代化";"现代化是新路,比旧路短得多;要'迎头赶上'人家,非走这条新路不可"[4]。朱先生所指出的,实际上正是现代中国文学所走的道路;不仅新诗是取法于外国诗歌并作为古体诗的对立物出现的,话剧是外来形式,散文"常常取法于英国的随笔"[5],小说则从《狂人日记》开始就由于外国文学的影响而取得了"表现的深切和格式的特别"的评价[6]。可见外国文学(文化)对中国文学现代化的影响与作用是不能低估的。当然,外国文学大量引入后,还有一个选择、消化、吸收,并与中华民族传统相结合,即实现外来文学的民族化问题;但文学民族化问题的提出与强调,正是为了更好地实现文学的现代化,创造出真正的中国的现代文学,因此将文学的民族化与文学的现代化对立起来,用文学民族化来否定、取消文学的现代化,只能导致现代文学的衰退和变质;在这方面,我们是有深刻教训的。当然,文学的现代化还包含这样一层要求,即立足于现代,用现代的眼光,重新估价价值,对中国传统文学进行再评价；这种再评价，必然要参照传统的评价，对它即有所否定、扬弃，又有新的肯定和发现。这样，不仅可以使中国传统文学中的精华能够在现代中国人中得到普及，而且能为现代新文学的创造提供有益的借鉴。文学如此，推开来说，一切文化皆莫不然：即经过批判继承和变革，成为中国现代文化的有机组成部分，从而实现文化的现代化。把文学的现代化与对民族传统文化的批判继承对立起来，以前者否定或替代后者，也是错误的。我们一方面重视外来文化的民族化，一方面又重视民族传统文化的现代化，"五四"以来的中国新文化、新文学的历史道路，实际上就是这样"走"过来的；这本身已经构成了一个传统，即我们通常所说的"五四"传统。由于我们今天仍然处在"中国现代化"的历史过程之中，"五四"传统的经验当然还是不完整的，需要我们不断在实践和理论上予以丰富和发展。正如中国的全面现代化是一个艰巨的历史任务一样，"思想、文学与人的全面现代化"，今天也仍然是一个十分艰巨的任务。因此，"五四"传统（其中既包含了主导性的积极因素，也包含若干消极因素）以及以后所走过的曲折道路，引起人们广泛的重视与思考，是很自然的。本书所收的论文正是这类研究与思考的部分成果。虽然各篇文章的观察角度不同，论点有别，但它的出版，对于正在对"五四"以来的中国现代文化进行的历史反思，对于探索中国思想、文学与人的全面现代化道路的读者，是会有很大的启示作用的。

1988 年 11 月 21 日

*　　*　　*

〔1〕《在东西古今的碰撞中》,1989年北京中国城市经济社会出版社出版。
〔2〕鲁迅:《且介亭杂文·〈草鞋脚〉小引》。
〔3〕鲁迅:《坟·看镜有感》。
〔4〕以上引文均见朱自清:《新诗杂话·真诗》。
〔5〕鲁迅:《南腔北调集·小品文的危机》。
〔6〕鲁迅:《且介亭杂文二集·〈中国新文学大系〉小说二集序》。

用世界的眼光看待文学成就

——《中外文学系年要览》[1]序

用编年体来记述史实,从《春秋》开始,在我国有悠久的传统;而用"纪年"的形式来表述错综复杂的重大历史现象,从《史记》创始,也属源远流长。近代以来,由于社会历史的发展和中外关系的密切,关于历史方面的例如"中外历史年表"或"大事记"之类的书籍,也时有所见;但关于文学方面的类似体例的书籍则还未看到。不仅融中外文学现象于一书的没有,即仅就中国文学而言,三十年代曾有过一部敖士英编的《中国文学年表》,以后也未见赓续。这大概同这项工作的艰巨性有关:第一,文学与历史不同,有许多重要现象很难准确地判定它的具体年代。敖编《年表》首自屈原,就是回避了《诗经》的系年问题;即使如此,它还在许多条目下"特注'疑'字",说明在工作中所遇到的困难。第二,这与人们长期形成的文学观念也有联系。由于人们认为文学作品是离不开作家的主观感受的,好的作品都是它的永久存在的价值,因而感到很难把它固定地系在某一具体的年代。其实无论作家的主体性如何强烈,他的作品总是一定历史条件下的存在,不可能不刻有时代的印记;而构成作品永久价值的重要因素之一,正是它所产生的时代意义。恩格斯甚至认为巴尔扎克的《人间喜剧》是"一部法国'社会'的卓越的现实主义的历史"[2]。当然并不是所有的文学作品都具有如此深刻的认识价值，但就文学现象和时代的关系说来，道理是一样的。我国的著名史学家章学诚在《文史通义》中主张"六经皆史"，"六经"中就包括了公认的文学作品《诗经》。说到底，所有这些困难都反映了我们的文学研究工作还没有达到它所应该具有的科学性，而这正是需要人们不断地努力来积累的。

到了近代，世界历史和国际关系发生了巨大的变化，正如《共产党宣言》所指出的："过去那种地方的和民族的自给自足和闭关自守状态，被各民族的各方面的互相往来和各方面的互相依赖所代替了。物质的生产是如此，精神的生产也是如此。各民族的精神产品成了公共的财产。民族的片面性和局限性日益成为不可能，于是由许多种民族的和地方的文学形成了一种世界的文学。"这里的"文学"一词是广义的，它指的是科学、艺术、哲学等方面的著作，并非指带有民族特点的文学作品。但它描述的历史特点是共同的。正是在这样的历史条件下，出现了比较文学这一学科并得到了发展；人们有了从宏观的世界的眼光来考察各国文学成就和贡献的客观需要，从而为创造人类的新的精神财富准备条件。我想，这部《中外文学系年要览》的问世，也同样是符合了时代的需要的。

前面提到的敖编《中国文学年表》着重于工具书性质，采取"有见必收"之体例，因此收罗较详。本书则由于包括了全世界的范围，只能突出主流，不可能也不必要巨细靡遗；因此它采用了除保有工具书的性质之外，还具有知识性与可读性；这就不仅对研究工作者有用，而且对一般文学爱好者也是有用的。由于本书内容如此广泛，自己知识贫乏，很难对具体内容提供意见,但我觉得这种性质的书籍是社会需要的,很高兴它的完成和出版。

1987年6月3日

* * *

〔1〕《中外文学系年要览》,陈志强主编,1988年辽宁人民出版社出版。
〔2〕恩格斯:《给哈克纳斯的信》。

一本简明适用的中国现代作家作品选本

——《中国现代作家作品选》[1]序

福建教育出版社决定将上海教育学院中文系现代文学教研室编选的《中国现代作家作品选》修订重印,"作为大专院校中文专业中国现代文学课程的教学用书"及"供在职中学语文教师进修用的教材",这是一项很有意义的工作。

我曾在一篇文章里,提到鲁迅研究中的"普及与提高"的关系问题,我想,现代文学研究也存在着类似的问题[2]。我们研究工作的最终目的,是要把现代文学作品当作全民族的精神财富,努力使现代文学作品为人民群众、首先是青年一代所掌握和接受,在创作民族新文化的实践中发挥作用;为了实现这一目标,普及工作就是必不可少的重要环节。事实上,我们历来就有将学术研究和普及工作结合起来的传统。从鲁迅那一代开始,直到今天,我们的许多研究工作者,都同时兼任着大、中学校的教学工作;编撰教材、教学参考用书以及通俗辅助读物,从来是专业研究工作者义不容辞的任务。我记得朱自清先生在他逝世前半年中的主要工作,就是为开明书店编辑《高级国文读本》,全书六册,都是选的作品名篇,后边附列"篇题""音义""讨论""练习"四个项目;朱先生工作仔细认真,一连三四天都弄不好一篇,半年中胃病发了三次,都同这项工作有关。先辈们为将现代民族文化传播于后代,呕心沥血,足为楷模。我们由此得到一种启示：编选教学用书之类的工作，不但不可忽视，而且不能掉以轻心；要真正做好，也是必须认真下一番苦功夫的。

我们高兴地看到，上海教育学院中文系现代文学教研室的同志和福建教育出版社的编辑同志，正以严肃认真的态度，来对待《中国现代作家作品选》的编选工作的。他们不满足于原书出版后所得到的各方面的好评，为适应近年来教学工作改革的需要，他们吸收了新的现代文学研究成果，对原书选入的作家作品进行了抽换和增补，既突出了现代文学发展的主流，又注意到对各种不同流派和风格的作家作品的介绍，以便更科学地反映出现代文学发展的历史风貌。他们保留了原书已有的特色，以现代文学史的发展线索为序编排作家作品，并附有作家介绍，作品注释和分析性的说明，每一单元后还附有参考资料，这就与现代文学史的教学衔接起来，也便于读者自学。这是一本比较简明、适用的现代文学作品选本。它使我想起了鲁迅当年对于一些"名人学者"所开列的书目的批评："书目开得太多，要十来年才能看完。"[3] "以我看来，这是没有什么用处的，因为我觉得那都是开书目的先生自己想要看或者未必想要看的书目"[4]；鲁迅还认为，"倘要论文，最好是顾及全篇，并且顾及作者的全人，以及他们处的社会状态，这才较为确凿"[5]；因此，选文切合实际并在选文后附录作家创作道路和社会背景的介绍，是十分必要的。当然，正如鲁迅所说，"选本所显示的，往往并非作者的特色，倒是选者的眼光"[6]；因此，任何选本都不免有所局限，或者在别一个选者看来尚有可以斟酌之处。以我看来，本书的选目似还可再扩大一点。自然，这里有篇幅限制的问题，而且要求选注者照顾到各方面的意见，是不可能，也不必要的。

我们这些多年从事现代文学研究和教学工作的人，经常会有青年朋友来问"学习现代文学应该从哪里入门？"我总是以鲁迅的一段话应之："倘要看看文艺作品呢，则先看几种名家的选本，从中觉得谁的作品自己最爱看，然后再看这一个作者的专集，然后再从文学史上看看他在史上的位置；倘要知道得更详细，就看一两本这人的传记，那便可以大略了解了。"[7]就中国现代文学来说，近年来已经出现了多种选本，本书即是其中较为简明适用的一种；它的注释和说明都比较准确扼要，能够帮助读者理解和欣赏作品的内容。因此我愿意把它推荐给读者，并期待编选者能够随着今后现代文学研究工作的发展，不断加以修订和补充，使本书日臻完善，成为具有权威性的"选本"。

1986 年 10 月 15 日

*　　*　　*

〔1〕《中国现代作家作品选》，1987 年福建教育出版社出版。
〔2〕参看《鲁迅作品论集·鲁迅永远是革命青年的良师益友》。
〔3〕鲁迅：《且介亭杂文·随便翻翻》。
〔4〕〔7〕鲁迅：《而已集·读书杂谈》。
〔5〕鲁迅：《且介亭杂文二集·"题未定"草（七）》。
〔6〕鲁迅：《且介亭杂文二集·"题未定"草（六）》。

日本学者研究中国文学的成果

——相浦杲著《日本人心目中的中国文学》[1]序

相浦杲先生是日本著名的中国文学专家、大阪外国语大学教授。当我初次读他所著的《现代中国文学》专著的时候，就感到他从鸦片战争开始的中国近代文学讲起，一直讲到"文化大革命"结束以后的当代文学，虽然处理的时间较长，但作者以文艺思潮的历史演变统贯全书，言简意赅，确实是很有功力和见解的一部著作。以后又看到一些他翻译的中国作品如王蒙的《蝴蝶》等书。由于我的日语能力很差，只能勉强阅读，因此并未搜求他的其他作品，对他的学术造诣了解不深。后来在他访华时曾有幸在北京会晤，他的汉语说得很流利，交谈十分融洽。1984年我赴日本讲学，蒙相浦杲先生盛情邀往他在京都附近的宇治市别墅，并留宿一夜，交谈了许多关于东西文化和中国现代文学的看法，他的精辟见解给我留下了深刻的印象，特别是主人对于中国的友好态度和热情，更使我十分感动。当时我就想要设法读他的许多研究论著，现在有了中译本，使我终于如愿以偿。读毕之后，我深为相浦杲先生对中国文化的深刻理解而感动。我似乎懂得了，相浦杲先生对于中国的热情正是建筑在他对中国文化的这种理解基础上的。我想起了鲁迅的一段话："自然，人类最好是彼此不隔膜，相关心，然而最平正的道路，却只有用文艺来沟通，可惜走这条路的人又少得很。"[2]在消除国与国之间由于不同的社会历史文化背景造成的隔膜，"沟通"普通人民的心灵方面，文学原是可以发挥其特殊作用的。相浦杲先生通过他的研究把中国文学介绍给日本读者；而今天中国的读者又可以借助于相浦杲先生著作的中译本，了解"日本人心目中的中国文学"，这对于加强中日两国人民的彼此了解，无疑是有重要意义的。因此，我们要感谢相浦杲先生，以及本书的中译者胡金定先生，他们的研究与翻译，为实现"中日两国人民的长期友好"作了极其有益的工作。

作为一个中国现代文学研究工作者，我尤其感兴趣的是相浦杲先生对中国文学的观察——无论其观察角度与方法，对我们的研究工作都会有启迪的意义。就我阅读本书的初步印象说，日本学者对中国文学的研究，似乎有两个特殊的注意点。首先是借助于中国当代文学作品来观察、了解变革中的中国社会结构与人民意识。这不仅反映了渴望了解中国现状的日本知识界的需要，而且也反映了日本学者对中国当代文学特点的一种认识与把握；正如相浦杲先生所说，"当代中国文学所立足的是以写实主义创作方法为基础的，其社会结构和生活，在这个社会的人们的意识内容都较为明朗，时常反映出其本质性的方面"；中国作家"对中国农村的现实和生活了如指掌，他们笔下所展现的以农村为题材的作品，给研究者们提供了大量活生生的真实的必需的材料"。收入本书中的《通过小说看中国农村的社会结构和农民的意识》一文，就是通过发表于1979—1981年间的《乡场上》（何士光）、《焦老旦和熊员外》（李志君）、《李顺大造屋》、《陈奂生上城》、《陈奂生转业》（高晓声）等小说，对同一时期中国农村发生的历史性变革及其引起的社会结构和农民意识的深刻变化，作出了颇为独到的社会分析的。置身于这种变革之中的中国读者和研究工作者，不仅会为作者判断、分析的准确和所具有的一定深度感到惊异，而且会对论文所自觉采取的"跨学科领域的综合研究的新方法"产生兴趣。诚然，正如作者一再申明，这"不是纯文学的批评文章"；但由此也就产生了一个如何将文学的批评研究与社会学的批评研究二者结合起来的问题，这也是我国现代文学研究所面临的一个新课题。在这种意义上，中日两国学者在运用类似方法进行类似研究中的得与失，都是可以互相启发的。

从本书中还可以看到，中日文化以及中西文化的比较研究，是日本学者对中国文学研究的另一个注意中心。这是可以理解的，中日两国文化的互相交流与影响，本来源远流长，到现代更进入了一个新的阶段；本世纪以来两国文化的发展又存在许多类似的问题，有着共同的关注点。因为日本首先成为东方最发达的资本主义国家，从上世纪末起，它就成为中国知识分子了解世界文化的"窗口"，这样，立足于日本现代文化的角度，来考察中国现代文化建立和发展过程中所遇到的问题，以及所受到的包括日本文化在内的世界文化的影响，是有特殊方便之处的。日本学者在这方面所取得的研究成果，也自然更为中国学者所注目。本书中有不少文章都属于这类比较的研究，也有更多的创造性的建树。例如，《鲁迅小说的一个侧面》一文关于鲁迅在本世纪初对俄国作家安特莱夫的观察与同一时期以二叶亭四迷为代表的日本作家对安特莱夫的接受的比较，《王国维的文学观》《中国现代文学的诞生和鲁迅、胡适、陈独秀》二文对中国现代文学的先驱者王国维、梁启超、鲁迅在本世纪初的文艺观与作为日本现代文学发端者的坪内逍遥的文艺观及其影响、作用的比较，都属此类。《关于鲁迅的散文诗集〈野草〉》，则以日本《苦闷的象征》一书为中心，对《野草》所受中外文学的广泛影响作了综合的考察，《文学交叉》一文则站在日本的立场对海峡两岸的中国文学作了考察，这些都会引起中国学者的浓厚兴趣，而且是可以从中获得有益的启示的。中日两国在这种学术交流中，取长补短，不但能加深彼此的理解，而且必将把中国文学的研究推向一个新的水平。因此我愿意借此机会写下我读后的初步感受，并把此书推介给中国读者。

*　　*　　*

〔1〕《日本人心目中的中国文学》，相浦杲著，将由湖南人民出版社出版。
〔2〕鲁迅：《且介亭杂文末编·〈呐喊〉捷克译本序言》。

勾画出了中国少数民族对现代文学的建树

——《中国少数民族现代文学》[1]序

这是一本适时的，甚至可以说是期待已久的书。记得前几年，我们在撰写《中国大百科全书·中国文学卷》中"现代文学"这一条目时，虽然明确地把"多民族的文学"作为现代文学的一个基本历史特点，但由于我们对这方面缺乏研究，因此不可能作出深入的阐述；当时我们就意识到，如果仅仅局限于汉文学在现代的发展，而不把少数民族文学的发展也纳入我们的研究视野，我们所描绘出来的现代文学的发展图景，就不免是片面的。现在，由十五所民族院校的同志集体协作，写出了《中国少数民族现代文学》一书，终于弥补了中国现代文学史研究上的这一空白。此书的出版，不仅具有促使各民族的相互了解和提高各少数民族的民族自尊心的政治意义，而且对于中国现代文学的研究工作，也是一个新的推动。

本书的编者在《绪论》中指出："中国各民族的文学，一直是既相对独立地发展，又相互影响，相互渗透，互为营养，互相促进的"；而"由于汉民族经济、文化较其他少数民族先进，因而汉族文学对少数民族文学的影响尤大"。应该说，这一判断是符合现代文学发展的真实情况的。正视这一事实，对于我们现代文学的研究工作具有重要的意义。近年来，人们比较注意中外文化的相互影响与渗透，这无疑是重要的，但同样不可忽视的是，由于中国是一个具有悠久历史文化传统的大国，中国文化自身也不是单一的，它必然具有多元化的特点；即不仅有多元的历史文化、地域文化，而且有多元的民族文化。因此，我们在看到中外文化的相互影响和渗透的同时，必须充分注意中国文化内部多元的文化因素之间的相互影响和渗透，并且把两者结合起来。这样，我们就可以获得一个立体化的研究视角，从而有可能更充分地揭示出中国现代作家、作品及文学史发展的内在丰富性。特别是对现代文学发展有着重要影响的少数民族作家，这类多元文化背景的研究，尤其重要。可以设想，如果从中外文化、汉满文化以及北京地方文化的综合影响和渗透中去研究老舍，或者注意到汉苗文化以及湘西地方文化对沈从文作品的多元影响，无疑是会对老舍、沈从文的研究工作打开新的思路的。

各民族文学的发展，在相互影响和渗透的同时，也有相对独立发展的一面。从本书所提供的材料看，有的民族比较多地受到了"五四"以来的新文学的影响，与汉文学基本同步发展；有的民族则处于相对封闭、半封闭状态，基本上是独立发展的。由于各少数民族处于不同的社会发展阶段，这种相对独立发展的文学也必然呈现出复杂的面貌。有的民族直到解放前还没有自己的文字，他们的文学基本上处于口头文学的阶段；而有自己文字的那些民族的文字，也常常是民族书面文学与口头文学并存发展的。因此各民族文学的思想和艺术倾向可以说是千差万别，具有不同的性质。这一切，都显示了中国现代文学发展的不平衡性。正是在这一点上，表明了我们过去现代文学研究工作上的某些不足。我们注意了最能显示现代文学发展的主要倾向与主要成就的作家作品和文学现象的研究，这是正确的；但我们却往往忽视了现代文学发展的不平衡的这一历史特点，对于处于与主流文学不同发展阶段的作家作品和文学现象缺乏深入的研究，这同样也会造成研究工作的简单化与片面性。应该说，本书的作者以极大的努力弥补了这一缺陷，每一章的作者都能从自己所研究的民族文学的实际出发，对于处于不同发展阶段的文学的"个性"作出了比较充分的描述。这样，呈现在我们面前的中国现代文学的图景看起来似乎斑驳、庞杂，但它是更接近于本来面貌的。

正如本书编者在《绪论》中所说，本书的任务仅仅是对各少数民族文学的发展"作一简括评介，力图勾勒出一个大致的轮廓"，为今后写出《中国少数民族现代文学史》打下基础。因此，本书无论是材料的搜集，还是对作家作品的分析，都只能是初步的，有待进一步的深入和提高。而且由于各章是由多位作者分别撰写的，因此质量的不平衡和水平的参差很难完全避免，各章之间也还缺乏有机的联系，这都是开创性工作所难避免的；看来综合的研究还是一个有待突破的薄弱环节。

最后，我还想指出一点，即本书有不少位执笔者是少数民族作者；现代文学研究队伍中开始有了少数民族自己培养的学者，这是一件令人高兴的事。它显示了生活在祖国土地上的少数民族的创造力：他们不但参与了我国现代文学的创造，而且对现代文学研究工作的发展也作出了自己的贡献。本书的出版，使我们建立了一个信心：在各民族现代文学研究工作者的共同努力下，以汉文学为主的、多民族共同发展的现代文学史研究，一定可以达到一个新的水平。因此我认为本书的出版，不仅充实了全国各民族院校的教材，对于中国现代文学这门学科的建设和发展，也是十分有意义的。

* * *

〔1〕《中国少数民族现代文学》，王保林等著，1989年广西人民出版社出版。

选择学术方向应顾及自己的个性

——乐黛云著《比较文学与中国现代文学》[1]序

乐黛云同志的论文集《比较文学与中国现代文学》这个书名起得好，它不仅是本书中一篇文章的题目，也不仅是表示本书包括了比较文学和中国现代文学这两方面的内容，而且说明了作者治学的经历和途径、方向和特点，读后是可以从她的经验和成果中得到一些启发的。

建国初期，"中国现代文学史"这门课程开始登上了大学的讲坛，成为中文系的必修课。在这门学科的草创时期，乐黛云同志就参加了现代文学的教学和研究工作。在同她共事的过程中，我感到她不仅热情好学，而且思想锐敏、视野开阔，不满足于学科水平的现状，经常提出新的问题并力图加以分析和解决。虽然她曾经历过政治生活上的坎坷和曲折，但这些特点是一直保持下来的。正是在长期钻研的过程中她感到由"五四"开始的中国现代文学同外国文学的关系是必须深入研究的一个课题，而且必须从世界文学的角度来看待这一问题。于是她从中国现代文学出发，逐渐把兴趣和方向集中到比较文学方面。她为此下了许多功夫，并到美国专门考察研究了三年；深入了解了国际上比较文学这门学科的现状和学派，他们进行文学研究的思路和方法，以及外国学者对中国现代文学的研究和看法。应该说，这类知识在中国还是比较陌生的，因此她的这方面的文章都带有一定的开创和介绍的性质。但它对我们不仅有开拓视野、可资借鉴的作用，而且对现代文学本身的研究也是十分有益的。

从本书中关于中国现代文学的那些论文和它所显示的特色，就可以看出作者治学的着眼点和达到的深度。《鲁迅早期思想研究》是写作较早的一篇文章，但它已把视野扩展到晚清，并注意到鲁迅与尼采的关系。后来在《尼采与中国现代文学》一文中就对此作了深入的研究。她首先指出尼采最初是以文学家的身份被介绍到中国的，接着根据详细可靠的资料，全面考察了尼采思想在不同时期对中国现代文学所产生的不同影响。文章结合中国社会及思想界实际，具体分析了尼采思想所产生的不同的社会效果；特别是着重分析了它对中国现代几个伟大作家鲁迅、茅盾和郭沫若的关系，尤见功力。其中除鲁迅与尼采曾有人作过研究外，对茅盾与尼采关系的分析尚属首创；而且论证严密，颇有创见。作者着重分析了中国作家从"重新估定一切价值"和树立不怕孤立的斗争意志出发，为了反封建的需要，才接受了尼采的影响，因而主要作用是积极的；但即使在二十年代，中国作家对尼采的以强凌弱等主张也是有所批判的。作者还分析了四十年代的"战国策派"鼓吹尼采思想的动机和反动作用，因而得出了一种外来思潮"必然按照时代和社会的需要被检验和选择"的结论。可以看出，这里所显示的作者研究问题的角度和方法是必然会把她引入比较文学的道路和方向的。

作者对茅盾进行过深入的研究，《茅盾早期思想研究》一文已强调指出茅盾"不断根据中国社会斗争的实际需要，广泛接触、批判吸收外国思潮"的开阔胸襟；在《〈蚀〉和〈子夜〉的比较分析》一文中，更就茅盾的主要作品进行了深入的分析。她引用朱自清说的《蚀》是"经验了人生写的",《子夜》是"为了写而去经验人生的"评语,对两部作品加以比较分析,从创作准备和创作意图、材料来源和生活基础、艺术结构和心理描写,以及语言风格等方面,都进行了细致的比较和分析。特别是比较了《子夜》和左拉《金钱》中的主要人物,来说明《子夜》成就的那部分,尤有深度。她的关于现代文学的其余一些文章,也都具有类似的方法和特点。

在关于比较文学的原则和方法的多篇文章中,作者不仅介绍和引进了许多西方的理论和方法,而且强调了运用比较的方法有助于理解文学的本质特征,强调了开阔视野和运用比较方法的必要性和可能性。作者对创建中国的比较文学学科十分热心,本书中的这方面的文章虽然以倡导和介绍性质的居多,但因为它对许多人还是陌生的和新鲜的,仍然具有重要的开拓作用。比较文学具有总体研究的特点,它可以启发人们对文学研究进行宏观审视,以求取得理论上的突破。各种不同的新的研究方法也都在一定适用范围内有它的长处,可以作我们考察问题的借鉴,因此这些文章对读者是非常有用的。

我自己对于比较文学的理论和各种新的方法也是很陌生的,但从乐黛云同志的道路和成果中感到一点启发:就是每个人如果能根据自己的精神素质和知识结构、思维特点和美学爱好等因素来选择适合自己特点的研究对象、角度和方法,那就能够比较充分地发挥自己的才智,从而获得更好的成就。乐黛云同志的治学道路显然与她个人的知识面宽广和具有开拓精神等素质有关,但它却能给人以普遍性的启发,特别是在当前各种新学科、新方法纷至沓来的时候。因此我愿意将本书推荐给爱好和研究比较文学和中国现代文学的读者。

1986 年 2 月 20 日于北京大学

*　　*　　*

〔1〕《比较文学与中国现代文学》，乐黛云著，1987 年北京大学出版社出版。

中国现代女作家的文学道路

——阎纯德、白淑荣等编著《中国现代女作家》[1]序

鲁迅在回答青年文学爱好者如何看文艺作品时曾说过："可以先选看自己最爱看的作家的作品,然后再从文学史上看看他在史上的位置;倘要知道得更详细,就看一两本这人的传记,那便可以大略了解了。"[2]可见记叙作家生平及创作道路的传记性质的书籍,对于读者理解作品内容及创作背景,是如何重要的了。但关于中国现代作家的这类书籍或文章,除鲁迅、茅盾等少数人以外,目前还很少;而对于早已拥有大量读者的许多现代女作家来说,就更其是空白了。三十年代初,由于"五四"以后涌现出了一批受到读者注意的女作家,因此也曾出现过《中国女性的文学生活》《女作家自传选集》一类书籍,但或则流于丛谈,或则限于体例,或谈不上对创作道路的认真考察,于读者理解作品的帮助并不大,因此很快就被人遗忘了。现在阎纯德、白淑荣、孙瑞珍、李扬同志编写的《中国现代女作家》一书,不仅规模宏大,从卓有贡献的老一辈的作家到八十年代初崭露头角的后起之秀,记叙了近百人的传记;而且编写中曾广泛访问过作家本人或其亲友,参考了有关的文献资料,花了很大功夫,因而能够比较翔实地记述作家的生活经历和创作道路,并对重要的作品作出适当的评介。可以说无论就材料的丰富可靠或评述的准确程度来说,编写者都是尽了很大努力的,它的

出版一定会受到读者的欢迎。

　　从这些传记中可以看到，许多现代女作家都是经历过坎坷不平的生活道路的。其中有为"五四"浪潮所冲击而走出家庭的娜拉式的叛逆女性，有负笈异域而始终关心人民、眷恋故国的远方游子，有的是经过曲折道路而终于与工农相结合的革命战士，也有的是经过十年内乱而意志益坚的当代青年。她们中有的人在风华正茂的时期就令人痛惜地被摧折了，也有的则虽然饱经风霜，但在年逾古稀的高龄仍然精神矍铄地勤奋写作。这些作家的经历尽管各不相同，但都深深地刻着时代的烙印，铭记着她们勇于面向生活的脚迹。作为一种历史现象来看，现代女作家的大批出现是从一个侧面显示了作为中国人民革命一部分的妇女解放运动的发展的，因为妇女解放的程度通常总是衡量社会解放程度的天然标尺，而妇女在意识形态领域的成就，更标志着妇女解放的深广程度。虽然在悠久的中国文学史中也曾出现过如同李清照那样的有卓越成就的女作家，但毕竟是寥若晨星的个别现象；而在现代文学史上，伴随着"五四"文学革命和结束了十年内乱以后的最近一个时期，都有一大批富有才华的女作家崛起，这决不是什么偶然的现象，而是同伟大的思想解放运动密切联系在一起的。这就说明在这些历史的转折时期，人们精神上的束缚减少了，思想活跃起来了，妇女的聪明才智就得到了发展的机会；这也就是现代女作家之所以群星灿烂，有别于古代情况的根本原因。可以想见，在全国人民致力于社会主义建设的新的历史时期，大批女作家的继续出现和成长，一定是随着社会进步而来的必然现象。

　　勤劳、坚韧和富有才华的中国妇女，在漫长的历史道路上无言地肩负着重担,为中华民族的文化发展作出了重大的贡献。她们的生活和命运、觉醒和追求,理应在文学作品中得到充分的反映。中国现代文学创作成就的一个重要方面,就是出现了许多富有时代特点和鲜明性格的妇女形象,而这是与现代女作家的辛勤劳动分不开的。由于显而易见的原因,她们不仅特别关注广大妇女的命运,而且在许多人物形象的塑造中还渗透着她们自己的经历和感情色彩,因而取得了艺术上的较大的成功。她们各以其独特的生活体验,从不同的侧面,表现了各阶层妇女的在不同历史时期的生活面貌,这些女性所承受的深重苦难以及奋斗与追求的历程。从整体来看,这众多的形象就构成了中国妇女的历史命运的真实画卷,具有不可低估的认识价值。如果说历史上优秀的文学作品都融入了作者的一部分生命的话,那么对于许多女作家所塑造的妇女形象来说,就更为恰切。从这种意义讲,了解这些女作家的生平经历对于理解她们作品的内容,就显得更是必要和有益了。

在艺术创造上女性作者特别富有感受的敏锐性和表现的创造性,通过她们的眼睛所反映出来的生活往往具有独特的艺术光彩,深受人民群众的喜爱。近年来举办的各种女画家画展,女书法家作品展览等,都令人信服地证明了这一点。文学方面也同样如此,鲁迅在《萧红作〈生死场〉序》中就曾指出,虽然小说"还不过是略图,叙事和写景,胜于人物的描写,然而北方人民的对于生的坚强,对于死的挣扎,却往往已经力透纸背;女性作者的细致的观察和越轨的笔致,又增加了不少明丽和新鲜"。在介绍德国女版画家凯绥·珂勒惠支的作品集时他也曾说:"只要一翻这集子,就知道她以深广的慈母之爱，为一切被侮辱和损害者悲哀，抗议，愤怒，斗争。"〔3〕可见女性作者的创作无论对于生活的观察和感受，还是艺术表现的风格和手法，都有男作家所难以取代的特色。她们对于生活美的细腻的感受和传达这种美的清新明丽的笔致，都带有独特的美学特点；即使在处理严酷的战争或大工业这类题材的作品中，也仍然浸透着一种对人民和对生活的深厚的执着的感情。这是她们的作品获得读者爱好的重要原因，也是值得研究者深入考察的美学课题。

本书集中地记叙了中国现代女作家的文学道路，它不仅从一个方面显示了中国现代文学的成就和特点，不仅会给广大读者和研究者带来参考上的方便，而且通过这些作家的生活历程和艺术经验，必将鼓舞许多有志于文学活动的女作者和女青年，更加坚韧地在文学创作的道路上奋勇前进；本书编写者的辛劳也一定会因此而得到补偿和满足。

1981 年 4 月 1 日

*　　　*　　　*

〔1〕《中国现代女作家》，阎纯德、白淑荣、孙瑞珍、李扬著，1983 年黑龙江人民出版社出版。

〔2〕鲁迅：《而已集·读书杂谈》。

〔3〕鲁迅：《且介亭杂文末编·〈凯绥·珂勒惠支版画选集〉序目》。

新诗流派溯源的研究

——孙玉石著《中国初期象征派诗歌研究》[1]序

这本书的原稿前些时候我已经粗略地看过一遍,并遵北大出版社之嘱,写了一点阅后的意见和感想。现在于书稿即将付梓的时候,作者要我把这些意见改写为一篇序言;我欣然同意,因为我觉得这是一本有自己见解的有分量的书,我愿意把它推荐给现代文学的研究者和新诗的爱好者。

孙玉石同志对中国新诗的发展进行过深入的研究,他的这本《中国初期象征派诗歌研究》是他讲授"中国现代诗歌流派"这一课程的部分讲稿,也是他对"五四"以后象征派诗的研究心得和成果。书中根据的材料翔实丰富,对论及的问题分析得细致深入,可以看出作者确实是花了很大的精力和工夫,进行了认真的思索和研究的。这些内容作者已经作为专题研究在北京大学讲授过两次,深受同学们的欢迎。其中"导论"——《新诗流派发展的历史启示》一篇,综述"五四"以来诗歌流派发展的历史脉络,试图总结新诗流派发展史的一些经验和教训,提出了一些发人思索的问题;它在《诗探索》杂志发表以后,已经引起了学术界的注意。全书着重探讨了中国现代诗歌中一个客观存在的历史现象——即象征派诗在中国的传播、发展和衰落的过程,并对其中的主要代表诗人进行了或详或略的研讨和评述。因此,就整体来看,这本书稿具有一定的研究深度和学术水平,它的问世，对于现代文学的教学和研究无疑是有益的。

　　现代文学史的研究范围应该是一个广阔的领域。它还有不少荒僻的土地和角落需要人们去开拓。本书所论述的这一诗歌流派，过去就很少有人作过专门的论述。应该说，这是一件带有开创性的工作。经过了"史无前例"内乱的年代，我们终于打碎了长期束缚学术研究的一些思想枷锁；特别是党的"三中全会"以来，"双百"方针得到了认真的贯彻，现代文学中的风格、流派问题也就随之引起了人们广泛的注意。胡乔木同志作了关于新诗问题的讲话，进一步开阔了人们对现代诗歌领域研究的思路和视野；社会科学院文学研究所专门召开了全国性的关于现代文学中的风格、流派的学术讨论会，促进了研究者对这一方面问题进行探索的兴趣和努力。人民文学出版社也正筹划出版一套中国现代文学社团流派作品选集的丛书，它对文学创作与研究的繁荣和多样化也将会有积极的作用。但是，作为真正的学术性的研究的专著和文章仍然很少。本书作者正是在这样的时代要求和学术研究的思潮下，踏实地进行了有关中国现代诗歌流派的研究工作的。这本书仅仅是这项研究成果的一部分，但就他所论述的范围而言，应该说是很有成绩的。

　　书中所论及的李金发及其他同派诗人，情况也不尽相同。有些人后来离开了这个派别的影响而走上了现实主义的道路，如冯乃超、穆木天；有的还为革命献出了宝贵的生命，用鲜血写下了"中国无产阶级革命文学的历史的第一页"，如胡也频。其他一些诗人，在政治上及文艺思想上，当然不尽属于进步阵营，应该说是属于中间派的，他们一般都具有爱国思想和醉心于艺术的倾向；有些人甚至还有某些政治历史上的明显错误。本书作者并没有讳言这些地方，而是如实地说明了历史情况。在他们进行创作的时期，他们都不属于反动派；现在则都已经成为历史人物了。我们所要着重研究的，是从风格、流派着眼，分析他们在艺术上的得失和影响，从艺术经验上考察他们的历史贡献和固有的弊端。就诗歌创作而言，这一流派如同作者所分析，虽不属于新诗发展的主流，但也绝不能视为逆流，而应该准确地说它是支流。他们的作品有消极因素，但也有积极的探索和成就，而且对于促进主流的向前发展是有历史作用的。自然界的许多事物是互相依存、互相竞争而发展的，科学家们叫它为生态平衡；文艺的现象属于社会历史的范畴，当然不同于自然界的关系。但各种艺术流派的同时并存、相互竞争、彼此借鉴和吸收，恐怕也是有利于文学创作发展繁荣的一个事实吧！

　　以鲁迅和郭沫若、茅盾、巴金等文学大家所奠定的革命现实主义和浪漫主义的传统，是"五四"以来新文学的主流，也是今天我们社会主义文学向前发展所要遵循的道路和方向。作者在本书的论述中充分地肯定了这一点。作者并不是他所论述的流派的鼓吹者。而是努力用历史唯物主义的观点，对这一流派的形成和特点作了具体的科学的分析。艺术现象本来是复杂的，只有置于具体的历史条件下，进行细致的分析，才能区分精华与糟粕、积极因素与消极因素。应该说，作者正是由这一流派本身的特点，来分析它的存在和影响的。他把充分的重视和严肃的批评，肯定与否定，同时统一在对作家作品的分析中。现实主义文学发展的道路是最宽阔的道路，它在自己的前进中应该容许其他各种艺术流派的存在与竞争；它既有气魄也应该吸收别种风格流派的艺术养分来丰富和发展自己。从这种意义说，作者的这种研究不仅有助于说明现代文学发展的多样性，也有助于促进新的文学流派的产生和成长，因而这种努力是有益的和值得提倡的。

当然，由于本书论述对象的复杂性和这项研究工作的开创性质，我们不能说作者的所有论断都是十分准确的。这是需要继续研究的课题，而作者已开始进行了第一步，并且取得了切实的成果，这本身就是值得称道的。我相信读者读了这本书之后，一定是会有所得的。

1982年4月8日于北京大学

*   *   *

〔1〕《中国初期象征派诗歌研究》，孙玉石，1985年北京大学出版社出版。

讽刺艺术的历史考察

——吴福辉著《戴上枷锁的笑》[1]序

本书是吴福辉同志的一本关于中国现代文学研究的论文集。吴福辉同志是活跃于新时期的一位引人注目的研究工作者，他的观点和方法都带有新的时代特点，但又材料充分、立论谨严、富于求实精神。这是同他的经历分不开的，他从事学术活动的历史虽然不长，但确实已经"人到中年"了。这当然是为历史所耽误了的，在从事学术研究工作之前，他已在基层工作了好些年；新时期的来临给了他机会，然后他才活跃起来的。表面上看来这对他是一种损失，但正因为他有较深的人生体验，才使他对研究课题既有新的发现，又能从理论上加以概括，文章也因之能有深度，这不能不说又是一种历史的补偿。我以为本书的基本特色是同他的这种经历有关。例如《中国现代讽刺小说的初步成熟》一文，无论从研究的角度或方法来看，都体现了文艺科学与历史科学相互渗透和结合的特点，既是文学的研究，也是历史的研究。应该说，这个特点是贯串于本书的许多篇文章的，无论是对作家艺术个性的概括（如从《沙汀怎样暴露黑暗——他小说的诗意和喜剧性》《钱钟书对病态知识社会的机智讽刺》），还是对文学流派艺术特色的把握（如《崩坏都市中生长的"恶之花"》）；无论是对中外文学影响的宏观考察与微观分析（如《现代小说和外国文学的历史联结》《张天翼的小说与中外讽刺文学传统》），还是对小说体式发展轮廓的历史勾勒（如《戴上枷锁的笑》），无不给现代文学研究带来一股新鲜的气息。几乎每一个研究课题都具有一定的开拓性，而且都有新的艺术发现，能够作出新的理论概括，显示出他所特有的艺术敏感与创造力。此外还可以看出作者自觉地"寻找自己"的努力：寻找适合自己的研究对象，研究的角度与方法，以开拓自己前进的道路，形成自己的研究风格。

作为新时期的研究工作者，吴福辉同志努力把他所领会的当前文学研究方法论方面的进展，付诸实践，即"坚持运用历史唯物主义的方法，在努力探索文学作品的社会的、生活的与作者思想的渊源的同时，吸收比较研究的方法，对作家进行历史与美学的评价"（见本书《茅盾研究新起点的标识》一文）。在运用综合的比较方法时，他力求对作家作品进行多层次的研究，注意理论的深化。他以"为未来的现代讽刺小说史准备的提纲"——《戴上枷锁的笑》，这一篇的篇名来作为这本论文集的书名，就不仅体现了他对中国现代讽刺小说发展过程的研究成果，也表现出他对讽刺小说这一课题的深厚兴趣。从《中国现代讽刺小说的初步成熟》到这篇名为《戴上枷锁的笑》的提纲，中间经过了六年，他一直执着于自己的追求，深入探讨这一文体风格的发展演变的轨迹。他认为暴露——讽刺是中国现代文学创作的一个基本品格，在中外文学传统与文艺新潮的影响下，现代文学经历了从出心不"公"的黑幕小说到三十年代讽刺小说的初步成熟，再到四十年代讽刺文学高涨的历史足迹；这当中出现了许多卓有成就的作家，他细致地辨析了张天翼与沙汀的不同、老舍与沈从文的区别、钱钟书独特的机智等多姿多彩而又各有特色的讽刺文学的形式与风格。这样，他就有可能得出比较科学的论断：既是历史的，又是美学的，既是分析的，又是概括的。虽然目前这个提纲还比较粗糙，但从作者治学的态度和方法看，我们有理由期待他将有更大的收获。

从本书目录可以看出，作者对各种文学现象都很关注，并不只限于讽刺小说一隅，他的视野是很开阔的。但无论写什么题目，作者总是有意无意地将视线掠过一下讽刺小说；他的多层次的比较研究，通常也总有一方是讽刺小说，这就使他的研究成果有了自己的特点，也使这本书成为一个彼此有联系的整体。当他考察《茅盾的民族文学借鉴体系》时，就特别注意到茅盾原拟在《子夜》中"连锁"进一个"一九三〇年的《新儒林外史》"，并认为在茅盾的短篇小说中有着一个知识分子讽刺系统；他注意到"本质上不属于讽刺类型的作家"茅盾，也"写出这样众多的讽刺小说来（也因此写得不甚好）"。这种对讽刺小说的关注启发了他的艺术敏感，却并未妨碍他对研究对象的全面考察。例如他认为京派小说是三十年代讽刺小说的一个重要分支，体现了现代讽刺小说的初步成熟，但他又认为"京派的文学贡献之一还在于它发展了'五四'以来的多种小说体式，特别是抒情体小说和讽刺体小说"，而且"发展得最为完备的还是抒情小说"（见本书《乡村中国的文学形态》一文）。这种开阔的视野反而使他关于讽刺小说的一些论点有了更为丰厚的基础。

总的看来，作者似乎对都市文学以及与之相关的都市文化心态、现代小说的讽刺艺术，始终保持着持续的研究热情与兴趣，并且已经取得了一批可观的成果，显示出属于作者"自己"的某些研究特色。从本书的选题看，他似乎又不完全满足于这些"特色",而力图扩大自己的研究范围,追求理论上更高的概括与深度。这种要求突破自己的努力,表现了一种奋发前进的精神状态,正是一个研究工作者走向成熟的标志。他努力汲取社会学、文化学、心理学等相关学科的知识,促进自己的"文学"的研究;他对钱钟书、施蛰存、穆时英、庐隐等人所作的研究,都体现了这种努力。从作者的功力和勤奋看来,他一定会获得更为丰硕的成果,这是可以期待的。

1988年2月11日

* * *

〔1〕《戴上枷锁的笑》,吴福辉,1991年浙江人民出版社出版。

地域文化张力的探索

——任伟光著《现代闽籍作家散论》[1]序

1976年10月我应邀到厦门大学参加了"纪念鲁迅逝世四十周年、厦大执教五十周年"的学术讨论会，正是在这次会议期间，我才听到关于"四人帮"垮台的正式传达的。那时国内这类学术讨论会极少，我已经有十年以上未参加过有关学术的活动了。大概是因为纪念鲁迅的缘故吧，厦门大学主办的这次会竟然准予举行了。我领来了与会者的许多篇论文；随意翻看；因为这些都是在开会前不久写成的，虽然内容都是有关鲁迅的，但也很难完全逃脱当时的时代影响，读来似有千篇一律之感。我在其中忽然看到一篇论文颇有新意，写得不错，署的是个陌生的名字——任伟光；我就打听任伟光是哪个单位的，经人指点，原来就是厦门大学的，当时还是一位年轻的姑娘。现在事隔多年，那篇论文的内容和题目都记不清楚了，但印象还是清晰的。过了两年，她到北京大学来进修中国现代文学，接触的机会就比较多了。她很用功，学习刻苦，思想敏锐，在讨论问题时多有新见，成绩很突出。当时她写的关于刘半农的论文等篇，后来已在刊物上陆续发表，颇引起同行的重视。以后她又回厦大教书了。1987年我因参加"海外华文文学国际学术讨论会"又去厦门，才知道她已从事现代文学教学多年，很受学生欢迎，是厦大中文系的骨干力量。当时就听她说正在从事闽籍现代作家的研究，已经写出了部分章节，言谈间仍然保持着她一贯的谦虚朴实的作风。现在全书完成了，她把文稿寄来，让我写几句话，我想这既是义不容辞的，又确实是值得推荐的，就复信答应了。

当我把她的全部文稿仔细阅读后，却发现很不容易下笔。因为这是一本关于作家论的论文集，每篇文章都有特定的内容，文章中所论述的作家不仅经历和风格不同，连题材也不相同；而且从表现上看，除过籍贯同属福建以外，这些作家的作品内容写到福建的也不多，作为一篇综述、介绍全书的序文，很难概括其特点。但仔细品味，觉得闽籍作家又确实有一些相同的东西；籍贯对于一个人并不只是外部的标记，而是影响到生活在其中的人们的心灵和素质的。我忽然记起了郁达夫论冰心的话："女士的故乡是福建，福建的秀丽的山水，自然也影响到了她的作风，虽然她并不是在福建长大的。"[2]郁达夫是浙江人，在福建住过一段时间，他对此深有体会；任伟光同志是在福建学习和工作了几十年的，想来对此必然有更深切的感受和体会，她的研究选题就证明了这一点。对于我这个北方人来说，除了一些书本知识以外，对这种特点虽然也有所感受，但就很难准确地用语言来加以概括了。

我只知道福建山水秀丽，风景宜人。版本学上有"建本"，说明唐宋以来文化已很发达；明朝"闽学"流派有"海滨邹鲁"的美誉；特别是近代以来，福建是接触外来文化最早的地方，福州、厦门都是最早开辟的通商口岸，福建曾出过一大批在近代史上著名的先进人物。在这样的背景下，能够孕育出许多思想开阔、感觉敏锐的文化名人，是很自然的。本书所论述的十五位闽籍作家,虽然其中许多人也同冰心一样,并未长期生活在福建,但向外地迁徙和发展的本身也是福建人的一个特点;他们都生活在"五四"以后的现代中国,福建的自然环境、风俗习惯、文化传统,甚至地方方言,都渗透到他们文化修养的深层,因而也必然会对作品的风格产生影响。按照马林诺夫斯基文化论的观点,"人工的环境或文化的物质设备,是机体在幼年时代养成反射作用、冲动,及情感倾向的试验室。"[3]就地域特点所形成的文化氛围对作家的影响来说,这些话是有道理的。

本书所论述的作家绝大部分是写散文和诗的,这似乎已形成了一个传统,当代的闽籍作家也以诗人与散文家的成就最显著。他们善于运用抒情的笔触,在细致的描写中抒发真挚的感情,富有艺术感染力。即使写小说也是抒情性很浓的,并不以情节故事为主,这大概是同福建的地域特点有一定联系的。本书作者注意到了如何将时代、历史和地域文化融合在一起,她的细致分析是符合研究对象的特点的。

研究问题不能求同存异。就本书所论的作家来说,其不同点也是十分明显的。他们创作活动的阶段不同,譬如"五四"时期的庐隐,左联时期的杨骚,三十年代的林徽因,四十年代的林默涵;所涉猎的文学现象也极广泛,既有左翼文学,也有马华文学;既有得到比较一致评价的作家,也有文学史上颇有争议或较少为人提及的作家。如此大的时间跨度,如此广的研究范围,如此繁复的文学现象,如此风格各异的研究对象,对研究工作带来的难度是可想而知的;但正是在这些地方显示了作者的功力与成就。她不仅发掘和介绍了较少人研究的一些作家,如与左翼文学一起前进的小说家马宁，富有"五洲色彩"的作家林林和积极从事海外华文文学建设的司马文森，而且也从一些学术界研究成果较多的作家身上提出了自己的看法和新意。譬如她指出冰心早期创作风格中不仅具有人们熟知的婉约秀逸的一面，还有激切悲愤的另一面，而且这正是她后来创作风格变化的基因；林语堂的早期散文则不仅具有"费厄泼赖"的提倡，同时还具有反帝爱国、反军阀争民主的积极内容。作为作家研究的成果，本书是充分注意到不同作家的各自特色的。作者很重视文学自身的特点，对研究对象及其作品能给以总的把握和理论的阐释，如《新诗形式的勇敢探索者林庚》和《语丝社的重要成员林语堂》两文，这种特点就很突出。至于资料翔实、文笔晓畅、论述平实谨严，则是她一贯的作风，是贯穿于全书各篇的共同特色。

我感到不满足的就是我自己也无力说清楚的地方，即本书关于闽越地方文化对作家心理素质的影响尚缺乏有力的阐释，还停留在可以使人意会或体味的层次。这本来是很难的，但如果这一点得到加强，则全书的整体性和各篇之间的联系必将更加紧密。这当然近于苛求。如果仅作为一本关于作家研究的论文集来看，则作者已获得了有分量的成果，对于中国现代文学的研究者和爱好者，将会提供有益的参考，所以我愿意把它推荐给读者。

1989年2月23日于北京大学寓所

*　　*　　*

〔1〕《现代闽籍作家散论》,任伟光著,1989年厦门大学出版社出版。
〔2〕郁达夫:《中国新文学大系·散文二集·序》。
〔3〕费孝通译:马林诺夫斯基《文化论》。

鲁迅研究的一个中心问题

——《鲁迅与中外文化》[1]序

本书是福建省纪念鲁迅逝世五十周年学术讨论会的论文集，我没有参加这次会议；但全国学术讨论会是参加了的，中心议题也是"鲁迅与中外文化"。这当然不是偶然的巧合，它是同一思想文化背景的产物。随着我国现代化建设和对外开放政策的实施，中外文化的接触和交流日益繁盛和深入，而建立有中国特色的社会主义这一战略目标的确立，更尖锐地提出了社会主义文化发展的方向和道路问题。现实的需要使人们不能不思考应该如何正确处理中国现代文化建设与西方文化及中国传统文化的关系。事实上，围绕这个问题的思考与争论是贯穿于中国近代和现代历史的全过程的，我们应该重视以往历史进程中的全部经验和教训。今天在新的历史条件下重新提出这一问题时，"鲁迅与中外文化"必然会成为学术界关心的一个中心问题。这不仅因为鲁迅那一代人走过的道路和所遇到的问题同今天确有许多相似之处，而且鲁迅自己的经验和见解都带有深刻的历史特征，它对于我们今天的思考有着十分重要的意义。

早在本世纪初，当鲁迅怀着爱国主义的深厚感情，来到东方最发达的资本主义国家日本，热忱探索救国救民道路的时候，他就广泛地接触了与中国传统文化异质的西方文化，而且面对当时在中外文化关系问题上存在的各种争议，他第一次提出了如下的见解："明哲之士，必洞达世界之大势，权衡较量，去其偏颇，得其神明，施之国中，翕合无间，外之既不后于世界之思潮，内之仍弗失固有之血脉，取今复古，别立新宗。"[2]这里所提出的中外文化结合的思想，虽然带有直观的性质，但同时也具有认真思考问题的全面性。到"五四"时期，鲁迅积极投入了当时蓬勃发展的文学革命和新文化运动，为了反对封建性的国粹主义和"中学为体，西学为用"的改良主义思想，他坚定地致力于对旧文学和旧道德的否定和批判，表现了"彻底地不妥协地反封建主义"的革命精神，建立了"伟大的功劳"。与此同时，鲁迅又强调要"放开度量，大胆地，无畏地将新文化尽量地吸收"[3]，这是符合当时的现实要求的。同"五四"时期的许多先驱者一样，他们对外来文化的接受是自觉追求的，同时对民族传统文化的继承则是自然形成的；其发展方向就是要使外来因素取得民族化的特点，并使民族优良传统与现代化的要求相适应。鲁迅说他写小说时"所仰仗的全是先前看过的百来篇外国作品"[4]，但又说他后来的作品（如《肥皂》《离婚》等）脱离了外国作家的影响[5]，这种从学习、借鉴到脱离，就体现了对外国文学的一个吸收与融化的过程；也就是使外来文化的有益成分，成为具有中华民族特色的现代文学的组成部分。这实际上就体现了在继承和发扬民族文化传统基础上的革新。

到了三十年代，随着中国革命和新文学运动的深入发展，提出了"文学大众化"的问题。正是在"如何使新文化与广大人民群众相结合"的思索与讨论中，中外文化的关系问题引起了人们的广泛注意。鲁迅就是在这样的思想文化背景下，经过认真思考，总结了本世纪以来的历史经验，提出了著名的"拿来主义"的主张，体现了人们对中外文化关系的认识所达到的新的科学水平。鲁迅旗帜鲜明地主张对中外文化遗产首先要敢于"拿来"，他既批判了那种在中外文化遗产面前徘徊不前的"孱头"，又批判了那种为表示自己"革命"而拒绝、排斥中外文化遗产的"昏蛋"，同时也批判了那种对中外文化遗产采取羡慕态度而欣然全盘接受的"废物"。"拿来"之后，就要"挑选"，"或使用，或存放，或毁灭"，根据情况，区别对待。对人民有营养的，就利用；对于既有毒素又有用处，则采取吸收和利用其有用的一面，而清除其有害的毒素；对于人民毫无用处的，则除留一点给博物馆外，原则上都加以毁灭。这里所强调的是要有明确的主体批判意识："运用脑髓，放出眼光，自己来拿。""拿"（"占有""挑选"）本身并不是目的，而是为了取得借鉴，推动自己的创造。他曾说："旧形式的采取，必有所删除，既有删除，必有所增益，这结果是新形式的出现，也就是变革。"[6]这"变革"与"创造"才是拿来主义的真谛；所以鲁迅说："我已经确切地相信：将来的光明，必将证明我们不但是文艺上的遗产的保存者，而且也是开拓者和建设者。"[7]鲁迅的"拿来主义"思想集中地表现了本世纪中国人民在中外文化关系问题上进行长期探索所得出的科学结论；它已经经受了历史的检验，并将继续经受检验。毛泽东同志在四十年代曾明确地提出"鲁迅的方向，就是中华民族新文化的方向"[8]；我以为今天依然如此，在对待中外文化关系问题上仍然要坚持"鲁迅的方向"，这是不能动摇的。当然，随着变化了的新情况和面临的新问题，鲁迅当年探索的结论也需要不断丰富与发展。本书所收的各篇论文就从不同的角度对许多问题作出了新的研究和阐发，而且我们今后还要继续进行深入的研究和探讨，以便对新文化的建设作出更好的贡献。但"鲁迅的方向"是必须坚持的，"拿来主义"的思想应该成为我们对待中外文化的根本原则，这是鲁迅遗留给我们的一份宝贵遗产，必须珍视并予以丰富和发展。我想这就是学术界对鲁迅与中外文化这一问题深感兴趣的原因，而且在深入探讨中是一定会有新的收获的。

*　　*　　*

〔1〕《鲁迅与中国文化》，福建省纪念鲁迅逝世五十周年学术讨论会编辑组编，1987年厦门大学出版社出版。

〔2〕鲁迅：《文化偏至论》。

〔3〕鲁迅：《看镜有感》。

〔4〕鲁迅：《我怎么做起小说来》。

〔5〕鲁迅：《中国新闻学大系·小说二集·导言》。

〔6〕鲁迅：《论"旧形式的采用"》

〔7〕鲁迅：《〈引玉集〉后记》。

〔8〕毛泽东：《新民主主义论》。

鲁迅生平史实研究的新收获

——蒙树宏著《鲁迅年谱稿》[1]序

对于"五四"以来的中国现代作家,研究最深入、成果最丰盛的,当然首推鲁迅;不仅对他的生平、思想和作品都有为数甚多的著作或论文,而且还有综述这些成就的《鲁迅研究史》。仅就"年谱"而论,我已见到的就有五种之多,要在同一领域内有所突破,取得新的进展,确实是需要深厚的功力的。蒙树宏同志的《鲁迅年谱稿》由于体例有别,自然不能说是后来居上,但他对谱主1918年以后的著译一般不作评介,略他人之所详,而把重点放在学术深度上:对于一些目前尚未解决或有歧说的问题,辛勤搜求资料,详加辨析,以确凿的证据,取得了令人信服的结论,这确实是很不容易的。这样的务求翔实的事例,在本书中并不是个别的,而是贯穿全书的精神,这就使本书有了自己的特色,在学术上取得了新的进展。

作者身处南疆,默默耕耘,历时十载,反复修订,这种精神十分可贵。他不满足于已有的"定论",着意搜求第一手的原始资料(全书所引资料来源除鲁迅著译外,计书报杂志共二百余种),反复考核、力求准确,不但订正了已出版的有关资料的错误,而且发现了一些有价值的线索。如"鲁迅是由什么单位保送去日本留学的?"1938年版《鲁迅全集》附《鲁迅先生年谱》周作人执笔部分提出是由"江南督练公所派赴日本留学",由于周作人的特殊地位,以后一般论文与资料都沿用了这一说法;现在,蒙树宏同志根据《清朝续文献通考》《清末新军编练沿革》,特别是《周毒慎公全集·设立督练公所办理情形摺》,指出江南督练公所成立于1905年一二月间,当然不可能于1905年派鲁迅出国;进而根据袁世凯《养寿园奏议辑要·遣派武备学生赴日片》,结合鲁迅在《因太炎先生而想起的二三事》中的自述,指出应是由学堂挑选、两江总督派赴日本。此结论已由日本学者细野浩二所发现的弘文学院档案有关记录(鲁迅以"南洋矿路学堂奏奖五品顶戴"的资格入学)所证实(见细野浩二《鲁迅的境界——追溯鲁迅留学日本的经历》)。又如鲁迅在文章及信中多次谈到章太炎"参与投壶",新版《鲁迅全集》对此作了订正,认为"一九二六年八月间……孙传芳曾邀他参加投壶仪式,但章未去";这一"订正"是有根据的:1926年8月6日,孙传芳在南京举行投壶仪式时,章太炎确乎没有参加。但蒙树宏同志并不以此为满足,他又反复查对当时报纸的有关记载,发现"当时有一股'投壶热',接连搞了好几次",并根据《申报》8月10日的报道,断定章太炎在8月9日曾参加过"雅歌投壶礼";又据当时陈望道在《太白》二卷七期上发表的文章指出:"鲁迅说章'参与投壶',应有两方面的意思:参加投壶礼和为投壶活动出谋划策",这就较好地解决了"章太炎是否'参与投壶'"的问题。又如,蒙树宏同志对寿镜吾给鲁迅的一封信(原件存绍兴鲁迅纪念馆)的时间、内容作了有理有据的考证,认为此信写于1908年,从信的内容看,收信人鲁迅应在绍兴,并根据1908年在日本出版的《官报》19期上关于鲁迅请假的记载,提出了"鲁迅在1908年曾经回国"的问题。尽管这一看法还需其他旁证,目前尚不能视为定论,但无疑为研究鲁迅在留日期间的活动提供了新的有意义的线索。书中类似的有价值的发现还不少,如关于鲁迅和朱安订婚时间和鲁迅购读《天演论》时间的考订等,都显示了作者严谨的学风及考证史实的功力。

因此,可以毫不夸大地说,蒙树宏同志的《鲁迅年谱稿》是现代文学研究、鲁迅研究史料学上的新收获。近年来,现代文学研究有了比较迅速的发展,许多研究工作者致力于对现代文学作总体的宏观的研究和考察,取得了显著的成绩;与此同时,也有不少同志默默地从事于现代文学研究的基础工作——资料的搜集、整理和作家作品的具体分析研究等,这方面所取得的成绩也许不如前者那样引人注目,但它是十分坚实的。其中尤其值得提出的是史料学方面的进展。1985年初马良春同志曾提出了"建立中国现代文学史料学"的倡议,接着又出版了朱金顺同志《新文学资料引论》的理论性著作,此外还出现了一批有充分准备、很具功力的体现史料学具体成果的专著,蒙树宏同志的《鲁迅年谱稿》正是这一方面的有代表性的力作。这些著作在研究方法上的一个显著特点,是自觉地继承和发展了中国传统考据学的研究方法,但又并没有轻视理论指导的倾向。作者十分明确,对鲁迅生平史实的考证是为了要把对鲁迅思想、艺术的理论分析建立在更加可靠的基础上;在这里,史料的搜集,考订,是与理论的分析、考察相辅相成的。在处理材料与观点,史料与理论,吸收外来研究方法与继承传统方法……这些根本问题的关系上,已经逐渐达到了科学的认识高度;这是现代文学研究趋于成熟的重要标志。蒙树宏同志曾运用本书的材料，为云南大学研究生开设过"鲁迅生平史实研究"课；我以为这对青年研究工作者打好基础，掌握治学方法，是大有好处的。这是我读了蒙树宏同志《鲁迅年谱稿》后的一点感想与期望，今以此权作本书的序言。

*　　*　　*

〔1〕《鲁迅年谱稿》，蒙树宏，1988年广西师范大学出版社出版。

用鲁迅精神研究鲁迅

——吴小美《虚室集》[1]序

这是一本关于鲁迅研究的论文集。对于鲁迅思想和鲁迅作品的研究，我们已经有了六十多年的历史，出现过许多有卓见的论文和著作，可以说是成果累累了。虽然像鲁迅这样博大精深的文化巨人和他的丰富的文学遗产是后人汲之不尽的智慧的海洋，但要想在已有的基础和水平上有所前进，无疑是需要深厚的功力和更为艰巨的努力的。吴小美同志从事鲁迅研究多年，从本书各文的内容可以看出，她的治学态度就是遵照鲁迅精神的：不回避问题，知难而上，严格从作品和时代出发，务求取得符合实际的理解，贯串了一种实事求是的精神。

作者所选择的研究课题的重点就带有某种"攻坚"的性质；她选择了两个重要的选题：一是对鲁迅杂文的思想内涵在已有的研究基础上作出总体性的概括，一是对《野草》和《故事新编》的思想、艺术进行新的开掘。应该说，这两方面都是鲁迅研究领域中比较薄弱的环节，学术界的分歧意见也比较多。作者经过扎实的钻研，力图在掌握大量材料的基础上，运用新的研究方法，提出新的分析角度，因而有了坚实可观的收获。例如作者把鲁迅杂文概括为"一部旧中国特别的'人史'"，明确提出"对奴性和奴才传统的批判"是鲁迅杂文中改造国民性思想的"一个主要方面"，这是能给读者以新的启示的。作者对《野草》的研究已在学术界产生了一定影响。《论〈野草〉》一文即作为全国优秀论文被选入《鲁迅诞辰一百周年研究论文集》。文章强调："对《野草》这样一部写心的历程而又曲折体现了时代、社会的矛盾的作品，不应该离开了其中的形象特征的本身，以庸俗社会学的观点方法，一一考证出某形象、某事物代表了什么，特别是对其中一些抒情散文，更应该从作者描摹的形象出发，调动读者自己的全心灵，用形象思维的方法去融解、捕捉、联想，才能更深地领会这些形象的意义。"这是从方法论的角度抓住了《野草》研究的关键的。作者运用了这样的研究方法，因此对《野草》的分析就比较更切合作品的实际。例如关于《雪》一文的理解，作者对"最流行的解释"（即江南的雪"暗指正在南方蓬勃展开的大革命"，朔方的雪"暗指北洋军阀的反动统治"）提出异议，认为全篇的重点在写朔方的雪"正是在严寒凛冽的空气的袭击下，受过伤的，孤独的，然而却是冰冷坚硬的，能蓬勃奋飞的战士的写照，他不同于江南的雪的明丽，但却是壮美的"。这种从作品实际出发的比较令人信服的分析对克服《野草》研究中曾一度流行的庸俗社会学倾向，起到了积极的作用。在此以后，作者又连续写出了《〈野草〉与〈爱之路〉——对鲁迅与屠格涅夫的几点看法》《"北京的苦闷"与"巴黎的忧郁"——鲁迅与波特莱尔散文诗的比较研究》等有深度的文章，从"比较文学"的角度，对《野草》研究作了新的开拓，提出了一些新的见解。例如，从"再现生活与表现自我的统一"中，将《野草》中"种种彷徨、犹豫、赤诚、焦灼的心灵色彩"归纳为"北京的苦闷"，并具体划清了"浪子的忧郁和战士的苦闷的界限"，强调了鲁迅的苦闷中内含的"进取和干预的精神"。又如作者明确提出"《过客》的精神正是《野草》的精神的核心"，鲁迅在《野草》中所创造的艺术世界里，为自己选择的身份是"世纪初的'过客'"。所有这些新的概括当然都是可以讨论的，但它显示出作者的一种努力，即力图使自己的研究结论尽可能符合鲁迅的"本意"，体现出《野草》的"个性"。这对于《野草》研究的深入，自然是一种有益的推动。收入本集中的《创作就是关注现实——论〈故事新编〉的特色》一文，是作者新的研究成果。和同类研究相比较，这篇文章引人注目之处在于作者强调了《故事新编》"不是简单的历史题材性质的作品，也不是严格的现代生活内容性质的作品"，"它有真实的心理情绪的基础"。作者认为《故事新编》的"历史题材现实化倾向"，是由鲁迅"内在的心理个性"所决定；作品许多地方（特别是前三篇）都是"作者在直接抒发内心的淤积"。对《故事新编》中主观色彩的强调，与作者对《野草》中显露的鲁迅内心世界的关注，显然有内在的联系；这说明作者正在把写作于同一背景下的《野草》与《故事新编》中的部分篇章作为同一思想艺术的整体来考察，这是一个值得注意的研究角度。它显示了作者的敏感和不断追求新的开拓的研究"个性"的意图。

吴小美同志曾经来信告诉我，本书"之题名为《虚室集》，典固然出之《庄子》，同时，确因其中的文章真正是在劫余的萧条四壁间写成的。……我之所以选了十七万字，是因为'文革'中被抄走的待出版的鲁迅研究论文集也是十七万字，虽然题目完全不同"。她的经历在以前的信中也曾谈起过，十年内乱中，她家中一切有文字的东西，均被洗劫一空，以后才又"白手起家"地从零开始，尽管"沉重的工作负担，多病的身体，常常感到力不从心"，仍然在"寂寞的黄土高原"苦苦耕耘十年，于是又有了新的"十七万字"。——这种劫余奋斗的历程，是十年来许多人共同经历过的。但唯其平凡和普遍，这样的命运就具有一种"典型性"。因此，这本历经二十年才得以与读者见面的论文集，就从一个特定的角度映照出像作者这样的中国知识分子的坚韧和追求。这里既充满了辛酸，更表现了一种刚毅不屈的力量，它所显示的正是鲁迅精神的光芒。今年正值鲁迅逝世五十周年纪念，半个世纪以来，鲁迅就是吸引着、影响着中国一代又一代的知识分子的。吴小美同志的学术道路证明了这一点；今天青年一代知识分子的心，也是与鲁迅相通的，我一直坚信这一点。近百年来中国人民所进行的伟大变革事业，孕育了鲁迅这样的足以称为"民族魂"的伟大思想家与文学家，鲁迅精神与鲁迅传统经过几代知识分子与人民的共同继承与发展，已经成为我们民族最可宝贵的精神财富。作为鲁迅研究工作者，要科学地阐明鲁迅的精神遗产，必须首先学习像鲁迅那样"做人"；吴小美同志的文章就说明"用鲁迅精神研究鲁迅"应该成为鲁迅研究的一个传统。这本论文集既是作者严肃认真的科学研究成果，又表现了作者对于鲁迅精神的景仰和理解，这两方面都是有助于发扬鲁迅精神的。因此作为鲁迅逝世五十周年的纪念，我愿将它推荐给鲁迅研究者和广大读者。

1986年6月6日于北京大学

* * *

〔1〕《虚室集》，吴小美，1986年青海人民出版社出版。

郭沫若文学道路的深入考察

——黄侯兴著《郭沫若的文学道路》[1]序

郭沫若是"继鲁迅之后，在中国共产党领导下，在毛泽东思想指引下，我国文化战线上又一面光辉的旗帜"[2]。和鲁迅一样，郭沫若在现代文学史上也是从"五四"开始就站在时代的前列，给予了现代文学发展以重大影响的，如同恩格斯所说的文学方面的"巨人"。这不仅表现在他的"思维能力，热情和性格方面"，"多才多艺和学识渊博方面"，更重要的是他始终"处在时代运动中，在实际斗争中生活着活动着"[3]。这就是说，他与中国人民的伟大革命斗争保持着最密切的联系，他的作品是真正的时代的艺术、人民的艺术。"他的创作生活，是同新文化运动一道起来的，他的事业发端，是从'五四'运动中孕育出来的"[4]。而且终其一生，虽然也经历了许多曲折，但始终是和中国人民共呼吸的。他的作品，无论是"五四"时期的《女神》，还是抗日战争时期的《屈原》，总是以艺术的方式，充满激情而又深刻地反映出特定历史时期人民的思想感情、意志和愿望，并且在人民群众中引起了强烈的反响和共鸣，产生了很大的鼓舞力量，从而获得了真正的艺术生命。就这一点说，郭沫若与鲁迅是完全一致的。正是以鲁迅、郭沫若为代表的人民大众的、彻底反帝反封建的民主主义和社会主义的文学，构成了从"五四"开始的中国现代文学史的主流。为了更好地继承和发扬"五四"新文学的革命传统，为了建设社会主义的新文化，我们必须多方面地研究中国现代文学发展的全貌和它的丰富复杂的内容，特别是对于像鲁迅、郭沫若这样有重大贡献并且可以代表发展方向的作家，更应该予以充分的重视，展开系统的专题的研究。因为科学地总结他们的思想和创作的发展道路，深入地研究他们的丰富的艺术经验，对于揭示现代文学发展的规律，对于繁荣社会主义的文学创作，都有十分重要的意义。就郭沫若研究这一课题来说，虽然已经取得了一些成绩，但我们不能只满足于对一些著名篇章作出细致的分析或评介，而应该要求有这样的著作出现，它能够在广阔的社会文化历史的背景下，对作家的发展道路、创作倾向和艺术成就，作出全面的科学的综述和研究，但这在目前显然还是一个薄弱的环节。现在，黄侯兴同志经过长期的研究，写出了这本系统地研究郭沫若文学发展道路的专著，在一定程度上弥补了我们研究工作中的不足，满足了读者的需要，这是十分可喜的。

黄侯兴同志这本书，并无特别的惊人之论，文字也很朴实，这对郭沫若这样一位才华洋溢的诗人、剧作家来说，也许是另一种的不同的风格。但它也显示了作者自己的特色：扎实而严谨。而这正是科学研究著作和文学创作不同的地方。黄侯兴同志注重材料的翔实，严肃认真，立论务求从作品实际出发。他用了很大工夫发掘未收入文集的佚文，对于已收集的作品也尽可能地根据最初发表的报刊进行校核，而且得到了不少有价值的发现。这就使他的论点能够建立在可靠的基础上，增强了论述的科学性。对于郭沫若本人在不同时期发表过的关于自己思想和创作的许多意见，黄侯兴同志也参考有关材料，按照作者当时思想和作品的实际，采取了认真的有分析的态度。例如郭沫若曾经说过他在1924年翻译河上肇的《社会组织与社会革命》以后，"便成为了一个马克思主义者"，黄侯兴同志在本书中根据郭沫若在1925年下半年同国家主义者、无政府主义者论战中发表的一些文章（其中有未收入集中的《马克思进文庙》等文），有说服力地指出："郭沫若当时对于马克思主义基本原理之认识是相当驳杂混乱的"；从而说明郭沫若从转向马克思主义到成为一个马克思主义者，还要经过一个更长的历程。根据黄侯兴同志的研究，郭沫若经过1924年底参加宜兴调查的实践、1925年参加"五卅"反帝爱国运动的锻炼，特别是经过北伐战争的实际考验，以1925年发表《请看今日之蒋介石》等文章为标志，才成为一个坚定的马克思主义者。这一论点当然还可以继续进行深入的研究和讨论，但他的论证是谨严的，显然比那种只根据郭沫若的自述来立论要有更多的科学根据。

　　黄侯兴同志在本书中还力求对郭沫若创作的得失作出科学的评价，并从中总结经验和规律，他所坚持的仍然是从作品实际出发的态度。在郭沫若研究中长期来有一个颇为流行的观点，即认为郭沫若的《恢复》等诗集，由于作者世界观的转变，采取的是革命现实主义和革命浪漫主义相结合的创作方法，因而比《女神》有更高的思想性和艺术价值；并由此推论，认为从《女神》到解放后的诗歌，郭沫若的诗一贯保持着很强的艺术生命力。尽管这一论点与读者对作品的实际感受是有距离的，但由于"左"的思想的束缚，很少人对此提出异议。黄侯兴同志本着实事求是的精神，从作品的客观效果来考察，对郭沫若的创作道路提出了新的看法，并且作出了自己的解释。他细致地分析了郭沫若的艺术个性，指出"郭沫若是一个偏于主观的抒情诗人，他热情洋溢，才思敏捷，但不善于对社会现实进行深入的体察与分析"，因此浪漫主义创作方法比之现实主义创作方法更加适合于郭沫若的艺术个性。他的《女神》正是一曲浪漫主义的高歌，表现了"五四"时期昂扬的时代精神，开创了一代诗风。但后来郭沫若"在实现世界观转变的过程中，曾经尖锐地批判和彻底地否定了浪漫主义的创作方法……《恢复》便是郭沫若在倡导无产阶级文学时对现实主义创作方法的初步运用。他想在实现思想转变的同时，也能实现他的艺术风格的转变。然而，《恢复》等诗集已经说明，勉强转变自己的艺术风格，对他是有害的，其客观效果便是诗人降低了对自己诗歌的美学要求，作品存在着概念化的毛病"。以后从流亡国外所写的历史小说集《豕蹄》开始，郭沫若又回到浪漫主义的道路上来。直到抗日战争时期，郭沫若在他的以《屈原》为代表的历史剧的创作中，再次擎起了革命浪漫主义的旗帜，达到了创作的第二个高峰。由上述例证可以看出，黄侯兴同志通过对郭沫若创作道路的全面考察，提出了一些发人深思的问题：诸如作家如何正确地认识与把握自己的艺术个性，就是一个很有现实意义的问题。如果能够提到理论的高度作进一步的深入的探讨，对于今天的创作当会有更大的启示作用。

　　在关于郭沫若历史剧的论述中，黄侯兴同志对作品的一些主要特征和经验还作了理论上的探索和概括。如关于塑造正面形象以及古为今用等问题，他都根据充分的材料，作出了细致的分析和评价。此外还从创作方法的角度，探讨了历史剧与历史的区别，以及浪漫主义剧作的特点，因而比较准确地说明了郭沫若历史剧的特色和成就。

关于郭沫若的研究是一项正在开展的重要的研究课题,黄侯兴同志这本严谨朴实的书就是这一课题的一项可喜的收获。这不仅表现在它的许多具体的论点有助于加深我们对郭沫若文学成就的认识,而且它所显示的"从作品实际出发"的实事求是的研究方法对中国现代文学的研究工作也是有重要启发的。因此,我很愿意把它推荐给中国现代文学的研究工作者和郭沫若著作的爱好者。

1981 年 3 月 24 日

* * *

〔1〕《郭沫若的文学道路》,黄侯兴,1981 年天津人民出版社出版。
〔2〕邓小平:《在郭沫若追悼会上的悼词》。
〔3〕恩格斯:《〈自然辩证法〉导言》。
〔4〕周恩来:《我要说的话》。

郁达夫生平的发展线索

——温儒敏作《郁达夫年谱》序

郁达夫是中国现代文学史上影响很大和卓有成就的作家。他的小说中的那种坦率的自白式的控诉，猛烈地冲击着"五四"时期黑暗的半封建半殖民地的中国社会，极大地激动了为"五四"所唤醒的青年人的悲愤和反抗的情绪。正如郭沫若在《论郁达夫》一文中所说："他那大胆的自我暴露，对于深藏在千年万年的背甲里面的士大夫的虚伪完全是一种暴风雨式的闪击，把一些假道学假才子们震惊得至于发狂了。"他的作品特色是和"五四"精神密不可分的，那种不满现实的愤懑情绪，那种个性解放的强烈要求，甚至某些伤感颓废的消极情绪，都深深地刻着"五四"时代的烙印。在他的一生中，尽管生活道路迂回曲折，思想矛盾时张时弛、创作也在不同时期有着不同的时代特点，但直到他最后被日本帝国主义者秘密杀害，总的说来，他是坚持了"五四"新文学的反帝反封建的根本精神的；他是一个卓越的民主主义者和爱国主义者，应该得到人们的尊敬和怀念。正如胡愈之在《郁达夫的流亡和失踪》一文中所说："他永远忠实于'五四'，没有背叛过'五四'。"他的一生是一个正直的知识分子追求光明的一生，甚至可以说他的经历和思想对于同时代的知识分子来说，有着一定的代表意义。

他的文学成就是多方面的，而且形成了自己的风格特色。

从《沉沦》起，数量众多的小说在当时就吸引了一些追随者和摹仿者，除了写青年知识分子的苦闷穷困的生活以外，《春风沉醉的晚上》描写了烟厂女工的坚忍的生活态度，《薄奠》描写了人力车夫的悲惨的一生，都可以看出作家对劳动人民苦难生活的真挚的同情，同时他也坦率地表白了自己在生活方式上和他们之间存在的距离；感情真实，文笔优美，具有强烈的艺术感染力。就是三十年代写的《东梓关》《迟桂花》等篇，虽然作品着重描写了乡居生活的安谧和恬静，但人物形象清晰真实，结构完整，技巧圆熟，艺术上是很有特色的。鲁迅在为英译中国短篇小说集《草鞋脚》提供选目时，就推荐了郁达夫的《迟桂花》。他的散文也许为他小说的声名所掩，但其实也是有很高成就的。他把真挚自然的感受直接地叙写出来，文字委婉动人，形成一种自然畅达而感情充沛的风格。虽然写的是一己的感触，但时代与社会的影子十分鲜明，能够强烈地引起读者的共鸣。如"五四"时期《给一个文学青年的公开状》，三十年代的游记文集《屐痕处处》，不论是抒情或写景，都可以看出作者艺术上的成就和才华。他在游记中常常夹用一首抒情咏怀的旧诗，使通篇为之生辉。他的旧诗很有功力，尤擅七律，晚年诗作很多，有许多艺术上很精致的篇章。他本富于诗人气质，即使小说和散文，就文体说也是富于诗意的；这和他的"自叙传"的创作态度，真挚动人的抒情成分，清新流畅的文学语言等因素结合起来，就形成了一种独特的艺术风格。在现代文学史上，他是很有创造性的一位作家。

郁达夫也写过许多文艺论文，其中有些篇还是很有影响的。1923年他写了《文学上的阶级斗争》，1927—1928年间，他写了提倡农民文艺和大众文艺的论文，这些在现代文学史上都是较早出现的带有倡导性质的文章；尽管这些文章在理论阐述上还有这样那样的缺点，更重要的是和他自己的创作实践脱了节，因而未能产生应有的社会效果，但他在写作时的热情和敏感是应该予以充分重视的。他在思想和行为上都有着难以克服的苦闷与矛盾，这些当然也反映在他的作品中；有时积极追求，有时消极伤感，而这些又都是和当时的社会现实密切联系的，用他自己的一句话来说，他始终是"在社会的桎梏之下呻吟着的'时代儿'"。因此尽管他的作品内容比较复杂，但如果能够联系时代背景和生活环境来研究，则不但对很多复杂的现象可以得到理解，而且也能说明为什么这些作品在一定历史时期能够引起读者广泛兴趣的原因。不幸的是许多年来由于极左思潮的干扰，也由于思想上的简单化和片面性，有些研究现代文学史的人对他作品中的消极作用过于夸大了，作了不符合作品实际的估计，因而采取了一种"一笔带过"或漠然回避的态度，这是既不公正也不科学的。他的作品当然是有消极因素的，这是他的性格和思想弱点在作品中的反映，我们应该对之进行实事求是的历史的具体的分析，而不能采取简单的漠视态度。近几年来，随着思想解放运动的深入，这种情况有了一定的改变。我们看到了冯雪峰的尚未完成的关于郁达夫的研究成果，也看到了其他一些研究论文，这项工作终于引起了学术界的重视，这是十分可喜的事情。

研究一个在文学史上有地位的作家必须把他置于一定的历史环境中，做到知人论世，因此必须从作家生平经历的基本资料入手，而不是仅凭某种个人印象来加以推断，这才有助于研究工作的深入和提高。年谱是一种个人编年体的传记，是研究历史人物的基本资料。它可以提供谱主活动的时代背景和谱主思想变化的根据和线索；也可以从籍贯与家庭、行踪与交游等许多方面为理解谱主的业绩和贡献提供必要的参考资料。"五四"以后，随着研究方法的现代化，撰写年谱的工作引起了人们的重视，我们已经有了许多关于中国历史人物和古典文学作家的年谱，为研究工作的深入开展提供了很大的方便；但对于现代作家，目前这项工作还没有引起人们足够的重视。特别是像郁达夫这样的作家，不仅他的思想和经历非常复杂和曲折，而且由于抗战以后他在国外活动，国内对他晚年的情况十分隔膜，材料也很不容易搜集；因此由年谱入手，钩稽资料，详加考核，为科学研究提供必要的条件，就是十分需要的了。

温儒敏君是专门研究中国现代文学史的，他为了搜求有关郁达夫的生平资料，不仅查阅了北京各图书馆的有关书刊，而且从南洋、日本等地搜罗到许多不易看到的材料；他还多次访问了郁达夫的家属和亲友，考订了许多疑难的事实，他的工作是仔细和认真的。当然，像年谱这类资料性质的书籍，要一下子做到全部翔实可靠、无所遗漏，也是很困难的，这有待于后来者的继续发掘和不断补充；重要的是他已经开始走出了第一步，虽然还比较简略，但毕竟完成了《郁达夫年谱》这样一本有用的书，这是很可喜的。我乐于把它介绍给现代文学史的研究者和郁达夫作品的爱好者，让大家来分享这种喜悦。

1980年12月18日

原载1981年《中国现代文学研究丛刊》第3期

沙汀艺术成就的新探索

——黄曼君《论沙汀的现实主义创作》[1]序

我们经常说的"五四"革命文艺传统，它的一个重要内容就是由鲁迅所奠定并向着社会主义文学方向发展的革命现实主义传统。许多现代文学史上有卓越贡献的作家都以他们的创作成果来丰富和深化了这一传统，因而积累了许多实践的经验，表明了鲜明的时代精神，体现了用形象反映社会生活的艺术规律，发挥了推动社会革新和进步的历史作用。三十年代在左翼革命文艺运动的推动下，涌现出了一批有进步思想和创作才华的青年作者，他们继承"五四"文学革命的精神，勤恳地从事文学创作，努力用进步的观点来观察和认识生活，开拓了新的题材，表现了新的深度，使现实主义文学得到进一步的发展。沙汀就是在三十年代初出现的一位引人注目的作家，但他不是那种昙花一现式或"开端就是顶点"的作者，他的取得重大成就和创作旺盛的时期是在以长篇"三记"（《淘金记》《困兽记》《还乡记》）和《在其香居茶馆里》等著名短篇所产生的四十年代。迄今为止，他是在文坛上坚持创作活动已达半个世纪的老作家。因此总结他的创作经验，探索他在现实主义道路上的历程和贡献，对他的主要作品作深入的思想和艺术的分析，并由此作出符合实际的历史评价，就不仅是关于中国现代文学研究工作的重要课题，而且对于发展社会主义文学创作也有其现实意义。但这方面的工作还很少有人去做,甚至可以说还是空白,这是同现代文学研究在过去年月里所经历的坎坷遭遇有联系的,一点也不说明这项工作的无足轻重。黄曼君同志潜心研究沙汀作品已经多年,他最近完成的《论沙汀的现实主义创作》一书,就在一定程度上弥补了这方面的不足。

沙汀在他创作之初,就是努力追求革命现实主义的创作方法的,并且得到了鲁迅和茅盾的指导和支持,他是沿着"五四"革命文艺传统的道路继续前进的。他要求能对时代有所贡献,但"不愿把一些虚构的人物使其翻一个身就革命起来,却喜欢捉几个熟悉的模特儿,真真实实地刻画出来",鲁迅肯定了他的愿望和努力,鼓励他"选材要严,开掘要深",并指出了改革的方向和途径[2]。茅盾在读了他的第一个短篇集《法律外的航线》后说:"作者用了写实的手法,很精细地描写出社会现象,——真实的生活图画。"热情地肯定了"无论如何,这是一本好书。"[3]他们都是从现实主义特色的角度加以赞许的。这说明沙汀在创作上有一个良好的起点,而且正是遵循现实主义道路取得重大成就的。他在谈自己的创作经验时也说:"我在创作上长期倾向于现实主义,喜欢写得含蓄一些,自己从不轻易在作品中流露感情,发抒己见。"[4]他的作品向来是严格按照生活的本来面貌来描写人物的,从生活和环境来刻画人物的内心世界,描写人物的性格特征;倾向性只体现于作者所选择和描写的生活场景和人物性格之中,体现于作品的真实性。鲁迅认为革命文学首先应当要求"内容的充实和技巧的上达",沙汀是对此作了重大努力的。他严于选材,深于开掘,因此不少进步作家所极难完全避免的一种瘤疾——概念化,在沙汀的作品中一般说来是极少见的,这可以说是现代文学创作中现实主义的一个重大收获。

真实性是现实主义创作的重要原则。沙汀由于对他所写的生活十分熟悉,因此从细节的选择到富有性格特征的四川农村口语的运用,都带有浓郁的生活气息和地方色彩,构思巧妙而有充分的生活根据,人物形象清晰鲜明,富有很强的艺术感染力。他所塑造的形象绝大部分是四川农村和小乡镇中的地主豪绅、基层政权的实力派(保甲长和袍哥帮会头子之类)、下层知识分子和贫苦农民等,虽然摄取题材的范围不算广阔,但开掘很深,能够通过他们生活的具体环境写出这些人物的不同的经历和命运,而且能将人物和事件同广阔的时代背景联系起来加以表现,扩大作品的思想容量和社会意义,收到由一斑可窥全豹的效果。作者虽然采用了冷峻的客观描绘的手法,但思想倾向仍然十分鲜明,达到了倾向性与真实性的统一。过去许多评论者曾称赞沙汀在暴露和讽刺方面的艺术成就,这是符合实际的;但它主要来自作家严肃的创作态度,他不愿写自己还不十分熟悉的题材,并不是作家不愿歌颂生活中的光明面来鼓舞读者。他不仅在《还乡记》和《磁力》等作品中描写了正面人物,而且根据他在解放区的一段生活经历,还在《随军散记》中描绘了贺龙将军,在《闯关》中塑造了余明的形象。即使在那些以暴露讽刺为主的作品中,作家的爱憎倾向和社会理想也是很明显的。可见他所重视的仍然是作品的真实性。脱离生活的廉价的歌颂反而会成为讽刺,这是任何忠实于现实主义原则的作者所不取的。

一个作家特有的创作风格的形成是作家成熟的标志。沙汀的作品通过情节的提炼和语言的选择，精心安排的结构和细致刻画的人物，形成了自己所特有的朴素凝练、含蓄深沉的艺术风格。他善于从日常生活中选取有特征的细节，构成富有社会风习的画面，按照生活的逻辑来写出带有讽刺喜剧色彩的人物和故事，收到了引人入胜的艺术效果。他的小说情节集中，冲突尖锐，富有戏剧性；而且常常造成悬念，于高潮处又突然出现意料之外的转折或结局，如《淘金记》的停止采矿，《在其香居茶馆里》的释放壮丁，都属此类。后者不仅戏剧性的冲突十分尖锐，而且整个情节都是在一个舞台面中展开的，人物性格鲜明，深刻地揭露和批判了国民党基层政权的反动本质。他懂得"讽刺的生命是真实"（鲁迅语），因此向来不用漫画式的夸张手法，而是从生活本身所呈现的矛盾来揭示人物之间的关系，确实产生了如鲁迅所说的"无一贬辞而情伪毕露"的艺术效果。他作品中的浓郁的地方色彩也不是靠渲染自然景色或特殊的风俗习惯所取得的，而是发掘到生活的深处，概括了深广的社会历史内容，从人物活动的特定环境，从人物之间社会关系的交织中体现出来。他小说中人物的语言不仅精确地运用了生动的四川农村口语，而且富有个性特征，能够在规定情境中选用符合人物身份和心理状态的日常语言，使读者有如闻其声之感。叙述性的语言也极为精练简要，它常常是作为人物行动的说明来运用的，或者通过某一人物的感受推动情节的发展，着墨不多而有画龙点睛之效，显示了作者很强的概括能力。总之，沙汀是以其独特的艺术风格和现实主义特色而对现代文学史作出卓越贡献的作家。

　　黄曼君同志这本书正是以总结历史经验的态度，对沙汀的创作经历和艺术成就作出了综合研究的著作。它既带有历史的和传记性质的特点，同时也进行了深入细致的艺术分析和评价。为了探讨沙汀作品独特的艺术风格和创作个性，本书不仅对许多作品都作了全面的详细分析，而且还注意了历史背景和时代特征，考察了作家的创作过程，也同别的作家有所比较，因此它是一本系统地论述作家成就的专著。书中还对一些有关创作的问题提到理论的高度进行了探讨，并且提出了自己的见解。由于关于作家的专题研究过去比较少，本书带有一定的开创性质，因此有些问题还有待于进一步地深入研究；但它的出版必将对中国现代文学的研究和现实主义的理解有所裨益，是可以断言的。特别是本书对作品的艺术分析相当深入，有作者自己的感受和见解，这是很值得称道的。因此我愿意把它推荐给中国现代文学的研究者和爱好者，它是会给人以有益的启发的。

1981年5月6日

*　　*　　*

〔1〕《论沙汀的现实主义创作》，黄曼君，1982年湖北人民出版社出版。

〔2〕鲁迅：《二心集·关于小说题材的通信》。

〔3〕《茅盾文集》第9卷《〈法律外的航线〉读后感》。

〔4〕沙汀：《关于〈许茂和他的女儿们〉的通信》，《文艺报》1980年第4期。

建国初期的文艺运动[1]

（1949年10月—1952年5月）

一　思想领导与组织领导

1949年10月1日是中国历史上伟大光荣的日子。这一天，毛泽东主席向全中国和全世界庄严地宣告了中华人民共和国及其中央人民政府的成立。新中国的成立也给文艺事业的发展带来了广阔的前途；因为中国人民革命的伟大胜利不仅是全国人民的社会的和物质生活的解放，而且同时也必然是人性上的、智能上的和情感上的整个解放；这当然也就给新中国的文艺带来了最丰富最伟大的内容。毛主席在《中国人民政治协商会议第一届全体会议上的开幕词》中说："我们民族将从此列入爱好和平自由的世界各民族的大家庭，以勇敢而勤劳的姿态工作着，创造自己的文明和幸福，同时也促进世界的和平和自由。我们的民族将再也不是一个被人侮辱的民族了，我们已经站起来了。"又说："中国人被人认为不文明的时代已经过去了，我们将以一个具有高度文化的民族出现于世界。"这伟大的宣告唤醒了每个中国人的自尊心和自信心，也特别加强了文艺工作的信心和责任感。中国的新文学是有与中国人民革命紧密结合的光荣传统的，现在面临着一个随着经济建设高潮而出现的文化建设高潮，文艺工作者是应该有信心来创造无愧于伟大祖国的人民文艺的。在1949年7月举行的全国文代大会中,全国的文艺工作者一致表示了愿为贯彻毛泽东文艺路线而奋斗,《在延安文艺座谈会上的讲话》成了新中国文艺运动的共同纲领;两年多来,通过了各地文化行政部门和文艺界自身的组织上的领导,毛泽东文艺思想在文艺工作者中间有了广泛的传播,在这种思想领导之下,我们的文艺工作已取得了一些新的成绩。

周扬在全国文代大会报告中,最后说明为了有效地推进文艺工作,"除了思想领导之外,还必须加强对文艺工作的组织领导,适当地解决文艺工作者在他们的工作中所碰到的许多实际困难和问题。"文代大会闭幕后,全国很多地区都分别召开了文艺工作者代表大会或文艺工作者会议,成立了有六十多个地方性的文学艺术界联合会;这些组织都根据各地的具体情况,订出了努力的目标,以贯彻文代大会所决定的方针和任务。譬如首都北京,针对着这个城市的特色,在召开文代大会之后,就确定了工作方针是"普及第一"。普及的对象第一是工人,第二是学生,再次是解放军、革命干部和其他劳动人民;把青年学生当作仅次于工人的工作对象,是北京文艺工作一个特色。又如上海是全国最大的工商业城市,过去有坚持文艺斗争的光荣传统,现在也是产业工人和文艺工作者的人数都比较多的地方,因此开展群众文艺活动就成为工作的重心。在上海文代大会上,夏衍作了报告,会中规定了工作重点是"在全国文联领导之下,上海文联应该成为一个具有实际工作能力的,上海文艺运动的广泛的群众组织"。它"应集中力量于组织和动员文艺工作者进行创作批评与自我教育,和组织各种群众性的文艺活动。同时，和创造新的并行，改造旧的也是当前主要工作"。东北是老解放区，建设事业又站在全国其他各区的前哨，因此在文代大会中，刘芝明号召以"提高到新的水平，创造人民建设国家的英雄形象"为文艺运动的总方针。天津的工厂文艺工作在全国是比较活跃和有成绩的，他们在工厂里有重点地建立了工人文艺组织，培养了不少的有希望的工人作家，也产生了一定水平的作品，其中由"文协"出版了的工人创作已有《工厂剧本汇刊》五种，《工厂文艺习作丛书》十种。在文代大会上，阿英的报告题目是《为新的人民文艺继续努力，以争取下阶段的辉煌丰收》，这也是天津文艺工作的总目标。河北省文艺运动的重点在农村，因此文代大会决定了以戏剧为主流，"积极发展新文艺，大力改革旧文艺——为生产服务。"并决定了"文艺运动以农村为主，但必须以城市领导乡村，以集中领导分散，以专业领导业余"。因为河北农村过去有十几年的文艺普及工作的基础，因此这个方针是贯彻得比较彻底的。西北区是多民族地区，文代大会开会时，有十一个民族的代表出席，会议贯彻了党的文艺政策和民族政策，因此贯彻了团结友爱的精神；正如主席柯仲平所说："你说的话我不懂，懂你唱的毛泽东。"会后把学习各民族的文艺宝藏，开展各民族的文艺运动，作为西北文艺工作的一项重要方针，而且也做了不少的少数民族民间文艺的交流与互助工作。各地区的文代大会大都是在1950年举行的，会后都成立了固定的文艺界联合会组织；仅就以上所举的各地区的情形看来，也可说明这些地方组织在结合当地的具体情况下，基本上都是为贯彻与执行"全国文联"的方针而努力的。但由于各地区的工作基础不同，条件不同，因此在贯彻执行中所得的成绩也是不太平衡的。虽然如此，周扬说："各地所召开的文代大会，都广泛地团结了文艺界的各方面的人物。这些会议都指出了文艺应该为解放战争和生产建设服务，文艺创作应表现新中国的面貌，新的事业与新的人物的面貌，以及人民中的新的英雄主义的典型。这些会议要求各地文艺工作继续贯彻'普及第一'的方针，大力改革旧戏曲及其他各种民间旧艺术，并开展工农兵群众业余的文艺活动。"[2]"全国文联"1950年工作总结第一项说：

> 推动了各大行政区，各省市文艺团体的成立。现在各大行政区（除华东外）均先后成立了"文联"，省市一级以上则已有六十几个地区成立了"文联"或"文联"筹备机构。各地所召开的"文代大会"和由这些大会所产生的"文联"在基本方针上达到了一致，肯定了毛主席文艺方针及其实践成果，确定了全体文艺工作者共同努力方向；广泛地团结了文学艺术界各方面人士，结成文艺工作上的统一战线；强调文学艺术的普及工作，注意推动群众性的文艺活动，加强创作，展开批评。有些地区，如西北、西南、内蒙等，则特别强调了发展兄弟民族文艺。[3]

除去文艺界自己的团体如各地"文联"的组织以外，自中央人民政府文化部起，各地区都设有政府的文化行政组织，从思想政策上来领导各地的文化艺术工作。在起初，有些地方在工作中曾发生过一些缺点；例如在上海，行政系统的文艺处与群众团体的市"文联"及其各协会的关系,起初就有点"分工不明确",这当然会影响工作的开展。到首届"文代大会"以后,就确定了"文艺处的工作今后应该集中于文艺政策思想的掌握领导和文艺机构的管理,而文联则应集中力量于组织和动员文艺工作者进行创作批评与自我教育,和组织各种群众性的文艺活动"[4]。类似的情形别处也发生过,但都在中央文化部领导下,正确解决了。1951年3月,中央文化部召开了第一届全国文化行政会议,通盘讨论并确定了中央文化部及各级文化行政机构的调整;各省、市的文教厅、局也由"教育"改为"文教"并确定在文教厅、局下应根据不同情况分设电影、艺术、社会文化三处(科)或单设文化艺术一处(科),并有正副厅、局长中一人专责领导。专署与县,则在文教科内指定或增设一至三人专做文化、艺术工作。这样,文化行政机构就集中与加强了。通过文化行政机构与文艺界团体的有计划的领导,对文艺运动的开展是可以有很大帮助的。譬如说,给作家以思想上技术上的帮助,大家来交换经验与互相批评,这是思想领导与组织领导的具体工作,但这正是促进产生好的作品的条件。

但从另一方面说,革命在全国范围内取得了胜利固然给文艺工作带来了大规模发展的条件,但在新的复杂情况下也发生了许多新的问题。各大城市解放以后,就有许多的国统区的文艺工作者涌进了文艺的队伍,他们带有各种旧意识的残余,而且因为社会上还有资产阶级存在,一些参加革命较久的文艺工作者在进入城市以后也有少数人受到了思想腐蚀,这就使文艺界在思想上曾经发生了相当混乱的现象;而某些地区的负责领导工作的人又因为对于这一新的情况估计不足,这就使文艺工作中相当普遍地发生的脱离政治、脱离群众的倾向,以及在创作上宣传错误思想和形式主义的倾向。如前面提到的在上海文代大会开会时,夏衍曾作了《更勇敢地团结,更勇敢地创造》的报告,后来他在纪念《在延安文艺座谈会上的讲话》发表十周年纪念时,检讨他在上海文艺界的领导工作说:

> 由于在文艺领导工作中没有确立起必须以工人阶级共产主义文化思想为唯一领导力量的方针,没有经常地有计划地用马克思列宁主义、毛泽东思想的武器来批判一切反动的错误的非工人阶级思想,这样就没有帮助城市小资产阶级知识分子进行必要的思想改造,使他们摆脱资产阶级的思想影响,而真正站到工人阶级思想方面来。最具体的例子,就是1950年"上海第一次文代大会上"我所提的"紧密地团结、勇敢地创造"这个口号。毫无疑问,团结是重要的,创造是必须的,但是,团结为了什么?要创造的是怎样的作品?就因为我们忽视了小资产阶级文艺工作者必须进行严肃的思想改造这一最基本的问题,没有把思想改造的重要性、急迫性提到应有的高度,这样,就使团结和创造成了无目的、无方向的空谈,在上海文艺界造成了有团结无斗争的空气。[5]

上海的情形虽然比较复杂,但其他的地区也有类似的情形。因为在这两三年中,全国都还属于社会改革的阶段,正在为我们国家进行大规模的建设扫除障碍和准备条件,因此文艺界的工作也多半是着重在与全国人民所进行的各项政治运动的配合上,对于领导作家进行创作的各项必要的帮助等是做得很不够的。

虽然文艺工作所达到的成就比之我们的任务还差得很远,但两年多来,全国文艺界在文化部与"全国文联"的领导之下,也曾做了不少的工作。通过了抗美援朝、土地革命、镇压反革命三大运动,工人农民的爱国增产运动,"三反"和"五反"的运动,思想改造运动,我们国家经历了巨大的变化和进步;对于这些群众运动,全国各地的文艺界都是积极地参加了的,并以文艺推动了运动的深入和开展。1950年5月,全国文联发出了《为响应展开和平签名运动的号召》,其中说:

> 全国的文学艺术工作同志们!在我们响应世界拥护和平大会常设委员会的正确号召而签下了我们的姓名以后,我们就必须运用我们文艺工作者的特殊武器,为了克服"高枕无忧"的麻痹思想以及"战争终于不可避免"的糊涂思想,而在广大人民中间,展开宣传教育的工作。[6]

对于响应和平签名运动,中国作家们都用了各种的文艺形式,来响应全国文联的号召,为保卫和平而斗争。丁玲说:

> 中国作家,艺术家,文艺工作者于是又拿起笔为拥护和平而努力了!每天送到我书桌上的报纸上有各式各

样的散文、诗、戏剧，放在我书架上的二十几种杂志，都有"保卫和平"的特辑。著名的诗人艾青在他的《我在和平呼吁书上签名》就说道：

中国人民四万万七千五百万，

人人憎恨制造战争的罪犯，

每个人都写上自己的决心：

"和平的世界不许侵犯！"

……在保卫和平的题材下，真真不知写了多少雄壮的美丽的诗篇，仅仅在我手头的（这决不是全部）就有三百二十七篇，我无法详细地介绍。除了诗以外，特别有力的是很多简单的论文，在这里首先应该提到郭沫若、茅盾、叶圣陶、郑振铎等老作家经常号召性的短论。胡风、黄药眠、老舍、赵树理、曹靖华、李霁野、蔡楚生、丁玲等都在各种的题目下表示了他们对和平运动的努力！[7]

1950年11月4日，为了美国武装侵略朝鲜，并侵占我们领土台湾，中国各民主党派发表了联合宣言，说明誓以全力拥护全国人民的正义要求，拥护全国人民在志愿基础上为着抗美援朝保家卫国的神圣任务而奋斗。"全国文联"为此发出了《关于文艺界展开抗美援朝宣传工作的号召》，其中说：

中国文学艺术界一贯地为人民解放的事业而服务，一贯地发扬爱祖国、爱人民，反对帝国主义、反对侵略的光荣传统。现在在全国人民中已开始热烈地展开了抗美援朝、保家卫国的自发的运动，文学艺术界应该支持这个运动，参加这个运动。我们要用文学艺术的形式，来揭露美帝国主义梦想独霸世界的狂妄的野心，拆穿他们的一切阴谋诡计，控诉他们的一切残暴、无耻、卑怯的侵略罪行。我们要发扬中华民族的不畏强暴、援助友邻的伟大精神，发扬爱国主义与国际主义相结合的精神。[8]

这个号召在全国文艺界得到了广泛的响应，譬如在北京的作家茅盾、丁玲等一百四十余人就联名发表了《在京文学工作者宣言》其中说：

中国的诗人、作家、剧作家、文学批评家、文学编辑家、文学翻译家们，一向有着反抗帝国主义，反抗侵略和横暴，爱祖国、爱人民，维护和平、尊崇正义的悠久的光荣传统，我们的伟大的先驱和导师鲁迅，就是最光辉的典范。

今天，我们在北京的中国文学工作者，目睹当前的斗争形势，展望未来的胜利远景，我们一致充满信心地表示：热烈地拥护中国各民主党派十一月四日的联合宣言，积极地响应中华全国文学艺术界联合会《关于文艺界展开抗美援朝宣传工作的号召》，我们要走向反抗美帝国主义战斗的最前列。我们向全国的文学工作者高呼：起来，所有正直的诗人、作家、剧作家、文学批评家、文学编辑家、文学翻译家们，保持并发扬我们的光荣传统，加强爱国主义与国际主义的创作活动，提高自己的文学工作的本领，更好地为抗美援朝保家卫国进行工作。[9]

接着上海、广州、西安各地的文艺团体也发表了宣言和抗议。"全国文联"又成立了文艺界抗美援朝宣传委员会，由丁玲等十一人任委员，编印了"抗美援朝文艺小丛书"。各地和各种部门的文艺工作者都用实际行动参加了这一工作，并出现了许多作品。好些作家都写了犀利尖锐的杂文、辛辣的政治讽刺诗，或政论式的文艺小品。全国各文艺期刊也都刊登了许多抗美援朝的作品和理论文章。曾到朝鲜前线的作家先后有刘白羽、田汉等数十人，创作了许多的作品。群众的文艺活动也因这个运动而有很大的开展，他们把热爱祖国的感情写成快板、话剧，这些作品都显示了广大人民反对侵略与保卫和平的坚强信心。据沈阳旅大等市不完全的统计，仅在1951年2月中旬以前的三个月中，群众创作就有了七千四百六十九件文艺作品，别的地方大致也是如此的。[10]此外"全国文联"曾发出过组织文艺工作者参加土地改革，帮助工农兵劳动模范、战斗英雄大会等工作作指示，在文艺界也有不少人参加了这些工作。各地文艺刊物也都配合政治运动，以大量篇幅刊登了各种文艺形式的宣传作品。

1951年6月1日，中国抗美援朝总会发布了展开全国人民捐献运动的号召；6月5日，全国文联发出通知，号召全国各协、各地文联，立即组织戏曲、音乐、舞蹈等义演，举办艺术品义展、义卖，并发动大量捐献稿费、出版税、上演税等，争取首先完成捐献"鲁迅号"飞机一架。号召中特别强调创作、演出与捐献运动的相结合。这一号召立即得到全国各协以及各地文联的拥护和响应,很多作家都捐献了他们的稿费、版税和上演税等,许多旧艺人都热烈地参加了戏剧义演;到 1951 年底捐献结束为止,已数倍地超额完成了捐献的任务。

1951 年 2 月《人民日报》重新发表了毛泽东主席的理论著作《实践论》,《文艺报》为此特发表了社论《在实践中不断开辟认识的真理的道路》,号召全国文艺工作者认真学习这一著作,提高文艺工作的理论理想水平。其中说:

> 我们文学艺术工作的各方面和各部门应当认真地讨论和学习《实践论》,把自己的工作检讨和这一讨论有机地联系起来,以便在理论上思想上提高一步,因而也在创作与工作的实践上提高一步。学习《实践论》,就是要我们在生活的实践中,在创作的实践中,在理论和批评的实践中,提高文学艺术的理论思想水平,在实践中不断开辟认识真理的道路。[11]

各地的文艺工作者在许多文艺刊物上发表的关于学习和研究《实践论》的文字,表示领会了毛泽东思想对于文艺工作的指导意义,理解了不断实践、正确反映、改造世界与改造自己的道理。1951 年 10 月,《毛泽东选集》出版了,《文艺报》的社论以《学习毛泽东思想,为贯彻文艺的工农兵方向而奋斗》为题,号召文艺工作者认真地、深入地学习毛泽东思想。其中说:"我们认为,要有保证地创造高度思想性与艺术性结合的作品和坚定不移地执行工农兵的文艺方针,首先就必

须提高文艺工作者的政治水平和思想水平,就必须以毛泽东思想来武装我们自己。"[12]并在《编辑部的话》中说:

> 学习毛泽东思想是首要的。但同时我们也希望文艺作家与文艺理论工作者注意研究毛主席著作中的文体与语言。毛主席的著作常常用极其平易的形式,生动地表现了极深刻的思想内容。在语言使用上,毛主席给我们作了光辉的范例。在他的著作中,每一句话都能简练、准确、生动、有力地传达了深湛的思想并饱和着丰富的感情。我们要求大家在这方面也加以研究,以端正那些在文章中卖弄玄虚、故作高深的作风。[13]

周扬也在报上发表文章说:

> 我们在文艺工作上所获得的每一个成绩,都是由于正确地执行了毛泽东文艺路线的结果。但比起中国人民的伟大斗争及其在各方面的成就来,文艺工作的成就还是太小了。这除了许多原因之外,一个最主要的原因是我们执行毛泽东文艺路线还是不够的。[14]

可见执行毛泽东文艺路线,是规定了的文艺运动的总指标。

中国的文艺事业也受到了国际友人的重视,特别受到了苏联人民的重视和鼓励,1951年7月,刘白羽、周立波等参加摄制《中国人民的胜利》及《解放了的中国》两部影片的文学工作,获得了斯大林文学艺术奖金。1953年3月15日,苏联部长会议发表了关于以斯大林奖金授予1951年文学艺术方面有卓越成绩者的决定,其中中国作家获奖的有丁玲的小说《太阳照在桑干河上》(二等奖),周立波的小说《暴风骤雨》(三等奖),贺敬之、丁毅的歌剧《白毛女》(二等奖)。《真理报》发表的评论中,说这些作品"忠实地描写了他们本国劳动人民的生活及其争取自由和幸福的斗争"。丁玲为她的获奖发表了谈话,其中说"这个光荣是中国所有作家的,是中国人民的。这是对全体中国人民和作家的鼓励。"[15]这是一种感戴的声音,它说明了中国的新文艺已经成为世界进步文艺的一个重要的组成部分。

我们的人民政府也是很重视作家的辛勤劳动,并对优秀的作品予以表扬的。1951年12月,北京市人民政府以"人民艺术家"的荣誉奖状,授给了剧本《龙须沟》的作者老舍,认为这"提供了文艺为广大人民服务的光荣范例"。《龙须沟》是反映首都建设和首都人民生活变化的剧本,作者自己说:"感激政府的岂止是《龙须沟》的当地人民呢?有人心的都应当在内啊!我受了感动,我要把这件事写出来,不管写得好与不好。我的感激政府热情使我去冒险。"[16]这种政治热情是他创作成功的原因。正如周扬所说:"老舍先生所擅长的写实手法和独具的幽默才能,与他对新社会的高度政治热情结合起来,使他在艺术创作上迈进了新的境地。"[17]"人民艺术家"的称号应该也是属于新中国的文艺事业。

二 文艺普及工作与工农兵群众文艺活动

在全国文代大会的报告中,周扬已经说明了我们的文艺工作"就整个文艺运动来说,仍然是普及第一"。人民生活逐步好转,就自然地热烈要求欣赏文艺作品,也要求文艺能表现和歌颂他们自己的生活,同时也要求自己来创作表现自己的文艺。周扬说:

> 我们文艺的群众性的特点,还表现在广大工农兵群众有自己业余的文艺活动上,这种活动已成为群众文化生活中的重要内容,群众自己教育自己的重要形式之一。我们的文艺就是由专业文艺活动与群众业余文艺活动两个部分组成的,现在,农村、部队、工厂中,业余剧团及其他各种各样文化娱乐组织是极普遍的,群众自编、自演、自唱,产生了许多优秀的创作。[18]

譬如每年春节,这个自然形成的群众艺术节,全国各地人民都以一种欢腾鼓舞的心情,用文艺的活动来表示他们自己对于美好生活的欢欣。每逢春节,中央文化部和各级文艺团体都积极地领导了这一活动;根据群众的需要与自愿的原则,与当时可能实现的具体条件,有计划地推动了各地文艺的活动,这些活动多用为群众喜闻乐见的文艺形式,如墙头诗、快板之类;有些艺术上也很新鲜生动,显示了群众的智慧。

在普及工作上具有重要性的,是遍布于全国各地的文艺工作团。据估计全国文工团(队)在六百个以上,专业的文艺干部约六万人。这是一支巨大的有组织的文艺队伍,对开展文艺普及工作具有重大的作用。周扬说:

> 文工团是文艺工作与宣传工作的最重要的组织形

式之一,是联系普及与提高的桥梁,是培养文艺干部的流动学校。他们深入农村、部队、工厂,演出了《白毛女》《刘胡兰》《红旗歌》《王秀鸾》及许多配合当前任务的宣传剧,对广大群众起了重大的鼓励与教育作用。他们长期地艰苦地坚持了在群众中的文艺宣传工作,他们是对革命事业有贡献的。

在文工团与文艺工作者的帮助指导之下,群众业余艺术活动有极大的发展。各大城市的工厂几乎都建立了自己的业余艺术组织,展开了戏剧、音乐、绘画及其他文艺活动。工人在艺术创作上也表现了他们的智慧和创造力。至于农村,老区和半老区的农村剧团,一年来数量大增,以省为单位计算,村剧团少者近千,多者四五千。新区经过土地改革以后,农村剧团也如雨后春笋,发展极为迅速。群众业余艺术活动,必须密切结合生产,不违背业余的、自愿的、季节性的原则,文工团及其他专业文艺团体必须对群众业余艺术活动负起指导的责任。[19]

1951年6月,中央文化部为了进一步地开展文艺普及工作,特召开了全国文工团工作会议,总结了以往的成就,指出了发展的方向。会议根据新的情况,规定了全国文工团工作的总的方针是:"大力发展人民的新歌剧、新话剧、新音乐、新舞蹈,以革命精神和爱国精神教育广大人民。"会议并规定了各种文工团相互间的分工;提出了加强创作的组织与领导,和在大城市建设剧场艺术的任务;规定文工团应建立工作与学习制度和对群众业余文艺活动的辅导制度。《文艺报》

第4卷第4期的社论说:

> 文工团是在开展文艺普及工作的过程中发展起来的;因此,进一步地做好普及工作,是进一步发展文工团工作的必要的前提。……一切文工团,尽管彼此的分工不同,任务不同,必须围绕着开展普及工作——向群众普及革命思想文艺这一中心任务。一切文工团,随着对象与任务的不同,应该在不同的方面,以不同的方式辅导工、农、兵业余文艺活动的开展。脱离普及就是脱离群众,而脱离群众是必然要失败的。

在明确的方针、政策的领导下,各地文工团对开展文艺普及工作起了很大的作用。在各次大的运动中,各地文工团和业余剧团创作了数以千计的宣传剧,起了宣传鼓动的作用。

指导普及工作和群众文艺活动的另一有力的方面,是群众性的文艺刊物。全国各地的文艺团体都发行了文艺期刊,这些期刊都是以本地区的特定群众层为它的主要对象的;据1950年终的统计,全国共有74种文艺刊物,其中以普及为主与通俗性的约占十分之七。[20]地方刊物的群众性、地方性、通俗性,对于及时地反映群众的生活要求,对于培养群众的写作能力,对于指导群众的业余文艺活动与供给群众演唱文艺的材料等,都发生了很大的作用。"全国文联"研究室发表的《关于地方文艺刊物改进的一些问题》中说:

> 办好通俗文艺刊物,必须先有明确的对象和适合一定对象的方针,避免千篇一律的现象。在内容上,首要

配合当时、当地的政治任务和中心工作，随时照顾群众的需要，并注意群众可能的接受程度，内容应竭力避免空洞、公式化、概念化、以至庸俗化的偏向。

在形式上，要注意做到能说能唱、生动活泼、短小多样。并要尽量采用当地流行的、富有地方特色的、为广大群众喜闻乐见的民间形式。但同时要避免死板地搬运地方形式或机械地套用地方形式，应该注意民间形式的发展和提高。在语言问题上，也应批判地使用方言土语，一方面吸取反映广大人民思想感情的丰富的群众语汇，帮助通俗文艺作品语言的通俗化与大众化，一方面也要注意防止方言土语的乱用，避免把大家能懂的、能认识的字变成不懂、不认识的方言土语，因为这正违反了文艺普及与大众化的目的。[21]

这也就是全国各地方刊物编辑工作的总方针。总的来说，大都能通过文艺形式，成为直接为工农兵群众服务的和思想教育的工具。这些刊物和群众有经常的密切联系，因此在培养群众中文艺活动的积极分子上，在开展群众创作运动上，有较好的效果。譬如中南文联的机关刊物《长江文艺》就在群众中吸收了八百多个"文艺通讯员"，得到了很大的成绩。编者之一王黎拓说：

我们利用各种形式扩大和争取通讯的稿件在刊物上发表，大大地提高了通讯员的写作热情和信心；用各种方法来启发诱导、巩固通讯员的学习文艺的兴趣，对通讯员的教育与培养是我们编辑部的一个长期不变更的中心工作,我们是把它当作一个严肃的政治任务来执行。[22]

这些在群众中发展起来的文艺通讯员,可以作为培养工农作家的基础。部队中也是这样,全军性的刊物《解放军文艺》十分重视战士的创作,常常登载很多的战士自己的作品如快板、诗歌等;其中大部分是从各种角度来表现部队的爱国主义和国际主义的精神,英雄主义与乐观主义的品质的。

通过各种文艺刊物和文艺团体的帮助,工农兵群众中已经涌现出了不少的新的作家。如剧本《不是蝉》的作者魏连珍,短篇小说集《我的老婆》的作者董迺相,短篇《红花还得绿叶扶》的作者张德裕,诗集《曹桂梅小传》的作者曹桂梅,写《工人对着太阳笑》等诗的赵坚,顺口溜长诗《工农记》的作者孔十爹等;他们的作品已得到了流传,受到了读者的欢迎。他们有丰富的生活经历,对写作有迫切的要求,这些作品虽然还不免粗糙一点,还需要进一步提高,但因为它们是从实际生活中产生的,因此也是新艳生动和血肉饱满的。1951年五一劳动节,工人作家赵坚、董迺相等十四人联名发表了《迎接伟大的五一劳动节》的文章,其中说:

> 我们这几个工人,是文艺战线上的新战士。我们,在党和政府的培养以及专业文艺工作同志们的帮助下,正在开始学习使用笔杆。——为和平而斗争的决心,工人弟兄们在爱国主义运动中的英雄事迹,促使我们要求自己尽最大的努力,来描绘工人火热的生产竞赛;我们

要用笔杆配合生产,我们要用工人自己的语言,表现我们的劳动热情,传达工人阶级的愿望和要求。——我们工人的文艺战士,还是在初生和成长的时期,我们还没有学习得很好,我们需要专业文艺工作同志们更多的帮助,使文艺战线上的新军日益壮大起来。[23]

这些工农作家的出现,是新中国文学的新气象。

全国各大城市解放以后,开展工厂文艺活动就成了很重要的工作。"工人阶级是中国革命的领导者,他们有丰富的生产和生活的经验,产业工人中并有很大一部分有小学或中学的文化程度,这是文艺创作丰富的源泉,这是文艺工作者最好的园地。"[24]我们刚进城市的时候,首先向工人介绍了在农民艺术形式基础上发展起来的秧歌和新歌剧等活动,使工人阶级认识到在长期革命过程中农民的重大贡献,使他们认识到农民这个同盟军的重要。解放区的名剧如《白毛女》《赤叶河》《血泪仇》《刘胡兰》等,除北京、上海、东北外,都前后在广东、武汉、成都、重庆、昆明等地上演了,而且改成了各种不同的地方戏。通过这些戏,也使新解放区的人民认识到革命的发展过程与远景。许多工人都是由农民进入城市后转化成的,这些表现革命情绪的文艺,自然受到工人们的欢迎。但日子久了,工人也要求各种更能充分表现自己生活的文艺,因此在工会与文艺工作者的帮助下,工厂的文艺活动很快地开展了。每逢"五一""七一"等重大的纪念日时,工人们都热烈地用比赛的方式来写戏和演戏;这些戏大都是表现他们自己的生活和劳动热情的。至1950年10月1日开国周年纪念时,据全国总工会文教部的初步统计,全国18个主要城市，就有730个工人俱乐部，全市性的劳动人民文化宫有16个，已有一万八千个戏剧研究小组。这样庞大的队伍卷入到文艺运动的热潮中，的确是新鲜的事情。工厂中文艺工作的总方向是为生产服务；通过各种文艺形式，指出前进的道路，打破一切思想顾虑，推动生产。各工厂大都有文艺组或通讯组，除向外投稿和报道情况、介绍经验等工作外，还在厂内负责编辑墙报、黑板报等任务，也结合剧团共同编写剧本。这是工厂文艺中的一个主要部分，是培养工人写作能力的组织。像大连码头工会黑咀子东站支会工友们集体创作的剧本《装卸》曾得到了旅大二届工人文艺活动周的特奖；好些文艺工作者都给这一剧作以很高的推崇，认为它以素描的方式、反映了翻身后的码头工人的愉快生活和劳动热情。文艺创作是工厂文艺活动中重要一环，没有创作，一切文艺活动都将缺乏内容；因此发挥工人的智慧，鼓励文艺创作和各种方式的文艺活动，是推动文艺工作的有效办法。

老解放区的农村普及工作是有比较良好的基础的，特别是农村剧团的活动；新解放区经过土地改革以后，农村剧团也普遍成立起来了，这已经成为农民文艺活动的一种普遍的组织形式。举例说："平原省农村剧团有691个，剧团团员达15000人；山东、苏北、苏南、皖北共有农村剧团4331个，其中苏北就有1121个，团员20893人。"[25]河北省估计全省约有四千七百余群众业余剧团，石家庄专区的一个镇就有新旧剧团686个。[26]无数农民群众纷纷涌入了农村剧团的队伍，反映了他们对文化生活的要求。中央文化部指示农村剧团"必须密切结合生产，不违背业余的，自愿的，季节的原则"，这是全国农村剧团活动的方针。"有不少的农村剧团在鼓励生产、配合中心工作和宣传时事及政策上起着很好的作用，如苏南新疆昌县的 136 个农村剧团，半年来演出达 1995 次之多，观众 176200 人，占全县人口 68%，大大帮助提高了该县农民的阶级觉悟，并推动了各种爱国主义群众运动；河北省容城罗河村剧团对该村工作帮助很大，该村中共支部宣传委员张云阁常常兴奋地说：'我村的剧团就是中心工作的拖拉机！'"在农民群众热烈参加文艺活动的情形下，群众的创作运动也开展了。以河北省 1950 年春节的创作活动为例，据"河北文联"负责人胡苏的统计说：

> 石家庄、天津、衡水、定县、保定、邯郸六个专区三十一个县中，群众文艺创作共计一千二百五十六件，现就天津专区与涉县的五百六十二件群众作品统计，其内容以宣传生产与生产自救，及中苏友好等居多数（占百分之八十），其他如民主建设，土地改革及反迷信、买公债、拥军等则次之；形式绝大多数是小型剧，快板、歌曲、鼓词又次之。

这个成绩清楚地说明了农民的创作才能。春节是农村的文艺节，不只剧团的成员在活动，而是几乎所有的农民都来参加的；在给军属烈属贺年的活动中，在与人民解放军联欢的集会中，都有一定的文艺节目，因此农村剧团与春节文艺活动是农村文艺普及工作的重要关键。

部队是一向重视文艺工作的。新中国成立以后，因为部队大半已由战争动荡的环境转入了驻军安定的情况，因此就有条件更深入地展开文艺活动了。因为创作是文艺活动的基础,因此领导上是特别注意组织和指导文艺创作的。1950年3月,华北军区宣传部曾召集各军、各直属师的文艺干部,开了14天的文艺座谈会,"研究了近一年来各文工团的剧本创作,检查和讨论在创作思想和创作方法上所存在的问题和困难,最后研究了如何环绕部队爱国主义和国际主义教育的任务开展今后的创作。"[27] 在创作题材上,会议认为应该有计划地创作从人民红军时代起的各种伟大的历史事迹,使人民和战士继承这种光荣的传统。同时要集中主要力量,从多方面来表现在新的历史环境中推动人民革命事业前进的积极因素和积极人物。过去在创作中出现的干部形象最高到营一级,今后应该努力写干部,因为他们是部队中优秀的人物。从这次会中,我们是可以看出部队文艺工作的方向的。1950年人民解放军又召开了全军的宣教文化工作会议,陈沂在《把我们的创作认真的组织领导起来》一文中说:

> 去年人民解放军全军宣教文化工作会议,把"继续深入生活,提高创作水平,把广大战士的文艺活动和文工团(队)作家的专业活动更密切地结合起来,开展创作运动,培养作家演员"列为全军的文艺工作方针,为了执行这一方针,提出纠正写所谓"落后到转变"的公式主义,同时并提出要突破"写真人真事"和"兵只能演兵"。不仅写战斗,写战役,而且写战略战术思想;不仅写战士,而且写干部写领导;不仅写我军现在,也写我军历史;不仅写军队内部,也写军队有关的外部。

这样来把我军英勇斗争的历史以及在创造这部英勇斗争历史当中涌现的英雄事迹和英雄人物生动具体地体现出来，以达到完美地创造一些为全国全军所最景仰的英雄，借以教育全军和全国人民，这样来把人民解放军的文艺工作提高一步。

将近一年来执行这一方针的结果，我们大致可以这样说：成绩是大的，全军创作的空气很浓厚，作品也不少，基本上克服了"落后到转变"的创作思想和创作方法（少数还在克服中），而开始写积极的东西，连队也突破了"兵只能演兵"的狭隘圈子，这样一来就把人民解放军的英雄形象从过去某种程度上的歪曲和丑化纠正过来，使人民解放军的文艺工作走上更健康的道路。[28]

由于鼓励创作，作品的数量是产生得很多的；例如"三野"山东部队的一个师，一年就产生了一万多件作品。同时领导上也并不是不问质量的。全军宣教文化工作会议曾决定："需要批评的绝不姑息，但一定要做到使被批评者受了批评之后还敢提笔，更有勇气更有把握下笔。"[29]部队文艺的创作方向是："创造英雄形象，首先是写革命的乐观主义，并在作品中贯穿革命的乐观主义精神。"陈毅司令员说："凡对部队执行任务有帮助的作品与表演便应得到奖励，没有帮助的便应受到批评或指责，凡妨害部队执行任务的便应禁止或受惩戒。"[30]这种革命功利主义的原则在各部队都是一样的。

除了工农兵群众中的文艺工作外，对于市民文艺工作也是注意到了的。譬如北京市大众文艺创作研究会就提出了"夺取封建文艺阵地"的口号,并在工作中团结了许多旧的章回小说的作者。文艺报社于 1949 年 9 月 5 日,曾邀集一些常写长篇连载小说的作者,开了一个座谈会;丁玲在结尾时明确地指出这个会的目的在"大家团结起来,争取小市民层的读者为人民服务!"[31]过去这些人所写的小说大都是言情传奇或武侠侦探之类,很适合一般市民的口胃;解放后这些人很苦闷,也有进步的要求,因此团结他们,通过他们来影响市民读者,改变这种小说读者的思想和趣味,是符合人民利益的。更重要的是把新文艺作者的作品来挤进这些读者群中去,用正确的思想来教育他们;事实证明这也是可能做到的。据康濯对于北京租书摊的调查,说明了这些读者的趣味已经有了变化。他说:

> ……新的文艺已挤进了旧的租书摊,并开始占有了一角小阵地。解放区近年来的小说,虽然历史很短,却以其新的姿态,很快接近了从来是武侠和言情小说的读者们;这家租书摊的经常读者当中,且有三几个店员和手艺工人,已经不怎么看武侠言情了,已经对解放区小说发生了较浓厚的感情了。[32]

文艺普及工作的对象主要是工农兵,因此所谓注意小市民,那目的也在通过文艺作品,使他们接近工农兵。两年多来,文艺普及工作获得了一定的成绩;同时工农兵群众的业余文艺活动也有了广泛的开展。

三　戏曲改革工作

在全国文代大会中，曾特别强调了团结旧艺人与改革旧戏曲的重要，会后，这一工作就在全国各地广泛地展开了。全国各大城市都成立了戏曲改进协会等推进戏曲改革的群众组织，文艺行政部门也很重视这一工作，两年多来，这工作有了很大成绩。在改编修改剧本上，采取了文艺工作者与旧艺人合作的群众路线，这样不仅使改编工作进行得比较顺利，而且也教育了许多旧艺人，为进一步的戏曲改革打下了基础。北京、上海等大城市都曾为旧艺人举办了短期的或业余的讲习班或训练班，经过学习，使他们初步获得了文艺为人民服务的观点。因为要使戏曲改革工作能够顺利开展，必须获得广大艺人的自觉自愿的合作；事实证明，许多新编的戏曲是为群众所欢迎的。北京演出评剧《九尾狐》曾连续69场，打破了演新节目的纪录。新曲艺在许多游艺场已有了重要的地位。京戏《将相和》的演出成绩也是空前的。这些收获大大地鼓励了广大艺人对戏曲改革的信心。其中尤以地方戏如评剧、越剧等的改革，最有成绩；曲艺中如鼓词相声等也有很好的收获。周扬说：

　　旧戏曲有悠久传统，现有剧目在千种以上，大小剧种千百种，全国戏曲艺人约三十万人，旧戏曲观众全国每日在百万人左右；旧戏曲与广大人民的生活有如此密切的联系，因此戏曲改革工作也是文化艺术工作的重点之一。[33]

起初，各地在戏曲改革工作中曾发生过一些偏差和缺点，有的地区以封建迷信、有害群众的理由，对旧戏曲采取了单纯禁演的办法，结果引起群众很大的不满。有的地区则借口群众喜欢，对旧戏曲采取了一种听其自流的态度。因为有了以上这样的看法，对旧艺人也就不可能正确地贯彻团结改造的政策。1950年7月，中央文化部为了推动全国戏曲改革工作，特邀请戏曲界的代表人物，新文艺界的戏剧专家与文化部戏曲改革工作的负责人员，共同组成了中央人民政府文化部戏曲改进委员会，作为戏曲改革工作的最高顾问性质的机关。在首次会议上，该会曾确定了戏曲节目的审查标准。下面是《人民日报》关于这次会议的记载：

节目的审定工作，认为无论是以单纯的行政命令禁演，或是采取放任自流政策，都是不对的。关于审定标准，会议在交换意见后，一致认为对下列情形之节目应加以修改，其少数最严重者得加以停演：（一）宣扬麻醉与恐吓人民的封建奴隶道德与迷信者；（二）宣扬淫毒奸杀者；（三）丑化和侮辱劳动人民的语言和动作。会议认为：对有上述内容的节目，各地文教主管机关应与旧艺人商量，并在与旧艺人充分合作的条件下，分别情况予以修改或停演，一般地应尽量消除其中有害的因素，而保留其原剧目。会议指出：第一，审定工作应注意区别迷信与神话，因为不少神话都是古代人民对于自然现象之天真的幻想，或对人间社会的一种抗议和对理想世界的追求，这种神话是不但无害而且有益的；至于写阴曹地狱、循环报应等来恐吓人民，那些才是有害的。第二，审定工作应区别恋爱和淫乱；写男女相爱悦的戏，例如《西厢记》是绝不应当反对的。但如有些《红娘》的演出者故意把它演成淫亵下流，那才是应当反对的。会上对各地提出停演的剧目逐一慎重讨论，并一致认为《杀子报》《九更天》《滑油山》《奇冤报》《海慧寺》《双钉记》《探阴山》《大香山》《关公显圣》《双沙河》《铁公鸡》《活捉三郎》等戏不应当演出。

  会上对于如何修改旧剧本与创作新剧本交换了意见，认为历史剧应忠实地反映历史真实，不应将历史人物"现代化"，将历史事迹与现代中国人民的斗争事迹作不适当的类比。会议认为：对中国历史上的英雄人物，应根据他们在当时历史条件下所具有的进步性、人民性和高尚的民族品质，予以应有的评价。在艺术形式问题上，会议认为：无论修改旧剧或创作新剧，都应当注意保存京剧和各种地方戏原有的特点和优点，而不要轻易将这些特点和优点抛弃。[34]

为了使这次会议的精神能够贯彻到全国各地，中央文化部在1950年11月又召开了"全国戏曲工作会议"，检查了各地戏曲改革工作的情况，阐明中央政策和以后的方针，使工作又向前推进了一步。田汉说：

  戏改事业的完成必须是有领导地团结新文艺戏剧工作者与旧艺人共同努力，所以这个大会的参加者包括了各地区的戏改工作干部和艺人代表；因为新的人民戏曲的建设必须批判的吸取丰富的民族文化遗产和姊妹艺术的成就，所以在这个大会中有着尽可能收集到的中国戏曲史料文物及一般现代戏剧资料的展览；因为各地戏曲工作者及其集团都有长期战斗经验，所以交换和总结全国各地戏改工作的经验教训，并帮助解决各地区在戏改中所发现的实际困难问题，列入大会主要工作之一；因为中央某些戏改政策方针还缺乏具体的规定和有力的传达，以致各地执行中央政策上不免发生许多偏差，所以这个大会将明确传达中央戏改政策方针，并大力求其有效的贯彻下去。[35]

这次会议说明了新文艺工作者与旧艺人之间的合作与互助，充满爱国主义的精神。政务院在听取了文化部关于这一次会议的报告以后，于1951年5月5日，特发出了《关于戏曲改革工作的指示》，其中说：

一、戏曲应以发扬人民新的爱国主义精神，鼓舞人们在革命斗争与生产劳动中的英雄主义为首要任务。凡宣传反抗侵略、反抗压迫、爱祖国、爱自由、爱劳动、表扬人民正义及其善良性格的戏曲应予以鼓励和推广，反之，凡鼓吹封建奴隶道德、鼓吹野蛮恐怖或猥亵淫毒行为、丑化与侮辱劳动人民的戏曲应加以反对。各地文教机关必须根据上述标准对上演剧目负责进行审查，不应放任自流，而应采取积极改革的方针。进行改革主要的应当依靠广大艺人的通力合作，依靠他们共同审定、修改与编写剧本，并依靠报纸刊物适当地展开戏曲批评，一般地不应当依靠行政命令与禁演的办法。对人民有重要毒害的戏曲必须禁演者，应由中央文化部统一处理，各地不得擅自禁演。

二、目前戏曲改革工作应以主要力量审定流行最广的旧有剧目，对其中的不良内容和不良表演方法进行必要的和适当的修改。必须革除有重要毒害的思想内容，并应在表演方法上，删除各种野蛮的、恐怖的、猥亵的、奴化的、侮辱自己民族的、反爱国主义的成分。对旧有的或经过修改的好的剧目，应作为民族传统的剧目加以肯定，并继续发扬其中一切健康、进步、美丽的因素。在修改旧有剧本时，应注意不违背历史的真实与对人民的教育的效果。

戏曲改革是改革旧有社会文化事业中的一项严重任务，不可避免地将要遭遇许多复杂的问题，因此，戏曲改革工作必须有步骤地进行。一般地说，应当由最容易着手和最容易获得多数艺人同意的范围开始，然后逐步推广。必须防止在戏曲改革工作上的急躁情绪，和由此而来的粗暴手段。

三、中国戏曲种类极为丰富，应普遍地加以采用、改造与发展，鼓励各种戏曲形式的自由竞赛，促成戏曲艺术的"百花齐放"。地方戏尤其是民间小戏，形式较简单活泼，容易反映现代生活，并且也容易为群众接受，应特别加以重视。今后各地戏曲改进工作应以对当地群众影响最大的剧种为主要改革与发展对象。为此，应广泛搜集、纪录、刊行地方戏民间小戏的新旧剧本，以供研究改进。在可能条件下，每年应举行全国戏曲竞赛公演一次，展览各剧种改进成绩，奖励其优秀作品与演出，以指导其发展。

中国曲艺形式，如大鼓、说书等，简单而又富于表现力，极便于迅速反映现实，应当予以重视。除应大量创作曲艺新词外，对许多为人民所熟悉的历史故事与优美的民间传说的唱本，亦应加以改造采用。

四、戏曲艺人在娱乐与教育人民的事业上负有重大责任，应在政治、文化及业务上加强学习，提高自己。各地文教机关应认真地举办艺人教育并注意从艺人中培养戏曲改革工作的干部。农村中流动的职业旧戏班社，不能集中训练者，可派戏曲改革工作干部至各班社轮流进行教育，并按照可能与需要帮助其排演新剧目。

新文艺工作者应积极参加戏的改革的工作，与戏曲艺人互相学习、密切合作，共同修改与编写剧本、改进戏曲乐与舞台艺术。

五、旧戏班社中的某些不合理制度，如旧徒弟制、养女制、"经励科"制度等，严重地侵害人权与艺人福利，应有步骤地加以改革，这种改革必须主要依靠艺人群众的自觉自愿。

六、戏曲工作应统一由各地文教主管机关领导。各省市应以条件较好的旧有剧团、剧场为基础，在企业化的原则下，采取公营、公私合营或私营公助的方式，建立示范性的剧团、剧场，有计划地、经常地演出新剧目，改进剧场管理，作为推进当地戏曲改革工作的据点。

《人民日报》于 5 月 7 日特别发表了《重视戏曲改革》的社论，说明："今天的戏曲改革工作，就是要作一番科学的清理工作，剔除糟粕，吸收精华，并把精华部分发扬光大，这样就会'推陈出新'，就会把民族旧戏曲变成为民族新戏曲，这是整个文化艺术工作中的一项极其重要的历史性的任务。"又说："全国多种多样的戏曲形式'百花齐放'的结果，将使我们看到新歌剧艺术的壮丽的前途，看到我们民族艺术大花园中万紫千红的远景。"最后鼓励"在人民政府领导之下，新文艺工作者和戏曲艺人应团结起来，为戏曲艺术的'百花齐放''推陈出新'而共同奋斗！"在这以后，戏改工作有了明确的方向，进行就比较顺利了。中央文化部并在首都建立了中国戏曲研究院及附设的戏曲实验学校，准备有计划地建设民族戏曲的优良剧目与培养演员；各大行政区也建设了类似的剧院与学校，树立了中国戏曲向前发展的基础。好些旧艺人都自动地参加了戏曲改革和爱国宣传的工作。例如天津相声艺人常宝堃和琴师程树棠，于 1951 年 3 月间曾自动地参加了中国人民赴朝慰问团总团曲艺服务大队，后竟于 4 月 23 日在朝鲜战地遭遇飞机轰炸，光荣地牺牲了。

各地的戏曲改革工作都是有重点的，都是以当地人民影响最大的剧种为对象的；如北京以京剧及评戏为主，浙江大部分地区以改造越剧为主，苏北以改造江淮戏、维扬戏和淮海小戏为主等。有些地区因为过去长期处于战争环境，若干地方戏和曲艺已将趋于消灭，如浙江的高腔，山东的山东大鼓，昆山的昆腔等，所有这些趋于凋零的地方戏和曲艺，也都进行了发掘与保存的工作；因为搜集整理与研究各种地方戏剧，对于旧剧的改革与新歌剧的创造，是会发生重大作用的。各地的戏改工作都是以内容为主,但也并不是说形式就不改进,随着内容的改革,形式也必然会有所变动。譬如旧剧中的"生、丑、净、末"的固定角色既然都不能恰切地表现李自成或洪秀全,那就必须要有新的创造。因此在戏曲改革的过程中,是必然会有一些表现民族特色的合乎现实主义的形式创造的。

戏曲改革的中心问题是剧本问题,各地艺人普遍有上演新戏的要求,但都在闹"剧本荒"。为了适应这一需要,各地在改编和创作上都作了不少的工作,而且获得了显著的成绩。但缺点也不是没有的,其中最主要的是反历史主义的倾向。有些作者凭着主观感情,不恰当地强调戏曲对于今天现实的直接的积极作用,因此往往把古代的历史事迹与今天人民的革命斗争强作不适当的比拟;或强使古人具有今人的思想,做今人的事;这显然既违背了古代历史的真实,也违背了今天生活的真实;既不能正确地反映今天,也不能正确地反映过去;因之就会降低了戏曲的教育效果。例如抗美援朝运动展开以后,各地纷纷采用信陵君窃符救赵这一历史题材,来宣扬爱国主义和"救邻自救"的道理。据统计同一题材的剧作竟出现有一二十种之多,这就引起了国内许多报刊的讨论。郭沫若曾写了《由〈虎符〉说到悲剧精神》一文,用历史主义的观点对信陵君和秦始皇这两个人物作了分析和评价,批判了那种不适当的"借古喻今"的创作方法。广州上演的粤剧《刘永福》写刘永福助越抗法的事件,剧中竟用"中越一家抗暴守土"来比拟"抗美援朝保家卫国"运动。[36]在北京上演的京剧《花木兰》中,从军的士兵竟大谈保卫和平、保家卫国的道理。

此外在重庆上演的京剧《易水曲》竟把荆轲写成是自觉地为人民而死的英雄。杭州演出的《纣王与妲己》中竟有"封建统治的必然灭亡"的象征出现，而那时中国还是奴隶社会。青岛上演的京剧《太平天国》也严重地歪曲了历史真实。关于这些错误，各地报刊都曾展开过论争和批评。由这些事实和论争中，说明好些人在处理以历史故事为题材的戏曲时，还缺乏历史主义的观点；这是必须纠正的。《学习》杂志曾在"思想界动态"栏批评这种非历史主义倾向说：

> 旧艺人自动地在他们所演的戏中加入政治内容，即使加得不恰当，但仍是反映着他们的政治热情，是人民群众对政治开始发生兴趣的一种表现。因此不应该一般地加以反对，而应该帮助他们改进和提高。但是，对于负责领导戏曲改革工作的同志，则应该要求他们以更严肃的态度对待工作，不要采取这种最廉价的不适当的办法来达到艺术与政治相结合的目的。[37]

与处理历史题材有关的，是处理神话传说的问题；这也存在着一些非历史主义的倾向。牛郎织女的神话是中国流传下来的很动人的传说之一，但在各地上演的关于牛郎织女的神话剧中，却也生硬地塞进了一些新名词和"政治内容"，大大地破坏了这个传说的原有精神。在广西南宁演出的《牛郎织女传》中，作者把牛郎的嫂嫂对牛郎的虐待写成是"宗法束缚和封建土地束缚"的"统一的表现"，最后以老牛触死牛郎的嫂嫂来"代表人民力量的胜利"等就是一例。艾青在

1951年8月31日的《人民日报》上，发表了《谈牛郎织女》一文，对这个问题作了比较全面的批评，指出了文艺工作者在改写民间优美的神话时所应取的态度。接着《人民日报》又刊出了杨绍萱的《论"为文学而文学，为艺术而艺术"的危害性》一文，他认为艾青所说的处理神话剧应适当地保留原有神话传说的精神，不应牵强附会地影古射今，乃是一种"为神话而神话"的表现；甚至以为艾青的这种表现"很会迷糊人的眼睛以至改变人的立场，打击了革命而便宜了敌人"。他认为将古代神话剧和当前的抗美援朝等任务结合起来是一个好办法，并以他自己所作的《新天河配》为例，说明借神话来影古射今的可能性。这篇文章完全是以非历史主义的观点对待神话的，但因为他所讨论的如何处理神话传说乃是一个普遍存在的问题，因此《人民日报》的编者加上"按语"后把它发表了，希望引起公开的讨论。以后又连着刊载了阿甲、艾青、马少波等人的文章，对杨绍萱的论点作了详尽的批评，对于如何处理神话剧的问题也有了比较一致的看法。马少波说：

> 如众周知，神话是人类幼年期的产物，是古代人民对于自然现象出于强烈的好奇心理的一种大胆的探求，如对日月的运行、星辰的出没、山川海河风云雷雨的变幻、草木花卉鸟兽虫鱼的生长与死亡，所产生的一种天真的解释和美丽的想象；乃至当时社会生活斗争中的经验、理想和不平之鸣，也多寓于神话传说。世界各民族都各自有其初民的神话，中国神话的材料——虽然只是一些片段的材料——蕴藏于民间传说及散见于古

籍的很多，成为中国古代文学口头文学中色彩鲜艳的部分。……虽然古代人民对于宇宙秘密的探求，今天看起来十分幼稚可笑，以自然科学的尺度去测量，简直是荒诞不经；但是在远古时代，这一切天真的解释和想象，却表现了人类幼年期的惊人的智慧。……

　　神话与民间传说不是同一个东西。整理民间神话或传说不应伤害其中美丽的情节和纯朴的想象，而应充分发挥其中积极的因素，抛弃其消极的因素，使其更健康、更美丽，这决不是"为神话而神话"或"为艺术而艺术"。这与把神话"现代化"的处理，也有着原则性的区别。

　　严肃对待整理神话剧的工作，我们必须反对将神话现代化；必须明确较好的神话剧目，有计划地加以整理和上演，克服与防止迷信神怪戏借神话之名任意上演的现象。[38]

迷信神怪戏与神话剧是有原则的区别的。前者宣扬一种宿命论的人生观，是封建统治者麻醉人民的东西，与纯朴美丽的民间神话有本质的不同。例如《滑油山》等戏，是与《白蛇传》《大闹天宫》等神话剧完全不同的。但在有些戏里，神话和迷信是夹杂在一起的，这就需要戏曲改革工作者作一番详审缜密的工作。现在我们已经有了一些如《白蛇传》《中山狼》等改编得比较好的神话剧目。

　　两年多来，在戏曲改革工作者和艺人合作之下，已产生了不少的新的剧本，并在演出中发生了良好的影响。因为地方戏的形式还没有十分固定化，吸收力较强，所以成绩比较显著；其中越剧和评剧尤其站在了改革的前列，取得了观众和文艺界的重视，并为其他地方戏的改革创造了有益的经验。例如在越剧《梁山伯与祝英台》中，便发扬了它原来的反抗封建婚姻制度的主题，并保持了它朴素美丽的神话色彩与浪漫色彩；这是对戏曲改革工作的正确的态度和做法。评剧中的《小二黑结婚》《小女婿》《艺海深仇》等则采取了现代生活为题材，在演出中也感动了观众。京剧虽然只适宜于演历史故事，但像《将相和》这样受人欢迎的剧本也是改编旧戏中所收到的成绩。"它以廉颇得胜还朝来写出廉颇的'军事第一'和'以功臣自居'的思想，再以蔺相如完璧归赵和海池赴会两次立功，由舍人升为相国，展开廉蔺之间的不团结的矛盾，终于以蔺相如相忍为国，秦王约齐伐赵，廉颇恍然大悟，肉袒负荆登门请罪来说明团结的意义"[39]。剧本的主题表现了团结御侮的爱国精神，而且保存了京剧原有的优良技术和风格，是符合于"推陈出新"的改革原则的。曲艺因为形式比较简单，容易在群众中流行，因此整理、改革的成绩也相当大。中央文化部于1950年成立了中国民间文艺研究会，从事收集和整理民间文艺的工作；而曲艺也可以说是一种民间的叙事诗，因此受到重视。北京市大众文艺创作研究会对这一工作尤为努力，他们不只改写旧曲艺，而且也创作了不少为群众所喜欢的新曲艺。其中比较著名的如赵树理写的《石不烂赶车》、王亚平写的《百鸟朝凤》《打黄狼》《春云离婚》等，经艺人广播、演唱后，都得到了群众的欢迎。这就给曲艺改革打下了基础，也增加了作家和艺人们的信心。相声的改进也是有成绩的；这是一种以讽刺、幽默、机智为特点的民间文艺形式，在北方城市中很受群众的欢迎。许多新作的相声已在演出中产生了好的影响，像《婚姻与迷信》《一贯道》等；老舍在编写相声的工作中颇有成绩，他的这些作品都收在《过新年》一书中。

旧戏曲的改革和新歌剧的创造，是一个总目标下的两方面的工作，总的目标都是建设新的民族风格的人民文艺。因此贯彻"百花齐放，推陈出新"的戏曲改革的方针，对创造民族新歌剧也是有帮助的。

四　理论批评与思想斗争

文艺界是统一战线的，包括不同的思想倾向，但它又必须坚持以毛泽东文艺思想作为文艺的指导思想。在全国文代大会开会时，周扬已经指出了："现在的情况是十分缺少批评，特别是切实的、具体的、有思想的批评。……我们必须在广泛的文艺界统一战线中进行必要的思想斗争。必须经常指出，在文艺上什么是我们所要提倡的，什么是我们所要反对的。批评必须是毛泽东文艺思想之具体应用，必须集中地表现广大工农群众及其干部的意见，必须经过批评来推动文艺工作者相互间的自我批评，必须通过批评来提高作品的思想性和艺术性。批评是实现对文艺工作的思想领导的重要方法。"[40]文代大会闭幕以后，在上海《文汇报》上就有过一次关于写工农兵与写小资产阶级问题的讨论，陈白尘、洗群、张毕来、左明等许多人都发表了文章，主要是讨论小资产阶级的人物是否可以作为文艺作品的主角这样一个问题。有的人说可以，不过，应该少写，批评地写；有的人就说绝对不可以。洗群说:"从北平回来,好些朋友和我谈到一个问题——'以后除了工农兵以外,是不是还可以写知识分子——小资产阶级呢?'朋友们仿佛很为这个问题所困惑,急于寻求一个解答。……使这个问题展开一次广泛的讨论,而且得出一个明确的结论来,这样,就不仅仅只我个人可以获益匪浅,对很多朋友也都会有些帮助的。"但乔桑说:"在这个解放地区的上海,由洗群先生——你,来提出'小资产阶级可以作文艺的主角'这问题就值得考虑。"[41]的确,这个问题之为很多新解放区的作者所关心,是反映了他们有意无意地怀疑"文艺为工农兵"方向的思想情况的。他们虽然也说是接受毛泽东文艺思想的领导,但由于出身和经历,总感觉到有点困惑。这次的讨论使很多人对这一问题的了解比较明确了一些,认识到文艺工作者必须改造思想的重要性。

1950年3月间,《人民日报》副刊《人民文艺》上发表了几篇对于阿垅的《论倾向性》和《论正面人物与反面人物》两文的批评文字,指出了阿垅在文艺与政治的关系上,在对马克思主义的了解与文献的引用上,表现了很多错误的观点。陈涌在《论文艺与政治的关系》一文中,批判了阿垅的"艺术即政治"的观点。后来阿垅作了自我批评,《人民文艺》的编者按语说:"我们认为他的这种勇于承认错误的精神是很好的,值得欢迎的,并且相信,经过这种批评与自我批评,我们在文艺思想上将最后到达一致。"文艺与政治的关系,是文艺批评与文艺理论的重要课题,必须正确认识这一问题,才能谈得到文艺批评的开展。

同年4月21日,各报发表了中共中央的《关于在报纸刊物上开展批评和自我批评的决定》。《人民日报》在23日的社论中说："这个文件，要求报纸刊物吸收广大的人民群众经常地有系统地监督我们的工作，注视我们工作中的缺点和错误，加以改正，使我们能继续不断地向前进步。"这自然也适用于文艺工作与文艺报刊，《文艺报》特为此发表社论说：

> 我们希望我们的文艺工作者，大家一致，积极地响应中国共产党中央委员会这一号召，打破了文艺界还残留着的不批评、怕批评，背地下不负责的批评，用八面玲珑的庸俗的方式，来应付批评等等空气，建立正当的严肃的批评与自我批评。同时，我们应当时时刻刻地警惕有意无意的破坏性的批评。我们希望，所有文学艺术的杂志和报刊，努力提高自己的思想水平和艺术水平，展开和加强对作品、对工作、对思想、对作风各方面的正确的批评与自我批评。[42]

接着《文艺报》《人民文学》以及全国各文艺刊物和副刊都响应了这一号召，相继做了工作检讨和对某些文艺作品的批评。在工作检讨中，大都承认理论批评工作的薄弱是一个主要的缺点；因此在这以后，文艺批评就比较多地展开了。如《人民文学》发表了对于方纪的小说《让生活变得更美好罢》及秦兆阳的小说《改造》的批评与作者的自我批评。《文艺报》发表了对小说《金锁》的批评及《说说唱唱》的编者赵树理的自我检讨。《长江文艺》对李尔重的小说《三个战士》特召开了座谈会。此外各地文艺报刊中的批评文字也都多起来了。

7月间，上海各报展开了关于杂文问题的讨论。黄裳首先提出了"杂文复兴"的问题，认为可以运用杂文的"热情的讥讽"的性质，来"纠正过失，改善工作的现状","加强批评与自我批评"。喻晓认为杂文只能用来讽刺敌人，"对于人民内部只会有害"。袁鹰认为"鲁迅式的杂文已经光荣地完成了它的历史任务"，现在"杂文也就得在原来的基础上再提高一步"。因此在讨论中就涉及到"杂文时代"是否已经过去的问题；有的人认为杂文仍是可以写的，但有的人就认为在今天杂文不是大众所喜闻乐见的形式[43]。讨论中慢慢都大致肯定"杂文是应该写，可以写的"了，但对于究竟应该写怎样的杂文这一点还不大明确。冯雪峰发表了《谈谈杂文》一文，对这次讨论作了分析和说明，特别是对杂文的历史渊源和发展方向，有明确的论述。他先批判了那种以为"杂文只限于曲折、隐晦和反语之类"的意见，又批判了那种"杂文是早已经过去了的"简单的说法，然后分析了杂文的本质和它的形式的源流与范围。接着说：

在今天，人民需要的是新的革命的杂文，也就是说，人民正需要杂文，正需要新的革命的杂文！为着巩固和完成人民民主专政，为着新民主主义经济和文化的建设，为着肃清帝国主义所遗留的影响和反对它的新阴谋并保卫世界和平，为着肃清封建主义的残余思想和反动派一切残余势力与思想余毒，为着团结人民和发扬人民创造力与劳动热情，杂文是有它用武之地的。……可是新的杂文，在人民民主专政的时代，却完全不需要隐晦曲折了。也不许讽刺的乱用,自然并非一般地废除讽刺。它能够大声疾呼和直剖明晰了。而首先必须站在人民的革命立场上。对于人民和革命朋友必须满腔热情,并且必须以人民大众的语言说话,为人民大众所容易懂得。现在是最有利于写杂文,也最有利于把杂文写好、写得出色的时代。[44]

在这以后,各报刊的杂文创作就比较多起来了。《人民文学》上发表了适夷、臧克家的提倡杂文的文章,也陆续发表了许多的杂文作品;《人民日报》也常常发表一些现实性很强的杂文。事实证明这一形式是为人民所需要的。

关于诗歌创作的许多问题,引起过广泛的注意和讨论。《文艺报》曾举行了"诗歌问题笔谈",有很多作者发表了意见[45]。好些人注意到诗歌的格律问题,认为自由体和中华民族诗歌的传统太脱节了;"散文化"的写法受到了怀疑。但就已发表了的多量作品的考察,则显然自由体与歌谣体仍在并行发展。很多文艺报刊的编者都感到"写诗的人多,诗稿多,好诗少"的问题;在许多人都要求表露自己感情的情况下,写诗的人多是可以理解的;但诗也并不是容易写好的,因此就"好诗少"了。许多人在讨论中特别注意到形式和建行的问题,有人提倡五言七言体,也有人提倡九言体,北京《光明日报》副刊"文学评论"曾发表了竹可羽的《略谈五七九言》和林庚的《再谈九言诗》等文章,对诗形问题展开了讨论[46]。诗的形式是存在着问题的,但离开内容专谈形式,而又把形式仅限于诗句的字数上面,好像简单地规定一下每句的字数就可以统一全部的新诗形式,就可以解决诗的发展方向问题，那就未免太简单化了，下面是何其芳的意见：

> 新诗的形式也就只能定这样一个最宽的然而也是最正确的标准，凡是比较"能圆满地表达我们要抒写的内容"，而又比较"容易为广大的读者所接受"者，都是好的形式。从快板到自由诗，从旧形式到新形式，都是这样。……客观的事物本来是复杂的，而我们常常喜欢把它简单化。许多事情本来都不是那样绝对的，而我们常常喜欢走极端。有的写自由诗的人嘲笑快板的节奏太简单，有的写快板的人又嘲笑自由诗太自由。其实既然今天中国有不同的读者群众，又有不同的作者，又有不同的传统，新诗的形式就不可能定于一，也不可定于一。[47]

这意见是比较温和的，但它本来也只能在创作实践中解决，不可能预先规定好只有某一种固定的诗形才算是合法的。就诗歌创作的情形看来，某些作品之受到批评和指摘，主要并不是诗形问题。例如《文艺报》对王亚平的写北京人民抗美援朝运动的长诗《愤怒的火箭》的批评，是因为他没有正确地掌握主题以及他的不严肃的态度[48]。对沙鸥的讽刺医疗工作上的官僚主义的寓言诗《驴大夫》的批评，是因为他没有理解批评与自我批评的精神，对人民内部的不良现象采取了一种打击的态度[49]。这些诗的缺点都不是诗形问题，作者自己也作了自我批评[50]。即使对卞之琳的《天安门四重奏》的批评，表面上看来是指摘他的诗句生涩难懂，实际上还是指作者生活与感情的贫乏，而企图追求形式技巧来弥补的结果[51]。因此，诗的形式是要以好的创作的出现来逐渐建立的，目前"好诗少"的原因并不是因为没有统一的诗形的关系。

《文艺报》上还广泛地讨论过方言与方言文学的问题。邢公畹认为方言文学这个口号是引导我们向后看的东西，"我们要求以正在发展中的民族共同语（全民语）来创作"；周立波认为仍须采取方言土语来写作，因为不这样，"统一的民族语也将不过是空谈，更不会有什么发展"。邢公畹又发表了《文艺家是民族共同语的促进者》一文，其中对文艺工作者应如何运用方言的问题，他认为可用三种方法来做笔记：（一）比较词汇；（二）搜集成语；（三）留心活用。很多人不同意他这意见，特别是对于第一种方法。因此连带讨论到学习群众语言的态度问题，很多人反对那种以猎奇的态度来对待方言的倾向。《文艺报》编者根据许多读者的讨论，综述了大家的意见，其中说：

> 大家对方言和民族共同语的关系，基本上肯定了这两者并不是互相冲突的，而且必须以方言中的词汇来丰富民族共同语。文学作品里，则尤其应该有所选择和提炼地大量吸取、采用方言，这样不仅将使作品的内容更生动、更有力，同时也有助于促进和丰富民族共同语。……如何应用方言，综合大部分同志的意见，都认为在创作上，使用任何地方的方言土语，都需要有所删除，有所增益，都得经过洗练和加工。同时，对某些方言土语认为不妨采取反复使用，联系上下文而文意自明

的方法,"避免那些太难懂的和并不生动的特殊词汇"。并要"精心研究,大胆运用"。不应有所偏废。[52]

在语言方面是存在一些混乱状况的,《人民日报》的社论《为正确的使用祖国语言,为语言的健康与纯洁而斗争》中说:"这种语言混乱现象的继续存在,在政治上是对人民利益的损害,对于祖国的语言也是一种不可容忍的破坏。每一个人都有责任纠正这种现象,以建立正确地运用语言的严肃的文风。"[53]无疑地,文艺作品中的语言是更应该澄清这种混乱现象的。

1951年5月以后所展开的全国规模的关于电影《武训传》的讨论,是一场很大的政治运动。《武训传》电影是歌颂武训的兴学活动的。此外这一年内还出现了电影小说《武训传》、章回小说《千古奇丐》《武训画传》。电影《武训传》上演后,据《人民日报》统计,仅北京、天津、上海三地的报刊中就发表过歌颂武训和《武训传》的文章达四十余篇,于是展开了对《武训传》的批判。《文艺报》首先发表了鲁迅谈武训的遗作《难答的问题》,贾霁的《不足为训的武训》,杨耳的《陶行知先生表扬"武训精神"有积极作用吗?》等文章,对武训与所谓"武训精神"给予了批判。《人民日报》转载了这些文章,并于5月20日发表了《应当重视电影〈武训传〉的讨论》的社论,其中说:

《武训传》所提出的问题带有根本的性质。像武训那样的人,处在满清末年中国人民反对外国侵略者和反对国内的反动封建统治者的伟大斗争的时代,根本不去触动封建经济基础及其上层建筑的一根毫毛，反而狂热地宣传封建文化，并为了取得自己所没有的宣传封建文化的地位，就对反动的封建统治者竭尽奴颜婢膝的能事，这种丑恶的行为，难道是我们所应当歌颂的吗？向着人民群众歌颂这种丑恶的行为，甚至打出"为人民服务"的革命旗号来歌颂，甚至用革命的农民斗争的失败作为反衬来歌颂，这难道是我们所能够容忍的吗？承认或者容忍这种歌颂，就是承认或者容忍污蔑农民革命斗争，污蔑中国历史，污蔑中华民族的反动宣传，就是把反动宣传认为正当的宣传。……特别值得注意的，是一些号称学得了马克思主义的共产党员。他们学得了社会发展史——历史唯物论，但是一遇到具体的历史事件，具体的历史人物（如像武训），具体的反历史的思想（如像电影《武训传》及其他关于武训的著作），就丧失了批判的能力，有些人则竟至向这种反动思想投降。资产阶级的反动思想侵入了战斗的共产党，这难道不是事实吗？一些共产党员自称已经学得的马克思主义，究竟跑到什么地方去了呢？为了上述这种缘故，应当展开关于电影《武训传》及其他有关武训的著作和论文的讨论，求得彻底地澄清在这个问题上的混乱思想。

同日该报"党的生活"栏也号召"每个看过这部电影或看过歌颂武训的论文的共产党员都不应对于这样严重的思想政治问题保持沉默，都应当积极起来自觉地同错误思想进行斗争。如果自己犯过歌颂武训的错误，就应当作严肃的公开的自我批评"。"凡是放映过《武训传》的各城市,那里的党组织都要有计划地领导对《武训传》的讨论,要把这一讨论当作一个严重的思想教育工作。"《人民日报》的这一社论和号召是具有极大威力的,各地报刊陆续发表了许多文章,从各方面来揭发武训的丑恶,并进行了分析与批判。许多过去推崇和歌颂武训或《武训传》的报刊及作者,也都进行了自我检讨。从各报刊所发表的文章看来,一般作者和群众所以赞扬武训的原因,不外下面三点:(一)武训出身劳动人民;(二)武训"行乞兴学"是为劳动人民服务;(三)武训有"自我牺牲"精神。为了澄清这类思想,人民日报社与中央人民政府文化部合组了一个武训历史调查团,在堂邑、馆陶、临清三县,搜集了许多材料,写成了一本《武训历史调查记》。接着周扬写了《反人民、反历史的思想和反现实主义的艺术》的长文,就电影《武训传》的思想和艺术作了全面的系统的批判。[54]其中说:"我们特别尊重自己民族的革命传统,我们要把人民今天的斗争和过去的革命传统正确地连接起来,因此我们决不能容忍对人民革命传统的任何歪曲污蔑。""这就是马克思列宁主义思想与资产阶级反动思想的区别。"他又指出:"他(武训)的苦行只不过是变戏法的讹诈手段和磕头下跪的奴隶行为的混合罢了。"因此《武训传》在艺术上也是反现实主义的。文中最后说:

> 电影《武训传》污蔑了中国人民历史的道路,宣传了资产阶级的反动思想,用改良主义来代替革命,用个人奋斗来代替群众斗争,用卑躬屈节的投降主义来代

替革命的英雄主义。电影中武训的形象是丑恶的、虚伪的，在他身上反映了我国封建社会的黑暗和卑鄙，歌颂他就是歌颂黑暗和卑鄙，就是反人民的、反爱国主义的。

这是当时一篇对这次讨论的总结性质的文字。

（按：在新时期的拨乱反正工作中，对建国以来文艺界的历次运动，都作出了新的评价，其中也包括关于电影《武训传》的批判。据新华社 1985 年 9 月 6 日电，内云：对电影《武训传》的批判曾牵涉许多人，在今天召开的陶行知研究会和基金会成立大会上，中共中央政治局委员胡乔木对这场批判作出否定的评价。他说："解放初期，也就是 1951 年，曾经发生过对电影《武训传》的批判。这个批判涉及的范围相当广泛。我们现在不对武训本人和这个电影进行全面的评价，但我可以负责任地说明，当时这种批判是非常片面、极端粗暴的。因此，这个批判不但不能认为完全正确，甚至也不能说它基本正确。"这是对这次运动的含有平反性质的新的评价。电影《武训传》的编剧孙瑜也写了《影片〈武训传〉前前后后》的长文发表于《中国电影时报》1986 年 11 月 29 日、12 月 6 日、12 月 13 日，这次运动的原委始公诸于世。）

荃麟在《党与文艺》一文中，认为在关于《武训传》的讨论中所反映出来的一个最根本的问题，就是文艺的党性问题[55]。这个问题在昆明文艺界曾有过广泛的讨论[56]。范启新的剧本《昆明保卫战》，以及重庆《新民报》晚刊连载的刘盛亚的小说《再生记》，上海《新民报》连载的张友鸾作的小说《神龛记》，都是由于内容违背党的政策遭到批判的。

影响比较大的是对碧野的长篇小说《我们的力量是无敌的》的批评；这是一部写兵的小说，由于其中看不出党的领导、政治工作的活动，陈企霞批评文字的题目就是——"无敌的力量从何而来？"[57]接着张立云在《论小资产阶级思想对文艺创作的危害性》一文中，对这作品作了系统的批判，他说：

> 肯定地说，用小资产阶级的思想写工农兵，是必然会形成对工农兵的歪曲与污蔑，用小资产阶级的思想感情去创造人民解放军的英雄形象，也必然会形成对人民解放军的歪曲和污蔑，而必须用无产阶级的思想感情，才能正确地创造解放军的英雄形象。这一点不能有丝毫的模糊。[58]

另一次关于作品中歪曲了人民解放军的形象的批评，是对于电影《关连长》的批评。也指摘是作者以小资产阶级的思想感情，给了作品的主题和人物以歪曲。规模比较大的一次关于小资产阶级文艺思想的讨论，是对于萧也牧创作倾向的批判。萧也牧的小说《我们夫妇之间》，是写知识分子和农民、农民干部之间感情和心理上的距离的，颇受读者欢迎。陈涌首先在《人民日报》上发表了《萧也牧创作的一些倾向》，接着就展开了范围广泛的批评。《文艺报》还召开了影片《我们夫妇之间》的座谈会。丁玲在给萧也牧的信中说：

> 你的作品，已经被一部分人当着旗帜，来维护一

些东西,和反对一些东西了。他们反对什么呢?那就是去年曾经听到一阵子的,说解放区的文艺太枯燥,没有感情,没有趣味,没有技术等的呼声中所反对的那些东西。至于拥护什么呢?那就是属于你的小说中所表现的和还不能完全包括在你的这篇小说之内的,一切属于你的作品的趣味,和更多的原来留在小市民,留在小资产阶级中的一些不好的趣味。

经过了几个月的讨论,萧也牧发表了一篇《我一定要切实地改正错误》的检讨,其中说:

我的作品所犯的错误,归根结底一句话:是我的小资产阶级立场观点、思想未得切实改造的结果。[59]

这类的例子还有很多。譬如中央戏曲学院创作室所写的两个写工厂干部的话剧《开快车》和《孟厂长》,都失败了;据他们自己说:《开快车》宣扬了小资产阶级的无组织无纪律;《孟厂长》歌颂了小资产阶级的偏激性和疯狂性[60]。《文艺报》认为这些都是以小资产阶级的思想感情去理解工人阶级的结果[61]。文艺上的思想斗争,主要是通过文艺批评的方式进行的,这些批评意见多半是很尖锐的。周扬说:

我们强调思想斗争、思想批判,不是为了削弱文艺上的人民民主统一战线,而正是为了使这个统一战线更加巩固。全国文代大会以来,各方面的文艺工作者之间,党与非党的文艺工作者之间的关系,一般地说是合作的。一个根本缺点是相互间缺少批评,缺少真正诚恳的、坦白的、推心置腹的批评,缺少事业上的相互督促和勉励。……只有经过这种相互帮助、相互批评、相互督促,才能使我们的关系更亲密更好;是真正好,而不是表面好。[62]

这说明新中国的文艺是要坚决贯彻毛泽东文艺思想的领导并以此来批判一切错误的文艺思想和作品。

五 创作情况

文艺要繁荣,必须创作出好的作品,来代替低劣的作品。周扬说:"工人阶级的先进的文艺只有在自由竞赛中,在广大群众的严格的鉴别和考验中才能真正地成长出来[63]。新中国成立以来的两三年中,虽然也出现了一些比较好的作品,受到了群众的欢迎,但比之国家在建设上的成就,比之人民的日益增长的对于文艺事业的要求,仍是有很大距离的。我们还十分缺少令人满意的好的作品,还不能适应人民对于文艺的要求,由于许多作者庸俗地了解了文艺为政治服务,遂在创作中,常常有将人物和情节写得公式化和概念化的倾向。《人民文学》曾就来稿中所发现的问题,综合写为《论一般化公式化》一篇长文[64],批评了创作中存在的一般化公式化的毛病;许多人知道套用一些创作公式如"对比法""阻碍法""教训法",把它们当作写各种题材的万应灵方;并分析了这种倾向的产生主要是因为作者没有深入.现实生活,"和现实一同不断地推陈出新"。茅盾在《文艺创作问题》一文中也说："结构与人物之有公式化危险的问题，归根说来，也还是一个生活经验和思想深度的问题，如果把它作为一个单纯的技巧问题来解决，恐怕是解决不了的。"[65]这些公式化作品中的人物没有性格，作者只是把政治概念和公式化的故事简单地糅合在一起；它既不能真实具体地反映现实生活，自然也就不会产生真正的艺术力量。譬如许多着重写人物"落后到转变"的作品，就可说明这一现象。这并不是题材问题，我们的社会正在开始建设的阶段，其中有的是新与旧、进步与落后的矛盾，这在文学上是应该反映的；产生这些现象的根源，主要还是作者自己的脱离实际。周扬说：

> 、文艺上的公式主义的特点，就是把本来是多方面的、复杂的、曲折的生活现象，理解成和描写成片面的、简单化的、直线的。公式主义者不按照生活的多样性而按照千篇一律的公式去观察和描写生活，不但把复杂的生活现象简单化，而且把真正的政治，即群众的政治庸俗化。另一方面，形式主义的特点，则是编造不现实的故事，绘声绘色，加以描写，以人为的"戏剧性"的矛盾和曲折的情节来代替生活本身的辩证法，掩盖生活内容的空虚。公式主义和形式主义两者主要的都是来源于脱离实际、脱离群众。在文艺工作的某些部门，某些同志身上，是严重地存在着脱离实际、脱离群众的倾向的。这是目前文艺工作中最有害的倾向。[66]

要克服文艺创作上的公式化概念化倾向，就必须作家深入生活，真实地具体地反映现实中的矛盾，创造出真正的典型人物，鼓舞人们的美好情操。有许多作家不敢正视生活中的矛盾，就不可能反映出真实，自然就不可能表现出真正的积极向上的精神。

当然这并不是说文艺创作就没有产生比较好的作品。实际上已经产生了一些比较好的作品，也得到了读者的欢迎，不过无论就数量或质量说，都是很不够罢了。茅盾曾说："从创作生活方面看起来，该反映的，需要反映的，都反映了；反映的多少固然不同，即以最少者而论，我们至少也有了样品。然而即使是最多的那一类，也赶不上客观的要求。"[67]这就是说，虽然文艺创作是有一些收获的，但还是太小了。很多从老解放区来的作者，都担负了较多的行政工作，即仍然写作的人也多是写以前在陕北、华北、东北所得的材料，反映现实题材的作品比较少。另外一些解放前留在国统区的作者则虽然主观上愿和人民结合，但只熟悉旧的题材和旧的人物，而不熟悉新的生活与新的人物，因此也写不出来或写得很少。这些现象说明要使创作开展和丰茂，还需要较长的一段时间。

现在把这两三年中产生的比较好的作品，在这里作一概略的叙述。但因为许多作品目前还正在群众中受考验，这里的叙述只能是举例性质，目的仅在说明我们的文学创作在各方面的成就和一般情况；因此不但叙述得很简略，同时也很不全面。在这些比较成功的作品当中，表现"站立起来了"的中国人民的爱国主义的思想和活动，成为作品中压倒一切的主题。

这几年文艺作品所表现的内容具有一种新兴的开国气

象。中华人民共和国宣告成立时,许多诗人们就以无比兴奋的心情,歌颂了这伟大的历史事件。柯仲平的《我们的快马》,何其芳的《我们最伟大的节日》,聂绀弩的《山呼》,还有许许多多的诗作,都热情地歌颂了新中国的诞生,歌颂了中国人民的胜利和骄傲。柯仲平的诗集《从延安到北京》写出了这一段历史变革时期中的感触。胡风的长诗《时间开始了》,分"欢乐颂""光荣赞""青春颂""安魂曲""欢乐颂"五个乐篇。气魄宏大地写出了一个革命知识分子对中国人民胜利的歌颂和对人民英雄的礼赞。占人类总数四分之一的中国人民从此站起来了,我们是应该有许多欢乐歌颂的诗篇的。此外还有许多歌颂伟大的人民领袖的诗篇。如萧三的《欢呼呵,中国共产党!欢呼呵,毛泽东!》,袁水拍的《毛泽东颂歌》,阮章竞的《光荣归于伟大的毛泽东》。在抗美援朝运动中,也产生了许多的好的诗篇。如艾青的《亚细亚人,起来!》,臧克家的《胜利的箭头,射出去》,胡风的长诗《为了朝鲜,为了人类!》,石方禹的长诗《和平最强音》等。在长诗《和平的最强音》里,作者写着:

> 我们是平凡的人
> 但我们是
> 不可侵犯的人
> 因为我们的名字
> 就叫
>   人民
> 我们是世界上的
>   绝大多数

我们的声音
　　是世界的最强音
我们并不向他们哀求和平
而是命令他们
　　"不许战争！"

诗里表现了一种人民自尊的感情和对于人民事业的正义性的理解。另外还有许多群众歌唱自己的生活的诗篇；也有许多学习民间文艺形式的说唱诗和叙事诗；在这许多的诗篇里，是表现出了新中国人民的新的生活和感情的。

　　在小说方面，我们也可以举出一些比较成功的中长篇的作品来。白朗的《为了幸福的明天》是根据全国闻名的护厂英雄赵桂兰的事迹写的。从书中主人公邵玉梅的身上，我们看到了赵桂兰的影子，看到了高尚品质的光辉。她虽然失掉了一只手，但对人民事业的态度却更积极了。草明的《火车头》写出了"革命是历史的火车头"，而工人阶级则是革命的火车头的道理；它通过东北解放后马家湾铁路工厂的事实，写出了职工对生产工作的热忱，也批评了一些管理干部的官僚主义、经验主义的作风。这书由于写领导的和写工人的两条线索没有很紧密地结合起来，结构比较松懈，读来比较枯燥；又过多地加入了一些爱情的穿插，因此全书的中心思想表现得不够有力。但他的确写出了在恢复工业生产中工人生产热情的高涨和领导干部的工作作风中的一些问题，反映了那个时期的历史情况。描写解放战争时期人民对敌斗争的英雄事迹的作品，有陈登科的《杜大嫂》《活人塘》，柳青的《铜墙铁壁》。周扬说：

陈登科,《杜大嫂》《活人塘》的作者,就是一个贫农出身,完全在参加了解放军以后才学文化写文章的。他的创作已证明他是一个优秀的有希望的作者。他写出了劳动人民的强烈的真实情感和力量。在他的作品中,简直不是作者在描写,而是生活本身在说话。生活本身就是那样一场惊心动魄、天旋地转的斗争的风暴。[68]

《杜大嫂》写内战起来了,新四军暂时撤离淮南的时候,当地人民以杜大嫂为首,组织起游击队来进行艰苦斗争的故事。作品以这个人物的发展过程和生活作中心,真实地写出了党在群众中的影响、英雄人物的品质和老百姓如何才能解放自己的道理。语言朴素生动,发展过程也比较真实自然。《活人塘》是以苏北的一个集镇为背景,写解放战争中当地人民对敌斗争的英勇故事的。在我军暂时转移时,战斗英雄刘根生受伤被俘,并被活埋;就在这天夜里,老妈蒋陆氏冒生命的危险,用自己的受伤将要死的小女儿七月子把刘根生换回来。刘根生就装着七月子住在蒋家,把伤养好,又领导起村里群众的火热的斗争;不久这个地方就重获解放了。十五个月的战斗经过,也就是这个地方从"活人塘"到解放区的经过。柳青的《铜墙铁壁》通过陕北的一个粮站的工作和一些党员干部的活动,反映了解放战争期间,陕甘宁边区党政军民如何团结一致,克服困难,英勇地获得了战争的伟大胜利。所谓"铜墙铁壁"的意思是指千百万拥护革命的群众,作品正是发挥人民自觉地对战争贡献一切力量这一中心思想的。作品的结构完整,取材宏大,但在情节安排上也并没有浪费或牵强的地方。人物也写得相当好,譬如从村干部石得富在粮站工作的勤劳勇敢中,我们是可以体会到陕北农村青年的新的优良品质的。总的来说,这是一部相当深刻的有思想内容的作品。关于表现人民解放军的作品,我们可以举立高的《永远向着前面》。本书作者是在人民解放军中生活了十年以上的干部,书中描写一个团的领导干部副团长与参谋长之间不大团结,并且在工作上各有缺点,但新派来的团长却成功地解决了这些问题。无论就情节的发展或人物形象说,作者都是通过具体真实的事件来写出的。人物有生动的个性,因此读来就富于感染力了。这作品里所写出的人物和所提出的问题,是会给读者以启发的。

短篇小说可以及时地反映现实中的新事物,集中表现生活的横断面。《文艺报》曾提倡作家多写短篇[69],也的确产生了一些比较好的作品,譬如工人作家董迺相的短篇集《我的老婆》中的各篇,我们就可以看到贯穿在实际生活中的工人的集体主义思想的闪耀,看到他们爱祖国、爱劳动、爱机器的高贵品质。他所写的人物性格都是健旺朴素的,真实可亲;语言单纯明快,能使人感到一种新鲜的生活气息。虽然在技巧上还存在着一些缺点,但那闪耀的光芒是显然可见的。写农村的短篇如谷峪的《新事新办》现在已被改编为话剧、鼓词,认为是优秀的新作品。此外他尚有《强扭的瓜不甜》《王小素与新八疃》等短篇。《新事新办》是写农村婚姻中的"陪奁"办法的变化情形的;一头小牛代替了过去的那些四身衣裳之类的东西,说明了农村中新的人物和新的变化。《强扭的瓜不甜》是写小新郎、大新娘的不合理现象的停止情形的;这是觉悟了的农民对农村中残留的封建意识的斗争。《王小素与新八疃》通过结婚与生产当中所发生的矛盾,最后很自然地由男的"嫁"女家村子里来解决了这一问题。作者熟悉农村生活,敏锐地感觉到新事物的成长与发展,也看到了旧事物的残余影响在农村中的复杂情况,因此通过农村婚姻问题,在现实基础上提出了新的办法。赵树理的《登记》是写一对农村青年男女在自由恋爱中受尽了各方面的破坏和反对,直到婚姻法公布以后才被认为是模范婚姻的;情节曲折,故事性很强,反映了婚姻法执行后废除农村封建主义婚姻制度上的作用。马烽短篇集《村仇》中的好些都是描写农村中新的人物和新的生活的;譬如《一架弹花机》写一个用手工弹棉花的宋师父从经验保守而开始学习机器的过程,这自然也是一个思想转变的过程;这里用喜剧的形式,生动地写出了新与旧的矛盾,新社会改变落后生产的情形,读来感到新鲜和亲切。他的短篇《结婚》是写一对就要结婚的农村青年男女为公忘私的精神的;从这里可以看出青年人是怎样处理个人生活与集体生活之间的关系。这些小说写的都是些朴素健康的人物和故事,但从中可以看出农村的新生活与新人物的成长来。写人民解放军的英雄形象的如晴霓的《蟾江冰波》,它写了一个中国人民志愿军通讯部队的战士,如何地奋不顾身,坚持在翻滚着冰块的蟾江波浪中来完成接通电话线任务的故事。那种勇敢无畏的精神是不能不令人感动的。袁静、孔厥的短篇集《生死缘》是通过朝鲜人民与中国人民之间的传统友谊,来说明爱国主义与国际主义的结合内容的。作者用了通信、回忆、叙述等方式,表现了中国人民的亲密关系。

在戏剧创作方面,老舍可以说是最努力的一人。他的剧本都是以首都北京为背景的；两年多来，他写了多幕话剧《方珍珠》《龙须沟》和《一家代表》，热情地歌颂了北京人民生活中的新气象。《方珍珠》是写旧艺人在旧社会所遭遇的痛苦和解放后的变化的。《一家代表》是歌颂民主建政对于市民的积极影响的。最得好评的是《龙须沟》，这是歌颂首都市政建设首先着眼于劳动人民的福利的；这当然也就引起了劳动人民生活上与思想上的剧烈的变化。龙须沟是一条臭沟的名字，附近住的都是勤苦的劳动人民，这里是病菌繁殖的地方，人们终年呼吸着腥臭的空气；过去的政府从来也没有考虑到这样的地方，但人民政府却在财政经济还很困难的时候，首先决定来修龙须沟。剧中没有新奇的故事和精巧的穿插，但通过每一个人物的鲜明性格，通过这些人物的对话和行动，作者有力地抒发了首都人民对于人民政府的歌颂和感情。周扬说：

> 老舍先生是十分熟悉自己的人物的，并且对他们那样充满了热爱。他有意识地避免描写他所不熟悉、不清楚的人和事，而紧紧抓住他所熟悉和清楚的人和事去用力描写。但他并没有停留在自己已有的经验范围内，他尽量去接触和理解新的环境，并且让他的人物放到这个新的环境中去成长，去发展，如果需要，他就赋予他的人物以某种浪漫的色彩，使现实和理想的因素取得和谐的结合。但究竟因为每个人物都在他的生活经验中有一定的张本，又凭借了他卓越的运用语言的能力，所以他创造出来的人物形象就不是概念化的、虚假的，而是活生生的、真实的。

从《龙须沟》我们可以学到许多东西,主要的就是要学习老舍先生的真正的政治热情与真正的现实主义的写作态度。[70]

作者热爱新的北京,他要写出北京劳动人民生活中所起的变化,这个企图是有力地完成了的。五幕九场话剧《六号门》(又名《搬运工人翻身记》)是天津搬运工人们根据自己的亲身经历集体编写出来的,这剧对天津工人中的反封建把头运动,起了直接推动的作用。剧分上下二集,上集写解放前在封建把头惨酷压迫下的工人痛苦;下集写解放后工人翻身了,在党和工会领导下,与脚行头子进行了曲折的斗争,彻底废除了封建把持制度。这剧在写作中虽然也经过了专业文艺工作者的帮助,但主要是工人自己创作的。胡可的四幕话剧《战斗里成长》是表现部队中新人物的成长的。营长赵刚原是受了地主迫害才参军的农民,但已成长为一个觉悟程度很高的军事干部。他强调部队的纪律性,强调人民的队伍不是只为个人报仇,而是为了解放全体劳动人民,以至解放全人类的。战士赵石头是赵刚的儿子,但起初彼此并不知道;他参军是为了打倒地主,给他家报仇,以致为这事还犯了纪律。但在战斗里,他也有了初步的觉悟。这个剧本写出了战士怎样在战斗里成长,怎样从农民思想提高到无产阶级的思想。杜印等写的三幕话剧《在新事物的面前》是写东北工业恢复初期的一个钢铁厂的故事的。这个厂的经理薛志钢虽然以前没有管理企业的经验,但他对新事物有高度的敏感,善于学习,善于从实际出发来解决问题;因此当他接事后,就一面学习一面深入调查研究,依靠工人、团结专家,并和副经理高泉的保守观点作了斗争；经过曲折的道路，终于胜利地完成了任务。作者说：

> 这戏主要的是写共产党的领导干部如何对待新事物。技术人员和工人都是作为表现领导的有机部分而出现的。领导在这个新事物（大工业）面前，关键在发动工人群众的基础上如何团结技术人员，从而解决生产中的关键问题。[71]

这剧把正面人物放在作品结构的主体地位上来描写，而且写得比较生动；它歌颂了事物发展的主导力量，给人们以前进的鼓舞，因此是一部比较好的作品。除话剧外，也产生了些比较优秀的歌剧和电影剧本。歌剧如丁毅等作的《董存瑞》，这是写的真人真事，表现了部队中人民英雄的业绩。董存瑞在某次战斗中曾以自己的勇敢和机智救出了被困在烈火中的小孩子，又援救了处于危险情况中的同志，最后在对全局起决定作用的紧要关头，他用自己的身体支撑着炸药，把敌人的桥形地堡炸得粉碎；虽然他自己也壮烈地牺牲了，但因此而使我军减少了伤亡，顺利地取得了这一战役的胜利。电影剧本如冯雪峰的《上饶集中营》和孙谦的《葡萄熟了的时候》，前作通过皖南事变后的这一历史事件，深刻地表现出了革命志士的高贵品质与思想力量。后者通过农村合作社在农村经济中的作用，写出了全国解放后农村土特产打开了销路，因而出现了城乡交流、经济繁荣的农村新面貌。两剧的作者很注意作品的文学表现，因此就是仅作为一个独立的文学作品说，也都是写得真实生动的。

也有一些写得相当好的通讯报道、散文游记和杂文的作品。穆欣的通讯集《南线巡回》记述了第二野战军第四兵团在解放战争中的史实；从1945年10月上党战役起，到1950年2月进驻昆明止，在近五年的时间中，四兵团由小到大，转战华北、中原、华东、西南四大战略区，创造了无数的功绩。书分三编：《渡江回忆》《江西红色区域进军见闻》《西南进军记实》。书中叙述了党的领导、战士的英勇和人民的拥护，是部队胜利的重要力量。从这一个兵团的经历，是可以理解到整个解放战争的战斗大略的。中国人民志愿军出国作战后，我们已有了许多的报道这一史实的作品。其中最受读者欢迎的是魏巍的通讯，他已收为报告集《谁是最可爱的人》一书。这里写出了具有爱国主义觉悟的志愿军战士的思想与感情，他们是"最可爱的人"！这些篇通讯正如他自己所说的，不仅是写出了战士的英雄行为，而且写出了"战士英雄行为中的英雄的思想感情"，这种感情是会把后方的人民和前方的战士连结在一起的。[72]丁玲的收在《跨到新的时代来》一书中的一部分散文和《欧行杂记》中的写苏联与东欧各国社会生活的随笔游记，可以说都是优美的散文。杂文短论的零篇文字各报刊发表的很多，冯雪峰、谢觉哉、臧克家等，都常常写一些锐利的杂文，对现实发生了很大的影响。

由以上的叙述可以说明，文学创作虽然不能尽如人意，但它是有一些成绩的；而且就主要方面说，也是健康的。瞻望未来，是可以创作出符合人民要求的作品来的。周扬说："我们的文艺作品必须表现出新的人民的这种新的品质，表现共产党员的英雄形象，以他们的英勇事迹和模范行为，来教育广大群众和青年。这是目前文艺创作上头等重要的任务。"[73]新中国的作家应该创造出许多无愧于中华人民共和国的优秀作品。

六　文艺界整风运动

毛泽东主席在中国人民政治协商会议第一届全国委员会第三次会议的开会词中说："思想改造，首先是各种知识分子的思想改造，是我国在各方面彻底实现民主改革和逐步实行工业化的重要条件之一。"这次会议并发出了关于学习毛泽东思想来自我改造的号召。"全国文联"常委会根据这个号召，于1951年11月17日召开的扩大会议中，检讨了文艺工作状况，决定首先在北京文艺界组织整风学习，以期达到改造思想和改进工作的目的。并利用北京的经验，进一步在全国文艺界普遍展开学习运动。常委扩大会议认为：两年多来，全国文学艺术事业虽有一定的成就，但是这些成绩还远不能够满足国家和人民的要求。一般地说，文艺工作是落后于现实的发展的。"文联"常务委员会认为文艺工作的这种落后的思想根源，就是忽视思想、脱离政治、脱离群众、迎合资产阶级小资产阶级的倾向，而为了战胜这种倾向，就必须采取整风学习的方法[74]。会议组成文艺界学习委员会，以丁玲为主任，茅盾、周扬等二十人为委员，以推动文艺工作者的思想改造，提高文艺工作的质量。学委会规定学习期间为一个月，并指定《实践论》等为学习文件；在学习中要求展开批评与自我批评，对文艺工作的领导和文艺工作各部门的具体工作，从文艺思想、创作实践和工作作风等方面进行深入的检查。会议并决定以全力办好艺术评论性质的刊物《文艺报》，以创作为主要内容的《人民文学》，使之成为内容更加充实的全国性的指导性的文艺刊物。[75] 11月24日，北京文艺界举行了学习动员大会，会上中共中央宣传部副部长胡乔木、全国文联副主席周扬作了阐明这次文艺界学习运动的意义的报告。胡乔木在《文艺工作者为什么要改造思想》的报告中说：

> 虽然1949年7月全国文学艺术工作者代表大会就已经宣布了接受毛泽东同志在1942年延安文艺座谈会上所指示的方向，但是这并不是说，不经过像1942年前后在解放区文艺界进行过的那样具体的深刻的思想斗争，这个方向就真的会被全国文学艺术工作者所自然而然地毫无异议地接受。……我们今天普遍感觉作品的不足，而已经有的作品，多数不能和劳动人民的新生活互相呼应，这些作品往往缺少新的人物，新的事件，新的感情，新的主题，并且往往因为歪曲了劳动人民的形象和斗争，或者因为把劳动人民的形象和斗争抽象化公式化了，成为反现实主义的东西（在描写历史的时候就成为反历史主义的东西）；这难道不是事实吗？同这种现象相联系的，是许多作家同劳动人民缺少联系，对于劳动人民的事业抱着淡漠态度，在创作上表现怠工，粗制滥造，或者放弃创造而醉心于行政事务和交际活动，个别的甚至简直饱食终日，行为放荡；这难道不是事实吗？仍然是同这种现象相联系的，是许多，或者所有，文学艺术团体，自从1949年成立以来，就没有认真地

组织过作家的创作活动，也没有认真地组织过作家参加人民群众的斗争，也没有认真地组织过作家的学习，无论是政治的或是艺术的学习；这难道不是事实吗？……

……今天的中国是人民民主主义的中国，就是说今天的民主主义是工人阶级领导的。但是这并不是说工人阶级的领导可以自然而然地存在着，更不是说资产阶级和小资产阶级能够停止它们的依照自己的面貌改造世界的活动；不，这是不可能的。无论在文艺战线上，或是在其他的思想意识战线上，工人阶级必须在联合资产阶级和小资产阶级的同时，力争自己的领导地位；必须在承认资产阶级思想和小资产阶级思想在今天的社会上的合法地位的同时，批评这些思想的错误，指出这些思想之决不能够担当改造世界的领导责任。工人阶级必须坚持依照自己的面貌来改造世界，来改造资产阶级和小资产阶级，而不允许降低自己到资产阶级和小资产阶级的思想水平来为他们"服务"。……

因此，对于我国人民精神生活发挥着重大的领导作用的文艺工作者，不能不力求站到工人阶级的立场上来，不能不力求和劳动人民建立亲密的联系。只有抱着革命态度到群众中去，和群众打成一片，充分地了解群众的生活、斗争、思想、感情，才能带着创作的要求、想象、主题、题材从群众中来，然后才能写出真实的革命的作品，让作品回到群众中去为群众服务。只有这样，我们的文学艺术的创作才会旺盛，才会走上现实主义的大路而摆脱反现实主义的迷途，才会为群众所欢迎，才会掌握群众，成为"极大的积极的力量"。

由此可见，目前文学艺术工作中的首要问题，从根本上说，就是确立工人阶级的思想领导和帮助广大的非工人阶级文艺工作者进行思想改造的问题。不解决这个问题，其他问题的解决是不可能的。[76]

周扬在《整顿文艺思想，改进领导工作》报告中，说明文艺思想战线上产生的思想界限不清的混乱现象。他说：

工人阶级不但要与帝国主义、封建主义划清界限，肃清一切帝国主义、封建主义的思想残余，同时也要和人民内部农民阶级、小资产阶级、资产阶级划清思想界限。……资产阶级是早已不能充当文化战线上领导的角色的。在文艺界影响比较最大的是小资产阶级文艺家，他们在政治上是倾向革命的，但是在他们没有经过思想改造以前，他们的思想和艺术作风基本上是属于资产阶级的。他们当然也不可能成为文化战线的领导力量。但是由于资产阶级、小资产阶级在国家政权中的地位，由于在经济上私人资本主义成分和小生产者个体经济成分的存在，资产阶级、小资产阶级思想就还有它相当广大的社会基础，这些思想就不能不在人民事业的各方面（包括文艺方面）顽强地表现出来，而且采取各种"革命"的形式表现出来。因此，工人阶级与资产阶级，特别是小资产阶级划清思想界限，用自己先进的思想去批判、去克服资产阶级、小资产阶级的思想，这就是思想战线上一个长期的斗争的任务。……

今天，全国的文艺工作者绝大部分都是需要改造的。不经过这个改造，向他们要求提高文艺的思想性，如果不是空谈的话，就只能提高他们小资产阶级的思想性。只有经过整风学习，经过思想改造，广大文艺工作者和他们所创造的文艺才会有一个崭新的气象产生出来。

在大会继续发言的尚有丁玲、欧阳予倩、老舍、李伯钊等八人。丁玲在《为提高我们刊物的思想性、战斗性而斗争》的发言中，批评了若干全国性文艺刊物的缺点：方针任务不明确，批评与自我批评不发展，编辑工作缺乏领导和检查。她首先就她自己主编的《文艺报》的缺点进行了自我批评，说《文艺报》的方针不具体，没有负起领导文艺思想的责任。接着她批评了《人民文学》等刊物。她说："我们的刊物是我们工作的司令台，我们要整顿我们的思想、作风、工作制度，也必须要整顿我们的刊物，整顿我们的喉舌，整顿我们与群众联系得最密切的工具。"欧阳予倩和老舍都表示拥护这次学习，认为必须展开批评与自我批评，老作家也应和青年作家一样认真学习文件，联系实际，改造思想。李伯钊就北京市的文艺工作进行了检讨。参加学习的北京市文艺工作者，都阅读了学委会所指定的文件，并运用批评与自我批评检查了思想和工作，批判了资产阶级、小资产阶级的思想影响。这次运动使文艺界现出了一种统一的气象。

北京市文艺界的整风学习对全国起了带头作用，它迅速传到了各地，精神和步骤都同北京相类似。如中共天津市委宣传部部长黄松龄指出：天津文艺干部中存在着严重脱离实际、脱离政治的倾向。[77]华北局宣传部部长张磐石号召全区文艺工作者积极参加这一运动。[78]《东北日报》上发表了东北文协副主席草明、作家白朗等人的文章，一致肯定了文艺工作者思想改造的重要性，并检查了自己的思想和作品。[79]上海市和华东区一级在上海的文艺干部，决定在1952年5月开始文艺整风学习。对过去的工作进行系统的检查，然后联系具体情况，作出以后的工作计划。[80]中南区、西北区也都召开了大会，并由领导同志作了关于文艺整风学习的动员报告，正式展开了运动。这是1952年中国文艺界的大事，对以后是会有深远影响的。

　　正在文艺界进行整风学习的时候，全国各地展开了大规模的反贪污、反浪费、反官僚主义的政治运动。正如薄一波所说：它"本质上就是反对资产阶级腐化堕落思想的斗争"。[81]，文艺工作者自然也参加了这一运动，《人民文学》编辑部的检讨中说："我们没有估计到，正是由于全国解放，许多未经改造的资产阶级和小资产阶级的文艺工作者可能以他们的观点带到我们的文艺创作和文艺运动中来，并且实际上和工人阶级争夺对文艺的领导权；我们也没有估计到，一部分在老解放区实行过或坚持过毛泽东文艺路线的文艺工作者在新的环境下可能发生动摇。"[82]因此就文艺界说来，整风运动实际上是和"三反"运动的精神一致的，都是反资产阶级思想的运动。《文艺报》的社论《文艺工作者与伟大的反贪污、反浪费、反官僚主义的斗争》中说：

　　　　在文艺界整风学习期间，同时迎接了这个雷厉风行的反贪污、反浪费、反官僚主义的运动，正给了整风学习以很大的启发和推动。因为整风学习，就是反对文艺战线上的资产阶级小资产阶级思想，树立无产阶级思想，一切文艺工作者要划清思想界限，努力改造自己。……

因此，文艺界反对资产阶级思想的整风学习，如果和全国反对资产阶级的堕落腐化与反动思想的反贪污、反浪费、反官僚主义的斗争结合起来进行，那么，在收效上就一定更大，因为这样就能够更广阔、更深入地挖出资产阶级思想的社会根源。"全国文联"特为此发出通知，号召作家参加"三反""五反"，从事有关的创作。其中说：

> ……应立即动员并有计划地组织你区一切文艺工作者积极地投入"五反"运动。第一，必须使没有经过斗争锻炼的文艺工作者借以得到锻炼、改造的机会；第二，必须有计划地组织较有写作经验的文艺工作者深入斗争，搜集材料，进行写作。必须及时产生描写这一斗争的小说、报告、诗歌、剧本、戏曲等作品，以作广泛有效的宣传。[83]

例如上海文艺界就组织了近七百人的队伍，参加了上海市的"五反"斗争。其他各地区的文艺工作者也创作了各种形式的宣传性的文艺作品。

北京市文艺界的整风学习结束以后，全国文联根据这次整风的精神，决定将组织作家深入生活、进行创作，作为以后工作的中心任务。1952年3月，全国文联在全国范围内组织了第一批作家深入部队、工厂、农村，体验生活。第一批作家中赴朝鲜的有巴金、葛洛等；下工厂的有曹禺、艾芜等；下农村的有马加、贺敬之等。此外，全国文联又组织了丁西林、柳青等十余人，到上海参加"五反"斗争。《文艺报》的社论说：

> "全国文联"的这个措施，是文艺整风学习的第一个显著成果。这种有计划有准备地组织一批作家到工农兵中去的办法，也给各地"文联"树立了一个榜样，各地"文联"应该仿照"全国文联"的办法，分别动员本地区的作家，帮助他们深入到工厂农村和部队中去，经过较长时间的体验生活后，并帮助他们完成写作的任务。[84]

巴金到达朝鲜前线后，中国人民志愿军领导机关曾举行盛会欢迎，巴金代表全体赴朝文艺工作者向志愿军指挥员、战斗员致敬，并致辞说："有了你们，祖国人民才有了两年来的幸福生活。我们来朝鲜前线就是要向你们学习，要把你们的斗争报告给全国人民。"葛洛等在发言中表示了要深入部队体验生活，改造自己的思想，来完成祖国人民所赋给的创作任务。[85]巴金已发表了他到朝鲜后的第一篇报告：《我们会见了彭德怀司令员》。其中热情充沛地描写了人民将领的伟大可亲的形象。[86]

1952年5月23日是《在延安文艺座谈会上的讲话》发表十周年的日子，全国各地的文艺界都举行了纪念活动，结合当前文艺整风，检查了文艺工作中的缺点及其思想根源，并表示将进一步地改造思想、改进工作。各地报刊也发表了许多作家的纪念文章。在"全国文联"所举行的座谈会上，着重讨论了如何加强文艺工作者的思想改造，批判和清除资产阶级的思想影响，克服文艺创作上的公式化、概念化的倾向，加强作品的思想性和艺术性；关于文学艺术的民族化和大众化等问题。在会上发言的有郭沫若、周扬、丁玲、冯雪峰等人。发言者一致认为文艺工作者要改造思想；关于文艺创作上的公式化概念化的问题，发言者都认为这也是文艺工作者脱离群众、脱离生活的结果；要克服这种倾向，主要在文艺工作者的深入群众生活、熟悉群众生活、同时要加强文艺批评的工作。关于民族化和大众化的问题，发言者认为在这一问题上首先要理解我们的民族是不断上升的民族，我们的大众是不断前进的大众。因此接受民族遗产是为了提高它和发展它，使它适合于表现今天新的现实、新的生活。[87]《人民日报》还发表了题为《继续为毛泽东同志所提出的文艺方向而斗争》的纪念性的社论，指出当前文艺界的斗争任务应该是一方面反对文艺脱离政治的倾向，这种倾向实际上是资产阶级思想对于革命文艺的侵蚀；另一方面反对以概念化、公式化来代替文艺和政治正确结合的倾向；这两方面就是当前文艺工作中的两条战线的斗争。文中并说：

　　中国人民正在从各方面努力地建设着自己的强大幸福的祖国。在国防、工业、农业、文化建设的各条战线上，都从群众中涌现了无数英雄的人物和英雄的事迹，给了我们的文艺家以无限广阔的生活的天地和无限丰富的写作的源泉。人民的文艺工作者的责任，就是要依照毛泽东同志的指示，以火样的热情投身到群众火热的斗争中去，到那里去一面改造自己，锻炼自己，一面吸收丰富的创作材料，创造出许多为工农兵和人民大众所热烈欢迎的优秀作品；把我们生活中的不朽的英雄人物体现到我们的艺术作品中，使它成为教育人民，鼓舞人民的伟大的力量。

新中国成立以来的两年多时间里，中国人民经历了抗美援朝、土地改革、镇压反革命等大规模的政治运动，恢复并发展了工业农业生产，又对资产阶级进行了全面的斗争，作为新中国"极大的积极的力量"的人民文艺事业，当然也应该创造出许多优美的爱国主义的文艺作品。从"五四"开始，我们的新文学始终坚持着反帝反封建的方向，也就是说它始终是爱国主义的。新中国的成立已经给我们的文化发展奠定了巩固的基础，中国新文学的历史前途一定会放射出更其灿烂的光辉，一定会出现许多无愧于中华人民共和国的优美作品。

*　　　*　　　*

〔1〕此文原为1953年8月新文艺出版社出版的《中国新文学史稿》下册的附录《新中国成立以来的文艺运动（1949.10—1952.5）》，收入此集时略有删补。

〔2〕周扬：《全国文联半年来工作概况及今年工作任务》，载《文艺报》1卷11期。

〔3〕《中华全国文学艺术界联合会1950年工作总结与1951年工作计划》，载《文艺报》3卷11期。

〔4〕夏衍:《更紧密地团结,更勇敢地创造》,载 1950 年 7 月 25 日上海《解放日报》。

〔5〕夏衍:(纠正错误,改进领导,坚决贯彻毛主席的文艺方针》,载《文艺报》1952 年第 11、12 号。

〔6〕见《文艺报》2 卷 4 期。

〔7〕丁玲:《再接再厉》,载 1950 年国庆节文艺刊物联合特刊《胜利一周年》。

〔8〕见《文艺报》3 卷 2 期。

〔9〕见《文艺报》3 卷 3 期。

〔10〕全国文联研究室整理《抗美援朝文艺宣传的初步总结》,载《文艺报》4 卷 2 期。

〔11〕见《文艺报》3 卷 9 期。

〔12〕〔13〕见《文艺报》5 卷 1 期。

〔14〕〔18〕〔54〕〔66〕〔68〕〔73〕周扬:《坚决贯彻毛泽东文艺路线》一书。

〔15〕据《文艺报》1952 年第 9 号"艺术·文化·思想"栏所述。

〔16〕老舍:《〈龙须沟〉写作经过》。

〔17〕〔70〕周扬:《坚决贯彻毛泽东文艺路线·从〈龙须沟〉学习什么?》。

〔19〕〔33〕周扬:《中央人民政府文化部 1950 年全国文化艺术工作报告与年 1951 计划要点》,(政务院第八十一次政务会议批准),载 1951 年 5 月 8 日《光明日报》。

〔20〕见《文艺报》3 卷 11 期:《中华全国文学艺术界联合会 1950 年工作总结与 1951 年工作计划》。

〔21〕见《文艺报》4 卷 6 期。

〔22〕王黎拓:《长江文艺的通讯员工作》,载《文艺报》3 卷 8 期。

〔23〕见《文艺报》4 卷 1 期。

〔24〕彭真:《关于目前北京文艺工作的几个问题》,载《人民文学》1 卷 4 期。

〔25〕杜黎钧:《提高农村剧团的宣传质量》,载《文艺报》4 卷 10 期。

〔26〕胡苏：《积极发展新文艺大力改革旧文艺应密切结合起来》，载《文艺报》2 卷 9 期。

〔27〕侯金镜：《记华北军区创作座谈会》，载《人民文学》2 卷 3 期。

〔28〕〔29〕〔30〕见《人民文学》5 卷 1 期。

〔31〕杨犁：《争取小市民层的读者》，载《文艺报》1 卷 1 期。

〔32〕康濯：《谈说北京租书摊》，载《文艺报》2 卷 4 期。

〔34〕见 1950 年 7 月 29 日《人民日报》。

〔35〕田汉：《迎接全国戏曲工作会议胜利召开》，载 1950 年 11 月 27 日《光明日报》。

〔36〕耘耕：《戏曲中的反历史主义倾向》，载《文艺报》5 卷 3 期。

〔37〕《历史剧中的非历史主义倾向》，载《学习》4 卷 12 期"思想界动态"。

〔38〕马少波：《戏曲改革论集·严肃对待整理神话剧的工作》。

〔39〕马彦祥：《论将相和》，载《文艺报》3 卷 7 期。

〔40〕周扬：《新的人民的文艺》，收入《中华全国文学艺术工作者代表大会纪念文集》。

〔41〕见何其芳：《一个创作问题的争论》中所引，《文艺报》1 卷 4 期。

〔42〕《文艺报》2 卷 5 期社论：《加强文学艺术工作的批评与自我批评》。

〔43〕据立兵：《关于杂文问题的讨论》中所述，《文艺报》2 卷 9 期。

〔44〕冯雪峰：《论文集（卷一）·谈谈杂文》。

〔45〕见《文艺报》1 卷 12 期。

〔46〕见 1951 年 1 月 13 日、25 日《光明日报》副刊《文学评论》。

〔47〕何其芳：《话说新诗》，载《文艺报》2 卷 4 期。

〔48〕〔49〕见《文艺报》3 卷 6 期。

〔50〕王亚平的自我批评见《文艺报》3 卷 6 期；沙鸥的检讨见《文艺报》3 卷 9 期。

〔51〕见《文艺报》3 卷 8 期。

〔52〕《关于方言问题的讨论》，载《文艺报》4 卷 7 期。

〔53〕1951 年 6 月 6 日《人民日报》社论。

〔55〕见《文艺报》4 卷 5 期。

〔56〕李祖襄:《昆明文艺界对范启新错误言论的批评》,《文艺报》5 卷 5 期。

〔57〕陈企霞:《光荣的任务》一书。

〔58〕见《解放军文艺》1 卷 2 期。

〔59〕见《文艺报》5 卷 1 期。

〔60〕见《人民戏剧》3 卷 6 期中光未然、贺敬之、刘沧浪、鲁煤等四人所作的各篇文章。

〔61〕见《文艺报》1952 年第 1 号。

〔62〕〔63〕周扬:《坚决贯彻毛泽东文艺路线·整顿文艺思想,改进领导工作》。

〔64〕见《人民文学》4 卷 5 期。

〔65〕茅盾:《文艺创作问题》,载《人民文学》1 卷 5 期。

〔67〕茅盾:《争取发展到更高的阶段》,1950 年国庆节各文艺刊物联合特刊《胜利一周年》。

〔69〕见《文艺报》3 卷 11 期、4 卷 2 期中所载各有关短篇小说的文字。

〔71〕杜印等《在新事物的面前》附录《关于〈在新事物的面前〉的主题思想》。

〔72〕巍巍:《谁是最可爱的人·我怎样写〈谁是最可爱的人〉》。

〔74〕据 1951 年 12 月 1 日《人民日报》载新华社 11 月 30 日电。

〔75〕据《文艺报》5 卷 3 期"艺术·文化·思想"栏所述。

〔76〕此次学习动员大会上的各篇报告和发言皆收入《文艺工作者为什么要改造思想》一书中。

〔77〕据《文艺报》5 卷 5 期《各地展开文艺界的思想改造运动》一文所述。

〔78〕据《文艺报》1952 年第 2 号"艺术·文化·思想"栏所述。

〔79〕据《文艺报》1952 年第 2、3 号"艺术·文化·思想"栏所述。

〔80〕〔85〕据《文艺报》1952 年第 7 号"艺术·文化·思想"栏所述。

〔81〕薄一波:《为深入地普遍地开展反贪污、反浪费、反官僚主义运动而斗争》,载《学习》1952年第1期。

〔82〕《人民文学》1952年2月号:《文艺整风学习和我们的编辑工作》。

〔83〕见《人民文学》1952年3、4月号。

〔84〕《文艺报》1952年第5号社论:《长期地无条件地全身心地到工农兵群众中去》。

〔86〕见《文艺报》1952年第8号。

〔87〕见1952年5月24日《人民日报》。

后　记

　　这是一本多年来所作的短文的结集。所有的文章都曾在各种不同的书刊上发表过，这次把此集为一书，加以粗略地编排分类，予以出版。由于自己多年来从事的是中国现代文学的教学和研究工作，因此各文的内容也大都与这一学科有关。说是"短文"，仅是就篇幅的长短而言；它既不是抒情散文，也不是社会杂文，总之，它不属于文艺创作的性质。这些文章只是作者就某一角度对某一问题所发表的一点看法或意见，似属于理论一类，但又缺乏那种繁征博引、峨冠博带的架势，有点随意发挥性质，但因之也可能引起同道者的思考。敝帚自珍，亟愿在学术长途的跋涉中留下一点脚迹。

　　谁都知道，中国现代文学研究工作开国以来走过了一条坎坷的道路，近几年才走上了学术研究的坦途，诸说纷呈，前景喜人。作为从事这项工作长达四十年的作者，对之不能不感到无限的欢欣。书名《润华集》，取"润花着果"之意，是蕴含着作者自己的艰辛经历和对这一学科的繁荣发展的祝愿这种感受的。其中第一辑是一些短论式的文章，由于书稿的时间不一，彼此间并没有照应或联系，只是就不同问题所发的一点意见。第二辑所收的都是关于中国现代文学研究著作所写的序文，也就是作者本人读了这些书之后所产生的议论和感想。这些书都是学术性的研究著作，都有不同程度的创新和成就，作为"序言"，作者当然有责任介绍全书的内容、特点和价值，因之不能不对全书作详细的阅读，但写出来的文章也只能扼要地批评其主要特点。作为这门学科的累累果实，我是亟愿使之滋润丰硕的。

需要说明的是第三辑"建国初期的文艺运动"，对于本书来说，它可以说是"附录"。这部分叙述到1952年5月为止，原稿本来是当年5月底完成的，作为拙著《中国新文学史稿》下册的"附录"，于1953年出版。当时正值建国初期，尚无独立的"当代文学"课程，它是作为"中国新文学史"这一课程的延长部分的讲义而写的。1981年《中国新文学史稿》重版时，为了保持它属于中国新民主主义革命时期文学史的完整体系，遂将这一部分予以删除。现在把它收于此书，是因为我觉得今天它仍然有一定的参考价值。建国初期这三年，是我国国民经济恢复时期，以后就进入第一个五年计划了；文学上也有类似的情况，这三年的许多措施都是为以后长期的发展作准备的。近年来历史反思之风甚盛，大家都在沉思为什么建国以后我们走了这样一条曲折的道路；历史如此，文学亦然，所谓"文化大革命"的种种现象，也不是没有它的形成过程或历史脉络的。这就需要研究或反思。我写的这部分文字当然不是回顾和反思的结果，它是当时写的大家所共同经历的一些情况，因之只能作为今天进行历史反思的参考材料。作者在《中国新文学史稿》"重版后记"中曾说："此书如尚有某种参考价值，其意义也不过如后人看《唐人选唐诗》而已。如《河岳英灵集》等不选杜诗，偏颇昭然，但后人之所以仍予以一定重视者，盖可从中觇见时人之某一观点而已。人的思想和认识总是深深地刻着时代的烙印的，此书撰于民主革命获得完全胜利之际，作者浸沉于当时的欢乐气氛中，写作中自然也表现了一个普通的文艺学徒在那时的观点。"这些话大体上是可以移来说明本书第三辑的内容的。因此这次收集时除删除某些繁文繁词，并于个别地方略加"按语"外，仍保持了原来的面貌，并未改写。我觉得不仅我写作的内容是历史情况，我在什么时候写出这样的文字本身也是一种历史情况；它似近于古代"实录"的性质，是为后代修史提供根据的，从这种意义看，它对于我们今天进行研究或反思，都仍有一定的参考价值。特别对于从事现代文学研究或教学的人，更不能不重视文艺事业的具体发展历程。因此这部分与前面两辑也并不是毫无关联的。

本书中有的篇章在写作中曾得到钱理群同志的协助，在收集出版时又蒙朱正同志热情敦促，今于此谨致谢忱。

1988年12月22日于北京大学镜春园寓所

王瑶书信选

一九四八年至一九八九年

19480808　致 季镇淮

来之兄如晤：

　　大示敬悉。弟与余冠英先生商洽，已代向学校借妥一亿元，由会计处电汇，可免汇费。此款分四月归还，八月份不在内。惟八月发薪仍无期，弟意若凑够路费，可以即来，安置费俟到此再说，家具等大家可以凑一下，八月薪可作此用。总之，即家眷不来，兄亦须每月寄款回去，则还是乘此时来了好办。且目前似已成非来不可之势，请勿犹豫。何公房子已订妥西院，兄来可于何公旧寓及普吉院任择一处。朱先生住北大医院开刀，危险期已过，情形尚好，但出院最早在兄到此之后，决不必写信给他。照兄预算，"最急需"项已约敷，"次急需"俟在此想法，可以拖下去。苦当然是逃不掉的。这里一切如常，每日阅卷，尚未完毕。余俟面叙。专此，即颂

时绥

　　　　　　　　　　　　　　　　弟王瑶 敬上 八月八日

19510508　致 叔度

叔度同志：

　　来函敬悉。关于中国新文学史的教学问题，今年暑假高

教部将在北京召集会议讨论，并订出"教学大纲"，届时各大学讲授本课的教师将皆来出席，想来定能有机会向您当面聆益。

　　谢谢您对拙著的关心。所提供的意见也对我帮助很大。其中有我也考虑到的，略说明我的意见如下：

1. 《老张的哲学》就作为文学研究会丛书论，恐尚略迟，合在一起叙述比较方便，因为此书并不高明。
2. 湖畔诗人拙作中略有所述。
3. 李辉英原曾有所叙述，今已删（政治上有问题）。
4. 艾青《吴满有》是因为所写的人物发生了问题，我曾问过艾青同志，他不主张讲。

其余的有的是我根本没有看见过，或找不到，有的是故意省去了。您所提的《中国青年》我就没有找到，后来在张毕来同志的文章中才知道的（见《中国新文学史研究》）。承惠寄赠您辑的《中国青年革命文学论集》一册，敬此致谢。您的许多意见、材料和您将要送给我的书，无疑对我的工作将有很大帮助。

　　我工作的地方是北大中文系，与北大文学研究所是两个单位。文学研究所中没有现代文学组，由陈涌同志负责，另外还有几个刚毕业的见习研究员（助教），这一组成立后还不久，他们目前的工作计划是研究重要作家的作品，首先进行的是下列八人：鲁迅、瞿秋白、郭沫若、茅盾、丁玲、巴金、老舍、赵树理。这个工作才刚刚开始，以后当然是可能增添研究人员和进行比较深入的研究的，但目前还谈不到（文学研究所中的同志不参加教学工作）。

　　耑此，即颂

时绥

王瑶 五月八日

19520826 致 杜琇

琇——亲爱的：

实在离不惯家，想回去得很，简直成了"熬"了，您说怎么办？我不后悔没有带小默，带孩子的人简直活受罪。但时时想如果和您同在一块玩，够多好。

开明、新文艺的信都写了，详情回去再谈吧！

我因身体关系，领导上照顾得住到"新亚大旅社"，很舒服，茶水尤便。您给我带了一小包茶叶，火车上就发现了它的价值，真可谓周到矣。只是吃饭要自己零吃，不能参加伙食团（住得太远），因此开支颇大，看看腰包，时具戒心。

我无固定游侣，常常是临时碰，有时就是一个人，和陆永俊来青岛后即分离，尚未见面。赵甡住得离这里极远，无法常找。

青岛的风景的确好，但近来偏常下雨，斯为不巧耳。这几天已游遍各处，惟崂山及工厂参观尚未举行，可能停止了。再者，梅兰芳正在此唱戏，我们好些人都买了二十七号的，一张票两万八，剧目是《宇宙锋》，也是巧事。

昨天（二十五）下午独自去"下海"了，租游泳裤及"救生圈"各一，飘飘然者一小时，尚有风趣。惜数日不出太阳，觉得过冷耳。经此点缀，此行总算不虚了。吕叔湘和我开玩笑，说他为我想好一题目，可以作诗，题目是《余行年三十有八,初次见海,感而有赋》现在则岂止"见",简直"下"了。

　　我走了后,小米、小默懂得想我吗?甚念,更重要的是您——我的——想吗?别不好意思!

　　三十日晚到家,距今尚有四天。祝
好

　　　　今上午在室写信达四小时,未出门,第一天出门。

　　　　　　　　　　　　　　瑶　二十六日上午
　　　　　　　　　　　　　　（时在青岛休养）

19570707　致　杜琇

琇:

　　"新文艺出版社"的信已复,我表示同意。来时请将日译本《史稿》带来一部,因后面有注明我修改了的部分。另外请带来《史稿》一部（上、下册）,以便于上面增删字句。此外在书房《二十四史》旁的那个书架顶层的中间一堆中,有用"上海人民出版社"稿纸的背面写就的关于胡风反动理论的几张稿纸,原是为日译本改写的一部分,亦望能找到带来。以便暇时将此书不妥之处,尽先改正,备今年第四季度再版。

　　中文系的一位助教左言东,因工作调回北京,此处的人托他帮助组织七月十五日来青岛的一些人,除余冠英先生与您们外,另外还有杨伯峻、梁东义、袁家骅等人的太太。这事您不必找他，如有所组织，他会找您的。集体也有方便，可以向学校要车。不过您只要与余先生接洽就行了。

中国少年儿童剧院（北京）定十九日在此演出《马兰花》等儿童剧，剧院即在我们寓所对过，可以告诉小米他们，来此后不只电影，且有看好戏的机会。

您自己当然不用说，小孩们也望打扮得漂亮一点。家中望能安顿好，在此最少须住一月，且动身日期不能延迟。会晤在即，反而度日如年，望眼欲穿。日期订妥后即速告知，以便至车站迎迓。

我还想在此做点衣服，因此多带一点钱也好。

昨晚等不到来信，写了以上这些即上床。我迄今仍一个字未写，不知为何，此次出外非常想念您，今日接到来信，颇失所望。我想您还是和您们学校说明，我最近身体不好，争取十五日动身。各高等学校的反右派学习皆于十五日结束，照现在情况看，全国的高潮届时当亦可下降，那么您请假早来几天也无不可。路上有人偕行要方便得多。此事望您斟酌。不胜翘盼。

如自己走，买车票事您可打电话问问中文系冯世五，请他与北大接洽代购，我想不成问题。但须早一两天。金申熊的爱人一定来，日期未定，也可能在廿号，如确定，她也会去找您。

我已给刘正强去一信，尚未得复。

钱多带少带无大关系，我想做点衣服，反正剩下后仍可带回。

此问

近好

望复。望于十五日来。

瑶 七月七日
（时在青岛）

19601207　致 杜琇

琇：

今日上午到此。下午布置了日程。此期参加学习者共九人，我皆不认识，其中好几位皆音乐界人士，有马思聪、马可、赵沉等。我独住一屋，生活条件尚好，伙食也佳，有鱼肉蛋等物。并无劳动，但日程十分紧张。定时作息。早七时必起，晚九时半即灭灯，集体用膳，集体看书及讨论。晚上有电视及报纸。上下午由八时半至十二时，二时至五时半，皆集中会议室。前六日皆按篇阅读并做笔记（有进度计划）。由第七日起，分八个专题各讨论一日，最后思想总结一天，廿一日晚回城。照所提要求看来，"专题"的发言也必须是综合性的一篇文章，我也分担了一题。游览时间只能在中午饭后一点多钟。有两个干部照料，他们屋中可能有电话，但我还未进去过。以后如有机会，再向家中打电话联系。此处只有公共报纸一份，在会议室。周围甚荒凉，只山下有小铺一。并未见有水果点心等供应。此处乃休养所性质，并不接收旅客，因此可谓安静之极。我决定专心学好，照相是否有机会尚不可知，因彼此尚未熟悉。照现在安排，中途无法回去，但下一批人已在组织中，故也不至于延长日期。家中的报纸、参考消息望代保存，十七日望到银行办手续一次。时间过得极快，不久即可面叙，请勿过念。问好。

瑶 七日晚

（时在北京西山八大处读书班学习）

19601212　致 杜琇

琇：

　　这里的电话号码已查明，是87局2128号，很不易打通，我上次给您打连续要了几乎一小时，十一日（星期日）下午则根本未要来，老是嗡嗡不已。我们读书阶段明日（十三日）即告一段落，由十四日起进入专题讨论，每日上下午各一次，共八个大题目，每日一题，每人皆须选择两个作为重点，准备发言。我已经将第四卷《毛泽东选集》从头仔细读过一遍，现在正准备专题发言稿。照日程看，如廿一日能回去，也在晚上，因为安排得很紧，势难提前。不过已经有好几位建议十八日（礼拜天）休息一天，如能实现，则我一定赶那天早晨回去，十九日早再来。十七日晚最后的公共车是六点，我们六时结束（尚有老长一段路），恐赶不上。但十八日是否休息尚不知，因为如休息则必须延长到22号（许多人有粮票问题），现在尚未决定。我在此一切都好，鼻子有好转，惟咳嗽仍未愈。人民日报每日皆看，只无参考消息。电视也看了不少。屋中很暖和，但高级点心仍未配来（按休养所每日配给），照相也无机会，大家仍彼此客气，并未进入对生活的聊天气氛。因此很感寂寞，十分想家，极愿早日结束。此处风景也很平凡，所谓"八大处"即在不同高度的八座庙，只为爬山而设，并不奇特；山中树木甚少，又值严冬，游人寥寥，远不如香山之高级。有一小饭铺，每客只一炒白菜，但仍有人排队。我在此简直与和尚差不多了，渴望还俗，希望礼拜天能回去。馀再叙，问好。

瑶 十二日

19640818 致 杜琇

琇：

　　来信早已收到，因不知您是否去了青岛，故未再写信。下学期"鲁迅"一课的讲义我已向冯世澄同志说过，有去年印的可用，当时即印了两年的，故未再去信。小默想已回家，不知是否遇到了困难。家事繁杂，处理时也不宜过分急躁，有的事要动员小米她们做，不要过分疲劳。

　　此间学习已届尾声，但正紧张，每日上、下午皆开会，最后要求每人谈收获，联系这几年来的思想，实际是要作检查。已决定于廿六日动身回京，乘船，在塘沽新港上岸，乘汽车至津再回北京，大概廿七日下午可到家。想来北大当有一汽车来接，唯在二公寓下车后携带衣物仍有困难，届时我即打电话叫小默他们来接。余俟面叙，即问
近好

瑶 八月十八日夜
（时在大连学习）

19661123　致　杜琇

琇：

　　20日信于23日中午收到。前由株洲寄来之信、电及包裹，皆已妥收。你行前寄往上海的粮票20斤及小田的证明等，已由邮退回北京，他们未收到；但所寄之钱却收到了。你走后我又照他们来信的要求，寄至长沙粮票30斤、钱30元，据王超默说已收到。超默已于17日到家，他们是在长沙失散的，超默闹泻肚去医院，他们已离长沙赴桂林。据马坚家中说，马志学已到昆明，她们和吴诞丁三人拟由桂林回京，但尚未到达。他们的分手是无计划的，粮票与钱大部皆由超默带回，而他自己的衣服如毛衣、相机等却皆在超冰处。九号他们分手时，超冰等尚有15元，粮票极少云云。但地址不知，也无法接济。而且估计应该已经到京，也不知又向何处去了，也可能在武汉淹留；颇使人悬念，又无法可想。

　　总理号召12—3月共四个月搞各单位的运动，串联暂停。但实际上本单位运动恐至少须到一月份才可开始，现在人都不在，外地还在来人，因此你也不必着急。广州多留几天也无妨，如愿由上海回来，也可以；总之，不必担心误了十九中的事，那里开始运动至少在一月以后。至于钱，你如有用，可电知地点，可以迅速汇去。到了外边，不要老想省点零钱，还是注意安全，健康要紧。北京各校运动都在停顿状态，大字报只有首长讲话引人重视。聂元梓是参加了最近召开的中央工作会议的，回来就有此大字报，可知路线斗争尚需延续多日。此外工厂企业的运动也在开始，中央有个12条（关于工厂"文革"的），将来学生还须到工厂去。现已明确放假最少到明年暑假，看来事情还多。明年四月恢复串联时，可能即以步行为主；现在既然出去了，多留几天也好，不能光坐火车、不看地方风光，因此心中不必焦急。

家中已生火，我的情况如旧，看来是挂起来了，在批斗前，不会有什么变化。系里也没有什么人。

我怕此信收不到，赶着写好付邮。余俟回来后面谈，即祝

旅安

瑶 廿三日中午

19681013　致 杜琇

琇：

监改组不让回家，我今急需下列衣物，请设法送来。

1. 毛裤或厚绒裤

2. 棉毛衫裤

3. 被窝太薄，如送来褥子，可将垫的毯作盖被用，否则送一毯也可

4. 毛袜都破了，请补一下送来一双

5. 肥皂也快用完了

6. 毛衣

7. 蓝罩衫

前年冬天穿的那条破呢裤如能设法补一下，在这里劳动

穿比较合适，但这并不急。主要是腿冷，目前有绒裤或毛裤就行。

生活费已领到，送来时可要求见面，顺便把生活费带回去。余俟面谈，问
好

瑶 十月十三日

（时正关在"牛棚"）

19681021 致 杜琇

琇：

最近这里一律不让回家，一个钟头的假也不准。所以要请您送些东西来，因为天气冷了，看来短期内是不允许回家的。我现在需要下列各物：1. 帽子。2. 厚绒裤或毛裤，我想就拿毛裤吧！3. 棉毛衫2件，棉毛裤一条。4. 衬衣一件。5. 蓝布罩衫一件。6. 毛袜（都破了，先补好一双拿来即可）。7. 手套（劳动用的线手套）。8. 褥子（我想有了褥子可以把下面垫的那块毯子加在被上，被子已不够用，恐仍须换厚被。或者不拿褥子而拿坏毯子，但我想还是褥子较好。上述帽子可拿来那顶呢的，或另买一顶布的，但我比小默的头大。棉的过些日子也需要，恐也须送来）。

另外前年冬天穿的那条破呢裤如能补好，正好劳动时用，否则需要那条棉裤。短外衣也须拿来。此外还要一块肥皂。毛衣也要拿来，拿那件旧的也可。如27日仍不准回家（大概不准）下月粮票油票也要送来，但不要米票了，这

里还够用。但饭量增加，粮票不够，请从我四清节余粮票中拿五斤面票来。另外两条裤衩都破了，请给我买一条（要布票）送来。又请用纸包一些茶叶放在短外衣口袋里，我不能出外，无法购买。生活费9月份发了八十元，但中文系又派人来追回50元，说是保姆已走，我反映说多拿了一月工资，但未要求补助。10月又发了八十元，也未来追，不知是补发保姆工资还是改为80元。所以送东西来可以在中午一点或下午五点半来，要求见面，即把生活费带回家用，我这里没有用处。

上述各物，最急需的是帽子和毛裤，棉毛衫及毛衣、毛袜也需要。呢裤、被子、棉裤、棉帽暂时不拿也可，但天冷时，仍须送来，看来是要在此过冬的，但可以暂时不拿。短外衣如拿来，也可加在被上。

已和您两月未见面，送东西时如您能来，看看我，最好。否则让小默送来也可。现在这里的人都用的是家人送东西的办法。

许多话都等有机会回家时再谈。现在这些麻烦事只能请您照顾帮忙了，而且以后此类事还有，我这里也不必表达我的羞愧和不安之感了。即此问
好

小默如分配离开北京，务请来此要求我回家一次。因为对我来说，很可能是不容易再见面的。又及。

瑶 十月二十一日

19691101　致 杜琇

琇：

　　廿九日动身后，因汽车轮胎发热，走走停停，下午四点多才到达目的地。中午在平谷县城用餐。平谷至东直门有公共汽车，隔一个半小时一趟，每天有十次。路上需三小时多。但此地距县城尚有25里，地名鱼子山，就是季镇淮他们先来的那个点，是一个大队。地处谷内，道路尚平，骑自行车者甚多，但周围皆山。通信地址是"平谷县山东庄公社鱼子山大队北大中文系教改队七班"。到此后住于贫下中农家中，我这一屋有同学，也有房东的儿子，共五人。吃饭是自办食堂，但比在北大时标准降低多了，每月不到10元；早晚无菜，中午有菜一种，价从几分到一毛。许多同学都住在山上，吃饭要走20多分钟。领导上对我们相当照顾，让住在食堂附近，我的住屋干净宽敞，还有电灯。此地有电灯之屋不多，大部点煤油灯。劳动也很照顾，都是轻活，同学们正在收柿子，我们则只在场院收拾棉花、拣豆、分拣白薯等，并不累，可以适应。唯一的困难是热水供应问题。每天只于午饭、晚饭时在食堂供应开水，且不多，不能装热水瓶；只能当场喝足。早上洗脸刷牙都只有冷水。老乡不烧煤、只烧柴火，我们不能让人家烧热水。我住的屋子因为有房东儿子；他们每天都用柴烧炕，冬天大概也是如此。据说领导上将组织同学上山打柴、解决冬季取暖问题，届时也许可以有点热水用。天气已很冷，冷水刷牙洗脸确实困难，饮水也有问题。现在热水瓶无用，那个大茶缸倒很有用处。但此类困难可以克服，我想是可以坚持下来的。睡热炕后，腰痛有好转；但迎风劳动，鼻炎闹得比较厉害。生活情况大致如此。此地有一供销社，有洋火、烟叶、纸烟等物。但寄信甚慢，有时四五天邮递员才来一次。看报很困难，而且也没有时间看，因此我也没有订。每日早5:40起床，6:30早餐，7:00出工，11:00收工，中间有休息。11:30午餐，1:00出工，5:00收工，5:30晚餐。晚上有开会活动一小时多，9:00就寝。总的讲来，如照同学们的标准要求，是很难适应的；但现在照顾颇多，则适应即无大问题，完全可以坚持下来。

据传达北大总指挥部布署，将分下列步骤深入发展。1. 坚持劳动一段时间，再改为半天劳动。2. 展开大批判，重点是批判三脱离的修正主义教育路线。3. 批判深入到学术领域，破中有立，探索教改途径。4. 政治建校，走抗大道路。要求我们以三条语录为指导思想：1. 世界观的转变是根本转变。2. 提高警惕、保卫祖国，准备打仗。3. 教育要革命……教改的问题主要是教员问题。从这里可以体会以后的进程。总指挥部找教授谈话，谈到批判问题，要大家准备自我批判，并说明两点：1. 对事不对人。2. 注意政策界限，决不会混淆两类矛盾。要求大家解除顾虑，在教改中立新功。并说不应当从疏散人口的角度来理解下乡，要从政治建校的方向考虑，而战备就是最重要的政治。

来此只三四天，所能谈的就是这些。十月份应发的三张工业券给我带来了，是林庚代领的。平谷县城手电筒很多，我未买，因为无人送回去。来到鱼子山以后，去平谷的机会也没有。

我所关心的就是超默、小田他们的情况，望能随时告我

一点。此外就是搬家的事。此地什么钱也花不了，我一月有20元就很够用了，所以如托人方便，可以多买一块表。余再谈，问好

瑶 十一月一日夜
（时在京郊平谷劳动）

19730115　致 林辰

林辰同志：

新年好。北大中文系"现代文学"课春节后开始进行，领导嘱此课应与批孔结合，顷见报载贵社已出《鲁迅批孔反儒文辑》，但尚未买到。今天从友人处借到一册，略翻一过，觉得注文体例详略，大可为今后出版"全集"取法，足见用力之勤，甚佩。惟见"补救世道文件四种"一文注14有"待查"一条，原文为"援儒入墨，某公为之翻脸"，我想此条可能指章太炎之《与章行严论墨学书》，"甲寅"曾多次刊登孤桐之"章氏墨学"，章太炎不赞成其说，故有此文。但此仅为印象所及，手边无书可查，是否指此，实不敢确指。惟作为读者，聊寄数语，供您们查阅时参考，可能是完全错误的。鲁迅整理古籍丛刊何时问世，念念，甚望贵社能于购买书籍方面，略给方便。即此顺询
时绥

王瑶 一月十五日

19730617　致 林辰

负责同志：

　　承寄《鲁迅辑录古籍丛编》出版说明，已拜读。因素乏研究，实在提不出什么意见。我觉得其中用力较多者即《古小说钩沉》一种，惟既有手稿目录提供依据，又有《唐宋传奇集》序言作证，按计划体例分为五集，庶近鲁迅原意，亦便读者，较廿卷本胜之多矣。此书迄今仍为治小说史者所必备，故亟望此编能早日出版。

　　再者，《丛编》既非一般读物，付印时不知是否可考虑仍用繁体字，直行印刷，如此则既近原貌，亦可避免文字意义上的误解，请酌。

　　贵社在此工作中用力辛勤，谨严不苟，谨表谢忱。专此顺致
敬礼

王瑶 六月十七日

19750815致　杜琇、王超冰

琇、超冰：

　　成都及昆明来信已皆收到。小田定十六日离京，我的学生定十四日下厂，我的行李已运走，俟十六日送小田走后即由火车站去厂，目前只能早出晚归，辛苦一点。预定九月

底回校。超默让带的东西不少，有两把折叠椅，小米拿回来的糊墙纸，米面廿斤等（粉丝也给带去了），所以我让助理员同到车站送行，帮助拿拿东西。陈明瑞已来过，小田接待的，她给您送来一小袋绿豆，预定八月底离京，也许您还有机会见到。她目前住国务院第三招待所，任务完毕后即去天津带小孩回京，再住几天即走，因招待所不准带小孩，拟移住友人处。当天我没有见到，已去一信，说请她带小孩住我们家。钱玉英托带的东西已送来，勿念。

东西不好买就不必采购了，为此劳神不值得。但我想最好能送徐功堂一点昆明土产，因为以后免不了麻烦他，又不好送东西，别人就算了。

我写的关于鲁迅的文稿已交卷，小田代誊的。北京自您们走后又很热，和最热的几天差不多，室内 30℃，十二日下了一天雨，才凉快一些。我和小田到新侨吃了一顿饭，两人都疲倦不堪，实在太热。十二日冒雨游颐和园一次，撑伞划船，倒很凉爽，只是衣履皆湿。超默来过信，讲的都是带东西的事。

《创业》决定国内外广泛上映，毛主席批示云："此片无大问题，可以通过上演，不能求全责备，而且罪状有十条之多，太过分了，不利于调整党的文艺政策。"传达后文艺界欢欣鼓舞，《海霞》即上映，国庆有大量节目公开上演。

您们走后于乃义连来二信，及一电报，十分客气，表示欢迎，甚感。孙传胜也已来信谈过情况。小米必须勤于给我写信，谈谈见闻和情况，太懒了不好，我感到她的文笔有退步，望警惕。

我想您们赶八月卅日动身即可，略迟也行，既去一趟，不必赶廿五日开学之期。小米对生人要注意礼貌。

吴征镒处可去看看，代为问好。

杜珩是否探听到消息，甚念。归来时最好能在桂林玩一天，如有陈明璧同行照料，也可经渝乘船，否则不可。武汉最好不耽搁。

心绪要开朗，抱着偕小米游玩之感，切勿睹景伤情，无端生伤感情绪。

即此问

旅安

瑶 八月十五日
（时杜琇回昆明省亲）

19751229　致　陆耀东

耀东同志：

来函接得已多日，以近来较忙，迟复为歉。关于所列有关《热风》注解中各问题，皆只能交白卷。平日读书既粗枝大叶，未求深解，近年来又未再加钻研，不似您们作注解，深入剖析，故所知甚少，但由此亦可知详注本之必要，深望能早日问世。来函所列"待查"问题页今寄还，曾于旁边略加意见，或可提供为参考线索，但仅凭印象，不足为据。惟蔡元培提倡打拳一事，手边有中华出版之《蔡元培选集》一册，经翻检，于《在爱国女学校之演说》一文中有下列诸语："闻本校有体育专修科，不特各科完备，且于拳术尤为注意，此最足为自卫之具，望诸生努力，切勿间断。即毕业之后，身任体操教员者，固应时时练习，即担任别种事业者，亦当时时练习。盖此等技术，不练则荒，久练益熟，获益匪浅勘也。"后注此文原发表于一九一七年一月《东方杂志》第十四卷第一号，则显然在《热风》此文之前。惟鲁迅针对蔡批评，且与满清王公并论，似不甚合理，恐仍须细加查检，今录之聊供参考。

前承来访，未获详谈，憾甚。北大关于鲁迅的教学和研究，目前完全处于停顿状态，我之具体工作亦是搞儒法斗争题目，本期北大学报有关于刘禹锡一文，即我与另一青年教师所写。平日毫无研究，只是完成任务而已。来函所提两问题，只能谈一点印象式的想法。关于"个人的自大"，其来源为易卜生"国民之敌"，可用《集外集·奔流编校后记》鲁迅自己关于"五四"时期何以提倡易卜生的原因来解释。文意主要在于批判类似阿Q精神之合群自大，而革新力量当时居于少数，故对"独战多数"特别感到振奋，当然亦须批判鲁迅早期对群众的态度。其次，关于俄国歌舞团，鲁迅是从提倡输入资本主义艺术的角度来冲破封建礼教着眼，故对于为接吻鼓掌十分反感，当然对此团体之政治态度联系鲁迅观点须加以分析说明。但似不必与"爱美剧"拉在一起，因为前者为音乐舞蹈，后者为话剧，不属同一类型。中国歌舞虽有悠久传统，但并未成为独立的艺术形式，没有专业演出，只流行于民间。"五四"后始逐渐演变为今日之状况。此信中所写之意见或线索，皆是印象式的，自知不足为据，本不能写成文字，既承垂询，遂作为闲谈，乃拉杂书之如上，尚望教正为荷，斋此即问近好

王瑶 十二月廿九日

所云托刘煊带给我的书,迄未收到,未曾拜读,否则我当回信致谢。现在时隔过久,不便再问他了。

19760514　致　王德厚

德厚同志:

来信收到。所谈问题,我其实也只能仿"张铁生",因为所知既少,又不准确。姑妄猜之,供您参考。

照周作人日记看来,《函夏考文苑议》应为一书,不宜分开。"函夏"即"华夏"见《汉书·扬雄传》,此书既见于 1912 年日记,则出版当在辛亥前。估计是章太炎、马相伯等人想要约多人一起搞一本《函夏考文苑》,提倡民族主义;"议"大概是"缘起""倡议书"之类的意思。结果马相伯的完成了,此书的内容应该就是原"议"和马氏作品。我在"章氏丛书"中未查到线索,只"文录"中有一篇《与马良(相伯)书》,是劝阻马氏不要上梁启超的当的。马相伯一九三九年才死,如果在北京图书馆找不到这本书,我想从马氏传记中可以找到线索。一九三七年五月伪中央日报曾出"马相伯先生九十晋八大寿特刊",刊有钱智修所作马氏"九十八岁年谱"。又同时期(37年6月)《逸经》刊有《相老人九十八年闻见口授录》,《人文月刊》上也有关于马氏生平事迹的详细文章,估计一定可以查到,以上云云,仅属揣测之词,作注解本来就是书蠹性的工作,总是需要到处翻检的。我所能说的,就是上述这些无根据的猜测。

我于四月卅日回京,离京前北大中文系总支书记吕梁已告诉我，北大同意我到鲁研室工作，但编制须在北大，以便将来招研究生时有人指导云云。我回京后去见他，他说北大已决定不再给我什么任务了，俟联系好，办妥手续，就可去了，让我"等"。至今无消息。昨天文学专业负责人费振刚又对我说，校党委副书记张学书说不应该让我全部在那边工作，只允许兼一部分，他说要同鲁研室负责人商谈一次，安排好就可以去了。看来他们是不想"放"，又不愿说"不放"，因此拖拖拉拉，不解决问题。我八号去医院看了一次何林同志，他说鲁研室于五日开了支部会，决定由朱、姚二位尽快办理调我的事情，又说大概已去了北大。以上就是我所知道的情况。我个人只能"一切行动听指挥"。但"拖"得太久也不好，我希望文物局他们早点与北大商谈，估计北大现在是不会断然不放的。承您关心，特将我所知道的告诉一下，希望不久能和您一起工作。

　　余再叙，即问
近好

王瑶　五月十四日

19761015　致 杜琇

琇：

　　十一日动身后，次日晚七时半在鹰潭下车，天已昏黑，又下雨，又停电，于是先找旅店住了一夜，次早再打电报，买卧铺票，八时半乘车出发，十四日晨八时半始到。由鹰潭起一路下雨，幸厦门无雨，有厦大派车来接，一路总算平安无事。当日下午即参加会，会议安排得很满，来聊天的人极多，毫无准备时间，看来又非发言不可，故颇紧张。住厦大招待所，食宿尚属优待，请勿念。惟迄今尚无机会游览，只对校舍略有印象而已。此地气候确实不错，我已脱棉毛裤，上身只穿灰上衣，晚上加一毛背心，即已很够。青年人穿衬衣者甚多，床上仍是凉席蚊帐，窗户大开，最低温度为20度。校内洋楼很高级，但皆无暖气设备，可知并无太冷之时。据说夏季也不算太热。校园风光也南方色彩，如夹竹桃成林，且正开花，即其一例。鲁迅说厦大"背山面海，风景佳绝"，确实不错。惟供应紧张，地方也不大安靖，政治谣言颇多。且地处前线，仍有炮声，高音喇叭终日震耳（为抵销金门来之广播），斯颇杀风景耳。唐弢今天才来，较我迟一天。此外上海、广州各地也有人来，共约百人，会议进展情况尚不详悉。昨日下午开会时拍新闻片，省委来人主持，硬把我拉在主席台上，幸而以初到为名，推掉发言了，但过一天恐仍难免掉。我在火车上把《两地书》看了一遍，但他们坚持让我参加《汉文学史纲要》组讨论，今晚看了一点点，还不到五分之一，已至十二时，只好扔在旁边写信了。每日七时半即开会。下午六时散会后即吃饭，饭后已昏黑，故并无时间游逛。今天买了几斤桔子，并不便宜（每斤3.2角），酸甚，并不好吃。鲁迅在此地时也是十月，甚夸香蕉，但目前并无售者，据云乃漳州产，而那里正在械斗云云，不悉其详。其余情况，俟后续告，如无事不来信也可；如寄则我想请厦大教改组万平近同志转，定可收到。我所深切怀念者仍为超冰之事，但恐亦非数日内可有机会耳。深知此事必须"当机立断"，但首先必须争取"机"之到来，斯所焦急企望者。就此打住，过几天再写。

即此问

好

瑶 十五日夜
（时在厦门参加鲁迅学术讨论会）

19761020　致 杜琇

琇：

十八日接得您十二日及十四日之信，得悉一切。关于您的牢骚，此处不作答复。我只有一个办法，就是回去后用"武力"征服，让您不再如此，如以前那样。关于国家大事，我来此时已十四日，此处已有除四害标语，也有打倒宋江标语而下一字特大，我不明详情，概未参加议论，但事情越说越具体。十八日晚，此间正式传达华、叶之讲话。真相大白，于是游行、声讨会、鞭炮声等都来了，我们也插入了学习的内容。情形大致即如此。据传上海有一幅漫画，绘一戴眼镜蒙头之老鼠，回首招呼门口一群小鼠曰："快出来吧，外边黑猫白猫都没有！"闻之令人失笑。

我在此十分忙碌紧张，答应明晚作报告，至今（夜十二时）毫无准备。离家后从未看报，睡眠不足，时间皆应付在开会及谈话中，较在济南时紧张多了。此会廿五日结束，厦大仍然希望会后给学生讲几次，我则想早日离开。我已答应福州师大去演讲及座谈，大概两三天即够，可以逛一下福州，以后即拟乘飞机回京，我想月底或下月初可到，俟有准确时间后再告。

  此地供应紧张，无物可买。已托人向自由市场买点桂圆，尚不知可否买到，据说福州供应尚不如厦门，此地距京过远，航空信尚需四天，非常不便，我打算 26 日离此去福州，但还很难确定。

  我的衣服带的并不少，是"讲稿"之类带少了，他们要充分利用，而我又讲不出来，颇感狼狈。生活尚好，去过一次鼓浪屿，用望远镜观察过一次大担岛（敌占岛），可以看见房屋、标语及行人。

  超默不知何时回京？大局变动对超华及超冰都会有反应。超冰事望您积极进行。即此问
好

瑶　廿日夜

19761023　致 杜琇

琇：

  我已决定于廿六日离厦，福建师大派汽车来接我到福州，中经泉州，可吃饭及游逛两小时，当晚到福州。我想在福州至少须作一次报告、座谈一次、游玩一下，恐最少须两天，所以最乐观的估计，二十九日可以乘飞机到京。但事实上恐他们不让走，故可能稍延。如无适当班机，尚可能坐火车，准确日期须到福州后才能决定，但不必再往这里寄信了。听说上海已不准外地人进入，不知确否？我已决定不在上海停留了。此间已传达过十六号文件，人心大快。北大想

来有大变化，回去就知道了，十分关心。

我已买好龙眼肉二斤，带壳龙眼干五斤，又收到大批赠书，衣服又都脱下来（天气热），手提包已无法容纳，必须另外购买容器，但时间很紧，终日忙得要死，明天必须到商店一趟，买个提包之类。其余容面谈，即此问
好

这支钢笔很好用。

王瑶 廿三日晚

19761027 致 杜琇

琇：

廿六日来福州，和唐弢同来，由于福建师大不能把我和唐弢的活动安排在同一时间而该校又正在开运动会（下午），因此每天只能安排一次。我在此是作两次报告，开一个座谈会解答问题。今天已与他们商定具体时间，我决定下星期二（十一月二日）乘飞机回京，途经上海须换飞机，在机场停一小时吃饭，即不作停留了。故二日晚可以到家。比来时多了一个手提包（新买的），因为装不下了，但我可以提着走一段路，没有大困难。国家大事我只听到十六号文件，据云十七、十八号文件已到福州，也可能在一二日内听到。我也急着回去，一来想了解学校的变化情况，再则此地供应紧张，烟茶俱快用完，衣服脏甚，我又无可讲的东西，所以今天商量时，我曾坚持卅一日回去，但他们不同意，只好延至二号（一号无班机）。我想到京后民航局送到东四，再租一汽车即可回家。余面叙，即此问

好

瑶 十月廿七日

19761120　致 陈鸣树

鸣树同志：

　　来函收阅。我于十一月二日由闽返京，曾访晤何林同志一次，知您在沪。我于二日曾在沪中心区转了三小时，见满街皆大字报，与北京情况不同，想来斗争激烈，您一定感受很深。我离京时尚毫无所知（十月十一日），十四日抵厦门已满城风雨，群情振奋。北大为被控制单位，两校大批判组人员皆集中学习，类似"清队"时情况，该组领导人之一宋柏年已被捕，其余隔离审查。校党委也已有数人停职检查，包括第一书记，目前由副书记黄辛白主持工作，另市委派有联络组。清华情况大致相同。目前清华正斗迟群，北大斗谢静宜，已连续三日，群情激昂。各系情况不一，有的也处于半瘫痪状态，如中文系。此间揭发，关于鲁研室也是罪状之一，"梁效"正组织人力批判何林同志，而且蓄意扼杀。但经此大变动，鲁研室工作开展的条件极好，中央宣传口（耿飚同志等）极重视，已发表的文章反映也很好。我想目前重要的是工作能跟上形势需要，把班子搞得精干一些。我想您也应该安心"落户"，作长久计了，此意已与何林同志谈及。"鲁编室"前数日曾开座谈会，我因事未去，闻何林同志及唐弢同志皆曾去，曾谈及姚之《巨人》及《石一歌》各文，据云有些发言很精彩。我想批《巨人》一书事必须由鲁研室写出，应旗帜鲜明，必须指出它实质上违反毛主席思想，不宜过于"学术化"。您所指出之四点，皆极重要，我因很久未看此书，提不出具体意见，只笼统说点想法，并希望您能早日脱稿。我想鲁研室工作今后好搞多了，但要搞好，仍需一些条件；文物局党委决心大一些、放手一些；努力组织一个有能力的"班子"。"梁效"不足四十人，因为它是精心选拔的，所以"能量"不小，此似应对我们起反面教员作用。至于我个人，在哪里工作都可以；就北大情况说来，现在也许有可能了，因为群众把此也视为党委的错误。其余情况，俟您回京后再详谈，即此顺颂

近祺

王瑶 十一月廿日

19761222　致　陈鸣树

鸣树同志：

　　来函并大作皆已妥收，今将大作原稿寄上，"人文"那份材料则暂存一下，我有一个要求，请以后不要再以"老师"相称，名实不副，当之有愧。我需要向您学习之处甚多，彼此以同志相称更符合实际。

　　关于《巨人》批判稿，我感到总的设想及文章架子，都很好。"开头""结尾""题目"皆不错。"三大段"中则以第一、二段较好，第三段写得比较松散一点，有被对方论点牵着走之嫌。不如"以我为主"展开，而将"材料"（对方论点）作为例证。如他的一个主要论点是"伟大时代产生了伟

大鲁迅",他的关于"时代"的理解、时代与个人在历史上的作用等就是唯心主义、反马列的,其实质与胡适的"一时代有一时代之文学"相同,然后将"天才论"、歪曲文化围剿为"道德"问题等纳入。再则可引主席"形而上学猖獗"来论述其反辩证法性质。最后当然还要上"纲"。以上只是粗浅设想,不过感到所批的六七个论点,需要用"绳子"捆紧一点而已。此外第一大段所举"移花接木"三例,如能找到更有说服力的一例,可更换一个,目前三例皆较曲折。第二大段批他的关于鲁迅"五四"前后指导思想的三个观点时,恐不能引用他的原文,如此则很容易变成学术讨论,似需更理论化一些。第三大段关于"进化论"问题也如此,至少必须点明"进化论"是指自然科学范围,如为强调"物竞天择"而适用于人类历史之社会达尔文主义,则与马列主义是敌对的。

我对《巨人》很不熟悉,以上谈的只是随感,谬承垂问,聊供参考,其实都是并未经过深思熟虑的,并无自信心。它只能证明我确实是看过一遍而已。

关于调工作事,我一向采取自然主义态度,即不活动、不打听,一切行动听指挥,甚至避免与何林同志谈及此事。老林则比较急。此并非我觉悟高,实因他在此比较辛苦,打杂的事多,不若我之因年老而受"优遇"也。因此对我来说,可谓"各有利弊",因而就听其自然了。

拉杂如上,语无伦次,聊供一粲而已。即问
近好
  《资料》是否已印出?

王瑶 十二月廿二日

19770208　致 任伟光

伟光同志：

　　您好。来信收到已数日，迟复为歉。我在厦大的发言，并未写成文稿，只是写了一个提纲，抄了几条材料，信口开河，实不足为据。后来又在福州师大照样讲了一次，结果他们录了音，而且让两位同志照录音整理出一个记录稿来，寄我改正。我一看竟达二万余字，又臭又长，但又确实是我说的，人家照样记录，并未走样；而这样的稿子是拿不出手的（他们要打印），我又无暇写成文稿，不得已，就照他们的记录稿稍加清理和改正，寄交他们。即使如此，我到现在尚未改毕，而且改得乱七八糟，还须重抄一次，故迁延甚久，但无论如何，赶春节我一定寄交师大。他们打印后我想您是可以就近得到的，希望提出批评意见。前者庄钟庆同志来函，已将此意告知，未能应命，至歉。希望今夏您能来京，畅叙离衷，我的住址是北大镜春园七十六号，十分欢迎您枉顾。余俟再叙，即此顺询
时绥
　　　　　　　　　　　　　　　王瑶 二月八日

19770701　致 王德厚

德厚同志：

　　来函奉悉。关于社会达尔文主义，在第一次世界大战前夕曾流行一时，为德国辩护，著名书籍为阿蒙之（德国）《社会制度及其自然基础》，但此书我并未读过，亦不知有无译本，只在别的书籍中得知。较早之著名人物有德人朗格，我读过他的《朗格唯物论史》是李石岑译本，中华版，但他的社会观点在《工人问题》一书中，而我也未见。我所看过的这类书籍，只有严复译本《群学肄言》（斯宾塞）比较集中。孤陋寡闻，所知极少，愧无以答。聊书于上，仅供一粲。

　　《丛刊》望能寄三册，因有远地函求者，不便拒绝。书款当托林志浩同志带上。

　　暇时请来北大闲谈。耑此即问

近好

王瑶 七月一日

19780401　致 陈子善

子善同志：

　　接奉来函已多日，以需找陈竹隐先生寓所查阅，致迁延至今，望谅。经查朱先生日记，于一九三三年四月廿五日下记云:"星期日下午在北海赴文学杂志社茶会,见谷万川",想当系您所询之事。惟日记于四月廿五日后注有"火"(曜日)字,为星期二,则茶会日期当为四月廿三日。谨抄录如上,以供参考。

前者承寄《鲁迅研究参考资料》,不胜感谢。您们的工作做得深入细致,殊堪学习。

余再叙,即此顺询

近祺

王瑶 四月一日

19780720 致 王德厚

德厚同志:

来函奉悉。我因飞机票不好买,最早须廿三日始能启程,老林说将偕行,已由北大一同去购票,如此则有旅伴了,当然很好。

您的想法我有同感。就个人而言,只能择志趣较集中者选题,写专题论文。若规模更大之计划,即非集体从事不可。但此乃领导所考虑者,我们即使有所建议,亦只能在已有设想之基础上提供参考意见,很难由个人想出一套来。我们同在一个单位工作,反而不好信口乱说了。我因为要准备到昆明去讲一次(我想躲不掉),所以这两天忙于抄点材料,我不想讲热闹题目(如两个口号之类),拟讲《现代文学的民族传统与外来影响问题》,但并无成稿,故颇急。先给您简单写几句,俟归京后再行畅叙。即此顺询

时绥

王瑶 七月廿日

19790525 致 杨义

杨义同志：

来信收阅。我已摆脱了鲁研室的工作，今后将在文研所鲁研室与北大两处工作，业务上可能与您们将有更多联系。您很用功，而且下笔快，善思考，一定会做出成绩来。您所提的问题我并无研究，兹就所知略述如下，供您参考。

（一）晚清资产阶级文学改良运动曾产生很大影响，如新派诗、新民体散文、谴责小说等，就文艺观而言，则强调社会作用及政治（变法）影响，如论《小说与群治之关系》等，但论及生活基础者不多。另外四派（桐城、湘乡派、宋诗派）等影响仍很大。辛亥革命后则改良运动衰竭，旧派反而气焰更甚。此种变化若仅就文艺思想方面考察，则翻翻人民文学出版社出版之《中国近代文论选》，即可大致知其脉络。

（二）"文体家"主要是就语言风格讲的，即文学语言的提炼工夫。这在新文学建设初期很重要。鲁迅称保加利亚作家跋佐夫为文体家，在他翻译的《战争中的威尔珂》后记中有说明，可参看。当然也包括表现方法在内，但不指思想内容。

以上所云，不尽准确，姑简述之，以供参考。
即此顺询

近好

> 王瑶 五月廿五日

19790525　致　王德厚

德厚同志：

　　来函收阅。我离开那天恰好您们开会，我原拟找您聊天，未能如愿。两年来承您帮我做了许多事，特别是关于《史稿》的修改，十分铭感。大概是老了的关系吧，我痛感工作效率奇低，忙于琐事，做不出事情来。《史稿》仍未看，即一例。两年来对鲁研室也没有做什么事，说来颇感惭怍，以后也难免有些事请您帮忙，欢迎您便中到北大来玩。我希望《年谱》能早日出版，这是鲁研室的一项具体工作，务须搞好。现在看来，材料、已有基础都不错，但统稿工作仍很重，须花力气。就个人研究而论，鲁研室条件很好，资料方便，时间有保证，集体任务不重，望您能做出成绩来。以前说您将赴上海定《日记》稿，不知何时启行，需时若干，念念。

　　社科院"五四"学术讨论会，有些文章与您关心的鲁迅思想颇有关系，可以一看，如黎潮的文章，我以为颇有新意，望注意。等您在"新寓"住定之后，一定去看您。

　　我尚未与文研所联系具体任务，俟休息几天后再写信通知他们，我想既无须上班，则写点文章也就差不多了。他们既然今年要出一本《集刊》，则我准备一篇文章似乎也就可以算完成任务了。我不想参与集体工作，也不想审阅来稿，但不知是否能行得通。最近我想首先设法把《史稿》的修订工作交卷。

我希望您能多写一点东西，可以同时有几个题目，各自可独立成篇，而彼此间又有不太紧密的联系。这样搜集材料时可以省时间，将来收成一书后又较有体系。姑妄谈之，供您参考。

《资料》第三集如出版，我恐仍须购买十册，因为已答应了一些人的要求。以后就可以不必管这类事了。耑此即颂
时绥

王瑶 五月廿五日

19790623　致　任伟光

伟光同志：

来信收阅。今天中文系负责人告诉我，说学校只给了中文系六个床位供进修教师住宿，中文系有八个教研室，申请来此进修者有四五十人，要首先分给边疆及协作单位，所以其中没有厦大的名额。我因为不担任行政职务，只能从旁推荐，并无决定权。经我再次申说，他说如果您能自己解决住宿问题，即可批准。我想现在只有两个办法：（一）今年放弃了，明年再申请。（二）您在北京城内找一住处，来京进修。我想您是女生，宿舍较松，也许中途有可能解决；如不行，您在城内自学，有课时来校，每周来两三天，如需住宿，可以和我女儿临时住一下。她是师大中文系的走读生，住有一间房屋。这样当然给您增加不便，但可以使您摆脱教

学任务念一点书，明年尚可申请延长一年。校中课程不多，主要是自学，每周来两次就行了。究竟如何，请您斟酌。我没有能力帮忙，有负重托，至歉。耑此即问

近好

王瑶 六月廿三日

19790823　致　王德厚

德厚同志：

《上海文学》上之大作已拜读，写得极好，我完全赞成，而且论证严密，分析深湛，有很强说服力，"四人帮"强调"工具说"而不顾生活真实是一件事，不能因此即排斥"工具说"，其实在把生活基础与宣传功能对立起来这一点上，二者是颇有相通之处的。有些流行观点，自己感到怀疑，同时也想到是否思想不够解放所致，但这也说明其论点尚不足以说明别人，所以我对您讨论式的态度也很欣赏，完全是用事实和道理来讲话的。现在连同《一篇讲话要点》一并寄还，因为我想您大概也只有两本《上海文学》，保存起来，以后将来整理收集，我留着也毫无用途，故寄上。

《鲁迅年谱》已收到，书款俟收到《资料》第3集后一并送上。《资料》3集我要十本，望代购，谢谢。

您的研究计划（《关于鲁迅对"人"的探索》）是一个新的领域，从一个有重大关系的角度来探索具有广泛思想内容的问题，值得深入钻研，我没有考虑和探索过这方面的问题，提不出具体的意见，但认为这个选题很有意义，值得花

力气。只是在写作中必须在广阔的背景中展开，不能局限于《全集》所提供的资料。就是说虽然是研究鲁迅思想，但必须以近代中外思想潮流为背景。背景当然不必罗列许多，但勾勒和概括须有所依据，故写起来颇费功力，但我相信您是胜任的，只是工程艰巨，并不省力而已。今距"纪念"之期尚有两年，我想是可以用来献给这一"纪念"的。

我近来什么也未做，效率奇低，颇感焦虑。这大概也是衰老现象的表现吧。堆的事甚多，颇思奋勉，但效果并不理想。

余俟再叙，即问
近好

王瑶 八月廿三日

19790831 致 王德厚

德厚同志：

两函皆已收到。大作又读了一次，觉得较前完整，具见功力。已挂号寄给了王士菁同志，建议发表，并请他与您直接联系。萧军的材料已看过，但仍不知如何叙述方妥当，有无所适从之感。

来信过于客气，颇感不安。我终日蛰居斗室，消息闭塞又做不出事来，更无从谈质量了，承您鼓励，至感，当勉力为之。但事实上自1958年被当作"白旗"以来，廿年间虽偶有所作也是完成任务，已无要打算如何如何之意了，蹉跎岁月，垂垂老矣。虽欲振作，力不从心，此并非发牢骚，意在促您抓紧时间，多写东西。自高自大固然不好，妄自菲薄亦大可不必，应该有高度自信，刻苦努力，多作贡献。是非功过，皆自有公论，外间反应不可不听，亦不可过听，不知然否？信口妄论，尚希谅之，即此顺询
近好

王瑶 八月卅一日

19790901　致　王德厚

德厚同志：

　　两函皆已奉悉。最近我应河北社科所之约，去了一次保定、石家庄，费时一周，迟复为歉。我以为孔子并未全部肯定"狂"或"狷"，二者皆不合中庸之道，但与"乡愿"不同，亦并未全部否定。《论语·阳货》就说"不好学"是"其弊也狂"，但孔子的确是积极追求的，虽然是保守的。鲁迅并未肯定孔子的"进取"，孔老相争，孔胜老败，在于老子的"无为"；但"进取"并不一定就值得肯定。后世儒者对"狷"感兴趣，应该批判，因为他们连"狂"也不敢，虽然圣人同样说过"必亦狂狷乎"的话。我们只能说鲁迅认为"狂"比"狷"好，但并未肯定孔子的论点或行为。以上理解，未知确否，请参考。您定的题目本来很大，需要多花一点时间，但我相信是会写好的。这类文章有两种写法：（一）把鲁迅言论梳辫子，引出论点加以发挥。（二）融会贯通，以自己所要阐述之论点作为框架，只于论点展开时才引用鲁迅的话作证明。照您的题目看，似以后一种写法较好，姑妄

言之，聊供参考。

　　《七十年代》未读到，我蛰居家中，见闻极闭塞。"文代会"闻于十月八日召开，是否邀我参加尚不知道，即使参加也无言可发。

　　我觉得您需要放下包袱，振作起来，这倒是需要"向前看"的。您正在工作效率很高的时期，根底又扎实，应该写出点东西来。

　　我亟望能早日得到《鲁迅研究资料》三辑，因为答应给的对象老有信来，早日寄去，可省一些回信之劳。希望有了书后就能给我。

　　文研所之《集刊》我未能交稿，将于第二期交一篇《论鲁迅作品与外国文学之关系》，正在修改中。

　　余俟再叙，即问
近好

王瑶　九月一日

19800120　致　陈鸣树

鸣树同志：

　　来函奉悉。您升格的事竟如此意外，殊令人气愤。若在北京，决不至得此结果。目前北京此事尚正在市一级平衡审查中，尚无最后结局。北大中文系参与此审议者为季镇淮，我未参加。但各单位上报之名单中，一九五八年前毕业者几乎已全部列入，再后者则比较占少数。鲁研室共四人，王德厚、陈漱瑜及李、潘二位，文研所鲁研室则有刘再复，北大有乐黛云，广播学院有黄侯兴、田本相，师大有张恩和，以北京之名单观之，则您无论如何应获批准。上述诸人，属于一九七八年升讲师者甚多，此不应成为理由，但既已成定局，则应看得开一点，多在工作（科研及教学）上用力，而采取不在乎态度。我不赞成给乔木同志写信之议，因为恐无实效，请酌。我近况如昔，惟工作效率奇低，文债甚多而写不出东西来，颇感压力。余俟再叙，即此顺颂

时绥

王瑶 一月廿日

19800123 致 张挺

张挺同志：

大作（《论〈家〉》）久已拜读，迟复为歉。文章分析得很细，我提不出什么具体意见，我想可以寄出去发表了。现在刊物很多，希望您能抓紧多写一点东西。

《鲁迅研究资料》第四辑即出，由于已改为公开发行，青岛谅可买到，而且我已脱离该室，因此就不给您寄了，乞谅。

我近况如昔，乏善可陈，终日碌碌，应付任务而已。加以精力衰退，效率奇低，虽文债累累，而写不出什么东西来，思之殊感惭作。

余俟再叙，即此顺颂

时绥

王瑶 一月廿三日

19800204　致　王德厚

德厚同志：

　　来信收阅。我托您买的书并不急，其中《红楼梦学刊》，吴组缃送了我一本（第一期）。这些书不过翻翻而已，您不必当作件事情去办，如果您去天津，顺便买来就行了，拖一年半载皆可，请勿过于费神。王蒙同志文章已读过，此为"时论"，非研究性文章；如欲争鸣，则仍以杂文形式为宜。大作谅已草就，不知拟送何处？顷接王士菁同志送来《鲁迅研究》第一期目录，您的文章已编入（也有陈鸣树同志和我的文章），卷首为周扬同志文章。此期已发排，据说已明确为季刊，故出版社答应三月底可出书。

　　来信多所勉励，甚感。我近来工作效率之低，并非耿耿于过去之挨批，确系精力衰退之故，每日应付日常琐事，即感到再无力做事，虽欲振作，颇有力不从心之感，殊觉苦恼，今后当努力写一点东西，藉答盛意。夏衍同志文已读过，感到他都谈出来，也不过如此而已，并未影响过去的看法，也无损于鲁迅。即此顺询

近好

　　　　　　　　　　　　　　　　　　　　王瑶　二月四日

19800317　致　王德厚

德厚同志：

来信并所寄书刊，皆已收到，请释念。书款将俟请您代购《鲁迅研究资料》第四期后一并寄奉。此书我拟购五本。又《动态》不知是否已出版？又报纸广告载有湖南出版之关于鲁迅刊物，惜未见，不知何处可购得。

您的几篇文章都看了，西北大学学报一篇论证确凿，有说服力。关于诗的一篇因未深入思考，不敢表示意见（并非不赞成，乃指杨先生之说）。您提的问题皆须深入研究，我无力草率回答，将来互相交换意见是可以的。

关于鲁研室合并说，我是听李先生讲的，并未从文研所方面听到什么。春节后我尚未去过文研所，但碰见过李先生。

复信过迟，乞谅，能此即问

时绥

王瑶　三月十七日

19800426　致　王德厚

德厚同志：

来函收阅。上次您来时未能畅叙，颇以为憾。其实您太客气了,我并不着意招待您,来时吃顿便餐,也不必多所避忌,我很希望能常和您谈谈。《动态》出刊后望能赐寄,《资料》鲁研室似也该送我一本,但尚未收到。

我已将情况告知严家炎同志,请他注意和处理。我从未过问《丛刊》之事,只是挂名而已,今后也不想插手,故不必发表意见。听严同志说,楼文已发稿不拟改动。

关于肖军的改正、平反的情况,您如有办法看到"文件",能够抄几句有关的话给我,当然最好。我同意您所提的处理办法,只是出言无据,不好下笔而已。我想肖军同志本人处也一定有"抄件","北京文联"是他的工作单位,当然知之最详,可能比"作协"更解决问题。承您愿代为探问,十分感激,如果进行有困难,那就只好采用干脆删去之法了。

文研所送来了上次会上的各种"选题"表,我赞成您的设想和构思,望能完成。惟提不出具体意见,尤其很难用文字表达,因为所知甚少,不好妄发议论也。

承您多所鼓励,十分感谢,当勉力工作,以答盛意。即此顺颂
时绥

王瑶 四月廿六日

19800512 致 石汝祥

汝祥同志:

来函收阅,迟复为歉。前者您开会完毕后,适值我在城内又开了三天的关于《现代文学研究丛刊》的会议,邵伯周

同志也参加了，致失去与您长谈的机会，憾甚。多年来我一直关心您的情况，故虽未通信，但仍时有所闻。一九七五年李何林同志筹办鲁研室时，我即推荐过您，当时中央文件曾写明我为副主任，而且毛主席批阅过，但北大在"四人帮"统治下认为与黄昆等人都属于"右倾翻案派"挖北大墙角，顶住不放，我就不敢再参与此事了。这些年来，知识分子几乎都有一些不堪回首的经历，非独您我，因此我觉得还是"向前看"较好。过去您写的东西似太少，望能振作起来，您的年龄正是学术上的"黄金"期，即出成果的阶段，切勿再让时光溜走。到我这个年龄，即时时感到精力不够，工作效率奇低，常有力不随心之感。此乃自然规律，无可怨尤，只是想借此给您鼓劲而已。过去的时间不仅耽误了像我的孩子们（卅岁上下），也耽误了如您我这样的中年和老年人。目前您正处于思想知识成熟、工作效率高的时期，应该抓紧做点事，您所讲的现实情况我也有同感，但无论如何仍须努力做事，决不应消沉，我相信您是会做出成绩的。

　　我的近况如常，只是日常琐事过多，精力不济，干不出活来，而且压力颇大，有时必须写一点东西应付，因而颇感窘迫而已。

　　余俟再叙，即此顺询

时绥

王瑶 五月十二日

19800512　致　王德厚

德厚同志：

您寄来的关于胡风的文章、材料以及关于肖军文件的抄件，皆已妥收，十分感谢您的帮助。吴奚如文已读过，当妥为保存，遇便送还，如急需，则请示知，当挂号寄上。您工作很忙，花了您不少时间，颇感不安，特此再申谢忱。《鲁迅研究动态》如有续出，仍望代为搜罗。我终日蛰居，见闻极为闭塞，尚望不时赐教为感。

余俟再叙，即此顺颂

近祺

王瑶　五月十二日

19800702　致　王德厚

德厚同志：

来函奉悉。我因参加了八天北京文代会，昨晚始回家。承您关心我烧伤之事，其实早已痊愈，已了无痕迹，谨致谢意。我将于九日赴内蒙开现代文学讨论会，不知鲁研室是否有人去，前者曾嘱丁尔纲同志访晤何林同志，请求支持。关于《史稿》交稿事，只好等由内蒙归来后再说了，承您多方鼓励，至感。

《新文学论丛》倪墨炎文已读过，较一般。其实平常用

"前期"概念，亦是指"五四"以后（由1918年算起），"五四"前则以"早期"名之，与倪文之前、中、后三分法，并无大别。我所谓之前期，实即相当于倪文之中期。惟近来并未作深入研究，故别无新见，还谈不到写专题论文。我想挤时间将《故事新编》文写出来以便明年交卷。近来效率奇低，即此亦不敢说一定能完成，勉力为之而已。

关于道教的书，我知之甚少。陈国符教授出有一本《中国道教史》（书名记不准确），此人原乃西南联大化工系教授，因撰写此书，曾在昆明清华文科研究所居住经年，当时我亦在所内工作，曾有所议论并看过一点原稿，但内容漫不记忆。此书最近出版，乃由广告中得知。中国思想史著作大都不谈道教，且早期道教（五斗米道等）并无精密教义，故可自寇谦之（北魏四世纪）改革道教开始，其理论教义正深受佛教影响（看《魏书·释老志》），此后则翻看《云笈七签》（宋张君房）前半部即可。鲁迅对道教态度与其国民性思想有密切关系。此题很值得探讨，望能写成。似可与他对佛教之论述、刻《百喻经》等一同分析。谬承下问，姑妄言之，其实我对此问题毫无研究。

超冰的《读阿Q正传》只是读书报告之类的东西，离发表水平尚远。她写成后要我修改，我无暇及此，遂请孙玉石同志替她修改润色了一次。我本不愿她投稿，但青年人跃跃欲试，则让她碰碰钉子也好。此文内容过于一般，题目也不合适，且引文过多，论点未充分展开，总之，水平不高。现在遵嘱将此稿寄去，烦您再替她修改一次，不是一般地提意见，而是从题目到文字，如中学教员改作文那样改一次，这对她必有很大好处。孙玉石同志过于客气，改得不多，我本想替她改一次，又无此精力，故借此机会，请您辅导一下。至于发表，则不必着意求之，尤其不能令李先生为此作难。既已写了一篇文章，则明年投考研究生即可交送审查，亦并非毫无用处，故请您不必为发表多加张罗，但修改则务请劳神完成。此事请抽暇为之，不必赶时间，请勿推卸，谨致谢忱。

　　李先生来函慰问，十分感激，兹附去一函，烦转致。余俟再叙，即此顺颂
近祺

王瑶 七月二日

19801208　致　石汝祥

汝祥同志：

　　来函并大作手稿皆已妥收。我仔细读过一遍，觉得十分精彩，只是长了一点，可能刊物有所顾虑。我顺手改了几个无关宏旨的字，即寄交王士菁同志审阅，并谈了我的意见。我说如有技术性意见需与作者商酌，可由编辑部与作者直接联系（如原稿附注中缺了一页，即倒数第二页，因此缺91—102页之注）；如认为不适用，即请他们尽快决定并将稿退给我，我将设法推荐给其他刊物采用。因为我在文研所并不负实际责任，平日亦不常去，因此只能提提意见。万一他们不用，将尽量设法介绍出去，请勿念。此文发表后，我建议您再写一点，然后可找一出版社出一单行本。最好能有十五万字左右，我可以替您探问一下。总之，目

前就只有先听他们的意见了，如他们提出要压缩篇幅的话，我想前四节最好不动，后面可精简者亦不多，恐很难压到四万字。这是我的一种预感，并非我主张要压，请勿误会。您开刀情况如何？极念。俟有其他情况，再行函告，即此顺问
痊安

王瑶 十二月八日

19810107　致 钱鸿瑛

鸿瑛同志：

　　承寄《文艺论丛》已收到，大作亦已拜读，感到十分精彩。论证严密，分析细致，尤其文笔优美，足见功力。我完全同意您的观点，惟感到对魏之批判的一面，似展开不够，此大概与文首所树之对立面的论点有关。其实题目命名《孤独者》，即含有批判之意，惟论者对此强调到不适当的程度，又完全无视造成此种情况之社会原因及作者的同情和理解之态度，遂导致论述上的片面性。大作联系时代环境及作者思想矛盾，进行深入分析，很有说服力。

　　来信谈及科研选题问题，我很难提出具体意见。一则我对您的情况缺乏了解（包括这些年的经历和生活，目前的任务等），二则我个人对某些研究领域的现状也不很了然。照我看来，第一，选题宜集中于一定范围，似比上下古今打游击较好。人的精力有限，而在一定范围（某一时代、某种性质的论题）内各方面是有较多联系的，这样易于取得

成果，也易于引起人们重视，得到同行的承认。第二，选题最好与工作任务（例如教学）有一定联系，这样可以互相促进，节约一些精力，以避免两败俱伤之虞。我并不主张钻牛角尖，兴趣一向亦很广泛，上述只是我个人的经验。就来信所述，我以为首先应争取把教学任务固定在"文学简史"及"文选"上，不再教语法修辞之类，然后集中精力于唐宋一段；从宋词入手也好，我对词毫无研究，但既已写过长篇论著，则必有基础。致力于美学理论的修养，将大助于提高文章的质量，但似不宜过于浸沉于理论钻研中，这样离您原来的基础就远一些了。另外，我不以为对钱先生商榷的文章就不能发表，恐怕主要还在内容是否扎实。这里我要告诉您我的情况，我已多年不搞古典文学，因为任务压人，而精力衰退，只能勉强应付，因此对于学术界的研究情况，已很隔膜，这方面的书也久不翻检了，所以我只能以外行的口气随便谈谈。对于鲁迅研究、现代文学等方面，则因为工作任务所关，还不时有所接触，此乃实情，并非客气。关于搞"选注"问题，不在于"学术性"及"价值"等，仇兆鳌注杜诗、王文诰注苏诗，其价值及学术性皆所公认。问题在于最好先与出版社有合同或联系，因为他们都是根据选题约定专人搞的，很少接受一部外间投稿，而且他们有了一本"注本"后，即不愿重出另一本，故如事先无约定，极易成为废品。如写成论文或专著书籍，则可以与各种不同的刊物与出版社打交道，只要有质量，总是可以得到发表机会的。故如欲搞"词选"，最好先联系一家出版社，然后再动手。以上是我个人的意见，供您参考。

照您的文章看，我有理由预祝您获得丰硕成果，望努

力。即此顺问

新年好

王瑶 一月七日

19810120　致 石汝祥

汝祥同志：

　　来信收阅。我在文研所不负任何实际责任，他们先已通知我决定刊用您的文章，今竟如此处理，实出意外。我已给王士菁去一信，说明您的文章结构谨严，无水分可挤，我建议两个方案：（一）将该文压为四万字，请《鲁迅研究》刊载。（二）将该文分为两篇，一分为二，另加题目，请他采用一篇，其余一篇我可交《现代文学研究丛刊》发表。如他不同意，则请告知我，另想办法。因此我也请您考虑，是否可照我的建议办理。我以为该文后一部分可以适当压一下，但全文很难压至四万字以内。今年纪念规模较去年拟议时缩小，刊物登五万余字亦确有困难，故作此建议。如能采用第二方案，则比较解决问题，但两篇之分量须差不多（可以略有重复）。我已与《丛刊》编辑部谈过，他们表示欢迎，但也不愿发五万字长文。此事请您斟酌。《中国社会科学》如已向您约稿，同意接受，当然也好，但恐又嫌长而往返。我意俟《鲁迅研究》明确不用后再寄为妥。如寄《中国社会科学》，我可给杨柄同志（该刊文艺部负责人）写信推荐一下，但我想也须压至四万字。至于《鲁迅研究资料》，则恐更难登长文。因篇幅有限，且以资料为主，故亦只能登两万字文章。您如决定寄交，我也可向何林同志推荐一下。此外吉林《社会科学战线》篇幅较大，亦与我有联系，将来亦可作为目标。总之，我的意思是如能一分为二，则较易发表；如为四万字，则俟《鲁迅研究》决定不刊后再投向别处，不知您的意见如何？至于时间，可尽量提前，但写不完亦只好延后，无非迟发一期，不必着急。《丛刊》集稿期为三月中旬，如拟投，请能如期寄来。我们只能以作者身份，参与争鸣，至于主其事者有何门阀考虑或其他，可不必过问。您作为作者，可以提出"意见"，如说"只能压至四万字，不用时请退还"之类。

阮铭同志文已读过，甚好。此亦《鲁迅研究》不给发表之稿，今已在山西《晋阳学刊》公开发表。他现在是高级党校理论教研室副主任，据说耀邦同志很赏识他，故颇重要。

各种不愉快的事日常生活中随处皆是，望勿过于介意，主要的是在老老实实工作。

即此顺问

近好

王瑶 一月廿日

19810210 致 石汝祥

汝祥同志：

来信收阅。您的大作经我交涉后，他们表示可以容纳三万字，我建议四万字已为从权之议，估计压至三万字有困难；他们说已与您去信，我也不便再争，问题在于今年的纪念规模缩小，不另出论文集，而刊物登过长文字确有困难。接着我找了《中国社会科学》文艺部主任杨柄同志，他表示欢迎，并愿立即与您联系。但言谈之间，他也嫌五万字过长；他说："我们是综合性刊物，与专业性者不同，文章过长不好办；又说只要文章好，俟看过后再说。"所以您也不能过于乐观，很可能他们也提出压缩的要求。我又和《文艺研究》《现代文学研究丛刊》联系过，但我不敢说肯定，因未征求您的意见；他们皆愿接受，但都觉得文章过长。鉴于以上情况，请您考虑，究竟交给谁家。如需要我从旁推荐，您寄给何刊后可告知我，当竭力促成。吉林《社科战线》我未联系，估计情况差不多，可能容纳量略大一点。总之，一般刊物的文章，三万字以上皆有困难。您如愿压缩，则仍以交《鲁迅研究》或《中国社会科学》较好。如一分为二，则可分别寄出。将来仍可全文收入集中。湖南《鲁迅研究文丛》不知是否嫌长，如需要，我也可写信联系。但一经辗转，即需许多时间。您如已寄至《社会科学》，则俟其答复后再说也可。但您对《鲁迅研究》也可暂时采取"拖"的态度，至于交稿时间，各刊物实际上都是三月底集稿，即使过期，延一期发表也就行了，故不必把他们的限期看得过死。总之，如何处理，请您斟酌，我只能从旁吹嘘一下，并无实权。但时间仍望抓紧。再者，也请不必牢骚满腹，此种事经常有，听之可也，重要的仍在文章本身的质量。我希望您再写一点，然后出一本书，即可畅所欲言了。

  即此问

春节好

王瑶 二月十日

19810512 致 石汝祥

汝祥同志：

　　来信收阅。您的文章《中国社会科学》已有了打印稿，文艺组初步决定刊用，但须领导最后决定。申坚同志将给您去信说明。我又给主编黎澍同志去了一信，看来可能刊出。但也可能另有波折，此种事很难预测。但总不会无处发表，请勿过虑，最多耽误些时间。并望继续写下去，准备合成一本书出版。

　　林非确为文研所鲁研室之负责人，为此次纪念大会筹备处学术活动组副组长，且将去美国参加纪念鲁迅活动。但可以不管这些人事关系，我们只老实做事就行了。我对您的心情十分理解，但不要因此而放松了写作，也不必对人采取抵制态度。要相信世上是有公道的，不公正的事会有，但很难持久存在。复旦大学举行鲁迅讨论会（六月初），我本拟应邀参加，但事情过忙，又写不出文章，只好不去了，不然当能面晤，详细谈谈。北京刚开了一个关于九月份学术纪念活动的会议，有十六省市参加，上海也有人来，参加者多为宣传部文艺处的人，回去后即组织文章，选送北京，备九月开会之用。学术报告会初步决定开六天，有外宾参加。我想您还可以写一篇两万字以内的文章，让他们审查去，不入选也不要紧，可向别处发表，也可收成集子出书。总之，不要怕挫折，只要文章有质量，就决不会成为废品。我现在所苦是压力甚大而写不出东西来，琐事甚多，精力衰退，皆其原因，但看了很多别人的文稿也并不十分钦佩，但不便苛求而已。今年举行纪念活动之地区颇多。北京（五月中旬）、天津（五月下旬）、上海复旦、西安（六月上、中旬）、浙江（七月）、长春（八月）、成都（九月上旬）。扬州会已开，大连会六月上旬开，皆文研所鲁研室主持。全国学术会定于从九月中开始。我想您可以选择参加一处，出来走走听听别人议论也有好处。拉杂谈了许多，即问

近好

王瑶 五月十二日

19810613　致 单演义

演义同志：

　　现值陕西省纪念鲁迅诞辰百年纪念开幕之际，敬表示热烈的祝贺。西安是鲁迅曾去讲学过的地方，近年来编辑出版的《鲁迅研究年刊》又早已闻名国内外，相信通过这次大会，定能将鲁迅研究工作，推进一大步。我在此敬祝大会的成功。承邀参加盛会，甚感。但因琐事缠身，不能前往，谨致歉意。拙作一篇，前蒙约寄大会，至感。但因修改之处颇多，致拖延时日，今特挂号寄上，乞收。如已延误时间，望将原稿掷还；如荷打印，则请于印好后赐寄五六份为感。

　　耑此即颂

时绥

王瑶 六月十三日

19810706　致 石汝祥

汝祥同志：

　　来信收阅。得知您的文章已决定在《中国社会科学》刊用，不胜欣慰。前些天我收到了您的文章的打印稿，即想大概不致再有问题了。北京鲁迅学术讨论会定九月十七日起开十天，耀邦同志批示要把纪念重点放在学术论文上，不要轰轰烈烈，空空洞洞。各省市论文皆由当地推荐，我以为您可以把打印稿送交上海市委宣传部，争取来京参加讨论会。上海复旦的会，原我已回信不能参加，后又接信告知改期，如届时能抽出时间，当争取参加。我一二日内即移居香山，也是为了赶写一篇文章，参加会议，但现在尚未动手，能否交卷还不敢说。您这次不来京也可，但希望能在九月看到您。

　　即此顺问
近好

王瑶　七月六日

19811110　致 石汝祥

汝祥同志：

　　我于四日由南京返京，归后即检阅研究生考卷及档案，已决定录取三名，贵校之林基成即在其中，请转告该生，请释念。他的论文请不必寄了,俟来京报到时带来即可。通知将由北大统一发出,开学将在下学期。

此次在沪停留数日,心境十分愉快。惟给您及陈鸣树同志带来许多麻烦,耗费了一周的时间,颇感不安。对于您们的盛情招待,尤感歉疚,特此谨申谢忱。

大作尚未收到,俟收到后当仔细阅读。希望您能作全盘考虑,围绕鲁迅思想,写一组文章,将来可收为一书出版。家务负担虽重,但仍须抓紧商间搞出点东西来。不必花精力于人事纠纷上,没有什么意思。即此顺询
时绥

王瑶 十一月十日

19811112 致 丁尔纲

尔纲同志:

我于北京大会后即去南方,在桂林、武汉、上海、南京等地共一个多月,最近始返京。在南京时叶子铭同志说他要到香港开会,希望先看一下司马长风的《文学史》,嘱我归京后即寄给他。我是在寄走此书后翻阅一个多月来积压的信件才看到您的信的。但未闻家人说有人来借此书,想来已从别处借到,问题已经解决。但此书篇幅过大,复印实在费事,似不如托叶子铭同志代购一本,较为方便,请斟酌。

乐黛云同志所谈之《七十论文集》事,当作笑谈是可以的,千万不能认真对待。一、解放后尚无此类先例,国内德高望重之学者甚多,不应由我作俑。二、我个人在学术上贡

献极微，不应有此荣誉。三、我身体情况良好，如可以有此类活动，则俟到八十岁时再说；届时也许可以多做出一点事来。基于上述考虑，请对此事一笑置之可也。

乐黛云未给我来信，通信地址不详。《丛刊》事也不知有何发展，估计还会拖下去。今天马良春同志来信，谈学会印会员名册等已将今年经费用光，故明年开会费用仍是大问题。即此顺询

时绥

王瑶 十一月十二日

19811114　致 任伟光

伟光同志：

我于纪念鲁迅活动结束后，即去桂林、武汉、南京、上海走了一圈，费时一个多月，没有及时给您复信，乞谅。兹由邮寄去我为鲁迅百年纪念写的两篇文章，另《文学评论》有一篇，估计您已看到，故未寄。这些文章请您多提意见，以便收集时进行修改。又《鲁迅年谱》已出第一卷，估计您尚未看到，亦寄赠一册，供您参阅。此书因我参加了一点工作，故特赠五册，并非购置寄赠，请勿介意。

姚春树同志文章早已看过，我觉得内容很充实，作者掌握了大量史料，从总体上论述了鲁迅对现代散文发展上的地位与作用，做了初步的理论概括，批评了香港及西方研究者的某些偏见，皆极有见地，是一篇很有分量的文章。但分析似尚可深入和细致一点，特别是联系鲁迅同时代人及前后

作家的散文作品来论述鲁迅散文的意义与影响，似稍薄弱。（尤其是第二部分）至于厨川白村与鲁迅的关系，确实是值得深入研究的一个新问题。今年北大研究生温儒敏的毕业论文，我即建议他写这个题目，他的文章已在最近一期《北大学报》发表，但他着重在文艺思想，且有避重就轻、避难趋易之嫌，并不理想。姚春树同志则着重在文明批评与社会批评方面，做了新的探索和说明，很有见地。但这个题目似尚有进行专题研究的必要，希望不久能看到他的新作。我对这方面并无研究，承您嘱托写点意见，姑妄言之，以供参考。

　　近来工作忙否？身体如何？念念。您爱人毕业后分配到何处工作，也颇关心，便中望示知。您如来北京，望能枉顾舍下，随便聊聊。余俟后叙，即此顺询
近好

王瑶　十一月十四日

19811205　致　任伟光

伟光同志：

　　来信收阅。您的论刘半农文我已仔细看过，觉得材料充分，评价公允，也比较全面，较过去有关文章有所进展，足见努力。缺点是文字比较粗糙，今后似宜在文字锤炼上用点工夫。对于刘的创作思想与艺术的分析也嫌深度不够，新意不多。但我认为已达到发表水平，故已转交给负责《丛刊》编辑的同志，并写了一封推荐信，请他们处理，有必要也可

与您直接联系。因为我从未参加具体编辑事务，故只能建议，是否有效，目前尚难肯定。请继续努力，不必介怀。您着手研究许地山作品，选题不错，我想您对自己估计过低了，要有自信心，只要用力气，就一定会有成就，望勉之。七七届毕业生分配在即，但具体结果尚不知，超冰兄妹皆如此，想来您爱人也属同样情况。我想您们定居厦门是比较合适的，如有具体结果，望告知，祝您们如愿，顺利。

即此顺问

近好

王瑶 十二月五日

19820106　致 陆耀东

耀东同志：

您好！在武汉时蒙盛情招待，至为感荷。顷接云南教育学院来函，据云海南之会云南共有三名代表，已被云大、云南师院、文联和出版社分完，该校负责全省中学教员培训进修任务，师资水平亟待提高，希望能允许有一名教师参加云云。我想按照代表产生办法，有照顾少数民族之说，云南少数民族众多，如有可能，似应允其所请，准予该院派代表一名；但此须海南师专方面同意，故请您与之协商决定。如同意，可写信告知蒙树宏同志，请他转达；如有困难，也可请蒙树宏同志解释。他是理事，可以进行工作，我即不予回信。但我以为他们如此热心，似应予以照顾，请酌。即此顺祝

新年好

阖第同此不另

　　　　　　　　　　　　王瑶　一月六日

19820106　致　陈山

陈山同志：

　　来信收阅。我找了一次华秀珠同志，她口气很硬，说计委计划无法变更，不能再在北京分配。我想此事非首先得到北大的支持不可，必须由他们出面交涉，才能重新分配，而我对此毫无影响能力，经与严家炎、孙玉石两同志商量，也表示难办。华秀珠并说你曾给她写信愿到辽宁日报，现已照您的愿望办理，不能再反复变动。如果可以在北京分配，我可以给您探询一下要人的单位，但现在北大这一关却无法通过，故谈不上其他。如仍在辽宁工作，则势必分两步走，报到后再设法调动工作，这就要考虑是否容易出来的问题，而且只能在辽宁范围内调动，到北京则已毫无可能。我想您如到沈阳、北京自己活动一下，也许有较好机会。辽宁社科院如不行，辽宁大学也可考虑，估计两年内可以解决两地分居问题。望您斟酌。现在别人皆已报到，惟您的问题出了麻烦，虽感焦急，又无法可想。事情已不能再拖，望您抓紧时间到沈阳活动一下，以期有较好结果。

　　我因年龄及工作关系，在您学习期间，做的事很少，至歉。承您勉励，益增不安，即此顺问
新年好

　　　　　　　　　　　　王瑶　一月六日

19820224　致　陆耀东

耀东同志：

　　来函奉悉。关于香港人士参加会议事，"作协"外事书记朱子奇同志以此事与作协无关，不予理会。经向社科院副院长梅益同志请示，据云是否邀请及邀请何人，可以完全由学会决定；至于经费，若为此多费一二千元，则社科院可以资助。但又云根据某一条例，外宾不能到天涯海角参观，提醒我们须注意，或请示广东外事机构。又吴宏聪同志来函云：港方叶维廉博士所持者为美籍护照，批准手续比较费时间，须早日发出请柬云云。我已将上述情况函告陈贤茂同志，请他就近了解外事方面规定，幸马良春同志三月上旬即可回国，许多事仍需他致力，我对此等事一筹莫展，望您与唐弢等同志确定名单，再与陈贤茂同志决定邀请及接待办法。如向南旅游不可能，是否可宣布会议闭幕后再组织旅游，即可不再请他们参加，请酌。

　　关于会议日程，我主张不用大报告形式，尽量争取多一些人发言，如美国一些学术会议进行方式，但每人只限十五或廿分钟。此次参加之名人甚多，包括香港人士，似皆必须有发言机会。吴宏聪同志来信建议请欧阳山、杜埃同志讲话，孔罗荪、李何林、唐弢诸同志皆拟参加，此外恐必须讲话之人尚多。我个人写不出文章，也无内容可作报告，似可以马良春同志之会务报告来代替，他可以讲三个内容：（一）

会务（包括《丛刊》）。（二）美国同行研究情况。（三）国内研究情况。第三项他已写成概括性的文章，即赴美前准备对外介绍的文字，他可以讲一小时或略多（或者由严家炎同志讲《丛刊》情况也可）。此外关于流派问题他也可讲一点，去年的流派会议由他主持，文研所总结工作时认为此会为最成功者，原因即在准备充分；且决定于82年再召开一次，仍由马召集主持，已列入计划。流派问题既为讨论重点之一，请他作启发性讲话最为适宜。我想请把我的报告免了较妥，我可以当一两次主席，因为实在无话可讲，乞谅。关于介绍香港会议，因参加此会者甚多，故以一人主讲即可。此次会议黄药眠为团长、唐弢为副团长，故似请他讲较宜，请酌。

关于改选，请您及早思考并酝酿人选。我已连任两次，不宜再当选。学会乃群众团体，更不能搞终身制，我不当选，仍然会关心会务，望谅解。此外我建议增加副会长名额，必须选几位中年同志担任。此事我在包头会议即提出，未能实现，故须及早酝酿，促其实现。

以上云云，皆我所想到者。关于来信中所设计之日程安排、活动内容及方式等，我皆毫无意见，请与马良春、陈贤茂同志商量办理。

我于三月二日到广东，时间约半月，当可见到吴宏聪同志，俟我回京后，马良春同志必已早归，而会议筹备想亦已就绪。余俟再叙，即此顺颂

时绥　　阖府均好

　　　　　　　　　　　　　　　　　　王瑶 二月廿四日

19820407　致 钱鸿瑛

鸿瑛同志：

　　三函皆已收悉，以琐事缠身，迟复为歉。幸工作调动问题已圆满解决，且科研项目即为清真词，工作任务与个人爱好完全一致，极有利于早出成果，值得欣慰。今后您可潜心写作，力求高质量，不必为出版事务担心。首先，文研所即肯定会设法问世，如有困难，我完全可以负责推荐。前者所谈之陕西人民出版社，意欲请我做一套丛书的主编或顾问，要派人来面谈，我尚未肯定应允，估计让他们出版，当无问题。此外人民文学出版社及中国社科出版社等，我皆可推荐。现在各省出版社皆可面向全国，出专业书籍，故决不至发生问题，最多延搁一点时间而已，请释念。上海古籍出版社如接受，则校稿方便，亦很好。总之，此事可俟写作已完成一半以上时，再谋求具体化，亦并不迟，决不会无人接受，请放心。

　　至于写法，我不太同意过于用文学笔调，似仍应以论点、论据及论述过程为用力点，这有两点好处：（一）其中某些章节可作为文章在刊物上先独立发表。（二）这是您第一本书，应在功力上得到同行的较高评价，而一般同行的古典文学研究者并不十分欣赏文艺性的创作笔调，亦不利于作为科研任务汇报成绩。故我曾建议错义理、考据、词章于一炉，而不以词章为主，请您斟酌。

　　关于章节安排、体例及具体论点等，则我因毫无研究，实在提不出具体意见，只能泛泛地发点空论，于事无补；我完全同意您在"科研项目表"上所填的说明，此外实无所补充。至于参考书，我因自己对词无研究，无法提供书目，但您如有所需，请告知，当尽量设法解决。我想文研所也有一些书，上海图书馆也可利用，当不会有很大困难。您所提的四本书本来我都有，但普氏《没有地址的信》找不到了，其余的亦皆老版本，以后出的可能有所修订，但未购。今寄去《谈艺录》《宋诗选注》及《生活与美学》三本，望收。此三书皆我有，不必归还。至于《周邦彦集》，已托人向中华购买，收到后即寄去，估计无大问题。

我写的关于朱先生的一篇短文，刊于《文艺论丛》第十四期，内容是关于介绍《新文学研究纲要》的讲义的，没有多大意义，而且您很容易看到，即不寄了。

您多次讲到"伏枕"作书，使人为您的健康担忧。其实不仅写字，即看书亦不宜卧看，如嫌"正襟危坐"不舒服，可购一对小沙发（屋子太小，一套摆不开），似较卧床为胜，请酌。看到您"失火"的惊扰，虽感惊喜交并，但必须汲取教训，不能大意。

就出版机会说，"评传"较"笺注"易找出路，但"笺注"过一遍后再写"评传"，当然有好处，惟费力甚多，并不容易，故如何进行，请您斟酌。但不必为"出路"担心，要在质量上用功夫。但写作是高强度劳动，不能拼命，必须劳逸结合，适当安排，以保证健康为第一，至盼。

我最近较忙，琐事堆积甚多，效率又低，其实并没有写什么东西，但身体很好，请释念。

余后叙，即此顺祝

健康　丹君同好

王瑶　四月七日

19821013　致 石汝祥

汝祥同志：

　　来函奉悉。关于您升级一事早有所闻，虽感惊愕，亦无良策，天下不公之事甚多，只能以释然态度处之。重要者乃将此置之度外，仍潜心于著述，切勿影响情绪，有所弃置。鲁迅在北大只为讲师，固不必与同侪论短长也。前者山西人民出版社拟出一套文学史自修丛书，包括古代及现代，他们请我作顾问，我曾建议他们与您联系，此虽为普及性书籍，但如有定期交稿之约，亦可给自己施加点压力，有利于出成果。再则另拟几篇专题论文选题，写竣后可合为有关鲁迅思想研究专著。您家务较忙，教学任务亦重，但仍须抓紧时间努力写作，不宜蹉跎。如我之年龄，已甚感力不从心，效率奇低，提笔如"垂死挣扎"，不做事则等于"坐以待毙"，仍决定以勉力挣扎较好。您正值出成果之最佳年龄区，望能珍惜。此不仅为个人，亦为学术发展而言，直言如此，愿共勉之。

　　我已决定参加杭州之会，但不拟在沪停留，因一则既无要事，又须给别人增添麻烦，二则现代文学研究会决定明年四、五月间在沪召开理事会，届时当前往参加，故此次即由杭直接返京。如临时有变化，当再函达，因找旅馆总是非找人事先帮忙不可，而找您比较方便一些。

余俟再叙，即颂

时绥

王瑶 十月十三日

19821022 致 杜琇

琇：

来信收阅，勾起许多记忆，皆极令人感怀，我十分满意我们能多想一些美好的生活片段，忘掉一些生活中的不愉快的曲折，争取多活几年，过得更好一些。读来信后无最高指示可以遵循，只能携归细谈。我此信仍属平安家信之类，报告行踪经历，以便超冰他们也都知道和放心。至于感想之类，只好留待面谈了。

我对大会发言本毫无准备，但仍百辞不获，安排在廿三日下午讲一小时，这两天我就为此思索，与赵树理讨论会极相似，但又无黄修己的稿子，故颇苦于应付。此外尚需到杭州大学讲一次，这倒不要紧，我仍准备讲民族风格问题，炒炒冷饭，对大学师生与对鲁迅研究者不同，易于应付。我在此游了一次灵隐、岳坟、六和塔等，与李何林等乘车花了半天时间。另外还在湖中坐游船玩了一小时，此外许多地方尚未去。与会者中之熟人，对杭州皆较我熟悉，我已陌然无印象。还要组织去绍兴一次。我已登记了廿九日的飞机票，仍与李何林等同行，如买到，即不会延迟。我估计我可以搭"鲁博"的车到东四，故不必来接，我租小车回去即可。因飞机是晚上到，故汽车费可以报销，并无困难，请放心。如飞机票买不到，我想最迟三十号总可以吧，因为浙江方面总是要尽快把人送走的。我的东西当然比来时多了一些，主要是增加了文件、书籍，买的东西不多，只买了十五斤桔子，几斤小核桃，一套剪刀（五把），但也许还要买一点什么，因为也许还有到街上的机会。总之，我想不用人接也是可以的。遗憾的是陶集校稿实在无暇无力动手，如廿九日返京，突击一下，月底交回之期也许不至延误太多。然后又须赶关于郭老的讲稿，任务压得够紧的。

希望您多保重。想得太多于身体无益，如要想什么，俟我到家后一起想吧！估计此信到后不久我就到家了。因为还要到绍兴，可能不再写信了。

即此问

好

瑶　十月廿二日夜

19830103　致　钱鸿瑛

鸿瑛如见：

今天我到城内开会，与南京大学程千帆同屋，据他说唐圭璋编的《词话丛编》收罗得很完全，中华书局已决定出版，当然最早也需一年后才能见书，但您也并不急用，将来有此一套，省许多搜罗之功。据云此书体例如《历代诗话》，然只是汇刻；您在准备过程中如能加以校、注，则亦可作为资料出版。"注"主要是注所引作品的名称、作者及全首文字。因为主要的几种前人已有注文可参考，则工程也许不算太大。再在此基础上写"词学批评史"或"词话研究"，较为方便。程千帆目前正领导南大一些人编《全清词》，似乎对词很熟。我则对词及词话皆很陌生，您所谈的几部词话我都没有，书橱里只有一部清人的《词林纪事》，乃"文革"前上海古典文学出版社所印，您如有用，我可以寄去。又中华即将出版《历代职官志》（有注）的书，当设法为您找一本。我赞成您选《词学批评史》这一题目，但此种题目之困难有二：（1）不能局限于宋词，清词分量很多，必须涉猎。（2）不能完全以欣赏、爱好为准，必须做一些干燥无味的资料性工作，以此为必要基础，然后才能发议论。我知之甚少，只是一般地谈看法。现在我参加的这个会是讨论社会科学"六五"计划期间国家重点计划的规划，文学部分的规划会将于二月底或三月初在桂林召开，现在的会是筹备性质的小型会，我是文学组的副组长（组长是文研所所长许觉民），所以桂林之会也必须参加，我想姜彬同志大概也会参加的。总之，我以为您可以随时积累材料，但主要精力应先用在"周邦彦研究"上。将来有些书籍必须利用上海图书馆，如有难找的书，我可以向北京图书馆或北大图书馆想办法，只要不是善本书，是可以借出或复印的，请放心。

　　上次给您匆匆写了一信，已将《光明日报》等封好，忽然邮局送来《浙江画报》，乃拆开将《画报》也一并寄去，并寄了挂号（原说不挂号了）。《画报》中有我之短文一篇，故寄上。又我的《新文学史稿》已重版出书，但目前我只收到一部样书，过些时候赠书寄来后，当寄赠一部，请您喝点"白开水"（您曾说过，现代文学如白开水）。另《中古文学史论集》也已印竣，收到后也当寄奉一册。

这个会六号结束,我即返北大,希望看到您的信。看来一九八三年的会也很多,已知者已有四五个,结果什么也写不出来。

我的身体状况尚好,精神也不错,但对"饮食起居"已不采取"从心所欲"态度,而颇讲养生之道,所嘱各点,已严加注意和控制,望释念。

据文研所吴子敏同志(现代文学学会秘书长)说,他已接到洪荒同志来信,四月上海之会,已联系好地点与旅馆云云。

您说自顾平生,除童年外,皆无欢乐;您的坎坷是令人浩叹的,但从"向前看"的精神说,我想从"八一年"起,应该是"新生",至少"英雄有用武之地",即使谈不上欢乐,也应该感到充实。此并非空言鼓励,我愿尽一切力量使您愉快一点,此情当能理解。努力工作而不过于浸沉于回忆,则工作与读书也可给人以欢乐。愿互勉之。文笔拙涩,但您说愿听我的话一语仍给我以极大鼓舞,因此我是十分欣慰的。

此信乃在旅馆所写,匆匆之至,即祝

愉快　丹君安好

王瑶　一月三日夜

19830126　致 任伟光

伟光同志:

承赠月历及水仙皆早已收到,谢谢。屡受厚仪,至感不安，务望今后勿再远道馈遗为盼。前数日在京晤及应锦襄同志，谈厦大琐事甚多，因而思及您之处境亦颇多困难，望能埋头做事，以实际成绩示人，而不必多介入于人事关系，请酌。大作已看过，写得不错，我已转交《现代文学研究丛刊》编辑部，并批注意见及建议刊用等语，因我并未负实际责任，不知集稿情况，但估计刊用之可能性颇大。惟此刊之印刷周期过长，一九八二年最后一期迄今仍未出版，一九八三年第一、二期早已付排，故此文如刊用，可能排在第四期，如此则须一年后始能出版。我本拟推荐给《文学评论》，但估计他们很可能编入《文学评论丛刊》，而《丛刊》之周期也须一年，故决定仍交《现代文学丛刊》。拙作《新文学史稿》已重印出书，特寄上一部，请指正。余俟再叙，即问

近好　希周同好

王瑶　一月廿六日

19830307　致 石汝祥

汝祥同志：

接得来函已多日，以赶写一篇文章，未能即复，至歉。我于二月廿八日至桂林，参加全国重点项目文学规划会议，遇到徐中玉同志，据云钱谷融同志已赴日，并将于三月七日返沪，我估计您与钱可能是同往，本拟在桂林与您写信，遂暂搁置。我于三月七日至南宁，正拟写信，而未带来您之通信地址，只记得是金沙江路师大二邨，忘记了号数，故只好将此信写就，俟十日返京后再发，拖延过久，至感歉疚。如

您果已于三月返沪，则四月我到沪开会时当可面晤，亦大快事。不知您在日本讲的题目是什么，念念。和我有过接触或通讯的学者以在东京的居多，记起来的大阪有金子二郎（翻译鲁迅作品的），横滨有波多野太郎（研究中国古典文学的，特别是元曲）。一般说，他们十分重视材料，搞得很繁琐，对重要作家及运动皆有人有兴趣，对曾留日者兴趣尤浓。我孤陋寡闻，所知甚少，您归来后当可耳食一二。又闻贵校译印有日本某氏所著《文艺学概论》一书，如方便，请为我购寄一册为感。余俟再叙，即问
近好

王瑶 三月七日夜于南宁邕州饭店

19830309　致 钱鸿瑛

鸿瑛如见：

我于七日至南宁，在桂林时曾致一函，谅已阅悉。此间讲演任务已完成，游览了一些地方，都无足观，定于十日返京。此地机票极难买，为此颇费周折，现在据说可以走了，但仍未拿到票。今天接北京来电，陕西人民出版社来人在北京等我，已购好十三日由京至西安机票，原因是他们编了一套书，名《现代小说鉴赏文库》，有几十本，既选"五四"以来名作，又附分析文章，让我当挂名主编。此事我迄未过问，皆由我的助手给以协助，现在他们把撰稿人邀集西安，要开一个定稿会，坚邀我偕同助手出席。故回京后即去西安。北京市十六日开人代会已决定请假，在西安耽搁几天尚

不知，可能到廿日，我将争取早日返京，因廿七日尚有纪念茅盾之会在京举行，我要作一发言（已有草稿）。总之，时间皆花在奔波上了。因行踪不定，故请暂勿来信，我当抽暇给您写信。俟定下来后即去信要求复函。我希望四月沪上之会不会发生变化，但旅居外地，情况不明，须回京后始知确讯。但会议经费已领到，会址旅馆据云亦已联系好，故大致不至有问题。此地招待颇好，我住一带客厅之套间，惟南宁无熟人，除与各来话者应酬外，深夜独坐，百无聊赖，不免思绪万千，想入非非，此信本来不写也可以，现在唠叨一阵，不过遣闷而已。当然，我是愿意谈谈我的情况的，而且相信您也是愿意听的，故拉杂书之如上。此地植物一片翠绿，春意甚浓，而北京室内尚在生火，景象颇不同。市上香蕉甚多，较北京价廉物美（此间每斤三角多，北京七角，且不佳），故大啖之。此外无引人注目之特点，远不若桂林景色之可观。即此打住，顺祝

愉快　丹君同好

王瑶 三月九日深夜

19830330　致 刘泰隆

泰隆同志：

　　此次赴桂林开会，未能到府趋访，至以为歉。临行又蒙馈遗厚物，甚感惶悚，谨申谢忱。近拙作《史稿》重印出书，特寄奉一部，尚望赐正。此书早成陈迹，本无足观，惟愧无新作，甚觉赧颜，聊以充数，借求教正而已。耑此即颂

时绥

王瑶　三月卅日

19830409　致　钱鸿瑛

鸿瑛如见：

　　来函收阅，得知近况，颇慰遐思。《比较文学译文集》二册已遵嘱寄上，其余各书，暂付阙如。《碧鸡漫话》我无此书，但似不难找，似《说郛》中即有，我于"文革"中将《说郛》处理掉，只留了一部《太平广记》；又上海古籍出版社似印过单本，总之，无法寄奉。《迦陵论诗丛稿》乃新出，见过广告，请您在沪留意一下，或可购得。如不果，请再告我。因我如搜求，则最简便之法即函"中华"罗致，而他们往往不要钱，故不便多次麻烦人家；而我近来自己逛书店之机会甚少，故不如如此办理较妥。想近来您正赶写《自然美》文章，两篇长文皆望能如期脱稿。我对"美学"及"词学"皆所知甚少，提供不出参考文章篇目，即文章写竣之后，我虽亟愿先睹为快，但亦只能列于一般读者水平，对内容论点很难提出有价值之意见，此情当能亮察。故鄙意仍以大胆地放手论述较好，不必过于拘谨，请酌。《兰州诗词丛书》事与我无涉，当系编者看到您的文章有分量所致，足见文章一发表即为社会存在，其影响常有非意料所及者，望以此互勉。

　　现代文学理事会拟与大百科全书现代文学组定稿会接连举行，地点仍在上海，时间在五六月间。我是现代文学部分主编，最近与大百科出版社商酌，在上海举行定稿会，并请他们代为筹办理事会备案及租房事宜，王元化同志派了一个干部来此，似问题不大，俟具体日期等确定后再告诉您。此两会需时几达一月，届时自然会妨碍您的一些工作，乞体谅。如无此周折，则我此时或已在沪上，畅谈衷曲，快何如之！今虽延缓，但大致仍可实现，指日可待之情，谅能知之。现在看来，延后也有好处。因我于参加茅盾会议期间，痔疮发作，失血颇多，今虽已控制住，但身体颇虚弱，正在调养中。此本非大病，原不拟告诉您，今因已经康复，经医生检查认为须休息调养（血色素有所下降），大概不久即可复原，请释念。我希望能精神饱满地参加沪上之会。最近可能是过于疲倦了，故休息一下也有好处。

《城南旧事》等影片皆已看过，与您有同感。我对您的身世、经历、才华、坎坷，等等，自以为深有所知，但往者已矣，一切仍以"向前看"为宜。现在条件就算不错了，宜珍惜机会，多所努力，我相信您是会有所建树的，望共勉。有些遭遇原非人力所能改变，只能一笑置之，不宜过于回首徘徊，此于身体及精神皆无裨益。您对理论、思辨有兴趣是好事，学术文章必须有一定的理论色彩及高度，始能有较高质量。但就您之修养基础及目前工作性质看，似不宜在纯理论探索方面花费过多精力，请酌。以上云云，姑妄言之，老气横秋，一副教师爷架势，尚希鉴谅。

关于我的情况，以及学界琐闻，人事变迁，对您的工作的建议，等等，总之，想谈的很多，言不尽意，于是把一切希望与欢愉都寄托于面晤了。我的任务是尽快把身体调养好，许多事情都搁下了，不再想"赶任务"了，倒是希望您最近赶出点什么，以便于适应我的干扰，请谅。

我最近不出外活动，请来信（航空），即此顺祝

健康愉快　　丹君同好

王瑶 四月九日

19830616　致 钱鸿瑛

鸿瑛如见：

我因近来会议频繁，故久未去函，当能鉴谅。想您早已康复，心绪转佳，务请保重。前者曾寄去大百科外国文学卷一套想已收到，此种书作为备查之参考物，尚有用处，故特寄上一套。近来我正在参加政协会议，须廿三日始结束，接着尚有民盟中央全会，而教育部召开之关于招收博士、硕士研究生单位评审会议，亦于六月下旬在京召开。现代文学之会已定廿二日在上海华山饭店召开。我已向民盟及教育部请假，并已向政协秘书处请假三天，定于廿日乘飞机至沪。现在机票已买到，八时半起飞，中午可到旅馆，相信廿一日可以去看您。这些天即为此种事之安排忙碌，由于民航新规定十分繁琐，故在机票到手前未敢肯定告知，今皆已安排妥当，请释念。惟自七月一日起，将在广东肇庆召开一"现代文学资料汇编"编委会，我不仅为编委，且此项目为"六五"期间国家重点项目，我有审查责任，故必须参加。拟于到沪后即订购六月卅日至穗之机票，七月一日赶到肇庆。如此则在沪停留时间只有十天，尚须参加会议，故晤谈之机会，最多亦不过数日而已，思之黯然，十分珍惜。此情当能体会。

目前北京正值高温，上海似尚略低，总之，对您定会有所干扰，乞谅。要说的话颇多，但会晤在即，一切皆可畅叙，故不拟在此多所抒述，希望得到您的热情接待。余容面谈，即此顺颂

近好　　丹君同好

王瑶　六月十六日于国务院第一招待所

上次寄书时因回北大之时间过于匆促，又要找我的助手钱理群谈话，遂将邮包上之姓名写错。到邮局后始发现改正，老态可掬。

19830810　致　钱鸿瑛

鸿瑛如见：

我于昨日乘机由青岛返京，在青共住半月，躲过了最热天气，今已立秋，谅不至过热矣。今北京最高温度为32℃，与上海类似，但北京最低温度为19℃，上海为25℃，故沪上仍属酷暑时间，北京则早晚已凉爽。十分挂念您的身体，暑期务望以休息为主，切勿生病，至盼。我大概九月中旬将至沪，届时气候当比较宜人，惟恐来不及赶上您的诞辰，亲致祝愿，亦一憾事。具体时间等尚未确定，上海方面派一干部来京，因我在青岛未归，只留一纸条，说明仍在上海开会。我离青前一天王元化到青岛开《文心雕龙》讨论会，但未晤面，俟有具体消息，当再函告。八月份我将在京处理一点杂务，故望见信后能速复一函，以释远念。

兹挂号寄去邮件一束，内有最近《文学研究动态》一期，

其中有介绍三十年来词学研究情况一文,可供您参考。文中摘录诸名家主要论点,亦介绍了您的观点,读后十分欣慰。另有介绍美国出版之《宋代六大词人》一文,其研究方法或亦对您有可参考之处。另《古籍整理及研究情况》中有关于缪钺先生等消息,大概亦为您所关心。此外尚有《光明日报》三张,《文学报》两张。《文学报》之一载有关于我的访问记,另一张载有我在上海开会之照片一幅,故皆检寄一份,请您翻翻。

我的身体情况很好,较在沪时为佳。当时正值大病之后,看来今已完全复原。惟文债累累,无力属文,则颇感压力耳。《文学遗产增刊》不日即可寄上,请释念。又我明春可能要出国一次,现尚未具体化,特先告知,来信不必谈及。在青岛时曾致一函,谅早收阅。言不尽意,望能神会。即此顺祝

健康、愉快

　　丹君同好

王瑶 八月十日

19830906　致 杜琇

琇:

我于五日六时半起飞,未吃饭,到沪后又误了饭,同行者共八人,在外边吃了一碗冷面一碗馄饨,到住处已九时半。此地为大百科上海分社新盖之招待所,仓促使用,上下水道尚未接通(今日已通),房间尚宽敞,我与孔罗荪同

屋，他要迟到两三天，惟无热水、无电话，许多设备尚未安好。上海天气闷热，类似青岛那些天，一进门即想"解放"。此处地在郊区，离飞机场倒不远，但距市区甚远，须走一刻钟始有公共车，其情况有似高级党校之到王府井。周围无商店，寄信也须请人带走，十分不便。今日已开会讨论一天，王元化、许觉民等讲了话，由我主持。打印之文稿达60万字，讨论紧张、繁琐，天气又热，颇感疲倦。我已决定十七日返京，但尚未与他们商量，此会要开至廿日始结束。待过几天，须去南京路一次，以便购物（水果、烟丝等）。外界对大百科现代文学之框架条目，意见甚多，皆须斟酌。写来之文稿质量不高，问题甚多。总之，离定稿要求尚远。您在家除日常事务及教课外，尚有粉刷房屋及做衣服两件大事，一定要忙得团团转。望注意睡眠及休息。如来信，请寄上海古北路650号"大百科"招待所101号交我即可。此处伙食亦不佳，估计西郊宾馆之学位会议，许多条件皆较此处为优。但今天搬来一台电扇，十分及时。余俟再达，即此问好

瑶 六日夜

19830911　致 杜琇

琇：

到此后曾寄一函，今接七日信，看来尚未收到我的信。我在此已过了六天，定十七日返京。因会议由我主持，故较紧张，但身体尚好，未生病，望释念。染发水已购好，但光明烟丝缺货，带的又少，只好买一点劣质烟应付。带的东西

并不缺，惟天气太热，很多衣服用不上，背心、袖衬衣很少，我又懒于洗衣，故颇脏，幸过几天即回去，到北京即不必穿袖衣了。关于粉刷房屋事，我意无论时间拖得多久，多麻烦，仍然要刷。可设法雇临时工，不必吝惜费用，只是您太忙累了。关于茶叶，上海也无龙井，只能不买了。

我的生活习惯不好，平日老干扰您的休息，以致养成不好的睡眠习惯，影响体质，十分不安。回去后一定要好好研究安排办法，使生活规律化一点。但您必须使性格开朗一些，不要胡思乱想。我也很想时时有些胡说八道的机会，惟外出期间苦无听者，只好等回去后"一吐为快"了。此属"精神散步"性质，您也应该习于"多说"，可能对身体有好处。

我在此住的地方已属上海县，是远郊区，有类通县，十分偏僻，周围都是建筑工地，响声彻夜不断。孔罗荪同志已于八日来沪，他的生活习惯也是早睡早起，颇受拘束。

望领工资，并向城中寄钱，超默是否十二日赴兰州，念念。粉刷房屋事，恐须冯桐多帮忙。

即此问

好

瑶 十一日夜

19840703 致 张挺

张挺同志：

来函奉悉。知您忙碌异常，不胜钦佩。我近况如昔，乏善可陈。九月中旬将赴日讲学一月,十一月将有上海《文心雕龙》讨论会及杭州茅盾学术讨论会,须往参加,故成都之会,只好缺席。近来事务较多,工作效率奇低,极感年老体衰之苦,此亦自然规律,无可如何!近闻高校提升职称事将于九月起解冻,想您的问题,届时定可圆满解决。您如再有机会来京,尚望不吝枉顾为感。即此顺颂

时绥

王瑶 七月三日

19840801　致 钱鸿瑛

鸿瑛如见:

未致函已多日,前者将《比较文学论文集》及《书林》等寄上,谅已收到。时值酷暑,北京犹难忍受,何况沪上,极为您之身体担心,务望善自调摄,度此盛夏。报载八月三日上海文代会将开幕,姜彬为秘书长,迁延多年,此次盖整党结果之一,必然强调团结。全国文代会亦已宣布于年底召开,改革之风弥漫,故气氛较和谐,不似去年之紧张。学位委员会各科评议组将于八月廿日开会,讨论一批新提拔之中青年教授及博士导师,除科学院、社科院外,教育部指定北大、清华、复旦、上海交大四校,新报一批55岁以下之中青年教师,作为特例予以提擢,其余则循以往正常途径,将仍按章办理。故此次颇似明清之"恩科"。北大报新提教授30人,博士导师70人;清华为教授26人等,最后尚待讨论决定。但校内已议论纷纷,矛盾显露。我因准备赴日讲学,

故评议会议决定请假，不拟参加。但九月一日至八日在哈尔滨举行之现代文学研究会学术大会，则因我为会长，百辞不获谅解，仍须前往参加，拟在八月廿九日或卅日动身。此外在八月份即准备赴日之讲稿，时间较紧。在日本之活动日程已排定印出，每天皆有活动安排，除东京外，尚去仙台、京都、大阪、奈良等地，在东京、京都、早稻田各大学皆有讲演及座谈活动，尚参加日本全国汉学会学术年会，故一切讲话，皆须在国内准备好，因在日时无余裕可以准备。九月十五日由北京至东京，十月十七日由大阪回国。希望能安全圆满完成此行，不致过于紧张，则幸甚矣。归来后略事休憩，即可参加十一月南方之会。希望一切顺利，如所预期。陕西人民出版社函告，最近该社副总编将来京找我，商谈《现代小说鉴赏文库》出版事，因前者我已答应为此书之挂名主编，闻即将付印，故专为此来京一行。届时便中或当谈及《周……研究》一书，但不会影响您作其他安排，只是仍保留此一线索而已。

　　接此信后，望能即复一函，天气过热，短札亦可。我当按时去系里取信，以慰远念。特别希望知道身体情况。我如外出或在京有其他会议活动，当随时函告，请释念。余俟再叙，即祝
健康愉快
　　丹君同好

王瑶　八月一日

19850120　致 董大中

大中同志：

　　来函奉悉。知您将负责《批评家》杂志，谨此致贺。现遵嘱寄去《自传》及照片，乞收。惟我以为最好不要介绍我，至少也应靠后一些，因为我写的批评文章极少，尤其未涉及当代作品，介绍意义不大；再则我也够不上所谓评论家，请酌。如蒙不用，则请将照片掷还可也。

　　关于读者来信所提问题，我实无力答复，尚望另约他人为盼。未能应命，至感歉疚，乞谅。

　　西戎同志身体违和，未出席作协大会，念念，烦代致意。

　　即此顺颂

时绥

王瑶 一月廿日

19850329　致 钱鸿瑛

鸿瑛如见：

　　接来函，得知近况，不胜欣慰。我以为您的体质不错，这可能与坚持锻炼有关。惟眼睛最好找医生详细检查一次。就年龄说，恐是老花初期症状，若然，则必须配眼镜，不能拖延。平日读书写作皆须劳逸结合，不能"硬拼"。目前气候适宜，可适当多做一点。暑期则必须休息以免生病。我平日生病之时不多，但经此两月折磨，深知其苦，故于此会结束之后，即拟根治之，以免随时可出问题之虞。关于"辞书"之事，最好不要生气，此种事虽使人不快，但生活中很难完全避免。今后写文章应将范围集中一点，不宜四面出击，请参考。我希望《周……研究》一书今年一定完成，不宜再拖。缪先生既交口称赞，定然精彩，您一定要请他写一篇序。您要求"慎密"定稿，宁可慢点，十分正确。此乃专著，要有一定质量，祝您年内如期脱稿。

杨铁夫《清真词释》，我未听过此书，北大图书馆既没有，则只有向北京图书馆探询了。但最近我无力奔波，请您先向别处设法，如无法解决，俟五六月份我再试试。文研所图书馆藏书不多，恐不易找。上海图书馆不知是否能找到？《金瓶梅》上级只批准人民文学出版社印一万本，纸型已打好，尚未出书。闻许多地方出版社俟"人文"出书后即大量印刷，他们不需要中宣部出版局批准。此次印者乃"洁本"，即大量删去描写床笫之事。此事俟我打听一下，请勿急。王水照的东京通信地点俟我回北大后即可写信告知您，现在住旅馆，记不清了，但此事一定能办到。"五四"为北大校庆，但并无盛大节日气氛，校友返校者也不多，专为此事来京，校方亦不特别招待，似并无特别方便处，仍须自己找住处，故不若找机会出差或开会较为方便。您决定不来也好，当然可以见到一些以前的同学，但外地来的恐怕亦很少。

暑假我将去北戴河住一月，为"大百科"中国文学卷定稿。香港之行初步定为十月份，为期一月，但尚拟在深圳小住，故恐须一个半月。此外今年尚有庐山（陶渊明），重庆

（郭沫若），天津（话剧文学）等处邀请，是否出席尚未定。总之，必须先把病治好，才能无后顾之忧。惟今年恐无机会到上海了，思之憾甚。

此处之会于四月六日结束，故望接信后立复一函，仍寄"北京西直门外文兴东街一号国谊宾馆五一五号"，我可以在此收到。

余俟再叙，即祝
健康、愉快

王瑶 三月廿九日夜

19850501　致　张挺

张挺同志：

来函奉悉已多日，以最近痔疮发作，迟复为歉。由来函知已荣任贵校《学报》主编，特此致贺。关于"顾问"事，按各校学报似尚无延请校外人士者，不知此议是否可行，且实际上亦无可能有所致力，请再酌。此并非顾惜羽毛，如确有此必要，则挂名之事，可不坚辞，我只就此举之是否适宜，妄发议论而已，请酌。成都"四老"之会，已定五月廿一日报到，想来您定参加。我因已预约妥五月中进医院动手术，故不克前往，至憾。前者政协开会期间曾遇到巴金同志，他问我是否与您很熟云云，因系路边相逢，未能多谈，即此顺颂
时绥

王瑶 五月一日

19850507　致 刘正强

正强同志：

您好！在昆时蒙您多次造访，又惠厚仪，不胜感荷！惜时间安排过紧，未能畅谈及造访，甚憾。前者曾谈及我在日本东北大学之《东洋学集刊》第五十三号发表之座谈记录稿，今奉上单印本一份，请审阅。惟当时乃临时发言，并无多少史料价值，故如不适用，即作罢论，不必客气。此种单行本我尚存有多份，故亦不必退还。即此顺颂

时绥　　阖第均吉

王瑶　五月七日

19860412　致 钱鸿瑛

鸿瑛如见：

我于三月一日动身，经广州至香港，四月一日离港，共计一月。在港期间，除对中文大学、香港大学、浸会学院等校讲演外，还到澳门一次，在东亚大学讲课。讲课时间不算很多，但应酬频繁，所住之中文大学虽生活条件甚好，但离市区甚远，出入维艰，一出门即需一整天，且十分疲倦。与当地文化教育界人士接触颇多，各报多有报道及访问记。我方新华社、三联、商务皆曾宴请，总的讲来，算是成功的，身体也未生病，望释念。在"三联"时遇到您的同学盛美

娣，十分热情。您要的四本书，皆已备妥，由她寄往上海，谅已收到。另外我还在别处买了一本台湾出的关于清真词的书，因已托运至京，俟返京后当可寄奉。惟所嘱购英纳格压璜（AP、811）一事，市场遍访二日未得，后探得在香港黄竹坑道 34 号华明大厦，始可买到。我所住之地在最北端（新界），该地在最南，地理不熟，无人带路，故未往。但香港中文大学有我指导之博士研究生温儒敏，于三月底到港，共留五个月，查看国外资料，黄竹坑道在海洋公园附近，已嘱他于游园时去买，谅可办到。我则并未有机会游海洋公园，因街道复杂，无人同行即不敢独闯，此事未办妥，至感歉疚。我于四月一日到深圳，四月四日到广州，在深圳大学及中山大学皆曾讲演一次。四月八日到昆明，目前正在此主持现代文学研究会理事会，此会于四月十六日结束，我将应邀至贵阳讲学，可能多留几天，借以休息，估计五一前可返京，返京后当再去信。此行经俩月，风尘仆仆，终日忙乱，连报纸也很少看，见闻则一方面有所开拓（国外情况），一方面又十分闭塞（国内动态）。在昆明期间，与陈鸣树、钱谷融聊天，始对上海信息略有所知。两月来所接触者，多为素昧平生之人，应酬进退，皆须聚精会神，请吃饭之次数甚多，一餐即须费四五小时，故生活变化甚多，过的完全是旅游、访问生活。有时则逛闹市、看商品，如此而已。幸身体尚好，虽感疲倦，并未生病，讲演之反应亦尚良好，堪告知己。今匆匆草此，以释远念。其他有助谈助之事，以后当可陆续闲谈。即此祝您
健康愉快　　丹君同好

王瑶　四月十二日

19870513　致　秦川

秦川同志：

您好！卓如同志定于五月十四日由京飞蓉，商谈今秋中国现代文学会举行学术讨论会事，希望此行能将各项筹备工作皆予落实及具体化，拍板定案；而能否一切顺利，则端赖您的活动。您为此会理事，又在成都工作，义不容辞，自无待言，特申谢忱。我已写就致马识途同志一函，随此信统（原稿如此，疑为"寄"字——编者注）去，望转交卓如同志，对此事进行或有所裨益。总之，大家皆希望到成都开会，如非万不得已，仍以不改地点为妥，望您大力促成此事为感。即此顺颂

时绥

王瑶　五月十三日

19870514　致　马识途

识途同志：

您好！兹有一事相恳，务乞协助予以解决。前者在重庆开郭老学术讨论会时，曾谈及"中国现代文学研究会"拟于今年九十月间，在成都召开学术讨论会，讨论抗战时期文学，并进行改选等会务活动；因此会经费有限，困难重重，曾面请您大力协助，促其实现，当蒙慨允，不胜感荷！今已

届五月，诸事尚无头绪，经在京理事商酌，特推"中国现代文学研究会"秘书长、社会科学院文研所现代文学研究室主任卓如同志，赴蓉一行，希望能在您的指导协助之下，将筹备事宜具体化。详细情况当由卓如同志面达，尚望鼎力促成为感。此会今年正值改选之期，我已七十三岁，亟望卸去会长一职，若不能按期举行，则颇有借故恋栈之嫌，故无论食宿条件如何简陋，仍望会议能如期举行，而此愿望之实现，则端赖鼎力玉成耳。劳神之处，俟到蓉后当诣府面谢。事非得已，当能俯允。即此敬颂

时绥

王瑶　谨上　五月十四日

19870708　致　陈则光

则光同志：

　　您好！承赠大作《中国近代文学史》已收到，谢谢。甲午以后之下册，头绪更繁，治之者不多，亟望能早日问世。此书上册印刷尚疏朗，惟印数过少，颇感憾耳。闻卓如同志言，现代文学年会已定于十月在成都举行，届时务望您能拨冗参加，藉叙一切。陈平原同志博士答辩已通过，并留北大任教。暑期他将返穗，特嘱代为致意。即此顺颂

时绥

王瑶　七月八日

19870708 致 钱谷融

谷融同志：

您好！承赠大作《文学的魅力》，甚感。收到已久，最近才断断续续读毕，本拟读毕后再写回信致谢，但现在仍然感到非三言两语所能表达，总之，对您的造诣和成就有了更多的了解，并十分钦佩，特此谨致谢忱。前者王晓明同志来京，曾蒙访晤，得知近况，甚慰。您所主持的几部资料书（关于流派的），亦皆已收到，谢谢。闻卓如同志言，现代文学年会已决定于十月在成都举行，希望您一定拨冗参加，支持一下。届时当可面晤。余俟后陈，即颂
时绥

王瑶 七月八日

19871030 致 潘旭澜

旭澜同志：

您好！承赠大作《诗情与哲理》已妥收，谨申谢忱。您对杜鹏程同志作品研究多年，对这位优秀作家的特色理解很深，像这样对当代作家作深入研究的专著并不多，特别在今天许多人都不愿研究和阅读五十年代作品的时候，这样的著作尤其及时而可贵，对当前富有启示作用。祝您在学术研究上获得更丰硕的成果。耑此即颂

时绥

王瑶 十月卅日

19871110　致　卓如

卓如同志：

您好！成都会议汇报稿已阅毕，兹奉还，我略加了几个字，请您酌定。此汇报按手续恐须向社科院及四川省委宣传部呈报，此外在一些报刊的"动态"栏中似亦可有所反映（如《丛刊》《文评》等），请酌。

新聘请之顾问及名誉理事恐皆须发聘请函件，不然未出席者并不知道。此项函件宜由理事会具名，不要写个人姓名。

又今后凡有顾问、名誉理事或理事不幸逝世者，皆宜由研究会具名（不是理事会或个人具名），发电致唁，此可定为惯例。

以上皆随时想到者，请您酌定是否妥适。耑此即颂
时绥

王瑶 十一月十日

19871128　致　陆耀东

耀东同志：

您好！来函奉悉。拙著谬承推荐，不胜感荷，谨致谢

忧。此书原为建国初草创之作，近年来学科建设突飞猛进，自揣旧作早已完成历史任务，由今日水平视之，自觉汗颜，谬承奖许，实甚感荷。特此再申谢意，并颂
时绥
　　韵梅同志同好

王瑶　十一月廿八日

19880615　致　方铭

方铭同志：

　　您好！来函奉悉。承邀参加张恨水学术讨论会，至感。惟我已报名"全国政协"组织之"皖南地区考察团"，时间为九月中旬，内容为"考察皖南地区教育事业、农林业生产及人民生活情况"，但具体路线等尚不详，诚恐时间冲突，故不能贸然允诺参加潜山之会，乞谅。如有机会到合肥，定当趋访，藉聆教益。若有机会在潜山相遇，更可伫听宏议，以广见识。我与张先生虽于五十年代在京有所邂逅，但对其著作素乏研究，庶感无发言权耳。樊骏同志将于廿四日来北大参加博士研究生论文答辩，届时定当转达尊意，请释念。再者，尚有一事相烦，请予协助。观书目黄山书社（出版社）出有殷翔、郭全芝二人合著之《嵇康集校注》一书，我于北京书肆遍索未得，该书社地址在合肥回龙桥路，特烦劳神设法代购一册，付邮赐寄为感。书价及寄费，望先垫付，收书后得知具体定价，当立即寄奉。劳神之处，容当面谢。

　　耑此即颂

时绥

王瑶 六月十五日

19880617　致　朱栋霖

栋霖同志：

　　您好！承赠关于奥尼尔与中国之大著，已妥收，谨申谢忱。此书印刷、装帧颇漂亮，惜印数不多。我翻阅了关于洪深、曹禺之论述部分，想必出于尊笔，其中材料充分，分析细致，至佩。足见平日治学之勤，现代戏剧中有待研究之专题甚多，亟望继续开拓，定可获得更丰硕之成果。能此致谢，并颂
时绥

王瑶 六月十七日

19881019　致　王德厚

德厚同志：

　　您好！前蒙造访，适值外出，未能面晤，怅甚。我于十七日返家，廿六日又有昆明之行，终日碌碌，无非抢吃一点"大锅饭"而已。法国鲁阿夫人来京，我拟于廿三日（星期日）下午五时半邀她至家便餐，以尽地主之谊。已用电话约妥，她将于下月五日返国。此人专研鲁迅著作，在京一月，每日在外文出版社为林志浩《鲁迅传》译稿商酌定稿。

她汉语说话能力很差，无可交谈，但业务上与鲁迅有关，故我想请您于廿三日下午来舍，陪她一次，望允。此亦与鲁博业务有关，故请勿辞，为荷！即问
近好！

王瑶 十月十九日

19881121　致 樊骏

樊骏同志：

您好！所索序文我已在理群同志草稿的基础上，进行了改写和誊录，兹遵嘱托陈素琰同志带去，望您再进行一次删定。

在"作协"理事会期间，我找鲍昌同志谈了一次关于《丛刊》的事，他说让我们给"作协"书记处写一个报告，直接寄给他本人，就可以解决。他说：书记处开会时将首先要求从维熙同志（作家出版社社长）继续照旧议（二万元）予以出版，如不行，则"作协"将设法再津贴一万元，以期解决。总之，他认为不能停刊，一定设法维持。后来我又同葛洛同志谈了一次，他说书记处的人都不同意停刊，讨论时一定会设法维持。看来他们是想压作家出版社承担，如办不到，仍然可以增拨一万元。我想我们可以用《丛刊》编辑部的名义，给作协书记处写一封信（即所谓"报告"），要求解决困难，继续出版，不必谈谁出钱的问题。后面可用正副主编三人署名办法，因为杨犁同志所领导的现代文学馆为作协直属单位，故必须三人共同署名。此信请您和杨

犁同志写好后，即直接交鲍昌同志（他分工领导现代文学馆），我委托您代我签名，就不必再送我看了，以省麻烦。我想这样至少明年可以无虞了。乐观一点，也许可以延长到后年，以后如再发生困难，就是下届负责人的事了，不致于此届内送终，亦算差强人意。您以为如何？此外关于"政协"提案之事，我以为不论是否有效，亦以提出为妥，请酌。

物价日涨，我以为后年大会的事也需早日绸缪，不要搞成开不成会、无法换届的局面。请酌。即此问好

王瑶 十一月廿一日

19881205　致　蒙树宏

树宏同志：

您好！来函及所寄大著两册，皆已妥收，谨申谢忱。此书得以出版，在今日出版困难之际，实属幸事，殊堪祝贺。惜纸张质量欠佳，为憾事耳。我此次莅昆目的即在至大理一游，因以前虽寓昆多年，近年来又去过数次，迄无机会至大理旅行。至昆后日程安排甚紧，来访之旧友甚多，致未能抽暇趋访，至感遗憾，乞谅。云大曾邀请开一座谈会，原以为会遇到您，结果只见到李兆同同志，闻一多学术讨论会您也未参加，致失去晤面机会，至憾。广州鲁迅之会我不拟参加，又失去一次机会，只能等明年开会再详谈了。余俟再叙。即颂

时绥

王瑶 十二月五日

19890308　致　杨义

杨义同志：

您好！承赠大著《小说史》第二卷，不胜感荷，谨申谢忱。近年来您成果累累，足见用力之勤，外间亦多好评，殊堪庆贺。《小说史》体大思精，多有创见，至佩。定当抽暇仔细拜读，藉聆教益。近来因赶写了一篇纪念"五四"的文章，不过万把字，已感到筋疲力竭，今后殆不能不搁笔矣。自然规律，无可逃遁，故对您之工作效率不能不衷心钦佩。闻您的职称问题已圆满解决，特此致贺。耑此致谢，并颂
著祺

王瑶 三月八日

19890408　致　阎愈新

愈新同志：

您好！来函奉悉。《年刊》值兹出版低谷之际，得以新生，殊堪庆贺。承约撰寄稿件，不胜铭感。惟近来因纪念"五四"七十周年，会议频仍，加以日趋衰老，精力有限，短期内难以应命，乞谅。无已，兹寄上今年已发表之文章一

篇，请审阅。此文将于今秋用法文在巴黎东方语言文化学院年刊上发表，故原不拟先在国内发表，前者烟台大学校长沈克琦同志索稿，以该校学报创刊伊始，约我为顾问，印数极少，坚请发表为由，乃交其发表。今检寄一份，请审阅。如不适用，即请掷还为感，请勿客气。限于能力无法以新作应命，故聊以塞责耳，乞谅。耑此即颂

时绥

王瑶 四月八日

19890409　致 李思乐

思乐同志：

您好！来函及司家营照片一帧，皆已妥收，不胜感荷。近十年来我已去昆明四次，皆无缘再访司家营故址，远承寄赠，倍感亲切，诚如来函所云，我与何、季、范诸位皆在此居住良久，今阅照片，风光依然，睹物思旧，不胜慨然。今承远道寄赠，益增感谢之忱。耑此致意，并颂

时绥

王瑶 四月九日

19890416　致 卓如

卓如同志：

您好！顷接西北大学中文系电报，云单演义同志已逝

世，并嘱转告"学会"及《丛刊》，兹将原电报随信附上，我想请您用"学会"名义发一唁电，估计赶20日前（追悼会）可以收到。此外我想亦用我个人的名义另发一唁电，此事亦烦您一并办理为感。电文也请代拟，无非是悼念格式，因我与单先生间有些私人接触，故须另发，又不愿跑邮局了，故请代劳，谢谢。费用俟见面时交付。

"学会"开"五四"讨论会的通知已收到，前者您来电话说要来北大一次，本来非常欢迎，但我最近已答应去山东曲阜一行，十六日即走，准于廿六日前返京，可以赶上开会。至于会议安排，请您与樊骏同志商定，我完全同意，只是我没有学术报告，如果一定要说话，也只能是替此会吹嘘几句，请勿安排学术报告之类为感。耑此即问

近好

王瑶 四月十六日

19890517　致　王晓明

晓明同志：

您好！承赠大著《所罗门的瓶子》已妥收，特此谨申谢忱。近年来您成果累累，足见用力之勤，不胜钦佩。此集中有些篇已经读过，但大部未读，近来因学运之故，事务较多，今后定当抽暇仔细拜读，藉聆教益。此书装帧尚漂亮，惜纸质较差，而印数过少，殊为憾事。惟值兹出版低谷之际，此亦普遍现象，能予付梓，即可告慰，俟局面好转，或可重印也。即此顺颂

时绥　阖府均好不另

王瑶　五月十七日

19890602　致 孙庆升

庆升同志：

您好！我已定六月廿四日赴烟台，乃报名参加民盟北京市委组织之自费旅游团，为期十天，我想此既可免买票之劳，亦可使孙女有玩的机会。俟旅游结束后，我再赴贵校小住，即可完全休息，不必外出了。该旅行团之住址为烟台东郊空军航空工程部疗养院，不知距贵校远近情况。我于廿五日中午到达，（坐轮船）不知您七月初是否在校，希望您能托人与疗养院用电话联系，俟旅游结束后找辆车子把我接去。我一行三人（我、老伴、孙女），如您已离烟台，则请委托一人办理，安排生活为感。有劳清神，不胜感谢。耑此即颂

时绥

王瑶　六月二日

19890710　致 台湾长安出版社

长安出版社台鉴：

来函已由杨勇教授转到，聆悉一切。关于《中古文学史论》之安排，即照尊意办理，我表示同意，予以追认，请释

念。该书二册亦已收到，谨致谢忱。至于酬金，则仍请寄交杨勇教授为感。至于其他著作，除《李白》《中国诗歌发展说话》《陶渊明集编年新注》三书毫未涉及意识形态问题外，拟将已发表之论文选编为一书，取名《中国文学——古代与现代》，作为"竟日居文存选辑"出版。前三书篇幅皆甚薄，每册约十万字左右，已在大陆自五十年代至今印行多次，惟如重排，仍须加以校核后寄奉。后一册乃新编者，即择其与意识形态无涉而学术性较强之论文，估计约二十万字，如荷同意，当先行寄奉目录呈正。其中所收论文虽皆曾公开发表，但迄未收辑成书，故报酬方面，似宜略为从丰，请酌。总之，诚如来函所言，可能还有若干细节问题，有待商讨。尊意如何，请便中示知为感。至于酬金，我愿遵杨勇教授之嘱，由贵社斟酌决定，将来亦仍请寄交杨教授即可。如签约时需中介人，如来信所示，则我与杨勇教授乃老友宿交，当无固辞之理。随函附去我之名片一张，上印有住址，亦即通信地址，请照址复函即可。近来因身体不适，住医院月余，以致迟复，至歉，尚希鉴谅。即此顺颂
时绥

王瑶 七月十日

19891011　致 蒙树宏

树宏同志：

您好！承寄大著二册已妥收，谨申谢忱。去冬我曾赴昆明参加联大校庆，至云大知您已迁居，并觅得新址，后以去大理游览，未暇往访，至歉。十一月现代文学会理事会在苏

州开会，我将参加，如您亦来，定可面晤。现代文学馆因经费短细，藏书并不多，且北京仍在戒严中，冬季又冷，故如来京查资料，似以明年为妥，请酌。即此顺颂
时绥

王瑶 十月十一日

19891012　致　王元化

元化同志：

您好！久欲函候，奈心神欠宁，遂迁延至今，前数日阅文汇报，见您出席大后方文学书系发行仪式，至感欣慰。今接社科院通知，又于十月十三日起开规划会议，前者我曾担任"七五"项目一种，有义务汇报进展情况，此书已列入北大出版社计划，原定年底交稿，书名拟定为《中国文学研究的现代化进程》，收梁启超、王国维、鲁迅……钱钟书、王元化共二十人，作者皆已落实，多为文研所及北大人员，我未担任具体项目，只负责定稿并写一序言。此书亦属中外文化接触后之追迹性质，故与评传不同，除与观点或治学方法有联系者外，并不着重介绍生平经历，且范围亦仅限于中国古典文学，不涉及各位学者之其他领域。因着重在"现代化进程"，故章太炎、刘师培等人皆未列入。在我的构思中，您居于继往开来之地位，在观点、方向及方法上皆具前瞻性，故此章必须写好。今原撰稿人虽已应允，但势必另请他人。各章拟写一二三万字，十月底交初稿，今因大局关系，已皆延至年底交稿。为此请您推荐一位作者，交稿日期可

适当延迟，着重于《文心》一书之述评，旁及其它，在思想及方法上带有启示性。顷阅报载广告，见有大作《思辩××》一书，不知其中有无关于古典文学者。总之，此事务请协助，以便交卷，完成任务。各位学者之排列次第皆以生年为序，故以您殿后，实具"现代化进程"之轨迹，是否妥当，请指正。诸事皆可略而不论，此事则务望促成。即此望复，并颂时绥

王瑶 十月十二日

19891023　致　王元化

元化同志：

您好！来函奉悉，诸承关怀，不胜感荷。关于约请撰稿事，我已遵嘱致函朱寨同志，诚恳请其予以协助，慨允此事。望您亦能去信敦促，以襄其成。信可寄"北京建国门内社科院文研所当代室"，邮政编码为100732。如此事万一不谐，则再与您所推荐之其他二位联系。下月廿日，我将赴沪郊青浦县参加巴金作品讨论会。此会廿五日闭幕，会后拟在沪小住数日，因我的老伴未去过上海，此次将偕行；在沪并无其他任务，只是逛马路而已。届时定当趋访，藉叙衷曲。来示所谓情绪欠佳，彼此与共。晋人王弼曾云"圣人之情应物而无累于物"，姑共勉之。我家电话号码为282471–3590，分机无直拨设备。余俟面叙，即颂
时绥

王瑶 十月廿三日

致 家斤

家斤同志：

您好！来函暨大作均已拜读，您用力甚勤，看来计划中的大作已近完成，殊堪庆贺，希望能早日出版。惟陶诗与现代作品不同，历来歧说甚多，茅盾只是随感式地说明他的看法，不能认为就是关于陶诗的定评。如果只是介绍，当然可以，若认为一切皆依他的看法为准绳，则茅盾并无专著详加论证，恐不能说服持不同观点的人，请酌。您的文章作为一家之言，可以发表，并与他人争鸣；但若作为中学教材之参考读物，则恐未必合适。譬如您批评游国恩等著的《中国文学史》的观点，我个人就觉得它比茅盾的看法更符合陶的情况。我的话很不符合来信对我的要求，但既承下问，只能直言，乞谅。此复，并颂
时绥
　　　　　　　　　　　　　　王瑶 十一月廿九日

致 邓牛顿

牛顿同志：

您好！承赠大著《中国现代美学思想史》，不胜感荷，特此谨申谢忱。前曾在报刊上屡读大作，持论精辟，令人注目。今得此专著，虽只略加翻检，已知体大思精，材料丰富，视野开阔，于此开创之作，甚属不易，足征平日治学之

勤，至堪钦佩。今后定当逐章仔细拜读，藉聆教益。今先奉函致谢，聊答盛情。即此顺颂

时绥

王瑶 一月十一日

致 许怀中

怀中同志：

您好！承赠大作《秋色满山楼》，我已仔细读过，谨申谢忱。我以前仅读过您的学术著作和论文，甚佩功力之深厚。自您调动工作以来，私意颇感惋惜，盖搜集资料、掌握动态、细致分析、潜心著作，皆与目前之工作不易协调。今读此书，不特对您之经历等有更多了解，且文笔深沉优美，富有个人风格，因思今后似可多写一点此类文章，一则较易与繁忙之日常工作协调，二则此书篇幅似太少，大有发展余地。福建之诗人及散文家颇多，或与地域文化有关，故建议勿放过稍纵即逝之思绪，长短不拘，暇即命笔，则积以时日，定可获得丰收也。愚见如此，姑妄言之。耑此致谢，即颂

时绥

王瑶 三月九日

致 许怀中

怀中同志：

您好！来函奉悉。您于繁忙工作之余，竟然成果累累，至堪钦佩。承蒙厚爱，拟将拙信置于尊集首页，得附骥尾，殊感荣幸。惟我写信向不留底稿，信中所云，已漫不记忆，是否适于发表，亦无从断定，故请您斟酌定夺，我无不同意，但不必过于客气，勉强为之耳。您如能摆脱某些公务，当可有较多时间，从事著述。惟以我观之，教学工作拘束过多，故厦大似不若社科院较好，可以自由选题，深入研究，且亦可兼顾省文联之工作，不知然否？姑妄言之，聊供参考。即此顺颂

时绥

王瑶 四月九日

（以上四封写信年份不详——编者）

王瑶年谱

王瑶年谱

1914年　1岁

　　5月7日（农历四月十三日），生于山西省平遥县道备村。父惠然（字肯堂），母侯氏；兄名璘，长先生九岁。先生幼名黑蛋，学名瑶，字笑谭，又字昭琛。

　　自述：父亲他是一个由极端贫困中挣扎出来，事实上已只能止于小康，而自己却还不想中止的人。幼年时只读过一年书，从十六岁起，就做了佃农和挑扁担的小贩；祖父终年卧病，他是长子，逼迫着负担起全家生活的担子。以后由挑贩瓷器而到瓷器铺当学徒，又辗转至布店钱庄，而且进入了山西的票号。这过程的变化全是他自己摸索交际的，并没有特殊关系的援引。慢慢地，他已自修得可以写信打算盘；到入票号时，已可管理账目了。但一直到民初票号倒闭，他虽然已经四十岁，但还只是赚"身金"的店员，并没有熬到可以分红利的"身股"。所以当票号倒闭后，他失了业，这时祖父死了，我这"秋瓜"也出生了。

1915年　2岁

　　家里有不到十亩只能种高粱的瘠土，父亲过着自耕农的生活。

1916年　3岁

　　父亲离家至河南某地打蛋厂工作，家中事务全由母亲承担。

1921年　8岁

在村中上初级小学，课本用的是商务印书馆出的浅近的文言读本。

1925年　12岁

兄王璘中学毕业，开始在太原市山西省银行当办事员。先生在村中念完初小。

1926年　13岁

在平遥县城内第一高级小学上学，曾在大成殿内参加祭孔活动。

1928年　15岁

7月，高小毕业。

9月，考入太原市进山中学念初中，兄璘给先生经济上的援助。此时先生喜读《聊斋志异》，每逢假日骑自行车经榆次县回家。

1929年　16岁

父亲因病由河南退职回家。这时家里有了一所三进院的房子，田产也多了；有了雇工，还养了骡马，成了小地主。

1930年　17岁

入进山中学初中三年级，由父母作主与平遥县城内毋姓之女耀俊结婚。

1931年　18岁

7月，进山中学初中毕业。

9月，考入天津南开中学念高中，因学费昂贵，只上了一学期。

1932年　19岁

2月，由天津南开中学转入进山中学高一下学期学习。

1933年　20岁

2月，班内同学一致要求校长撤换一个教师，有人怀疑先生替校方讲话，先生感到孤立和气愤。为了用实际行动消除同学的误解，决心到张家口参加抗日同盟军。暑假开始后离开太原。

7月，到达张家口考入军政人员短期训练班，分到驻张北县的第六军。半个多月之后由宋哲元部接收，改编入二十九军。改编过程中，先生离开军队，考入张家口察哈尔第一中学高中三年级学习。

1934年　21岁

7月，自张家口察哈尔第一中学高中毕业。

9月，考入国立清华大学中国文学系。当时全校录取新生317名，先生是第89名。中国文学系共取新生9名。先生住学生楼善斋，同屋的是中学同学、大学同系的张新铭。中国文学系系主任为朱自清，教授有俞平伯、闻一多、刘文典、杨树达、陈寅恪等。1934至1937年间朱自清曾经开设《陶渊明研究》及《中国文学批评》等课程；不过新入学的中国文学系生的必修课则是《庄子》《文选》《论语》《孟子》等。

先生对涉及近代文学的《新文学研究》和习作课没有开班表示不满，但对清华的学风是满意的。

冬，加入进步的学生团体"现代座谈会"；在学生会改选过程中，为左派学生竞选代表有所活动。

1935年　22岁

3月某日清晨，北平市军警到学生宿舍搜捕学生，先生与张新铭、柳无垢、王眠源等十人被捕，押送公安局拘留所，衣服上带上政治犯第××号的条子，还用油墨留下十指指纹，并照了像。拘捕后共审讯两次，主要追问与"中国社会科学家联盟"的关系和活动情况。第四天由清华大学校长梅贻琦领回学校。

5月，参加"中国左翼作家联盟"和公开团体"清华文学会"，与赵德尊一起参加活动。

12月9日，参加反对"华北自治"的抗日救亡游行，清华大学的游行队伍被军警阻于西直门外。

12月16日，参加反对成立"冀察政务委员会"的示威游行。游行队伍在离开宣武门时被军警阻拦，先生也挨了打。

1936年　23岁

3月31日，北平河北高中学生郭清因参加抗日救亡运动被捕，受到刑讯死于狱中。先生参加抬棺游行示威，被捕，送入陆军监狱，戴上镣铐，两个星期后被释放回校。

5月，在清华大学由赵德尊等介绍加入中国共产党，入党时用假名萧琛，经批准后由杨述（杨德基）领导；担任的具体工作有：《清华暑期周刊》言论栏编辑、清华文学会编的刊物《新地》的编委、第45卷《清华周刊》总编辑等。

这一年先生写了许多文章。其中发表在《清华周刊》第44卷（1936年4月—7月，共12期）的有：时评6篇，座谈会发言1篇，翻译小说1篇；《清华副刊》第44卷2篇；《新地》文论译文1篇；《清华暑期周刊》共12篇，其中译文2篇。担任《清华周刊》第45卷总编自11月1日起到第二年1月底止。发表文章三十多篇，用过的笔名有：古顿、耿达、达忱、齐肃、浦溶、昭琛、狄恩、甄奚、余列、耿原、建昶等。

10月24日，清华学生举行鲁迅追悼会；25日，先生写《悼鲁迅先生》。

1937年　24岁

1月，继续担任《清华周刊》第45卷总编辑，本月出版的10、11合期附录先生署名的《为〈清华周刊〉的光荣历史敬告师长同学》，称"本月12日校长出布告说本卷周刊'抑且愈多乖谬'，'着自即日起停止出版'"。

6月下旬，清华大学大考完毕，暑假开始，先生向党的负责人赵德尊、杨述请假回山西平遥家中。

7月7日卢沟桥事变，28日北平沦陷。

11月，太原沦陷。先生曾接到在武汉的赵德尊来信，又接到清华大学让到长沙临时大学报到的通知。先生曾向父亲提出要去武汉要路费，父亲不同意。兄长王璘这时回到家中，准备把家眷带到河南。先生于是决定和兄长同行。

1938年　25岁

1月，党组织派人找到先生，商定先生到河南陕县之后再联系。因平遥铁路已不通车，只能步行启程，在孝义附近遇到前线溃逃的国民党士兵，将衣物抢劫一空，结果仍返回道备村家中。

2月，平遥沦陷。兄长王璘在村里开了一个卖油盐酱醋的小铺，先生困居家中，帮着卖东西记账。

得一子超鲁，后又生二女；二女幼年时皆夭亡。

1939年　26岁

春，李一清（清华大学学生，原名李浴源，当时是山西第三行政区的保安副司令）派牺牲救国同盟会平遥分会的工作人员给先生送信，要先生到沁源县去找他。先生到沁源后，李一清已不在沁源。一个月之后先生仍回家中，从此与牺盟会的工作人员有了联系，协助搞一些宣传工作。

1940年　27岁

自述："自民廿六事变以来，余即蛰居家中……余仍亟亟于商业生利，盖系为家庭服务性质，一方亦生活逼迫使然，故亦津津乐为也。"

1941年　28岁

三月（农历）初六日，旧日学友杨竹山推荐先生到平遥城中为富商之子郝拯民补习功课。先生16日进城住在郝家兴隆信号开始上课，19日即闻讯敌人宪兵便衣数人正在搜捕先生。先生《坷坎略记》中记述如下："……晚便衣陆昌胜来，反复折冲，略有成果……次日遵约入安清，拜刘雅农君为师，敬香堂等礼共24元，后又送陆长胜等二人共60元，始算息事。……余仍不敢以花钱之事禀知（父亲），遂负债于个人，半年以来，受其束缚实多也。"

夏收之后，先生在平遥城内郭家巷买了一所房子，把钱都花了，受到家人埋怨。接着又遇某朝鲜人与地方流氓勾结，强行赁居，只得进行整修，而经济困乏，感到十分苦恼，遂决意到后方求学。

九月（农历），离家，坐大车到孝义城，完全脱离敌人统治范围，沿途爬山过岭，困苦不堪言状。

九月三十（农历），到达西安，住通诚晋号。

此后滞留西安，为谋生到处奔走，曾报考外交人员训练班；又经清华校友张华推荐，到陇海路局工作，待遇微薄，无法维持生活。

1942年　29岁

1月，被外交人员训练班录取，领到二百元生活费，乘车证一张，于是辞去陇海路局工作，南下到达成都。

2月，到金堂县铭贤中学任国文教师。

4月20日，写《坷坎略记》，详记一年来的坎坷经历及南下求学的强烈愿望。

5月，由成都到昆明，西南联大早已开学，经清华大学历史系研究生欧阳琛介绍，到昆明私立天祥中学教国文。

9月，在西南联大正式复学，曾先后选修了闻一多、朱自清、王力等人开设的课程。

1943年　30岁

2月，在昆明私立五华中学教国文课；同在该校任教的有朱德熙、季镇淮、汪篯、吴征镒、李赋宁等。

4月，完成《读司马相如传》和《元遗山论诗绝句摘注》两文。前者1946年12月发表在《新生报·语言与文学》上；后者未发表，现存原稿。

6月，完成毕业论文《魏晋文论的发展》，交朱自清、闻一多两位先生评阅。该文编入《中古文学思想》一书。

7月，清华大学中国文学系毕业。

9月，考入清华大学文学院中国文学部，师从朱自清先生攻读中古文学。

12月，录毕《读陶随录》，未发表，现存原稿。

1944年　31岁

春，五华中学由华山西路迁至大渌水河，先生住五华中学的一间校舍。

夏，收五华中学初中学生杨铣、孙传胜为义子，分别起名超泽、超凯，还举行了正式仪式。

7月，先生被清华大学聘为中国文学系半时助教，薪金每月国币60元，主要协助朱自清先生工作。清华研究院中国文学部设在昆明北郊的司家营。先生工作、治学与教书兼顾，不辞辛劳地往返于司家营和大渌水河两地。

本年，先生经闻一多先生介绍加入中国民主同盟。

1945年　32岁

春，与学生同台表演话剧《朱门怨》。

7月，清华大学续聘先生为中文系半时助教，月薪国币65元。

8月15日，日本投降。为北返后能确定工作，先生赶写毕业论文。

8月下旬，收到兄长王璘来信，得知父亲卧病的消息。

9月，为筹集回家的路费，除在五华中学上课外，又到中华职业教育社兴办的建民中学兼课，该校的教员大多是民盟盟员，课余经常讨论时事形势，说得最多的是学生运动。

12月1日，国民党军警特务冲进西南联大，镇压要求和平、反对内战、反对美国干涉中国内政的师生，制造了"一二·一"惨案。先生在这前后，经常在五华中学课堂上宣讲共产主义常识，揭露国民党腐败无能，介绍学生阅读进步书报，支持学生运动。

1946年　33岁

3月，先生与五华中学高中三年级学生杜琇之恋爱关系因杜方家长反对，受到阻碍。

4月，清华大学研究院中国文学部毕业（毕业论文题目是《魏晋文学思想与文人生活》）。

5月，西南联大奉命结束，学生分批复员。

5月中旬，先生与杜琇先后离开昆明，在曲靖县会合，然后搭乘大卡车经由贵阳、重庆、广元、西安，过黄河再坐大马车到达太原。

6月下旬，先生回道备村家中探视父母，与家人团聚。

7月中旬，先生与杜琇由太原到北平，先住前门一旅店，从报上得知闻一多先生遇难，十分悲愤。随后，借住宣武门国会街国会大楼内。

8月，受聘为清华大学中文系教员，月薪国币180元。

9月，定居清华大学新西院17号甲，与冯钟芸、何善周、马汉麟先生为邻。

9月，写《忆闻一多师》。

10月，清华大学正式开学，先生担任大一国文课程，并参加地下党领导的"读书会"活动。

11月，经常在朱自清先生主编的《新生报》副刊《语言与文学》专栏发表文章。

1947年　34岁

3月，父亲去世。

3月4日，收到朱自清先生便笺，称赞先生写的《小说与方术》"非常精彩"。

4月24日，在父亲出殡之日写了《守制杂记》，表达悼念之情。

9月，开设"中古文学史专题研究（汉魏六朝）""陶渊明研究"等课程。另外还进行近代文学的研究工作。

10月，杜琇生子，起名超默。

母亲去世。

冬，左腿患皮炎，溃疡，试用多种药物无效，朱自清先生介绍找城里一位哈大夫治疗。

1948年　35岁

6月受聘为中文系专任讲师，自8月1日起月薪国币250元。

8月12日，朱自清先生逝世，写了多篇悼念文章。

9月，清华大学中文系组成"朱自清全集编辑委员会"，先生任编委。

12月上旬，平津战役开始。中旬，解放军已到北平北郊的清河镇。傅作义的部分军队退到清华园校内，布置了炮兵阵地，和其他教工一样，先生也带了家属躲到图书馆中文系的地下办公室。不久，清华园解放。

1949年　36岁

1月31日，北平宣告和平解放。

3月，自述：北平解放的时候"我打算要好好埋头做一个中国古典文学方面的第一流的专家"，因此"把以前准备逃跑用的路费买了很多的古书"。

4月，收到上海寄来的《鲁迅全集》，在第一集扉页上写了下面的话："卅七年十月预约，卅八年四月三日收到，中经北平解放之役，未被遗失，欢愉莫名。"

7月17日，杜琇生女超冰，先生说领工资是小米（即折合小米市价计工资），就叫小米吧，超冰是后来起的学名。

9月，迁居北院14号，与浦江清、吕叔湘先生同住一个家属区。

在教学改革中"新文学"成为中文系一门主要课程，教师十分缺乏，先生于是改教中国新文学史，并担负着大一国文教研组的工作（大一国文是当时文法学院学生的共同必修课）。

曾被推选为系工会学习干事及民主同盟小组长，工作不十分积极。当时已开始编写《中国新文学史稿》（上册）。家庭经济负担重，新文学方面的图书资料又非常缺乏，也没有助手，只能在教课之余查找资料，晚上写稿到深夜。

1950年　37岁

5月，教育部召开全国高等教育会议，通过了"高等学校文法两学院各系课程草案"，其中规定"中国新文学史"是各大学中国语文系的主要课程之一。此后，许多大学讲授"中国新文学史"一课的教师纷纷来信向先生索取讲义或大纲。

12月，完稿《中国新文学史稿》（上册）。

1951年　38岁

元旦，《中国新文学史稿》初版自序完稿。

2月至5月，中央教育部组织的文法学院各系课程改革小组中的"中国语文系小组"决定依照部定在6月以前，把中文系每一课程草拟一个教学大纲，以便印发全国各校中国语文系。其中"中国新文学史"一课的教学大纲草拟工作由李何林、老舍、蔡仪和先生四人共同承担。

与此同时，开始赶写《中国新文学史稿》下册。

7月，《新建设》四卷四期发表《〈中国新文学史〉教学大纲（初稿）》，署名老舍、蔡仪、王瑶、李何林，引起当时文学界的关心，展开了讨论。

9月，《中国新文学史稿》（上册），由开明书店出版。

9月，负责并参加大一国文教研组在外国语学校轮流讲课的工作。

为响应"抗美援朝增产捐献"的号召,参加清华大学中文系教师体编写《祖国十二诗人》的工作,将所得稿费全部捐献。

11月10日,《文艺报》开始进行有关高等学校文艺教学中错误倾向的讨论。

11月下旬,在全国文联领导下,结合"三反""五反",开始了知识分子的思想改造运动,先生成为重点"批判"对象。

12月,《新中华半月刊》发表《对〈中国新文学史教学大纲〉的商榷》的一组文章,同时转载了《新建设》七月号刊登的《大纲初稿》全文。

1952年　39岁

2月26日,写成《我的检讨》,在中文系教师会上宣读。

3月,《鲁迅与中国文学》一书由上海平明出版社出版。

5月28日,《中国新文学史稿》(下册)脱稿。

8月,清华大学组织教工到青岛休养,先生与吕叔湘先生等同游,第一次见到大海。

9月,高等院校进行院系调整,清华大学文科各系并入北京大学;先生的工作安排在北大中文系,担任"中国新文学史"一课的教学工作。

《文艺报》邀请文艺界和学术界的一些同志(王淑明、臧克家、杨晦等)座谈,对《中国新文学史稿》(上册)提出批评意见。

10月,《文艺报》发表《〈中国新文学史稿〉(上册)座谈会记录》。先生据此对《史稿》进行修订工作。

10月下旬，由清华大学北院迁居北京大学中关园262号。

11月2日，杜琇生次女超华。

北京大学评定教师职称，先生被评为副教授。

11月14日，给《文艺报》寄去《读〈中国新文学史稿〉（上册）座谈会记录》，12月3日收到《文艺报》回信及退稿。

12月1日，写出关于《史稿》的《修订小记》。

1953年　40岁

8月，《中国新文学史稿》（下册）由上海新文艺出版社出版。不久，日本早稻田大学教授实藤惠秀、千田九一、中岛晋、佐野龙马等四人开始进行《史稿》全书的日文翻译。

1954年　41岁

4月，中国作家协会主办的《文艺学习》月刊创刊，应负责该刊的韦君宜同志之约，先生开始写关于中国古典文学中的诗歌传统的普及性文章，从《诗经》讲起，分期刊出。

秋，裴家麟（裴斐）任先生助手。

秋，北大召开综合大学现代文学史教学大纲讨论会，先生和李何林先生负责主持会议。

10月31日，中国文联与作协联合召开了八次扩大会议，批判俞平伯的《红楼梦》研究，还批评了《文艺报》在编辑工作中的错误。

11月3日，写《从俞平伯先生对〈红楼梦〉的研究谈到考据》，发表于19日《文艺报》第21期，收入《关于中国古典文学问题》。

11月，被推举为全国政协第二届委员会委员。

12月8日，中国文联主席团、中国作协主席团举行联席会议通过了《关于〈文艺报〉的决议》，决定由康濯、侯金镜、秦兆阳、冯雪峰、刘白羽、王瑶等七人组成《文艺报》编辑委员会，由1955年1月起开始工作。此后，开展了对胡适文艺思想及其影响的清理，先生写了批判文章。

12月20日—25日，在北京中南海怀仁堂参加全国政协第二届全国委员会第一次会议。

1955年　42岁

2月，文艺界开展对胡风文艺思想的全面"批判"，先生写了批判胡风的文章。

5月，参加全国政协组织的视察团，到上海视察。

7月，为北京图书馆举行的讲座活动讲了《李白和他的诗》。

秋，招金申熊（开诚）为研究生。翌年，金改任先生的科研助手。

10月，先生在《文艺报》发表《从错误中汲取教训》的文章，公开检讨《中国新文学史稿》中的"客观主义的写作态度和它的危害性"，从此《史稿》停止出版。

1956年　43岁

1月30日—2月7日，参加政协第二届全国委员会第二次会议。

2月，在北大开设《鲁迅研究》专题课。

北京大学评定教师职称，先生被评为三级教授。

开始参加周扬同志领导的"中国文学史"教科书的编写工作，具体执笔"五四"以后的部分章节。

5月，《中国诗歌发展讲话》由中国青年出版社出版。

曾以全国政协委员身份到山西视察，到文水县瞻仰刘胡兰墓。与兄王璘见面。

8月，《〈陶渊明集〉编注》出版。

秋，招刘正强为研究生。

9月，《关于中国古典文学问题》出版。

鲁迅逝世廿周年的纪念文章《论鲁迅作品与中国古典文学的历史联系》分别发表在《文艺报》和《光明日报》。

10月19日，参加鲁迅逝世廿周年纪念大会。

1957年　44岁

2月27日，应邀参加最高国务会议第十一次扩大会议，聆听了毛泽东主席《关于正确处理人民内部矛盾的问题》的讲话。

3月5日—20日，参加全国政协二届三次会议。

3月12日，受到毛泽东主席的接见和勉励，听到毛泽东主席《在中国共产党全国宣传工作会议上的讲话》。

自中共中央发布《关于整风运动的指示》之后展开了大鸣大放运动。先生在北京大学党委召开的鸣放会上发了言。

7月—8月，在青岛参加集体编写"中国文学史"教科书的工作，同时撰写《论巴金的小说》。

1958年　45岁

3月15日，出席讨论周扬的《文艺战线上的一场大辩论》的座谈会，作了发言。

4月，参加政协组织的视察工作，到武汉调查政协工作情况。

5月，开展双反交心运动，北京大学师生开始对先生的学术思想进行批判，先生被视为走白专道路的典型，校园里贴满大字报。后来北京市还在农机学院办了一次展览，向全国高等学校介绍"拔白旗"的经验，先生的名字也出现在展览厅里。

先生写了《自我批判》的文章，批判自己"成名成家的思想和学术思想"。北大中文系在校的学生纷纷写出批判《中国新文学史稿》的文章。

双反运动中受批判后，先生赋诗一首，压在写字台玻璃板下："白旗飘飘旌封定，不准革命阿Q愁；缘有直肠爱臧否，岂无白眼看沉浮。毁誉得失非所计，是非真伪殊难涂；朝隐逐波聊自晦，跃进声中历春秋。"

9月，到河北徐水县参观人民公社。

10月，从本月出版的《文艺报》19期开始，先生不再担任《文艺报》编委。

1959年　46岁

3月，全国政协换届，先生不再担任全国政协委员，随后任北京市政协委员。

秋，招研究生宋彬玉。

在北大担任《鲁迅研究》专题课，并和同学一起编写现代文学史。

1960年　47岁

开始参加民盟中央直接领导的学习小组学习。

秋，带研究生孙玉石、陈素琰等。

1961年　48岁

春，参加了周扬主持的高等院校文科教材会议，会后组成"中国现代文学史"教科书的编委会，先生分担一部分编写工作，并负责抗日战争时期分组。

杨述、彭珮云率领市委北大调查工作组召开老教师座谈会，先生在会上发了言。

5月，按教材编委会的要求集中住到中央党校编写教材。

8月，在北戴河休养时为纪念鲁迅先生诞生八十周年写了《论鲁迅的〈野草〉》一文。

9月25日，在北京参加了鲁迅先生八十周年纪念大会。

1962年　49岁

2月25日，就《中国现代文学期刊目录（初稿）》出版，致书上海文艺出版社，充分肯定这一工作，并提出改进建议。

春，中文系党总支程贤策同志在系的甄别会上宣布对先生在1958年所受的批判进行甄别。

夏，参加北大组织的教工暑期活动，到无锡苏州等地游览。

带研究生黄侯兴等。

1963年　50岁

6月28日，论文《五四时期散文的发展及其特点》完稿（发表于《北京大学学报》1964年第1期）。

11月，由先生整理的《朱自清日记选录》发表于《中国现代文艺资料丛刊》第3辑（这项工作完成于1949年初，原来准备收入《朱自清全集》，后因《全集》改为《文集》，未能收入。这是第一次公开发表）。

1964年　51岁

5月，赴新疆大学讲学一个月。

6月，到兰州大学讲学。与老同学赵甡畅谈。

夏，参加聂真同志领导的政协大连暑期学习班。

1965年　52岁

年末到翌年6月1日，在北京东郊（小红门）参加农村社教运动。

1966年　53岁

6月初，由农村返回学校。

8—9月，被抄家，并被监督劳动。

1967年　54岁

自春季至10月，大批信件、笔记本、文章稿件、书籍等陆续被抄。

1968年　55岁

8月初，住进牛棚，受到严格审查和监督劳动。

8月16日，迁出中关园住宅，搬至北大校外成府蒋家胡同9号院东房居住。

12月6日，子超默毕业分配至山西农村插队，赶赴火车站送行。

1969年　56岁

9月4日，北大工宣队"清理阶级队伍"结束，先生获得"解放"，被留校。

12月下旬，由蒋家胡同9号院搬至镜春园76号居住。

1970年　57岁

第一批工农兵大学生进校，先生给学生上课讲四种文体：小评论、大批判、讲用稿、总结。

1971年　58岁

6月，和工农兵学员到北京齿轮厂实行"开门办学"，为期三个月。

1972年　59岁

9月，自"文革"以来第一次署名"王瑶"发表文章《国庆抒情》，载1972年10月4日香港《大公报》。

1973年　60岁

8月20日，完成《论鲁迅作品与外国文学的关系》一文。文稿后附记："此稿自动手至脱稿，历时十月，中途搁笔数次，自为文以来，无如斯之艰苦者。身老体衰，心神枯竭，一至于此，殊堪叹息。"

1974年　61岁

3—7月，与中文系二年级学生到人民机器厂实行半工半读。

1975年　62岁

10月，继续写有关学习鲁迅的文章，未发表。

1976年　63岁

1月9日，写悼念周恩来总理文章，未发表。

4月24日，参加国家出版局在济南召开的"鲁迅著作注释工作座谈会"，游览了大明湖、千佛山。

4月30日，与曹靖华等游泰山，行至半山而止。

10月，参加"鲁迅逝世四十周年及在厦门大学任教五十周年纪念大会"，作了学术报告，题为《学习毛主席论鲁迅》(后改名《鲁迅研究的指导性文献》)。会后，游览鼓浪屿。

10月26日，到福州讲学。

1977年　64岁

下半年，正式借调到北京鲁迅博物馆鲁迅研究室工作，任副主任。和李何林、林志浩等同志共同承担编写《鲁迅传》及《鲁迅年谱》的工作。

1978年　65岁

3月，开始招考硕士研究生，从报名的八百人中录取七人：钱理群、赵园、凌宇、陈山、吴福辉、温儒敏、张玫珊。

7月21日—8月9日，参加了在昆明举行的教材会议又在红星剧院作了《关于我国文学的民族传统与外来影响》的报告。

会后，应四川大学之邀，去成都为川大等校作学术报告，与清华校友华忱之教授晤面。

9月，国务院决定编辑出版《中国大百科全书》，先生任《中国大百科全书·中国文学卷》编委会副主任，现代文学分支编写组主编。

10月，到黄山开鲁迅学术研究会。

12月，参加指导法国学者米歇尔·鲁阿等将《坟》译为法文的工作。

1979年　66岁

1月6日—18日，参加教育部高教三司在北京召开的审定《中国现代文学参考资料》选目会议，会后，出席会议的各地代表筹备成立高校中国现代文学研究会（后改名中国现代文学研究会），先生被推举为会长。

1月，为徐州师范学院主编的《中国现代作家传略》撰写自传。

2月10日—22日，参加中国社会科学院文学研究所在昆明召开的全国文学学科研究规划会议，是会议领导小组成员，华北组的召集人。

2月，美国舒衡哲女士在北大中文系研究中国现代文学，为期一年半，由先生给予辅导，她称先生为"我的特别的中国老师"。

4月10日，北京大学聘先生担任学校的学术委员会委员。

5月，中国社会科学院文学研究所聘先生担任鲁迅研究室兼任研究员，随后又聘为该所学术委员会委员。

5月2日—9日，参加由中国社会科学院主办的纪念五四运动六十周年学术讨论会，写了《五四新文学前进的道路》的纪念文章。

5月，在北京大学孙玉石、乐黛云、华中师院黄曼君、北京鲁迅博物馆王得后四位同志协助下，开始校改《中国新文学史稿》，准备重新出版。

9月，应河北省社会科学院邀请，到保定、石家庄作学术报告。

10月30日—11月16日，参加中国文学艺术工作者第四次代表大会和中国作家协会第三次代表大会，被选为中国作协第三届理事会理事，并担任理论批评委员会委员。

11月14日，鲁迅研究学会正式成立，先生当选为学会理事。

中国现代文学研究会、北京出版社合编的《中国现代文学研究丛刊》在北京创刊，先生任主编。

12月6日—15日，参加中国现代文学史资料汇编工作会议，先生被邀请担任"资料汇编"三套丛书的编委。

1980年　67岁

元旦作诗一首："叹老嗟卑非我事，桑榆映照亦成霞；

十年浩劫晷虚掷,四化宏图景可夸。佳音频传前途好,险阻宁畏道路赊;所期黾勉竭庸驽,不作空头文学家。"

3月30日—4月5日,出席由中国社会科学院文学研究所和鲁迅研究学会在北京联合召开的鲁迅诞生一百周年纪念会撰稿座谈会。

7月12日—18日,参加在内蒙包头举行的中国现代文学研究学会首届年会,作了题为《关于中国现代文学研究工作的随想》的发言,被选为研究会会长。

9月,负责指导日本进修生尾崎文昭研究鲁迅。

10月,到河南开封讲学。

1981年　68岁

4月25日—29日,在北京参加中国现代文学思潮、流派问题学术交流会,并在会上发言。

5月下旬,参加在天津举行的鲁迅诞辰百周年纪念会并发言。

在天津参加中国现代文学研究会第二届理事会第二次会议。

6月19日,被国务院学位委员会聘为文学学科评议组成员,参加第一届学科评议组会议。

7月,招硕士研究生三名:林基成、朱晓进、郭小聪。

9月17日—25日,参加鲁迅诞生一百周年纪念活动,为学术讨论会的执行主席之一,并在大会上宣读论文《〈故事新编〉散论》。

会见来北京参加鲁迅百年诞辰纪念活动的美国学者威廉·莱尔和美籍华人学者李欧梵。

《论鲁迅作品与外国文学的关系》一文被《中国文学》

杂志摘译成英文，介绍到国外。

秋，钱理群开始任先生助手。

10月，到武汉、桂林参加鲁迅诞辰百周年纪念活动。接受《桂林日报》记者采访，谈"把鲁迅交给青年"。

10月下旬，由武汉乘船到上海，然后到南京，在南京大学中文系、南京师范大学中文系讲演。

11月，先生被评定为首批博士研究生导师。

12月18日—22日，出席在北京举行的中国作协第三届理事会第二次会议。

1982年　69岁

3月6日—9日，到广东梅州市参加全国首届黄遵宪研究学术讨论会和黄遵宪故居开幕式，并作发言。

本月在广州中山大学、华南师院、暨南大学等校讲演。

5月6日—12日，参加中国文联、中国社会科学院文学研究所联合在北京召开的"毛泽东文艺思想讨论会"，作了发言。

5月24日—6月1日，参加在海南岛举行的中国现代文学研究会第二届年会，并就《毛泽东〈在延安文艺座谈会上的讲话〉在我国现代文学史上的意义》发了言，继续当选为研究会会长。

7月，到大连，为中国现代文学研究会与辽宁师院中文系合办的讲习班讲课。课余时间整理海南会议上的发言稿，然后投寄《社会科学战线》。

8月，到烟台为中国社会科学院文学研究所举办的鲁迅研究讲习班讲课。

8月28日—9月1日，在山西太原参加中国作协山西分会主办的赵树理学术讨论会。会后游览了五台山。

9月4日，从太原到平遥，住县招待所，曾回道备村探望嫂子。由县人民政府同志陪同游双林寺，并题字"双林寺雕塑形象逼真，仪态万千，洵为文物精华，艺苑珍品。乡邦有此胜迹，殊堪扬眉"留念。

7日，在县招待所会议室为平通县的文教工作者作了讲演。

秋，向北京师范大学教师进修班学员讲《关于现代文学的民族传统问题》。

10月19日—25日，到杭州参加鲁迅学术讨论会。

26日，参加绍兴鲁迅纪念馆。

11月，《中国新文学史稿》修订本由上海文艺出版社出版。

1983年　70岁

3月1日—7日，参加在桂林召开的全国文学、外国文学、艺术学科"六五"规划会议。

9日，到南宁在广西大学、南宁师院做报告，讲《现代文学的民族风格问题》。

本月中旬，到陕西西安参加《小说鉴赏文库》（现代文学卷）审稿会，先生任主编。

3月27日—4月3日，在北京参加由中国作家协会主办的全国首届茅盾研究学术讨论会，在会上发言。

4月，因痔疮便血在北医三院治疗。

6月，被推举为全国政协第六届委员会委员，出席第六届第一次会议。

6月22日—27日，在上海参加现代文学研究会第三届理事会第二次会议。

6月30日—7月初，由上海到广东肇庆参加《中国现代文学史资料汇编》编委会扩大会议。

8月，到青岛为青岛师专讲学。

9月，赴上海参加《中国大百科全书·中国文学卷》审稿会。

11月，住军事科学院招待所编定《鲁迅作品论集》。

本年，《中国新文学史稿》由高教部列为高等学校教材。

1984年　71岁

4月28日，出席北京师范大学为陈景磐、李何林、陆宗达等四位教授执教五十五周年暨八十诞辰庆祝会，并讲了话。

4月—5月间，住高级党校招待所，参加《中国大百科全书·中国文学》卷现代文学条目的定稿工作。

5月7日，在北京的家属及部分朋友和学生为先生祝寿。

在这以前，乐黛云、吴小美、丁尔纲发起，由先生历届学生撰写《中国现代文学论文集》一书，以纪念"五四"六十五周年，并祝贺先生七十寿诞。

5月12日—26日，出席全国政协第六届第二次会议。

6月，为蒲松龄纪念馆题词："说鬼谈狐，寄情桑麻。遄飞逸兴，托志幽遐。亦真亦幻，熠熠其华，柳泉传什，不朽奇葩。

俚句数章录应蒲松龄纪念馆之属

　　　　　　　　　一九八四年六月王瑶"

8月11日，参加《中国大百科·中国文学》卷编委会召开的座谈会，讨论《中国文学》总条的编写问题。

8月，《鲁迅作品论集》出版。先生收到样书后，在其中题写了"装帧朴素大方，颇感欢慰"等字句。同月29日又写了："此书之整理编纂，端赖琇辛勤协助，甘苦与共者已达四十载，今以此册作为家藏本，与琇共珍视之。"

8月21日，在北京香山参加评议博士生导师的会议。

本月，招收温儒敏、陈平原为博士研究生。

9月2日—8日，出席在哈尔滨举行的现代文学研究会第三届年会，继续当选为研究会会长。

9月15日，应日本大学邀请到日本讲学，并参加了该校中国文学科（系）成立六十周年纪念活动，作了专题讲演。又在东京大学作了讲演，和东京都立大学、早稻田大学的中国文学专家教授进行学术交流。

10月6日，应邀参加正在东京举行的日本中国学会年会，结识许多研究中国文化的学者，并在会上发言。由日本大学的今西凯夫先生陪同参观访问了在横滨新建的日本近代文学馆。

此后到仙台瞻仰鲁迅先生留学日本的故居，访问东北大学文学部；又到关西访问京都大学、奈良女子大学、神户大学。

10月8日，在中国社会科学院文学研究所、天津师范大学中文系研究室和复旦大学中国语言文学研究所联合召开的小说理论学术讨论会上，决定成立中国小说学会，先生被聘为顾问。

11月，到上海参加王元化同志主持的有日本香港等学者参加的《文心雕龙》学术讨论会。会上谈"我的感受"。

会议期间，在上海、江苏等地的部分北大校友聚餐，祝贺先生七十寿辰。

11月23日，参加《文艺报》在北京举行的历届编委共庆创刊35周年庆祝活动。同月，受聘为中国歌谣学会顾问。

12月，北京大学聘先生为"校务委员会委员"。

北京市高教局颁发教育工作三十年的证书。

12月29日—1985年1月5日，参加中国作家协会第四次代表大会，当选为中国作协第四届理事会理事。

1985年　72岁

自今年起，《中国现代文学研究丛刊》改由中国现代文学研究会与中国现代文学馆合办，作家出版社出版；先生继续担任主编。

3月25日—4月8日，出席全国政协第六届第三次会议。

3月26日，出席中国现代文学馆开馆典礼。

3月27日，参加北京茅盾故居揭幕式。

5月，先在二龙路中医院治疗痔疮，后又到广安门医院做痔疮手术。抱病参加"现代文学研究创新座谈会"（5月6日—11日），并作了讲话。

5月29日—6月3日，参加安徽马鞍山市中日学者李白诗词研讨会。

7月，到山东荣成石岛参加《中国大百科全书·中国文学卷》的定稿会议。

7月30日—8月2日，为纪念陶渊明一千六百二十周年诞辰，到江西九江市参加了陶渊明纪念馆揭馆剪彩仪式，出席首届陶渊明学术讨论会，并作了讲话。

暑期，应民盟中央之邀，为民盟主办的多学科讲座讲授中国现代文学课程。

9月，出席在重庆召开的"郭沫若在重庆"学术讨论会。会后到大足县参观，回北京途经武汉，在武汉大学、华中师范大学讲演。

10月7日—12日，出席第一届话剧文学学术讨论会，并讲了话。

本年，先生简历被收入 Who's Who in the World。

1986年　73岁

3月1日，应香港中文大学新亚书院龚雪因基金会的邀请，赴港讲学一个月。3月20日在中文大学的讲题是《中国现代文学与古典文学的历史联系》。此外还到香港大学、浸会学院参加座谈，交流学术经验。

3月18、19两日，《文汇报》《明报》《华侨日报》分别报道了先生在港讲学的消息。香港中文大学的黄继持先生还写了《小谈"文学寻根"》的文章表示欢迎。

3月25、30两日，《华侨日报》《明报》又登载了思乐和李立明先生的评介文章。

3月23日，去澳门东亚大学为该校中文系和中文学会的文学爱好者讲演。《澳门日报》也有报道。

4月，由深圳大学到广东中山大学，再到昆明，参加并主持中国现代文学研究会第四届第二次理事会。会议期间曾到云南师大讲演。

被邀担任四卷本《中国现代作家评传》顾问。

4月中旬，到贵阳贵州民族学院讲学。

5月，论文《〈故事新编〉散论》获北大首届科研成果荣誉奖。

7月，参加民盟中央组织的学习座谈会，谈了对贯彻"双百"方针的看法。

7月下旬，到江西星子县参加陶学研究座谈会。会上发言并题字。引录杜诗一首："宽心应是酒，遣兴莫过诗；此意陶潜解，吾生后汝期。"下注："一九八六年八月二日于星子秀峰。"

9月9日—12日，参加"中国近代、现代、当代文学分期问题学术讨论会"，并作了发言。

10月6日，参加在清华大学举行的闻一多塑像揭幕仪式及"全国第三届闻一多研究学术讨论会"，并作学术报告。

10月19日—23日，在北京参加"鲁迅与中外文化学术讨论会"，纪念鲁迅逝世五十周年。

10月29日—11月4日，参加国全国哲学社会科学"七五"规划会议，被推选为文学学科评议组副组长。会上谈了发展学术研究的两个问题。

11月18日—25日，参加全国政协组织的参观宝钢的活动。

1987年　74岁

1月2日—8日，参加民盟全国代表大会，被选为中央委员，担任民盟文化委员会副主任的工作。

3月，参加厦门大学主办的"华文文学研讨会"，在会上发了言，会后游武夷山。离开厦门之后经泉州到福州讲学。

4月，参加政协六届五次会议。

7月，到长春参加现代中日文化关系史研讨会，会后游览了松花湖。并在吉林省社会科学院文学研究所作讲演。

10月，参加政协组织的湘西考察团活动。

10月，在成都主持召开中国现代文学研究会第四届年会。先生连任会长。会后又到沙湾参观郭沫若故居，到乐山参加了郭沫若学术研讨会。

11月，《〈故事新编〉散论》获北京市哲学社会科学优秀成果荣誉奖。

11月，国家社会科学基金文学学科规划小组审议并通过了先生申请的"七五"科研项目，科研内容是：近现代学者对中国文学研究的贡献及其经验。

1988年　75岁

1月27日，《中国新文学史稿》获全国高等学校优秀教材奖。国家教委颁发了荣誉证书及奖品。

3月1日—18日，应法国巴黎第八大学鲁迅研究翻译小组米歇尔·鲁阿夫人的邀请，到法国讲学。

3月10日，在法国公立东方语言与文明学院组织的讲演会上介绍鲁迅同斯诺谈话记录的整理稿。学院院长赠送先生一枚纪念章。3月12日—14日，《欧洲时报》有较详细的报道。

春，先生就所承担的"七五"重点科研项目，主持召开编写组会议，统一编写思想，落实研究任务。

4月，出席全国政协七届一次会议，谈了对新闻工作的看法。

12日—16日，参加在武汉召开的"全国鲁迅研究教学研讨会"，并在会上发了言。

30日，参加清华大学校庆，38年毕业的十级校友在校庆日聚会，庆祝毕业50周年。为十级的纪念专刊写了"自我介绍"。

5月12日，为日本大修馆书店翻译出版的先生的《中国的文人》一书作序。

夏，给女儿超冰的新居题字：胆欲大而心欲小，智欲圆而行欲方。

8月16日，在太原参加三晋文化研究会成立大会，被提名为名誉会长。会上讲了话并题词：表里山河，文化摇篮；前贤遗迹，粲然可观。继承革新，端在吾侪；发扬光大，由兹肇端。

9月，参加政协组织的"赴安徽视察团"活动。

10月，参加民盟第六次全国代表大会，提出"民盟的胆子应更大一点，共产党的雅量应更多一点"。

10月17日，在现代文学研究创新座谈会上讲话，并赠青年研究者一句格言："板凳甘坐十年冷，文章不写一句空。"

10月下旬—11月上旬，到昆明参加西南联合大学成立50周年庆祝活动。会后到大理、石林游览。

11月17日，参加作协四届三次理事会。

11月下旬，参加清华大学纪念朱自清诞辰九十周年及逝世四十周年活动，在纪念会上讲了话。

11月，在北京参加由《上海文论》编辑部组织召开的座谈会，讨论"重写中国文学史"的问题。

11月21日，为中国现代文学研究会编的纪念"五四"七十周年的论文集《在东西古今的碰撞中》作序。

12月22日，拟定《润华集》目录，写《润华集》后记。

1989年　76岁

3月，出席政协七届二次会议。

4月，给吉林教育出版社题词："教育出版，立人之基，精刊勤校，解惑析疑，开拓求实，五载于兹，发扬光大，指日可期。"

4月10日，参加在北大召开的高校纪念"五四"讨论会。

4月下旬，参加清华大学校庆。

4月27日，主持由中国现代文学研究会、中国现代文学馆等联合召开的纪念"五四"七十周年的学术讨论会。

5月初，参加中国社会科学院主办的纪念"五四"七十周年国际学术讨论会。

5月7日，先生的友人与学生王得后、孙玉石等到家中为先生祝寿献祝词、共进午餐，并合影留念。

6月中旬，痔疮便血。

6月20日—7月7日，住西苑中医医院作手术治疗。

7月18日，乘火车往烟台，同行者有夫人杜琇、孙女王宜、外孙冯小麦。住烟台期间先生赶写《中国现代文学史论集》的文稿和《文集》后记，8月完稿，未发表。

8月11日，为烟大两位教师题词，尚有余墨余纸，便录杜诗以书怀，诗文如下："细草微风岸，危樯独夜舟；星垂平野阔，月涌大江流。名岂文章著，官应老病休；飘飘何所似，天地一沙鸥。己巳之夏偕蕴如及小晋小麦姐弟旅居烟台读杜诗《旅夜书怀》有感因录之。王瑶，时年七十有五。"

8月24日，参加全国政协组织赴内蒙古视察。

10月7日，参加孔子诞辰2540周年纪念与学术讨论会开幕式。

10月，主持召开国家社会科学基金会文学学科组评审会议。

10月25日，出席国家文物局组织的"《鲁迅全集》微机检索系统"的鉴定会，作为鉴定委员，在鉴定意见书上签名。

11月6日，在北大校医院检查身体、取药，胸透结果有轻度肺气肿、气管炎。

11月13日，先生与杜琇同日到达苏州，住苏州大学招待所，先生参加并主持召开现代文学研究学会第五届理事会第二次会议，在会上作了多次发言。

11月15日，会议组织去苏州市郊的东山、西山观光桔林，并到黎里镇参观柳亚子先生故居。

17日，参观淀山湖的大观园。

18日，苏州市受寒流影响开始降温有大风。先生仍和参加会议的同志们去了虎丘、寒山寺、枫桥。回招待所后先生开始感到冷，有轻度咳喘。

19日，会议结束，苏州大学中文系范伯群同志陪同前往甪直参观叶圣陶先生的纪念馆，先生曾为纪念馆题词。

20日，由苏州乘火车到上海，由复旦大学接到贾植芳先生家，午饭后经医生检查，听诊情况不好。下午到青浦县，住青浦宾馆。到青浦人民医院看病，医生建议住院打点滴，先生不同意，便回宾馆，夜晚出现高烧。

21日上午，先生坚决要参加巴金学术讨论会的开幕式，在发言的时候不能支持，送到青浦中医医院，进行输液输氧。夜间高烧，翌日凌晨4点开始大汗不止，咳痰多、喘。

22日，复旦大学中文系派人、吴福辉、杜琇陪先生一起到华东医院住院治疗，仍用点滴和输氧的办法。王元化、徐俊西等同志十分关心先生的健康情况，当晚先生仍高烧不退。打退烧针，凌晨4点多开始有汗。

23日，继续高烧，再打退烧针，晚间出汗不止。

24日，晨间体温略降。

25日，中午进食，呕吐，下午体温升高，晚饭未吃。夜间出现憋气、手指有紫绀现象。医院通知复旦给北大中文系发了先生病危的电报。下午4点女儿超冰赶到。

26日，凌晨4点仍高烧、出汗。上午医生会诊后通知家属先生病情严重需采取急救措施。在征得先生本人同意之后10点开始从鼻腔插管，用机器进行高压输氧。此后先生便无说话能力，只能书写简单的语句。

下午对杜琇写了下面的话：

"我想他（她），我在此两种可能都无所谓，但想见他一次。原谅我过去一切的不好！争取再共同生活。"

晚，北大孙玉石（中文系系主任）赶到。写：

玉石同志

气管无一点发声能力，至歉。

感觉尚好，无大痛苦，谢谢北大领导的关怀。一切问超冰他们，谢谢。

王瑶即日

临睡前对杜琇写："人情要记住，以后再说。不能垮！睡好！镇定！自信我感觉良好，一切会挺过去，要坚（强）。"

27日，前来探视的人很多，先生很兴奋，又写了一些："我能听不能说，完全没有说话能力，谢谢大家的关心。""惊师动众，又可能还未到弥留之际，极不安，谢谢。""惊师动众，而不死""惊动人太多，一切岂不可笑？与我的条件不适应，很不安。

孙玉石、吴福辉、超冰要去拜望巴金，前去祝寿，又写："表示我专诚来沪祝嘏，最近十年，巴金学术研究收获颇大，其作者多为我的学生一辈，如陈丹晨、张慧珠等，观点虽深浅有别，但都是学术工作，不是大批判，这是迄今我引以为慰的。"

客人不在的时候对杜琇写了下面一些话：

"您说蒋孔阳住院了，是否此院？"

"明天一定抓紧洗澡，不要客气，和小米一起去（指到孙玉石住的静安宾馆）。"

"我想死在76号（指北大镜春园家里）。""上帝是允许人死前忏悔一切的。你的情绪对我的好转极为重要，你愉快，我会好的，我们要争取至少见到小默再过几年老伴生活，请着眼未来，忘记过去。"

"等小米，要翻身这些都不可避免，是否今生还要来一次？这次解决了岂不更好！""小麦的生日要写信。"

晚9点护士吸痰，先生感到难受。11点又吸痰，出现喘气，先生要求加氧。

28日，医生查房说病人情况良好。晚8点腋下体温36.7℃，有点喘气。

29日，早6点多感觉全身不好。医生研究要切开气管要家属签字。上午做切开气管的手术，手术时氧气进入皮下组织，面部肿胀。医生说白血球高到2万。手术时先生写："一定配合治疗，不想死在上海。"

30日，由429房间搬到412单间病房，进行特级护理病情有些好转。

12月1日，晨间喘得厉害，医生来查房说要多湿化，多吸痰。夜间吸痰次数太勤，先生较累又苦。

2日，晨间稍好，有点喘，上、下午都较好，有人来探视，累。有低烧。中医让进参汤。

先生写："已半月，玉石可代表学校，请医院估计何时可以脱险，进入治疗期。"对超冰写了下面的话："我苦于太清醒，分析了许多问题，自以为很深刻，但不必说，不如痴呆好！"

3日，先生疲累之极，吸痰效果较好，仍服中药。先生写道："已半月未脱险，不必勉强多活几天，反而痛苦。我忍受不了，我等王小默（小默是先生之子，正在英国学习），你们不必让我痛苦的多活几天，何必？请理解。"夜间隔一小时吸一次痰，可以平喘，但不得入睡。

4日，晨间情况好，呼吸26，脉搏74，血压105/65，医生查房说心脏好，紫绀现象也减轻。下午输血。白血球有些下降。腹部鼓胀，做青霉素皮试阴性。先生写："超默来了我就要求死，不配合了，无力。"对杜琇写："1216（指1935年12月16日的示威游行）我确实挨了一刀，请您相信。"

5日，开始注射青霉素，白血球明显下降。

6日，小便量多，色清。先生精神较好，给医生提出要求："请医院领导研究：1. 我不能长久用机器维持生命苟延残喘。2. 已半月余必须宣告进入治疗期。3. 改用半流质自己不用鼻饲只能喝入，共三条，三条要小米知道。"先生还写："青霉素效果？白血球情况？"

7日，去掉鼻饲管，自己进食。

8日，凌晨三点开始发烧，喘，喂的豆浆从切口处溢出，医生让恢复鼻饲。晚10点小默赶到，先生眼角有泪，无力睁眼。无力握笔写字，只能用手指在别人的手心画字。

9日，换呼吸机，给先生注射镇静剂。晚九点呼吸急促。发烧38.5℃，先生要求平喘、用镇静剂。

10日，发烧，四肢浮肿。大小便少。不想吃流汁。

11日，小便一次，白血球升高。

12日，仍有烧用冰袋。呼吸机发生故障，抢救。

13日，小便失禁，痰量极少。下午神智出现昏迷。晚8点40分去世。医生最后的结论是：肺炎并发呼吸窘迫综合征，呼吸衰竭。

王瑶著译年表

王瑶著译年表

二十五周年纪念感言　载 1936 年 5 月 3 日《清华副刊》第 44 卷第 5 期，署名昭琛。收《王瑶全集》第 7 卷《竟日居文存》（河北教育出版社，1999 年版）。

所谓亚洲国联　载 1936 年 5 月 6 日《清华周刊》第 44 卷第 4 期，署名昭琛。收《王瑶全集》第 7 卷《竟日居文存》（河北教育出版社，1999 年版）。

沧石铁路的建筑问题　载 1936 年 5 月 20 日《清华周刊》第 44 卷第 6 期，署名昭琛。收《王瑶全集》第 7 卷《竟日居文存》（河北教育出版社，1999 年版）。

奥内阁改组　载 1936 年 5 月 27 日《清华周刊》第 44 卷第 7 期，署名笑谭。收《王瑶全集》第 7 卷《竟日居文存》（河北教育出版社，1999 年版）。

一件恋爱与工作的故事（小说，苏联 E.Gard 作）　载 1936 年 6 月 3 日《清华周刊》第 44 卷第 8 期，署名昭琛译。未收集。

中央和西南　载 1936 年 6 月 3 日《清华周刊》第 44 卷第 8 期，署名昭琛。收《王瑶全集》第 7 卷《竟日居文存》（河北教育出版社，1999 年版）。

我的故乡　载 1936 年 6 月 20 日《清华副刊》第 44 卷第 11、12 期合刊，署名沙丘。收《王瑶全集》第 7 卷《竟日居文存》（河北教育出版社，1999 年版）。

华北的汉奸舆论　载 1936 年 7 月 9 日《清华周刊》第 44 卷第 10 期，署名昭琛。收《王瑶全集》第 7 卷《竟日居文存》(河北教育出版社，1999 年版)。

关于二中全会　载 1936 年 7 月 22 日《清华周刊》第 44 卷第 11、12 期合刊，署名昭琛。收《王瑶全集》第 7 卷《竟日居文存》(河北教育出版社，1999 年版)。

"非常时期与国防文学"座谈会发言　载 1936 年 7 月 22 日《清华周刊》第 44 卷第 11、12 期合刊，署名昭琛。收《王瑶全集》第 7 卷《竟日居文存》(河北教育出版社，1999 年版)。

西南事件座谈　载 1936 年 7 月 25 日《清华暑期周刊》第 11 卷第 1 期，署名昭琛。收《王瑶全集》第 7 卷《竟日居文存》(河北教育出版社，1999 年版)。

悼人民的巨人高尔基（M.珂尔曹夫作）　载 1936 年 7 月 25 日《清华暑期周刊》第 11 卷第 1 期，署名昭琛译。未收集。

高尔基死后各方的唁辞　载 1936 年 7 月 25 日《清华暑期周刊》第 11 卷第 1 期，署名昭琛译。未收集。

暑期中的课外团体　载 1936 年 8 月 1 日《清华暑期周刊》第 11 卷第 2 期，署名古顿。收《王瑶全集》第 7 卷《竟日居文存》(河北教育出版社，1999 年版)。

论文艺界的联合　1936 年 8 月 1 日完稿，载 1936 年 8 月 8 日《清华暑期周刊》第 11 卷第 3 期，署名昭琛。收《王瑶全集》第 7 卷《竟日居文存》(河北教育出版社，1999 年版)。

世界运动会开幕　载 1936 年 8 月 8 日《清华暑期周刊》第

11卷第3期,署名古顿。收《王瑶全集》第7卷《竟日居文存》(河北教育出版社,1999年版)。

单纯,艺术与民众(V.吉尔波丁作) 载1936年8月15日《新地》第3期,署名昭琛译。未收集。

伪军进攻绥东 载1936年8月17日《清华暑期周刊》第11卷第4、5期合刊,署名古顿。收《王瑶全集》第7卷《竟日居文存》(河北教育出版社,1999年版)。

论集体创作 载1936年8月17日《清华暑期周刊》第11卷第4、5期合刊,署名昭琛。收《王瑶全集》第7卷《竟日居文存》(河北教育出版社,1999年版)。

马(小说) 载1936年8月17日《清华暑期周刊》第11卷第4、5期合刊,署名:莫蓝 阿林 罗白 昭琛 魏东明作,执笔:魏东明。又转载于1936年10月25日《光明》第1卷第10号,改题为《丰台的马》。未收集。

论作品中的公式主义——致力于新文化的人们(I.Babel作) 载1936年8月24日《清华暑期周刊》第11卷第6期,署名罗顿译。未收集。

从一个角落来看中国文学系 载1936年9月6日《清华暑期周刊》第11卷第7、8期合刊,署名李钦。收《王瑶全集》第7卷《竟日居文存》(河北教育出版社,1999年版)。

清华的出版事业 载1936年9月6日《清华暑期周刊》第11卷第7、8期合刊,署名笑谭。收《王瑶全集》第7卷《竟日居文存》(河北教育出版社,1999年版)。

慰劳大会 收《中国的一日》(茅盾主编,生活书店,1936年9月15日出版),署名昭琛。又收《王瑶全集》第7

卷《竟日居文存》(河北教育出版社,1999年版)。

当前的文艺论争　1936年10月22日完稿,载1936年11月1日《清华周刊》第45卷第1期,署名狄恩。收《王瑶全集》第7卷《竟日居文存》(河北教育出版社,1999年版)。

盖棺论定　1936年10月23日完稿,载1936年11月1日《清华周刊》第45卷第1期,署名古顿。收《鲁迅先生纪念集》(鲁迅先生纪念委员会编,1937年出版)。收《鲁迅与中国文学》(陕西人民出版社,1982年重版),又收《王瑶全集》第6卷《鲁迅与中国文学》(河北教育出版社,1999年版)。

悼鲁迅先生　1936年10月25日完稿,载1936年11月1日《清华周刊》第45卷第1期,署名王瑶。收《鲁迅先生纪念集》(鲁迅先生纪念委员会编,1937年出版),又收《鲁迅与中国文学》(陕西人民出版社,1982年重版),又收《王瑶全集》第6卷《鲁迅与中国文学》(河北教育出版社,1999年版)。

航空奖券　载1936年11月1日《清华周刊》第45卷第1期,署名浦溶。收《王瑶全集》第7卷《竟日居文存》(河北教育出版社,1999年版)。

关于第四十五卷的周刊　载1936年11月2日《清华副刊》第45卷第1期,署名王瑶。收《王瑶全集》第7卷《竟日居文存》(河北教育出版社,1999年版)。

华北经济提携　载1936年11月8日《清华周刊》第45卷第2期,署名古顿。收《王瑶全集》第7卷《竟日居文存》(河北教育出版社,1999年版)。

从特赦施剑翘说起　载1936年11月8日《清华周刊》第45卷第2期,署名古顿。收《王瑶全集》第7卷《竟日居文存》(河北教育出版社,1999年版)。

报告文学的成长　1936年11月14日完稿,载1936年11月22日《清华周刊》第45卷第4期,署名狄恩。收《王瑶全集》第7卷《竟日居文存》(河北教育出版社,1999年版)。

北平学生慰劳灾民　载1936年11月15日《清华周刊》第45卷第3期,署名古顿。收《王瑶全集》第7卷《竟日居文存》(河北教育出版社,1999年版)。

绥远局势严重　载1936年11月22日《清华周刊》第45卷第4期,署名古顿。收《王瑶全集》第7卷《竟日居文存》(河北教育出版社,1999年版)。

二十九军演习　载1936年11月22日《清华周刊》第45卷第4期,署名浦溶。收《王瑶全集》第7卷《竟日居文存》(河北教育出版社,1999年版)。

绥远抗战前途　载1936年11月29日《清华周刊》第45卷第5期,署名达忱。收《王瑶全集》第7卷《竟日居文存》(河北教育出版社,1999年版)。

登龙青年　载1936年11月29日《清华周刊》第45卷第5期,署名浦溶。收《王瑶全集》第7卷《竟日居文存》(河北教育出版社,1999年版)。

这一天　载1936年11月30日《清华副刊》第45卷第5、6期合刊,署名王瑶。收《王瑶全集》第7卷《竟日居文存》(河北教育出版社,1999年版)。

论新兴艺术——整个文化中的两个成分——民众艺术与古典

宝藏（苏 S.Priacel 作） 1936年12月2日译毕，载1936年12月16日《清华周刊》第45卷第7期，署名余列译。未收集。

一二九·一周年 载1936年12月6日《清华周刊》第45卷第6期，署名达忱。收《王瑶全集》第7卷《竟日居文存》（河北教育出版社，1999年版）。

表现在作品中的时代和艺术——评炯之的《作家间需要一种新运动》 载1936年12月6日《清华周刊》第45卷第6期，署名甄奚。收《王瑶全集》第7卷《竟日居文存》（河北教育出版社，1999年版）。

五色国旗 载1936年12月6日《清华周刊》第45卷第6期，署名耿原。收《王瑶全集》第7卷《竟日居文存》（河北教育出版社，1999年版）。

一二·九与中国文化 1936年12月9日完稿，载1936年12月16日《清华周刊》第45卷第7期，署名昭琛。收《王瑶全集》第7卷《竟日居文存》（河北教育出版社，1999年版）。

西安事变 载1936年12月16日《清华周刊》第45卷第7期，署名齐肃。收《王瑶全集》第7卷《竟日居文存》（河北教育出版社，1999年版）。

北平学生示威 载1936年12月16日《清华周刊》第45卷第7期，署名浦溶。收《王瑶全集》第7卷《竟日居文存》（河北教育出版社，1999年版）。

冷静 载1936年12月16日《清华周刊》第45卷第7期，署名建昶。收《王瑶全集》第7卷《竟日居文存》（河北教育出版社，1999年版）。

陕变仍未解决　1936年12月22日完稿，载1936年12月23日《清华周刊》第45卷第8期，署名古顿。收《王瑶全集》第7卷《竟日居文存》(河北教育出版社，1999年版)。

论作品中的真实　1936年12月27日完稿，载1936年12月30日《清华周刊》第45卷第9期，署名齐肃。收《王瑶全集》第7卷《竟日居文存》(河北教育出版社，1999年版)。

陕变和平解决　载1936年12月30日《清华周刊》第45卷第9期，署名浦溶。收《王瑶全集》第7卷《竟日居文存》(河北教育出版社，1999年版)。

关于日记　1937年1月1日完稿，载1937年1月25日《清华周刊》第45卷第12期，署名耿达。收《王瑶全集》第7卷《竟日居文存》(河北教育出版社，1999年版)。

《多角关系》(书评)　1937年1月5日完稿，载1937年1月10日《清华周刊》第45卷第10、11期合刊，署名余列。收《王瑶全集》第7卷《竟日居文存》(河北教育出版社，1999年版)。

迎一九三七年　载1937年1月10日《清华周刊》第45卷第10、11期合刊，署名昭琛。收《王瑶全集》第7卷《竟日居文存》(河北教育出版社，1999年版)。

陕甘善后办法决定　载1937年1月10日《清华周刊》第45卷第10、11期合刊，署名浦溶。收《王瑶全集》第7卷《竟日居文存》(河北教育出版社，1999年版)。

丑角　载1937年1月10日《清华周刊》第45卷第10、11期合刊，署名甄奘。收《王瑶全集》第7卷《竟日居文存》

（河北教育出版社，1999年版）。

《伯林斯基文学批评集》（书评） 1937年1月19日完稿，载1937年1月25日《清华周刊》第45卷第12期，署名昭琛。收《王瑶全集》第7卷《竟日居文存》（河北教育出版社，1999年版）。

为《清华周刊》的光荣历史敬告师长同学 1937年1月20日完稿，载1937年1月25日《清华周刊》第45卷第12期附录，署名王瑶。收《王瑶全集》第7卷《竟日居文存》（河北教育出版社，1999年版）。

陕甘局势与三中全会 载1937年1月25日《清华周刊》第45卷第12期，署名浦溶。收《王瑶全集》第7卷《竟日居文存》（河北教育出版社，1999年版）。

山西当局训练民众 载1937年1月25日《清华周刊》第45卷第12期，署名达忱。收《王瑶全集》第7卷《竟日居文存》（河北教育出版社，1999年版）。

坷坎略记 1942年4月20日完稿，未发表，收《王瑶全集》第7卷《竟日居文存》（河北教育出版社，1999年版）。

说喻 载1942年11月《国文月刊》第28、29、30期合刊，署名王瑶。收《王瑶全集》第2卷《中国文学论丛》（河北教育出版社，1999年版）。

元遗山论诗绝句摘注 1943年4月30日完稿，未发表，也未收集，现存原稿。

魏晋文论的发展 1943年6月完稿，此为先生大学毕业论文，未发表，收《中古文学思想》（棠棣出版社，1951年版），《中古文学史论》（北京大学出版社，1986年1月版），《王瑶全集》第1卷《中古文学史论》（河北教育出版社，1999年版），以上各版本中均改题为《文论的发展》。

读陶随录　1943年12月录毕，未发表，收《王瑶全集》第2卷《中国文学论丛》（河北教育出版社，1999年版）。

忆闻一多师　载1946年8月25日《文汇报》，署名昭琛，转载于华北版《民主周刊》1946年9月第10期及《闻一多先生死难周年纪念特刊》（清华周刊社，1947年7月20日出版）。经改写后作为《念闻一多先生》一文第一节的一部分载1987年2月《中国现代文学研究丛刊》第1期，署名王瑶，又收《中国文学纵横论》（台湾长安出版社，1993年版），《王瑶全集》第5卷《中国现代文学史论集》（河北教育出版社，1999年版）。

魏晋诗人的隐逸思想（上）（下）　载1946年10月21日、28日北平《新生报》"语言与文学"周刊第1、2期，署名王瑶。收《中古文人生活》（棠棣出版社，1951年版），《中古文学史论集》（上海古典文学出版社，1956年出版；上海古籍出版社，1982年重版），《中古文学史论》（北京大学出版社，1986年版），《王瑶全集》第1卷《中古文学史论》（河北教育出版社，1999年版），为《论希企隐逸之风》一文第4节的一部分。

文学的新和变　1946年11月13日完稿，载1946年11月18日北平《新生报》"语言与文学"周刊第5期，署名王瑶。收《中国文学纵横论》（台湾长安出版社，1993年版），《王瑶全集》第2卷《中国文学论丛》（河北教育出版社，1999年版）。

读史记司马相如传　载1946年12月23日、30日《新生报》

"语言与文学"周刊第 10、11 期，署名昭琛。1947 年 1 月 6 日《新生报》"语言与文学"周刊第 12 期"编后说明"："本刊上期《读史记司马相如传》一文，系接第 10 期续登，排版时两期间误落一段，兹补于此。"故又补登一段。收《中国文学论丛》（平明出版社，1953 年版），《王瑶全集》第 2 卷《中国文学论丛》（河北教育出版社，1999 年版）。

曹子建的《薤露行》 载 1947 年 3 月 3 日、3 月 10 日北平《新生报》"语言与文学"周刊第 20 期、21 期，署名王瑶。后改写为《关于曹植》一文收《中古文学史论集》（上海古典文学出版社，1956 年出版；上海古籍出版社，1982 年重版）。

守制杂记 1947 年 3 月完稿，未发表，收《王瑶全集》第 7 卷《竟日居文存》（河北教育出版社，1999 年版）。

深浅之间 载 1947 年 4 月 15 日《风雪》第 2 期，署名耿达，未收集。

读书笔记·五官将文学、校事、张衡论贡举疏、引陶诗 载 1947 年 4 月 21 日北平《新生报》"语言与文学"周刊第 27 期，署名昭琛。除《引陶诗》外均收《中国文学论丛》（平明出版社，1953 年版），《中古文学史论集》（上海古籍出版社，1982 年重版），《王瑶全集》第 2 卷《中国文学论丛》（河北教育出版社，1999 年版）。《引陶诗》收《王瑶全集》第 2 卷《中国文学论丛》（河北教育出版社，1999 年版）。

隶事·声律·宫体——论齐梁诗 1947 年 8 月 31 日完稿，载 1948 年 10 月《清华学报》第 15 卷第 1 期，署名王瑶。

收《中古文学风貌》（棠棣出版社，1951版），《中古文学史论集》（上海古典文学出版社，1956年出版；上海古籍出版社，1982年重版），《中古文学史论》（北京大学出版社，1986年版），《王瑶全集》第1卷《中古文学史论》（河北教育出版社，1999年版）。

读书笔记·文心注、皇览、诗文八体　载1947年9月22日北平《新生报》"语言与文学"周刊第49期，署名昭琛。收《中国古典文学论集》（平明出版社，1953年版），《中古文学史论集》（上海古籍出版社，1982年重版），《王瑶全集》第2卷《中国文学论丛》（河北教育出版社，1999年版）。

评林庚著《中国文学史》　载1947年10月《清华学报》第14卷第1期，署名王瑶。收《中国文学纵横论》（台湾长安出版社，1993年版），收《王瑶全集》第2卷《中国文学论丛》（河北教育出版社，1999年版）。

读书笔记·孔融、登楼赋、慧远论文　载1947年12月16日北平《新生报》"语言与文学"周刊第61期，署名昭琛。《登楼赋》收《中国文学论丛》（平明出版社，1953年版），《中古文学史论集》（上海古籍出版社，1982年版）与《王瑶全集》第2卷《中国文学论丛》（河北教育出版社，1999年版），《孔融》与《慧远论文》均收《王瑶全集》第2卷《中国文学论丛》（河北教育出版社，1999年版）。

魏晋小说与方术　载1948年2月6日《学原》第2卷第3期，署名王瑶。收《中古文学思想》（棠棣出版社，1951年版），《中古文学史论集》（上海古典文学出版社，1956

年出版；上海古籍出版社，1982年重版），《中古文学史论》（北京大学出版社，1986年版），《王瑶全集》第 1 卷《中古文学史论》（河北教育出版社，1999年版），均改题为《小说与方术》。

谈古文辞的研读　载 1948 年 3 月 2 日北平《新生报》"语言与文学"周刊第 72 期，又载《国文月刊》第 68 期，署名王瑶。收《中国文学纵横论》（台湾长安出版社，1993年版），《王瑶全集》第 2 卷《中国文学论丛》（河北教育出版社，1999年版）。

读书笔记·晋宋习语　载 1948 年 5 月 4 日北平《新生报》"语言与文学"周刊第 81 期，署名昭琛。收《中国文学论丛》（平明出版社，1953年版），《中古文学史论集》（上海古籍出版社，1982年版），及《王瑶全集》第 2 卷《中国文学论丛》（河北教育出版社，1999年版）。

读书笔记·兰亭集序、斗酒　载 1948 年 5 月 11 日北平《新生报》"语言与文学"周刊第 82 期，署名昭琛。《兰亭集序》收《中国文学论丛》（平明出版社，1953年版），《中古文学史论集》（上海古籍出版社，1982年版）；《兰亭集序》与《斗酒》同时收《王瑶全集》第 2 卷《中国文学论丛》（河北教育出版社，1999年版）。

《中古文学史论》自序　1948 年 6 月 7 日完稿。收《中古文学思想》、《中古文人生活》、《中古文学风貌》（棠棣出版社，1951年版）。又收《中古文学史论》（北京大学出版社，1986年版）及《王瑶全集》第 1 卷《中古文学史论》（河北教育出版社，1999年版），均改题为《初版自序》。

读书笔记·陶渊明命子诗　载1948年7月27日北平《新生报》"语言与文学"周刊第94期,署名昭琛。收《中国古典文学论集》(平明出版社,1953年版),《中古文学史论集》(上海古籍出版社,1982年版),《王瑶全集》第2卷《中国文学论丛》(河北教育出版社,1999年版)。

读书笔记·陶渊明乞食诗　载1948年8月3日北平《新生报》"语言与文学"周刊第95期,署名昭琛。收《王瑶全集》第2卷《中国文学论丛》(河北教育出版社,1999年版)。

朱自清先生的学术研究工作　1948年8月19日完稿,载1948年8月24日北平《新生报》"语言与文学"周刊第98期"朱自清先生纪念专号",又载1948年8月26日北平《新民报》日刊及9月10日《国文月刊》第71期,署名王瑶。作为《念朱自清先生》一文中之一节,收《中国文学论丛》(平明出版社,1953年版),《最完整的人格》(北京出版社,1988年版),《中国文学纵横论》(台湾长安出版社,1993年版),《王瑶全集》第5卷《中国现代文学史论集》(河北教育出版社,1999年版),均改题为《学术研究》。

《中古文学史论》后记　1948年8月20日完稿,载1948年8月27日《大公报》,改题为《朱自清先生未完成的一篇序文——〈中古文学史论〉后记》,署名王瑶。收《中古文学风貌》(棠棣出版社,1951年版)。又收《中古文学史论》(北京大学出版社,1986年版),《王瑶全集》第1卷《中古文学史论》(河北教育出版社,1999年版),

改题为《重版题记》。

悼朱佩弦师 载1948年9月5日《中建》第3卷第7期,署名王瑶。经过删改,作为《念朱自清先生》一文的第1节,收《中国文学论丛》(平明出版社,1953年版),《最完整的人格》(北京出版社,1988年版),《中国文学纵横论》(台湾长安出版社,1993年版),《王瑶全集》第5卷《中国现代文学史论集》(河北教育出版社,1999年版),均改标题为《生平点滴》。

魏晋时代的拟古与作伪 载1948年9月10日《文艺复兴》中国文学研究专号,署名王瑶。收《中古文人生活》(棠棣出版社,1951年版),《中古文学史论集》(上海古典文学出版社,1956年出版;上海古籍出版社,1982年再版),《中古文学史论》(北京大学出版社,1986年版),《王瑶全集》第1卷《中古文学史论》(河北教育出版社,1999年版),均改题为《拟古与作伪》。

十日间——朱佩弦师逝世前后记 载1948年9月15日《文讯》第9卷第3期"朱自清先生悼念特辑",署名王瑶。作为《念朱自清先生》一文中之一节,收《中国文学论丛》(平明出版社,1953年版),《最完整的人格》(北京出版社,1988年版),《王瑶全集》第5卷《中国现代文学史论集》(河北教育出版社,1999年版),均改标题为《逝世前后》。

邂逅斋说诗缀忆 载1948年10月《文学杂志》第3卷第5期,署名王瑶。作为《念朱自清先生》一文中之一节,收《中国文学论丛》(平明出版社,1953年版),《最完整的人格》(北京出版社,1988年版),《王瑶全集》第

5卷《中国现代文学史论集》（河北教育出版社，1999年版），均改标题为《说诗缀忆》。

读书笔记·徐陵陈公九锡文　载1948年10月12日北平《新生报》"语言与文学"周刊第105期，署名昭琛。收《王瑶全集》第2卷《中国文学论丛》（河北教育出版社，1999年版）。

颜谢诗之比较　载1948年11月30日北平《新生报》"语言与文学"周刊第112期，署名王瑶。收《王瑶全集》第2卷《中国文学论丛》（河北教育出版社，1999年版）。

《朱自清日记选录》题记　1949年3月5日作，载《中国现代文艺资料丛刊》第3辑（上海文艺出版社编辑，1963年11月出版），署名王瑶。未收集。

建立健全的大学文学院　1949年3月14日作，载1949年4月26日《光明日报》，署名王瑶。未收集。

论学以致用　1949年6月20日完稿，载1949年7月20日《光明日报》"大学周刊"第3期，署名王瑶。未收集。

念闻一多先生　1949年7月12日完稿，载1949年7月16日《光明日报》，署名王瑶。经改写后作为《念闻一多先生》一文第1节"生命的诗"的一部分载1987年2月《中国现代文学研究丛刊》第1期，署名王瑶。又收《中国文学纵横论》（台湾长安出版社，1993年版），《王瑶全集》第5卷《中国现代文学史论集》（河北教育出版社，1999年版）。

魏晋文人的隐逸思想——中古文学史论之一　载1949年8月5日《文艺复兴》中国文学研究专号（下），署名王瑶。收《中古文人生活》（棠棣出版社，1951年版），《中古文学史论集》（上海古典文学出版社，1956年出版；上海古籍出版社，1982年再版），《中古文学史论》（北京大学出版社，1986年版），《王瑶全集》第1卷《中古文学史论》（河北教育出版社，1999年版），均改题为《论希企隐逸之风》。

朱自清先生的日记——纪念他的逝世一周年 1949年8月5日作，载1949年8月10日《光明日报》"大学周刊"第6期，署名王瑶。作为《念朱自清先生》一文之一节，收《中国文学论丛》（平明出版社，1953年版），题为《日记》。又收《最完整的人格》（北京出版社，1988年版），《王瑶全集》第5卷《中国现代文学史论集》（河北教育出版社，1999年版），均改题为《日记琐拾》。

考据学的再估价 1950年2月2日完稿，载1950年3月《观察》第6卷第9期，署名王瑶。收《中国文学论丛》（平明出版社，1953年版），又收《王瑶全集》第2卷《中国文学论丛》（河北教育出版社，1999年版），均改题为《论考据学》。

鲁迅对于中国文学遗产的态度和他所受中国古典文学的影响 1950年3月29日完稿，载1950年10月1日《小说》第4卷第3期，署名王瑶。收《鲁迅与中国文学》（平明出版社，1952年版；陕西人民出版社，1982年重版），《关于中国古典文学问题》（上海古典文学出版社，1956年版），又收《王瑶全集》第6卷《鲁迅与中国文学》（河北教育出版社，1999年版）。

国文为什么不进步 载1950年4月5日《光明日报》，署名王瑶。未收集。

中国文学批评与总集　　1950 年 4 月 18 日完稿，载 1950 年 5 月 10 日《光明日报》"学术"专刊第 6 期，署名王瑶。收《中国文学论丛》（平明出版社，1953 年版），《关于中国古典文学问题》（上海古典文学出版社，1956 年版），《中国文学纵横论》（台湾长安出版社，1993 年版），又收《王瑶全集》第 2 卷《中国文学论丛》（河北教育出版社，1999 年版）。

陶渊明　　载 1950 年 5 月 25 日《光明日报》"学术"版第 11 期，署名王瑶。收《祖国十二诗人》（开明书店，1953 年版），《中国文学论丛》（平明出版社，1953 年版），又收《王瑶全集》第 2 卷《中国文学论丛》（河北教育出版社，1999 年版）。

朱自清先生的诗与散文　　1950 年 8 月 5 日完稿，载 1950 年 8 月 13 日《人民日报》，署名王瑶。作为《念朱自清先生》一文之一节，收《中国文学论丛》（平明出版社，1953 年版），改题为《诗与散文》。又经过补充修改，分为《新诗创作》与《散文艺术》两节，收《最完整的人格》（北京出版社，1988 年版）及《王瑶全集》第 5 卷《中国现代文学史论集》（河北教育出版社，1999 年版）。

鲁迅的国际主义精神　　1950 年 10 月 15 日完稿，载 1950 年 10 月 19 日《进步日报》"纪念鲁迅逝世 14 周年"专刊，署名王瑶。收《鲁迅与中国文学》（平明出版社，1952 年版；陕西人民出版社，1982 年重版），又收《王瑶全集》第 6 卷《鲁迅与中国文学》（河北教育出版社，1999 年版）。

冯友兰先生《新理学的自我检讨》读后　1950年10月29日完稿，载1950年12月2日《光明日报》增刊"学术"专刊第21期，署名王瑶。收《中国文学论丛》（平明出版社，1953年版），又收《王瑶全集》第2卷《中国文学论丛》（河北教育出版社，1999年版），均改题为《评冯友兰作〈新理学的自我检讨〉》。

反美运动在中国近代文学上的反映　1950年12月16日完稿，载《新华月报》第3卷第3期，署名王瑶。收《中国文学论丛》（平明出版社，1953年版），《关于中国古典文学问题》（上海古典文学出版社，1956年版），又收《王瑶全集》第2卷《中国文学论丛》（河北教育出版社，1999年版）。

《中国新文学史稿》自序　1951年1月1日完稿，收《中国新文学史稿（上册）》（开明书店，1951年版；新文艺出版社，1953年7月修订重印版；上海文艺出版社，1982年修订重版），又收《王瑶全集》第3卷《中国新文学史稿（上册）》（河北教育出版社，1999年版）。

关于鲁迅笔名与"阿Q"人名问题　载1951年1月26日《光明日报》，署名王瑶。收《鲁迅与中国文学》（平明出版社，1952年版；陕西人民出版社，1982年再版），又收《王瑶全集》第6卷《鲁迅与中国文学》（河北教育出版社，1999年版）。

真实的镜子——从几篇新文学作品看中朝人民的友谊　载1951年1月28日《光明日报》，署名王瑶。收《中国文学论丛》（平明出版社，1953年版），又收《王瑶全集》第7卷《竟日居文存》（河北教育出版社，1999年版）。

晚清诗人黄遵宪　1951年3月25日完稿，载1951年6月1日《人民文学》第4卷第2期，署名王瑶。收《中国文学论丛》（平明出版社，1953年版），《关于中国古典文学问题》（上海古典文学出版社，1956年版），又收《王瑶全集》第2卷《中国文学论丛》（河北教育出版社，1999年版）。

新文学史是新民主主义革命史的一部分　载《进步青年》1951年第1期，署名王瑶。此文为《中国新文学史稿》（上）"绪论"的一部分，收《中国新文学史稿》（上）（开明书店，1951年版；新文艺出版社，1953年重印版；上海文艺出版社，1982年修订重版），《王瑶全集》第3卷《中国新文学史稿》（上册）（河北教育出版社，1999年版）。

从革命文学论争到"左联"成立　载《进步青年》1951年第2期，署名王瑶。此文为《中国新文学史稿》（上）"绪论"的一部分，收《中国新文学史稿》（上）（开明书店，1951年版；新文艺出版社，1953年重印版；上海文艺出版社，1982年修订重版），《王瑶全集》第3卷《中国新文学史稿》（上册）（河北教育出版社，1999年版）。

中国新文学史教学大纲（初稿）　载1951年7月《新建设》第4卷第4期，署名老舍、蔡仪、王瑶、李何林。收《王瑶全集》第7卷《竟日居文存》（河北教育出版社，1999年版）。

鲁迅和北京　载1951年10月1日《北京文艺》第3卷第1期，署名王瑶。收《鲁迅与中国文学》（平明出版社，1952年版；陕西人民出版社，1982年重版），又收《王瑶全集》第 6 卷《鲁迅与中国文学》（河北教育出版社，1999 年版）。

鲁迅和中国新文学的成长　1951 年 10 月 30 日据《中国新文学史稿》（上册）改写，收《鲁迅与中国文学》（平明出版社，1952 年版；陕西人民出版社，1982 年重版），又收《王瑶全集》第 6 卷《鲁迅与中国文学》（河北教育出版社，1999 年版）。

《鲁迅与中国文学》后记　1951 年 11 月 1 日完稿，收《鲁迅与中国文学》（平明出版社，1952 年版；陕西人民出版社，1982 年重版），又收《王瑶全集》第 6 卷《鲁迅与中国文学》（河北教育出版社，1999 年版）。

什么是中国诗的传统——《我们的诗人》代序　1951 年 11 月 4 日完稿，收《中国文学论丛》（平明出版社，1953 年版）。又收《祖国十二诗人》（开明书店，1953 年版），《关于中国古典文学问题》（上海古典文学出版社，1956 年版）。改题为《什么是中国诗的传统——〈祖国十二诗人〉代序》。收《王瑶全集》第 2 卷《中国文学论丛》（河北教育出版社，1999 年版）。

答任访秋先生　载 1952 年 1 月 1 日《人民文学》1 月号（总 27 期），署名王瑶。收《中国文学论丛》（平明出版社，1953 年版），又收《王瑶全集》第 2 卷《中国文学论丛》（河北教育出版社，1999 年版），均改题为《关于黄遵宪的补充说明》，作为《晚清诗人黄遵宪》一文的附录收入。

《中国文学论丛》后记　1952 年 2 月 10 日完稿，收《中国文学论丛》（平明出版社，1953 年版），又收《王瑶全集》第 2 卷《中国文学论丛》（河北教育出版社，1999年版）。

在思想改造运动中的自我检讨　1952 年 2 月 26 日在北京大学中文系教师会上宣读。未发表。收《王瑶全集》第 7 卷《竟日居文存》（河北教育出版社，1999 年版）。手稿原题为《我的检讨》，此标题为编者所加。

说"暗流"　载 1952 年 4 月 11 日《人民日报》，署名耿达。未收集。

读《〈中国新文学史稿（上册）〉座谈会记录》　1952 年 11 月 14 日完稿，未发表。收《王瑶全集》第 7 卷《竟日居文存》（河北教育出版社，1999 年版）。

《中国新文学史稿》（上册）修订小记　1952 年 12 月 1 日作，收《中国新文学史稿》（上册）（新文艺出版社，1953 年 7 月重印本）。

从学习古典文学遗产说起　刊载情况不详，未收集。

对《短篇小说剖析》的一点说明　载 1953 年 8 月 20 日《文艺报》第 16 期，署名吴组缃、王瑶。未收集。

读《夏衍剧作选》　载 1954 年 3 月 15 日《文艺报》第 5 期，署名王瑶。收《王瑶全集》第 5 卷《中国现代文学史论集》（河北教育出版社，1999 年版）。

《李白》后记　1954 年 3 月 27 日完稿，收《李白》（上海人民出版社，1954 年 9 月出版，1979 年再版），又收《王瑶全集》第 2 卷《李白》（河北教育出版社，1999 年版）。

日译本《现代中国文学讲义》序　1954 年 6 月 15 日完稿，收日本实滕惠秀等译《现代中国文学讲义》（即《中国新文学史稿》）第一分册（日本河出书店，1955 年 10 月

15日出版），又收《王瑶全集》第3卷《中国新文学史稿》（上册）（河北教育出版社，1999年版）。

诗经　载1954年6月《文艺学习》第3期，署名王瑶。收《中国诗歌发展讲话》（中国青年出版社，1956年出版；1982年重版），又收《王瑶全集》第2卷《中国诗歌发展讲话》（河北教育出版社，1999年版）。

楚辞　载1954年7月《文艺学习》第4期，署名王瑶。收《中国诗歌发展讲话》（中国青年出版社，1956年出版；1982年重版），又收《王瑶全集》第2卷《中国诗歌发展讲话》（河北教育出版社，1999年版）。

乐府诗　载1954年8月《文艺学习》第5期，署名王瑶。收《中国诗歌发展讲话》（中国青年出版社，1956年出版；1982年重版），又收《王瑶全集》第2卷《中国诗歌发展讲话》（河北教育出版社，1999年版）。

魏晋五言诗　载1954年9月《文艺学习》第6期，署名王瑶。收《中国诗歌发展讲话》（中国青年出版社，1956年出版；1982年重版），又收《王瑶全集》第2卷《中国诗歌发展讲话》（河北教育出版社，1999年版）。

"单靠忠诚和决心已经不够了"——从话剧《考验》中的丁纬这一人物得到启示　载1954年9月16日《新民报》晚刊，署名王瑶。未收集。

关于陶渊明　载1954年9月28日《光明日报》，署名王瑶。收《文学遗产选集》1辑（作家出版社，1956年版），又收《中古文学史论集》（上海古典文学出版社，1956年版；上海古籍出版社，1982年重版）。又作为《陶渊明集·前言》的1、2节收《陶渊明集》（作家出版社，

1956年出版；人民文学出版社，1983年重印）及《王瑶全集》第1卷《陶渊明集（编注）》（河北教育出版社，1999年版）。

唐诗（上） 载1954年10月《文艺学习》第7期，署名王瑶。收《中国诗歌发展讲话》（中国青年出版社，1956年出版；1982年重版），又收《王瑶全集》第2卷《中国诗歌发展讲话》（河北教育出版社，1999年版）。

唐诗（下） 载1954年11月《文艺学习》第8期，署名王瑶。收《中国诗歌发展讲话》（中国青年出版社，1956年出版；1982年重版），又收《王瑶全集》第2卷《中国诗歌发展讲话》（河北教育出版社，1999年出版）。

从俞平伯先生对《红楼梦》的研究谈到考据 1954年11月3日完稿，载1954年11月19日《文艺报》第21期，署名王瑶。收《红楼梦问题讨论集》2集（作家出版社，1955年6月出版），《关于中国古典文学问题》（上海古典文学出版社，1956年9月出版），又收《王瑶全集》第2卷《中国文学论丛》（河北教育出版社，1999年版）。

词 载1954年12月《文艺学习》第9期，署名王瑶。收《中国诗歌发展讲话》（中国青年出版社，1956年出版；1982年重版），又收《王瑶全集》第2卷《中国诗歌发展讲话》（河北教育出版社，1999年版）。

谈古典文学研究工作的现状 载1954年12月30日《文艺报》第23、24期合刊，署名王瑶。收《关于中国古典文学问题》（上海古典文学出版社，1956年出版），又收《王瑶全集》第2卷《中国文学论丛》（河北教育出版社，1999年版）。

散曲　载1955年1月《文艺学习》第1期，署名王瑶。收《中国诗歌发展讲话》（中国青年出版社，1956年出版；1982年重版），又收《王瑶全集》第2卷《中国诗歌发展讲话》（河北教育出版社，1999年版）。

批判胡适的反动文学思想——形式主义与自然主义　载1955年3月30日《文艺报》第6期，署名王瑶。收《胡适思想批判》第5辑（三联书店，1955年出版），又收《关于中国古典文学问题》（上海古典文学出版社，1956年版）。

《中国诗歌发展讲话》前记　1955年5月7日完稿，未发表，收《中国诗歌发展讲话》（中国青年出版社，1956年出版；1982年重版），又收《王瑶全集》第2卷《中国诗歌发展讲话》（河北教育出版社，1999年版）。

胡风的"实践内容"是什么？　载1955年5月19日《光明日报》，署名王瑶。未收集。

日译本《现代中国文学讲义》附记　1955年6月30日完稿，收日本实藤惠秀等译《现代中国文学讲义》（即《中国新文学史稿》）第一分册（日本河出书店，1955年10月15日出版）。

辟胡适的所谓"历史进化的文学观念"　载1955年7月《北京大学学报》（人文科学版）第1期，署名王瑶。收《胡适思想批判》第7辑（三联书店，1955年出版），《关于中国古典文学问题》（上海古典文学出版社，1956年版），又收《王瑶全集》第5卷《中国现代文学史论集》（河北教育出版社，1999年版），改题为《关于"历史进化的文学观念"的理解》。

李白和他的诗 1955年7月9日在北京图书馆举办的讲座上的讲演提纲,由北京图书馆编印,署名王瑶。未收集。

新中国对古典文学的整理研究工作 载1955年9月29日《新越华报》(越南河内)第51期,署名王瑶。收《王瑶全集》第2卷《中国文学论丛》(河北教育出版社,1999年版)。

《陶渊明集》前言 1955年10月完稿,文中1、2节与《关于陶渊明》(1954年作)一文同,第3节为新作,收《陶渊明集》(作家出版社,1956年出版;人民文学出版社,1983年重印),又收《王瑶全集》第1卷《陶渊明集(编注)》(河北教育出版社,1999年版)。

从错误中吸取教训 载1955年10月30日《文艺报》第20期,署名王瑶。收《王瑶全集》第7卷《竟日居文存》(河北教育出版社,1999年版)。

揭穿胡适对于中国近代文学面貌的歪曲——胡适《五十年来中国之文学》批判 刊载情况不详,署名王瑶、章廷谦、冯钟芸、吴同宝、裴家麟。未收集。

不能按照胡风的"面貌"来改造我们的文艺运动 载1956年1月31日《光明日报》,署名王瑶。未收集。

论考据在古典文学研究工作中的地位与作用 1956年3月29日完稿,收《关于中国古典文学问题》(上海古典文学出版社,1956年版),又收《王瑶全集》第2卷《中国文学论丛》(河北教育出版社,1999年版)。

《中古文学史论集》自序 1956年4月7日完稿,未发表,收《中古文学史论集》(上海古典文学出版社，1956年出版；1982年重版)，又收《王瑶全集》第1卷《中古文学史论》(河北教育出版社，1999年版)。

《关于中国古典文学问题》后记　1956年4月8日完稿，收《关于中国古典文学问题》(上海古典文学出版社，1956年版)，又收《王瑶全集》第2卷《中国文学论丛》(河北教育出版社，1999年版)。

论鲁迅作品与中国古典文学的历史联系　1956年9月16日完稿，载1956年10月15日、30日《文艺报》第19、20期，署名王瑶。收《鲁迅作品论集》(人民文学出版社，1984年版)，又收《王瑶全集》第6卷《鲁迅作品论集》(河北教育出版社，1999年版)。

鲁迅先生关于考据的意见　1956年9月21日为鲁迅逝世二十周年作，载1956年10月7日《光明日报》"文学遗产"副刊125期，署名王瑶。收《鲁迅作品论集》(人民文学出版社，1984年版)，又收《王瑶全集》第6卷《鲁迅作品论集》(河北教育出版社，1999年版)，均改题为《鲁迅关于考据的意见》。

"本事"和"索隐"　载1956年11月《文艺报》第21期，署名王瑶。收《润华集》(中国社会科学出版社，1992年版)，又收《王瑶全集》第8卷《润华集》(河北教育出版社，1999年版)。

谈清代考据学的一些特点　载1956年11月18日《光明日报》"文学遗产"副刊131期，署名王瑶。收《文学遗产选集》3辑(中华书局，1960年版)。

关于中国文学史的名称问题　1957年1月9日完稿，载《新建设》1957年第2期，署名王瑶。收《润华集》(中国社会科学出版社，1992年版)，又收《王瑶全集》第8卷《润华集》(河北教育出版社，1999年版)。

关于学习和研究中国文学的一些问题——在民盟山西省筹委会举办的科学研究讲座会上的报告 载1957年1月30日《山西盟讯》，署名王瑶。未收集。

毛主席"讲话"在现代文学史上的重大意义 载1957年5月《人民文学》第5、6期合刊，署名王瑶。未收集。

"一切的一切" 载1957年6月《文艺报》第12期，署名王瑶。未收集。

在党的领导下前进——斥右派分子"党不能领导古典文学研究"的谬论 1957年7月作，载1957年8月4日《光明日报》"文学遗产"副刊168期，署名游国恩、余冠英、林庚、王瑶、沈玉成。未收集。

"衙门"与"俱乐部" 载1957年8月《人民文学》第8期，署名王瑶。未收集。

现代文学 "中学文学课业务学习讲座"之一，刊载情况不详，未收集。

"五四"以来的中国小说 载1957年9月《人民中国》(日文版)，署名王瑶。未收集。

论巴金的小说 1957年9月5日完稿，载1957年12月《文艺研究》第4期，署名王瑶。收《王瑶全集》第5卷《中国现代文学史论集》(河北教育出版社，1999年版)。

从"刀子"谈起 载1957年12月22日《羊城晚报》，署名王瑶。未收集。

关于现代文学史上几个重要问题的理解——评雪峰《论民主

革命的文艺运动》及其他　　载 1958 年 1 月《文艺报》第 1 期，署名王瑶。收《王瑶全集》第 7 卷《竟日居文存》(河北教育出版社，1999 年版)。

说"十五年间"的文学　　1958 年 1 月 26 日完稿，载 1958 年 5 月《文艺月报》第 5 期，署名王瑶。未收集。

抗战前期的文学　　1958 年 2 月 15 日完稿，载 1958 年《语文学习》3 月号，署名王瑶。未收集。

为文学艺术大跃进扫清道路——座谈周扬同志的文章《文艺战线上的一场大辩论》的发言　　载 1958 年 3 月《文艺报》第 6 期，署名王瑶。未收集。

《新中国短篇小说选》第二集(阿拉伯文译本)序言　　刊载情况不详。收《王瑶全集》第 7 卷《竟日居文存》(河北教育出版社，1999 年版)，现存《〈新中国短篇小说选〉第二集序言》手稿，与阿拉伯文译本序言略有不同，刊载情况不详，未收集。

七律一首("白旗飘飘旌封定")　　1958 年 6、7 月间作，未发表。收《王瑶全集》第 8 卷《王瑶年谱》(河北教育出版社，1999 年版)。

《中国新文学史稿》的自我批判　　收《文学研究与批判专刊》第 3 辑(北京大学中国语言文学系编辑，人民文学出版社，1958 年版)，又收《中国新文学史稿》(上下册)增订本(香港波文书局，1972 年版)，收《王瑶全集》第 7 卷《竟日居文存》(河北教育出版社，1999 年版)。

"五四"新文学所受外国文学的影响　　1959 年 4 月 13 日为"五四"40 周年纪念作，载 1959 年 5 月《新建设》第 128 期，署名王瑶。收《王瑶全集》第 7 卷《竟日居文存》(河北教育出版社，1999年版)。

谈传统批评习语的含义辨析　载1961年3月《文艺报》第5期，署名王瑶。收《中国文学纵横论》(台湾长安出版社，1993年版)，又收《王瑶全集》第2卷《中国文学论丛》(河北教育出版社，1999年版)。

论鲁迅的《野草》　1961年8月11日完稿，载1961年9月《北京大学学报》(人文科学版)第5期，署名王瑶。收《鲁迅作品论集》(人民文学出版社，1984年版)，又收《王瑶全集》第6卷《鲁迅作品论集》(河北教育出版社，1999年版)，均改题为《论〈野草〉》。

从鲁迅先生所开的一张书单说起　1961年9月9日完稿，载1961年9月20日《光明日报》，署名王瑶。收《鲁迅作品论集》(人民文学出版社，1984年版)，又收《王瑶全集》第6卷《鲁迅作品论集》(河北教育出版社，1999年版)，均改题为《从鲁迅所开的一张书单说起》。

对《中国现代文学期刊目录(初稿)》的意见　1962年2月25日作，载《中国现代文艺资料丛刊》第2辑(上海文艺出版社，1962年8月编辑出版)，署名王瑶。未收集(按，本文标题系编者所加)。

根深叶茂——学习毛主席《在延安文艺座谈会上的讲话》笔记　1962年4月29日完稿，载1962年5月《新建设》第161期，署名王瑶。收《王瑶全集》第7卷《竟日居文存》(河北教育出版社，1999年版)。

《朱自清日记选录》略记　1962年10月15日作，载《中国现代文艺资料丛刊》第3辑(上海文艺出版社，1963年11月编辑出版)，署名王瑶。未收集。

"五四"时期散文的发展及其特点　1963年6月28日完稿,载1964年2月《北京大学学报》(人文科学版)第1期,署名王瑶。收《王瑶全集》第5卷《中国现代文学史论集》(河北教育出版社,1999年版)。

"五四"揭开了中国文学史的新页　1964年4月完稿,刊载情况不详。收《润华集》(中国社会科学出版社,1992年版),又收《王瑶全集》第8卷《润华集》(河北教育出版社,1999年版)。

《狂人日记》略说　1964年4月10日完稿,载1979年6月《语文学习》丛刊第8期,署名王瑶。收《鲁迅作品论集》(人民文学出版社,1984年版),又收《王瑶全集》第6卷《鲁迅作品论集》(河北教育出版社,1999年版)。

鲁迅的小说　载1964年4月《语文学习讲座》15辑(中华函授学校编),署名王瑶。收《鲁迅作品论集》(人民文学出版社,1984年版),又收《王瑶全集》第6卷《鲁迅作品论集》(河北教育出版社,1999年版),均改题为《谈〈呐喊〉与〈彷徨〉》。

老舍和他的《骆驼祥子》　1964年定稿,本文为唐弢主编《中国现代文学史》(人民文学出版社,1979年11月出版)第9章第2节,未署名。作者于1989年8月在原稿基础上改写成《老舍〈骆驼祥子〉略说》一文,收《王瑶全集》第5卷《中国现代文学史论集》(河北教育出版社,1999年版)。

曹禺和他的《雷雨》《日出》　1964年定稿,本文为唐弢主编《中国现代文学史》(人民文学出版社,1979年11月初版）第9章第3节，未署名。作者于1989年8月在原稿基础上，改写成《曹禺的话剧创作》一文，收《王瑶全集》第5卷《中国现代文学史论集》（河北教育出版社，1999年版）。

在"文化大革命"中的检查　1969年作，未发表，收《王瑶全集》第7卷《竟日居文存》（河北教育出版社，1999年版）。手稿原题为《我的检查》，此标题为编者所加。

刘禹锡和他的政治诗　刊载情况不详，未收集，现存手稿。

"请君莫奏前朝曲，听唱新翻'杨柳枝'"　刊载情况不详，未收集，现存手稿。

一石激起千层浪——赞革命现代京剧《海港》的艺术构思　载1972年5月21日《光明日报》，署名闻军。未收集。

喜看全国摄影艺术展览　载1972年6月12日《北京日报》，署名王瑶。未收集。

国庆抒情　载1972年10月4日香港《大公报》，署名王瑶。收《润华集》（中国社会科学出版社，1992年版），又收《王瑶全集》第8卷《润华集》（河北教育出版社，1999年版）。

《红楼梦》的评价与现实斗争　1974年作，未发表，未收集，现存原稿。

拒腐蚀，永不沾——学习鲁迅关于警惕商品经济对文艺工作者的侵蚀的言论　1975年8月5日完稿，经修改后载1976年8月21日《光明日报》"文学"第43期，改题为《俯首甘为孺子牛》，署名闻军。未收集。

学习鲁迅论《水浒》　载1975年10月24日《人民日报》，署名王瑶。经改写后以《鲁迅古典文学研究一例——学习鲁迅论〈水浒〉》为题，收《鲁迅作品论集》（人民文学出版社，1984年版），又收《王瑶全集》第6卷《鲁迅作品论集》（河北教育出版社，1999年版）。

永远活在人民的心里　1976年1月9日完稿，未发表，未收集，现存手稿。

学习毛主席论鲁迅　1976年10月在厦门鲁迅逝世四十周年及在厦门大学任教五十周年纪念大会上的讲话。载1977年《福建师范大学学报》第3期，署名王瑶。后载1979年《鲁迅研究集刊》第1辑，改题为《鲁迅研究的准绳和指针——学习毛主席关于鲁迅的光辉论述》，署名王瑶。收《鲁迅作品论集》（人民文学出版社，1984年版），又收《王瑶全集》第6卷《鲁迅作品论集)（河北教育出版社，1999年版），均改题为《鲁迅研究的指导性文献——学习毛泽东同志关于鲁迅的论述》。

爱的大纛和憎的丰碑——英译本《鲁迅诗选》前言　1977年8月30日完稿，载1979年《社会科学战线》第1期，署名王瑶。收《鲁迅诗选》（英文版，译者W.J.F.詹纳尔，外文出版社，1982年版），《鲁迅作品论集》（人民文学出版社，1984年版），《王瑶全集》第6卷《鲁迅作品论集》（河北教育出版社，1999年版）。

扫除诬蔑，澄清是非——批判"四人帮"关于三十年代文艺的谬论　1978年4月18日完稿，载1978年5月《人民文学》第5期，署名王瑶。收《王瑶全集》第5卷《中国现代文学史论集》，改题为《关于三十年代文艺论争问题》。

"五四"新文学前进的道路　1979年2月4日完稿，载1979年11月《文艺论丛》第8期，署名王瑶。收《纪念五四运动六十周年学术讨论会论文选》（中国社会科学出版社，1980年出版），又作为《重版代序》收入《中国新文学史稿》（上册）（上海文艺出版社，1982年重版），收《王瑶全集》第3卷《中国新文学史稿》（上册）（河北教育出版社，1999年版）。

现代文学中的民族传统与外来影响　载1979年3月《昆明师范学院学报》第1期，署名王瑶。未收集。

"五四"文学革命精神的启示　载1979年5月《红旗》第5期，署名王瑶。收《王瑶全集》第5卷《中国现代文学史论集》（河北教育出版社，1999年版），改题为《"五四"文学革命的启示》。

自传　1979年5月完稿，载《中国现代作家传略（下）》（四川人民出版社，1983年版），收《王瑶先生纪念集》（天津人民出版社，1990年版）。

七律一首（"叹老嗟卑非我事"）　1980年1月作，署名昭琛。未发表。收《王瑶全集》第8卷《王瑶年谱》（河北教育出版社，1999年版）。

先驱者的足迹——读朱自清先生遗稿《中国新文学研究纲要》　1980年2月2日完稿，载《文艺论丛》第14辑（上海文艺出版社，1982年2月出版），署名王瑶。又作为《念朱自清先生》一文第7节收《最完整的人格》（北京出版社，1988年版），收《中国文学纵横论》（台湾长安出版社，1993年版），又收《王瑶全集》第5卷《中国现代文学史论集》（河北教育出版社，1999年版），改题为《中国新文学研究纲要》。

三十年代的文艺大众化运动——纪念"左联"成立五十周

年 1980年2月13日完稿，载1980年《文艺报》第3期，署名王瑶。收《王瑶全集》第5卷《中国现代文学史论集》（河北教育出版社，1999年版），改题为《关于文艺大众化》。

《过客》略说　载1980年《名作欣赏》第2期，署名王瑶。收《鲁迅作品论集》（人民文学出版社，1984年版），又收《王瑶全集》第6卷《鲁迅作品论集》（河北教育出版社，1999年版）。

端阳感怀（七绝）　1980年6月作，载1980年6月20日《北京晚报》，改题为《寄台湾友人》，署名王瑶。收《神州吟》（广播出版社，1983年版）。

读方重《陶渊明诗文选译》　载1980年7月上海外语学院学报《外国语》第4期，署名王瑶。未收集。

关于中国现代文学研究工作的随想——在中国现代文学研究会学术讨论会上的发言　1980年7月12日报告，载1980年12月《中国现代文学研究丛刊》第4期，署名王瑶。收《王瑶全集》第5卷《中国现代文学史论集》（河北教育出版社，1999年版），改题为《关于现代文学研究工作的随想》。

《中国新文学史稿》重版后记　1980年10月1日完稿，载1981年9月《中国现代文学研究丛刊》第3期，为《关于中国现代文学专题序跋五题》之五，署名王瑶。收《中国新文学史稿（下）》（上海文艺出版社，1982年重版），又收《王瑶全集》第4卷《中国新文学史稿（下册）》（河北教育出版社，1999年版）。

论鲁迅作品与外国文学的关系　载1980年12月《鲁迅研究》

第1辑，署名王瑶。转载于1981年《中国文学》（英文版）第9期。收《鲁迅作品论集》（人民文学出版社，1984年版），又收《王瑶全集》第6卷《鲁迅作品论集》（河北教育出版社，1999年版）。

温儒敏作《郁达夫年谱》序　1980年12月18日完稿，载1981年9月《中国现代文学研究丛刊》第3期，为《关于中国现代文学专题书籍序跋五题》之三，署名王瑶。收《润华集》（中国社会科学出版社，1992年版），又收《王瑶全集》第8卷《润华集》（河北教育出版社，1999年版），均改题为《郁达夫生平的发展线索——温儒敏作〈郁达夫年谱〉序》。

《中古文学史论集》重版后记　1981年1月18日完稿，未发表。收《中古文学史论集》（上海古籍出版社，1982年重版），又收《王瑶全集》第1卷《中古文学史论》（河北教育出版社，1999年版）。

《鲁迅与中国文学》重版后记　1981年3月20日完稿，收《鲁迅与中国文学》（陕西人民出版社，1982年重版），又收《王瑶全集》第6卷《鲁迅与中国文学》（河北教育出版社，1999年版）。

黄侯兴著《郭沫若的文学道路》序　1981年3月24日完稿，载1981年9月《中国现代文学研究丛刊》第3期，为《关于中国现代文学专题书籍序跋五题》之二，署名王瑶。收《郭沫若的文学道路》（黄侯兴著，天津人民出版社，1981年版），收《润华集》（中国社会科学出版社，1992年版），又收《王瑶全集》第8卷《润华集》（河北教育出版社，1999年版），均改题为《郭沫若文学道路的深入考察——黄侯兴著〈郭沫若的文学道路〉序》。

汉魏六朝文学概述　连载于1981年1、2、3月《文学知识》第1、2、3期，署名王瑶。收《中国古代文学史讲话》（河南人民出版社，1985年12月版），又收《王瑶全集》第2卷《中国文学论丛》（河北教育出版社，1999年版）。

阎纯德、白淑荣等编著《中国现代女作家》序　1981年4月1日完稿，载1981年9月《中国现代文学研究丛刊》第3期，为《关于中国现代文学专题书籍序跋五题》之一，署名王瑶。收《中国现代女作家》（阎纯德、白淑荣等编著，黑龙江人民出版社，1983年版），收《润华集》（中国社会科学出版社，1992年版），又收《王瑶全集》第8卷《润华集》（河北教育出版社，1999年版），文题均改为《中国现代文学女作家的道路——阎纯德、白淑荣等编著〈中国现代女作家〉序》。

中国现代文学和民族传统的关系　1981年4月27日在中国社会科学院文学研究所主持的"中国现代文学思潮、流派问题学术交流会"上报告。载1982年3月《上海师范学院学报》（社会科学版）第1期，署名王瑶。又载1982年12月刊授大学《习作辅导》第4期，改题为《谈中国现代文学的民族风格问题》，署名王瑶。收《现代文学讲演集》（北京师范大学出版社，1984年版），改题为《关于现代文学的民族传统问题》。又收《中国现代文学思潮流派讨论集》（中国社会科学出版社，1984年版）。收《中国文学纵横论》（台湾长安出版社，1993

年版),改题为《中国现代文学的民族风格问题》。收《王瑶全集》第5卷《中国现代文学史论集》(河北教育出版社,1999年版),改题为《现代文学的民族风格问题》。

黄曼君著《论沙汀的现实主义创作》序 1981年5月6日完稿,载1981年9月《中国现代文学研究丛刊》第3期,为《关于中国现代文学专题书籍序跋五题》之四,署名王瑶。又载1981年《华中师院学报》第3期,署名王瑶。收《论沙汀的现实主义创作》(黄曼君著,长江文艺出版社,1982年版)。又收《润华集》(中国社会科学出版社,1992年版),《王瑶全集》第8卷《润华集》(河北教育出版社,1999年版),均改题为《沙汀艺术成就的新探索——黄曼君〈论沙汀的现实主义创作〉序》。

《现代咏晋诗词选》序 1981年5月10日完稿,收《现代咏晋诗词选》(山西人民出版社,1981年版),署名王瑶。又收《润华集》(中国社会科学出版社,1992年版),《王瑶全集》第8卷《润华集》(河北教育出版社,1999年版),均改题为《三晋河山的颂歌——〈现代咏晋诗词选〉序》。

鲁迅思想的一个重要特点——清醒的现实主义 1981年6月12日完稿,载1981年《北京大学学报》(人文科学版)第4期,署名王瑶。收《北京大学纪念鲁迅百年诞辰论文集》(北京大学出版社,1982年版),又收《鲁迅作品论集》(人民文学出版社,1984年版),收《王瑶全集》第6卷《鲁迅作品论集》(河北教育出版社,1999年版)。

鲁迅和山西漫笔　1981年7月11日完稿，载1981年9月《汾水》第9期，署名王瑶。收《鲁迅作品论集》（人民文学出版社，1984年版），又收《王瑶全集》第6卷《鲁迅作品论集》（河北教育出版社，1999年版）。

谈鲁迅的改造国民性的思想——在一次学术讨论会上的发言　载《文学评论》1981年第5期，署名王瑶。收《鲁迅"国民性思想"讨论集》（天津人民出版社，1982年版），收《鲁迅作品论集》（人民文学出版社，1984年版），又收《王瑶全集》第6卷《鲁迅作品论集》（河北教育出版社，1999年版）。

鲁迅《故事新编》散论　1981年8月25日完稿，载1982年6月《鲁迅研究》第6期，署名王瑶。收《北京大学纪念鲁迅百年诞辰论文集》（北京大学出版社，1982年版），《纪念鲁迅诞辰一百周年学术讨论会论文选》（湖南人民出版社，1983年版）。又收《鲁迅作品论集》（人民文学出版社，1984年版），《中国文学纵横论》（台湾长安出版社，1993年版），《王瑶全集》第6卷《鲁迅作品论集》（河北教育出版社，1999年版），改题为《〈故事新编〉散论》。

鲁迅永远是革命青年的良师益友　1981年10月在北京"鲁迅作品讲座"开讲式上的讲话。未发表。收《鲁迅作品论集》（人民文学出版社，1984年版），又收《王瑶全集》第6卷《鲁迅作品论集》（河北教育出版社，1999年版）。

鲁迅与北大漫谈　1981年10月在北京大学学生会举办的纪念鲁迅诞生一百周年大会上的讲话。未发表。收《鲁迅作品论集》(人民文学出版社，1984年版)，又收《王瑶全集》第6卷《鲁迅作品论集》(河北教育出版社，1999年版)。

《中国诗歌发展讲话》前记　1981年11月29日完稿，收《中国诗歌发展讲话》(中国青年出版社，1982年重版)，又收《王瑶全集》第2卷《中国诗歌发展讲话》(河北教育出版社，1999年版)。

《中国初期象征派诗歌研究》序　1982年4月8日完稿，未发表。收《中国初期象征派诗歌研究》(孙玉石著，北京大学出版社，1985年版)。又收《润华集》(中国社会科学出版社，1992年版)，《王瑶全集》第8卷《润华集》(河北教育出版社，1999年版)，均改题为《新诗流派溯源的研究——孙玉石著〈中国初期象征派诗歌研究〉序》。

《徐玉诺诗选》序　1982年4月10日完稿，载1982年7月8日《文学报》，改题为《不该被忘记的诗人——读〈徐玉诺诗集〉》，署名王瑶。收《徐玉诺诗选》(河南人民出版社，1983年版)，又收《王瑶全集》第5卷《中国现代文学史论集》(河北教育出版社，1999年版)。

从现代文学的发展看《在延安文艺座谈会上的讲话》的历史意义　1982年8月3日完稿，载1982年《社会科学战线》第4期，署名王瑶。收《毛泽东文艺思想讨论会文集》(人民文学出版社，1985年版)，又收《王瑶全集》第5卷《中国现代文学史论集》(河北教育出版社，1999年版)，改题为《〈在延安文艺座谈会上的讲话〉在现代文学史上的历史意义》。

在赵树理学术讨论会上的发言　1982年8月31日报告，载

《赵树理学术讨论会纪念文集》（中国作家协会山西分会编，1982年12月内部发行），署名王瑶（文题为编者所加）。1989年8月，改写为《赵树理在现代文学史上的历史地位》一文，收《王瑶全集》第5卷《中国现代文学史论集》（河北教育出版社，1999年版）。

《川岛文选集》序　1982年11月25日完稿，载1982年12月16日《人民日报》，题为《记川岛》，署名王瑶。收《川岛文选集》（人民文学出版社，1984年版），又收《王瑶全集》第5卷《中国现代文学史论集》（河北教育出版社，1999年版）。

郭沫若的浪漫主义历史剧创作理论　1982年12月24日完稿，载1983年《文学评论》第3期，署名王瑶。收《王瑶全集》第5卷《中国现代文学史论集》（河北教育出版社，1999年版），改题为《郭沫若的历史剧创作理论》。

关于朱自清　载1982年12月《浙江画报》，署名王瑶。收《润华集》（中国社会科学出版社，1992年版），又收《王瑶全集》第8卷《润华集》（河北教育出版社，1999年版），均改题为《关于朱自清先生》。

刘思慕的《野菊集》　1983年2月25日完稿，载1983年11月《书林》第6期，署名王瑶。收《野菊集》（上海文艺出版社，1984年版），又收《王瑶全集》第5卷《中国现代文学史论集》（河北教育出版社，1999年版），改题为《刘思慕（小默）〈野菊集〉序》。

茅盾对中国现代文学的历史贡献——1983年3月27日在茅盾学术讨论会上的发言　载1984年6月《茅盾研究》第1辑，

署名王瑶。收《王瑶全集》第5卷《中国现代文学史论集》（河北教育出版社，1999年版）。

关于"李白研究"书目答问　载1983年5月《文史知识》第5期，署名王瑶。收《王瑶全集》第2卷《中国文学论丛》（河北教育出版社，1999年版），改题为《茅盾对中国现代文学的历史贡献》。

治学经验谈　载1983年《江海学刊》第2期，署名王瑶。收《王瑶全集》第7卷《竟日居文存》（河北教育出版社，1999年版）。

研究问题要有历史感　载1983年《文艺报》第8期，署名王瑶。收《润华集》（中国社会科学出版社，1992年版），又收《王瑶全集》第8卷《润华集》（河北教育出版社，1999年版），均加上副标题"在《文艺报》座谈会上的发言"。

论鲁迅的《朝花夕拾》　1983年10月28日完稿，载1984年1月16日《北京大学学报》（人文科学版）第1期，署名王瑶。收《鲁迅作品论集》（人民文学出版社，1984年版），又收《王瑶全集》第6卷《鲁迅作品论集》（河北教育出版社，1999年版），均改题为《论〈朝花夕拾〉》。

鲁迅和书　1983年11月3日完稿，未发表。收《鲁迅作品论集》（人民文学出版社，1984年版），又收《王瑶全集》第6卷《鲁迅作品论集》（河北教育出版社，1999年版）。

鲁迅《怀旧》略说　1983年11月15日完稿，载1984年《名作欣赏》第1期，署名王瑶。收《鲁迅作品论集》（人民文学出版社，1984年版），又收《王瑶全集》第6卷《鲁迅作品论集》（河北教育出版社，1999年版，）均改题为《〈怀旧〉略说》。

《鲁迅作品论集》后记　1983年11月22日完稿，收《鲁迅作品论集》（人民文学出版社，1984年版），又收《王瑶全集》第6卷《鲁迅作品论集》（河北教育出版社，1999年版）。

陶渊明研究随想　载1984年《九江师专学报》第1期，署名王瑶。收《王瑶全集》第2卷《中国文学论丛》（河北教育出版社，1999年版）。

像鲁迅那样对待文艺工作　载1984年5月24日《太原日报》，署名王瑶。收《润华集》（中国社会科学出版社，1992年版），又收《王瑶全集》第8卷《润华集》（河北教育出版社，1999年版）。

在日本仙台日本东北大学学术座谈会上的发言　1984年10月8日发言，载1985年5月日本《东洋学》（集刊）第53号，署名王瑶。发言第2部分又载1986年7月《云南师范大学学报》（哲学社会科学版）第4期，改题为《关于西南联大和闻一多、朱自清两位先生的一些事》，署名王瑶。收《润华集》（中国社会科学出版社，1992年版），又收《王瑶全集》第8卷《润华集》（河北教育出版社，1999年版）。

《中古文学史论》重版题记　1984年12月10日完稿，未发表。收《中古文学史论》（北京大学出版社，1986年版），又收《王瑶全集》第1卷《中古文学史论》（河北教育出版社，1999年版）。

《中国现代文学三十年》序　1985年5月24日完稿，收《中国现代文学三十年》(钱理群、吴福辉、温儒敏、王超冰著，上海文艺出版社，1987年版)，又收《润华集》(中国社会科学出版社，1992年版)，《王瑶全集》第8卷《润华集》(河北教育出版社，1999年版)，均改题为《真实写出历史全貌——钱理群、吴福辉、温儒敏、王超冰著〈中国现代文学三十年〉序》。

关于开展话剧文学的研究工作——在中国话剧文学学术讨论会上的发言　1985年10月7日完稿，载1986年6月《中国现代文学研究丛刊》第2期，署名王瑶。收《话剧文学研究》第1集(中国戏剧出版社，1987年9月出版)，又收《王瑶全集》第5卷《中国现代文学史论集》(河北教育出版社，1999年版)，均改题为《谈关于话剧作品的研究工作——在中国话剧文学学术讨论会上的发言》。

在现代文学研究创新座谈会上的讲话　载1985年10月《中国现代文学研究丛刊》第4期，署名王瑶。收《润华集》(中国社会科学出版社，1992年版)，又收《王瑶全集》第8卷《润华集》(河北教育出版社，1999年版)，均改题为《中国现代文学研究的现状和前景——在"现代文学研究创新座谈会"上的讲话》。

《比较文学与中国现代文学》序　1986年2月20日完稿，载1987年6月《青岛师专学报》，署名王瑶。收《比较文学与中国现代文学》(乐黛云著，北京大学出版社，1987年版)，又收《润华集》(中国社会科学出版社，1992年版)，《王瑶全集》第8卷《润华集》(河北教育出版社，1999年版），均改题为《选择学术方向应顾及自己的个性——乐黛云著〈比较文学与中国现代文学〉序》。

《老舍选集》序言　1986年2月22日完稿，载香港1986年《读者良友》4月号，署名王瑶。又载1987年《社会科学辑刊》第1期，改题为《老舍对现代文学的贡献——〈老舍选集〉序》，署名王瑶。收《老舍》（香港三联书店、人民文学出版社，1988年联合出版），又收《王瑶全集》第5卷《中国现代文学史论集》（河北教育出版社，1999年版）。

中国现代文学与古典文学的历史联系　载1986年4月、5月香港《新亚生活》月刊第13卷第8、9期，署名王瑶。又载1986年10月《北京大学学报》（哲学社会科学版）第5期，署名王瑶。收《中国现代文学及〈野草〉〈故事新编〉的争鸣》（上海知识出版社，1990年版），收《中国文学纵横论》（台湾长安出版社，1993年版），又收《王瑶全集》第5卷《中国现代文学史论集》（河北教育出版社，1999年版），均改题为《论现代文学与中国古典文学的历史联系》。

中国现代文学史的起讫时间问题　1986年5月18日完稿，载1986年9月《中国社会科学》第5期，署名王瑶。收《中国现代文学及〈野草〉〈故事新编〉的争鸣》（上海知识出版社，1990年版），又收《王瑶全集》第5卷《中国现代文学史论集》（河北教育出版社，1999年版），均改题为《关于现代文学史的起讫时间问题》。

用鲁迅精神研究鲁迅——吴小美《虚室集》序　1986年6月6

日完稿，载1986年10月16日《甘肃日报》，署名王瑶。收《虚室集》（吴小美著，青海人民出版社，1986年版），改题为《吴小美〈虚室集〉序》。又收《澜华集》（中国社会科学出版社，1992年版），《王瑶全集》第8卷《润华集》（河北教育出版社，1999年版）。

贯彻"双百"方针二愿　载1986年8月7日《群言》第8期，署名王瑶。收《润华集》（中国社会科学出版社，1992年版），又收《王瑶全集》第8卷《润华集》（河北教育出版社，1999年版）。

中国现代文学研究的历史和现状　载1986年《华中师范大学学报》（哲学社会科学版）第3期，署名王瑶。收《中国现代文学研究：历史和现状》（中国社会科学出版社，1989年版），收《中国现代文学及〈野草〉〈故事新编〉的争鸣》（上海知识出版社，1990年版），改题为《中国现代文学研究工作的历史和现状》。又收《王瑶全集》第5卷《中国现代文学史论集》（河北教育出版社，1999年版），改题为《关于现代文学研究工作的回顾和现状》。

中国现代文学与外国文学的关系　载1986年9月《河北师范学院学报》（哲学社会科学版）第3期，署名王瑶。收《中国现代文学及〈野草〉〈故事新编〉的争鸣》（上海知识出版社，1990年版），又收《中国文学纵横论》（台湾长安出版社，1993年版），《王瑶全集》第5卷《中国现代文学史论集》（河北教育出版社，1999年版），均改题为《现代文学所受外国文学的影响》。

说诗解颐——念闻一多先生　1986年9月26日完稿，载

1986年10月23日《新清华》、《北京大学》（校刊）"'全国第三届闻一多研究学术讨论会'专刊"，署名王瑶。又载1987年1月22日《厦门日报》，题为《念闻一多先生（上）——说诗解颐》，署名王瑶。又载1987年2月《中国现代文学研究丛刊》第1期，为《念闻一多先生》一文第4节，署名王瑶。收《中国文学纵横论》（台湾长安出版社，1993年版），又收《王瑶全集》第5卷《中国现代文学史论集》（河北教育出版社，1999年版），为《念闻一多先生》一文第4节。

治学风范 1986年9月26日完稿，载1987年1月23日《厦门日报》，题为《念闻一多先生（下）——治学风范》，署名王瑶。又载1987年2月《中国现代文学研究丛刊》第1期，为《念闻一多先生》一文第5节，署名王瑶。收《中国文学纵横论》（台湾长安出版社，1993年版），又收《王瑶全集》第5卷《中国现代文学史论集》（河北教育出版社，1999年版），为《念闻一多先生》一文第5节。

《中国现代作家作品选》序 1986年10月15日完稿，载1987年1月15日《中文自修》第1期，署名王瑶。收《中国现代作家作品选》（福建教育出版社，1987年版），又收《润华集》（中国社会科学出版社，1992年版），《王瑶全集》第8卷《润华集》（河北教育出版社，1999年版），均改题为《一本简明适用的中国现代作家作品选本——〈中国现代作家作品选〉序》。

巴金及其创作 载1986年12月《中国文学研究》第2期，署名王瑶。收《中国大百科全书·中国文学卷》（中国大百科全书出版社，1986年版），又收《王瑶全集》第5卷《中国现代文学史论集》（河北教育出版社，1999年版），均改题为《巴金的生活和创作》。

念闻一多先生 载1987年2月《中国现代文学研究丛刊》第1期，署名王瑶。本文第1节"生命的诗"系根据写于1946年与1949年的《忆闻一多师》与《念闻一多先生》二文改写而成；第4节"说诗解颐"与第5节"治学风范"已分别于1986年10月、1987年1月发表；第2节"诗歌艺术"与第3节"诗歌理论"为第一次发表。全文收《中国文学纵横论》（台湾长安出版社，1993年版），又收《王瑶全集》第5卷《中国现代文学史论集》（河北教育出版社，1999年版）。

中国现代作家笔下的东南亚 1987年3月在厦门大学主办的"华文文学研讨会"上报告，载1987年7月《厦门大学学报》（哲学社会科学版）第3期，署名王瑶。收《王瑶全集》第5卷《中国现代文学史论集》（河北教育出版社，1999年版）。

中国现代文学的历史特点 载1987年《社会科学战线》第2期，署名王瑶、钱理群。收《中国大百科全书·中国文学卷》（中国大百科全书出版社，1986年版），《中国现代文学及〈野草〉〈故事新编〉的争鸣》（上海知识出版社，1990年版）。又收《王瑶全集》第5卷《中国现代文学史论集》（河北教育出版社，1999年版），均改题为《现代文学的历史特点》。

《鲁迅与中外文化》序 1987年4月12日完稿，载1987年9月《荆州师专学报》（哲学社会科学版）总第24期，为

《有关现代文学研究著作序文四题》之三，署名王瑶。收《鲁迅与中外文化》（厦门大学出版社，1987年版），又收《润华集》（中国社会科学出版社，1992年版），《王瑶全集》第8卷《润华集》（河北教育出版社，1999年版），均改题为《鲁迅研究的一个中心问题——〈鲁迅与中外文化〉序》。

《中国少数民族现代文学》序　1987年4月12日完稿，载1987年9月《荆州师专学报》（哲学社会科学版）总第24期，为《有关现代文学研究著作序文四题》之二，署名王瑶。收《中国少数民族现代文学》（广西人民出版社，1989年版），又收《润华集》（中国社会科学出版社，1992年版），《王瑶全集》第8卷《润华集》（河北教育出版社，1999年版），均改题为《勾画出了中国少数民族对现代文学的建树——〈中国少数民族现代文学〉序》。

自我介绍　1987年5月完稿，载1988年4月《清华十级（1931—1938—1988）纪念刊》，署名王瑶。收《王瑶纪念文集》（天津人民出版社，1990年版），又收《王瑶全集》第8卷《润华集》（河北教育出版社，1999年版）。

《中外文学系年要览》序言　1987年6月3日完稿，收《中外文学系年要览》（辽宁人民出版社，1988年版），又收《润华集》（中国社会科学出版社，1992年版），《王瑶全集》第8卷《润华集》（河北教育出版社，1999年版），均改题为《用世界的眼光看待文学成就——〈中外文学系年要览〉序》。

蒙树宏著《鲁迅年谱稿》序　1987年7月1日完稿，载1987年9月《荆州师专学报》（哲学社会科学版）总第24期，为《有关现代文学研究著作序文四题》之四，署名王瑶。收《鲁迅年谱稿》（蒙树宏著，广西师大出版社，1988年版），又收《润华集》（中国社会科学出版社，1992年版），《王瑶全集》第8卷《润华集》（河北教育出版社，1999年版），均改题为《鲁迅生平史实研究的新收获——蒙树宏著〈鲁迅年谱稿〉序》。

谈重读　载1987年8月18日《新民晚报》，署名王瑶。收《润华集》（中国社会科学出版社，1992年版），又收《王瑶全集》第8卷《润华集》（河北教育出版社，1999年版）。

相浦杲著《日本人心目中的中国文学》序　载1987年9月《荆州师专学报》（哲学社会科学版）总第24期，为《有关现代文学研究著作序文四题》之一，署名王瑶。收《润华集》（中国社会科学出版社，1992年版），又收《王瑶全集》第8卷《润华集》（河北教育出版社，1999年版），均改题为《日本学者研究中国文学的成果——相浦杲著〈日本人心目中的中国文学〉序》。

还是谨严一些好——读文随感　载1987年10月16日《红旗》第20期，署名王瑶。收《润华集》（中国社会科学出版社，1992年版），又收《王瑶全集》第8卷《润华集》（河北教育出版社，1999年版）。

笔谈《大百科全书·中国文学卷》——由衷的喜悦　载1987年10月20日《光明日报》，署名王瑶。收《润华集》（中国社会科学出版社，1992年版），又收《王瑶全集》

第8卷《润华集》（河北教育出版社，1999年版），均改题为《由衷的喜悦——贺〈中国大百科全书·中国文学卷〉出版》。

希望看到这样一本书　1988年1月5日完稿，载1988年4月20日《北京大学校刊》，署名王瑶。收《北大校长与中国文化》（三联书店，1988年版），题为《序一：希望看到这样一本书》，又收《精神的魅力》（北京大学出版社，1988年版），收《润华集》（中国社会科学出版社，1992年版），《王瑶全集》第8卷《润华集》（河北教育出版社，1999年版），均改题为《希望看到这样一本书——为北京大学九十周年校庆作》。

吴福辉作《戴上枷锁的笑》序　1988年2月11日完稿，载1990年12月15日《文艺报》，署名王瑶。收《戴上枷锁的笑》（吴福辉著，浙江文艺出版社，1991年版），又收《润华集》（中国社会科学出版社，1992年版），《王瑶全集》第8卷《润华集》（河北教育出版社，1999年版），均改题为《讽刺艺术的历史考察——吴福辉著〈戴上枷锁的笑〉序》。

对《鲁迅同斯诺谈话整理稿》的几点看法——1988年3月10日在法国巴黎第三大学东方语言文化学院的讲演　载1988年《烟台大学学报》（哲学社会科学版）第3期，署名王瑶。收《王瑶全集》第5卷《中国现代文学史论集》（河北教育出版社，1999年版）。

《中国的文人》日文版序　1988年5月12日完稿，署名王瑶。收日本大修馆书店1991年11月1日翻译出版的《中国的文人》一书，译者为石川忠久、松冈荣志。内收《中古文学史论》中《政治社会情况与文士地位》《文人与药》《文人与酒》《论希企隐逸之风》四篇文章。又收《王瑶全集》第 1 卷《中古文学史论》(河北教育出版社，1999 年版)。

回顾和瞻望——王瑶先生在"鲁迅研究教学研讨会"上的发言　载 1988 年 8 月 20 日《鲁迅研究动态》第 8 期，署名王瑶。收《润华集》(中国社会科学出版社，1992 年版)，又收《王瑶全集》第 8 卷《润华集》(河北教育出版社，1999 年版)，均改题为《"鲁迅研究"教学的回顾和瞻望——在"鲁迅研究教学研讨会"上的发言》。

念朱自清先生　收《最完整的人格》(北京出版社，1988 年 8 月出版)，署名王瑶。本文在收入《中国文学论丛》中的《念朱自清先生》一文基础上作了补充：除增入《中国新文学史纲要》(原题《先驱者的足迹——读朱自清先生遗稿〈中国新文学研究纲要〉》)作为第 7 节外，原第 2 节《诗与散文》扩写成"新诗创作"与"散文艺术"二节，第 3 节"新诗理论"系第一次发表。《新诗理论》收入《中国文学纵横论》(台湾长安出版社，1993 年版)，为《念朱自清先生》第 2 节。全文收《王瑶全集》第 5 卷《中国现代文学史论集》(河北教育出版社，1999 年版)。

我的欣慰和期待　载 1988 年 11 月 21 日《新清华》第 988 期，署名王瑶。又载 1988 年 12 月 10 日《文艺报》第 49 期，署名王瑶。收《润华集》(中国社会科学出版社，1992 年版)，又收《王瑶全集》第 8 卷《润华集》(河北教育出版社，1999 年版)，均改题为《我的欣慰和期待——

在清华大学纪念朱自清先生逝世四十周年、诞生九十周年座谈会上的发言》。

《在东西古今的碰撞中》序 1988年11月21日完稿,载1989年5月《社会科学辑刊》第2、3期合刊,署名王瑶。收《在东西古今的碰撞中》(中国城市经济社会出版社,1989年版),又收《润华集》(中国社会科学出版社,1992年版),《王瑶全集》第8卷《润华集》(河北教育出版社,1999年版),均改题为《对"五四"新文学的文化反思——〈在东西古今的碰撞中〉序》。

《周作人早年书简辑存笺注》序 1988年11月25日完稿。收《王瑶全集》第5卷《中国现代文学史论集》(河北教育出版社,1999年版)。

《润华集》后记 1988年12月22日作。收《润华集》(中国社会科学出版社,1992年版),又收《王瑶全集》第8卷《润华集》(河北教育出版社,1999年版)。

坚韧执着的人格力量——严昭《严慰冰传》序 载1989年1月7日《群言》第1期,署名王瑶。收《润华集》(中国社会科学出版社,1992年版),又收《王瑶全集》第8卷《润华集》(河北教育出版社,1999年版)。

文学史著作应该后来居上 载1989年1月20日《上海文论》第1期,署名王瑶。收《润华集》(中国社会科学出版社,1992年版),又收《王瑶全集》第8卷《润华集》(河北教育出版社,1999年版),均改题为《文学史著作应该后来居上——在〈上海文论〉主持的"重写文学史"座谈会上的发言》。

《现代闽籍作家散论》序 1989年2月23日完稿,载1990年

1月11日《厦门日报》，署名王瑶。收《现代闽籍作家散论》（任伟光著，厦门大学出版社，1989年版），又收《王瑶全集》第8卷《润华集》（河北教育出版社，1999年版），均改题为《地域文化张力的探索——任伟光著〈现代闽籍作家散论〉序》。

"五四"与青年　载1989年4月15日《北京大学校刊〈学术理论副刊〉》，署名王瑶。后改题为《"五四"理应是青年节》作为《"五四"精神漫笔》第1节，收《润华集》（中国社会科学出版社，1992年版），又收《王瑶全集》第8卷《润华集》（河北教育出版社，1999年版）。

要发扬"五四"文学的现实主义精神——王瑶、吴组缃谈"五四"运动　载1989年5月6日《文艺报》，未收集。

"五四"精神漫笔　载1989年5月7日《群言》第5期，署名王瑶。收《润华集》（中国社会科学出版社，1992年版），又收《王瑶全集》第8卷《润华集》（河北教育出版社，1999年版）。

"五四"时期对中国传统文学的价值重估　载1989年5月《中国社会科学》第3期，署名王瑶。又载1990年6月《中国社会科学》（英文版）第2期，署名王瑶。收《中国文学纵横论》（台湾长安出版社，1993年版），又收《王瑶全集》第5卷《中国现代文学史论集》（河北教育出版社，1999年版）。

蹒跚十年　载1989年《中国现代文学研究丛刊》第3期，署名王瑶。收《王瑶全集》第8卷《润华集》（河北教育出版社，1999年版）。

《中国现代文学史论集》后记　1989年8月8日完稿，载

1990年1月《鲁迅研究月刊》第1期,署名王瑶。收《王瑶全集》第5卷《中国现代文学史论集》(河北教育出版社,1999年版)。

新文学第三个十年提出的理论课题——《中国新文学大系(1937—1949)·文学理论集·序》 载1990年《小说界》第4期,署名王瑶。收《中国新文学大系(1937—1949)·文学理论卷一》(上海文艺出版社,1990年版),改题为《序》。又收《王瑶全集》第5卷《中国现代文学史论集》(河北教育出版社,1999年版),改题为《抗日战争时期及解放战争时期的文艺理论批评概况——〈中国新文学大系(1937—1949)文艺理论卷〉序》。

王瑶著作目录

王瑶著作目录

中古文学史论

1951年8月，由棠棣出版社出版，署名王瑶。列为"中国古典文学研究丛刊"之一种，分三册出版，计：《中古文学思想》（中古文学史论之一），内收《自序》（1948年6月7日作）与论文5篇：《政治社会情况与文士地位》《玄学与清谈》《文论的发展》《文体辨析与总集的成立》《小说与方术》。《中古文人生活》（中古文学史论之二），内收《自序》与论文4篇：《文人与药》《文人与酒》《论希企隐逸之风》《拟古与作伪》。《中古文学风貌》（中古文学史论之三），内收《自序》、《后记》（1948年8月20日作）及论文4篇：《曹氏父子与建安七子》《潘陆与西晋文士》《玄言·山水·田园——论东晋诗》《隶事·声律·宫体——论齐梁诗》《徐庾与骈体》。

1956年9月，由上海古典文学出版社出版删改本《中古文学史论集》，署名王瑶。内收《自序》（1956年4月7日作）与论文10篇，除原版本中选录《文人与药》《文人与酒》《论希企隐逸之风》《拟古与作伪》《小说与方术》《玄言·山水·田园——论东晋诗》《隶事·声律·宫体——论齐梁诗》《徐庾与骈体》等8篇外,又增加《关于曹植》《关于陶渊明》等2篇。

1973年,香港中流出版社根据棠棣出版社本,重印《中古文学思想》《中古文人生活》《中古文学风貌》三书。

1982年10月,上海古籍出版社据1956年上海古典文学出版社本重印《中古文学史论集》,新增《读书笔记十则》(一晋宋习语,二文心注,三皇览,四诗文八体,五五官将文学,六校事,七张衡论贡举疏,八登楼赋,九兰亭集序,十陶渊明命子诗)与《重版后记》(1981年1月18日作)两篇。

1986年1月,北京大学出版社将棠棣版三册合为一书,重新详加核校,重版《中古文学史论》,另加《重版题记》(1984年12月10日作)一篇。

1986年,台湾长安出版社将棠棣版三册合为《中古文学史论》一书出版。

中国新文学史稿

1951年9月,由开明书店出版《中国新文学史稿》上册,署名王瑶。除《自序》(1951年1月1日作)外,包括《绪论》、《第一编伟大的开始及发展》(1919—1927)、《第二编左联十年》(1928—1937)三部分,共十章。

1953年7月由新文艺出版社修订重印《中国新文学史稿》上册,另增《修订小记》(1952年12月1日作)。

1953年8月,新文艺出版社出版《中国新文学史稿》下册，共分《第三编在民族解放的旗帜下》（1937—1942）、《第四编文艺的工农兵方向》（1942—1949）两部分，共十章，另附录《新中国成立以来的文艺运动》（1949年10月—1952年5月）一文。

1955年10月至1956年4月，日本河出书店分册出版《中国新文学史稿》中译本，改题为《现代中国文学讲义》，译者实藤惠秀、千田九一、中岛晋、佐野龙马，署名王瑶著。《从文学革命到革命文学》（《现代中国文学讲义》第一分册）于1955年10月15日出版，内收《日本版序言》（1954年6月15日作）、《附记》（1955年6月30日作）及原书中《绪论》与《第一编伟大的开始及发展》两部分，并附《第一分册改订部分的说明》《著者略历》与《译者的分工》《译者略历》。《左翼作家联盟的十年》（《现代中国文学讲义》第二分册）于1955年11月15日出版，内收原著《第二编左联十年》部分，并附《第二分册改订部分说明》《著者略历》《译者的分工》与《译者略历》。《在民族解放的旗帜下》（《现代中国文学讲义》第三分册）于1955年12月25日出版，内收原著《第三编在民族解放的旗帜下》部分，并附《第三分册改订部分的说明》《著者略历》《译者的分工》与《译者略历》。《人民大众的文学》（《现代中国文学讲义》第四分册）于1956年2月15日出版，内收原著《第四编文艺的工农兵方向》部分，并附《第四分册改订部分的说明》《著者略历》《译者的分工》与《译者略历》。《新中国的文艺运动》（《现代中国文学讲义》第五分册）于1956年4月30日出版。

内收原著中的附录《新中国成立以来的文艺运动》部分，另附《解说》《近代中国文学年表》《作者略历》《译者的分工》《译者略历》及《索引（人名、作品、事件）》。

1972年6月，香港波文书局据1953年新文艺出版社修订本出版《中国新文学史稿》（上、下册）增订本，附录《批判王瑶及〈中国新文学史〉专辑》（内收北大中文系二年级鲁迅文学社、北大中文系一年级一班三班同学集体或个人所写《批判王瑶先生的反马克思主义文艺思想》等批判文章12篇及王瑶《〈中国新文学史稿〉的自我批判》）。

1982年11月，上海文艺出版社修订重版《中国新文学史稿》（上、下册），增入《"五四"新文学前进的道路》一文，作为"重版代序"，并有《重版后记》（1980年10月1日作），又删去了初版下册附录的《新中国成立以来的文艺运动》（1949年10月—1952年5月）部分。

鲁迅与中国文学

1952年3月，由平明出版社出版，为"新时代文丛"第2辑，署名王瑶。除《后记》（1951年11月1日作）外，共收论文5篇，计：《鲁迅对于中国文学遗产的态度和他所受中国文学的影响》《鲁迅与中国新文学的成长》《鲁迅和北京》《鲁迅的国际主义精神》《关于鲁迅笔名与"阿Q"人名问题》。

1982年5月，陕西人民出版社重版，列为"鲁迅研究丛书"之一种,除《重版后记》(1981年3月20日作)外,又增入写于1936年鲁迅逝世后的《盖棺论定》与《悼鲁迅先生》二文。

中国文学论丛

1953年2月,由平明出版社出版,为"新时代文丛"第三辑,署名王瑶。除《后记》(1952年2月10日作)外,共收论文11篇,计:《中国文学批评与总集》、《什么是中国诗的传统》、《反美运动在中国近代文学上的反映》、《论考据学》、《真实的镜子——从几篇新文学作品看中朝人民的友谊》、《读史记司马相如传》、《陶渊明》、《晚清诗人黄遵宪》(附录:《关于黄遵宪的补充说明》)、《念朱自清先生》、《评冯友兰作〈新理学的自我检讨〉》、《读书笔记十则》(一晋宋习语,二文心注,三皇览,四诗文八体,五五官将文学,六校事,七张衡论贡举疏,八登楼赋,九兰亭集序,十陶渊明命子诗)。

李白

1954年9月,由上海人民出版社出版,署名王瑶。除《后记》(1954年3月27日作)外,正文分9个标题,计:《人民热爱的诗人》《蜀中生活》《仗剑远游》《长安三年》《李杜交谊》《十载漫游》《从璘与释归》《凄凉的暮年》《诗歌的艺术成就》。

1957年8月30日,日本三一书店出版《李白》日译本,译者吉田惠,署王瑶著。译本将原著"人民热爱的诗人"列为"绪论","诗歌的艺术成就"列为"结束语",其余部分分为七章,并附有注释与"译者的话"。

1979年4月,经略加校改,由上海人民出版社再版。

关于中国古典文学问题

1956年9月,由上海古典文学出版社出版,署王瑶著。除《后记》(1956年4月8日作)外,收论文10篇,计:《鲁迅对于中国文学遗产的态度和他所受中国古典文学的影响》《什么是中国诗的传统——〈祖国十二诗人〉代序》《中国文学批评与总集》《从俞平伯先生对〈红楼梦〉的研究谈到考据》《谈古典文学研究工作的现状》《辟胡适的所谓"历史进化的文学观念"》《批判胡适的反动文学思想——形式主义与自然主义》《论考据在古典文学研究工作中的地位与作用》《反美运动在中国近代文学上的反映》《晚清诗人黄遵宪》。

中国诗歌发展讲话

1956年5月,由中国青年出版社出版,署名王瑶。除《前记》(1955年5月7日作)外,正文分12个标题,计:《诗经》《楚辞》《乐府诗》《魏晋五言诗》《唐诗(上)》《唐诗(下)》《词》《宋诗》《散曲》《晚清新派诗》《新诗(上)》《新诗(下)》。

1972年1月,香港富埙书房根据1957年中国青年出版社新版重印。

1982年6月,经修改补充,中国青年出版社重版

《中国诗歌发展讲话》，并加《前记》（1981年11月29日作）。

陶渊明集

1956年8月，由作家出版社出版，署王瑶编注。收《前言》（1955年10月作）、《陶渊明传（萧统）》及陶渊明全部诗、文（按时代次序系年并作注释）。

1983年9月，略加修订，由人民文学出版社重印。

鲁迅作品论集

1984年8月，由人民文学出版社出版，署名王瑶。除《后记》（1983年11月22日作）外，共收论文21篇，计：《论鲁迅作品与中国古典文学的历史联系》《论鲁迅作品与外国文学的关系》《论〈呐喊〉与〈彷徨〉》《论〈野草〉》《论〈朝花夕拾〉》《〈故事新编〉散论》《爱的大纛和憎的丰碑——英译本〈鲁迅诗选〉前言》《〈怀旧〉略说》《〈狂人日记〉略说》《〈过客〉略说》《鲁迅研究的指导性文献——学习毛泽东同志关于鲁迅的论述》《鲁迅思想的一个重要特点——清醒的现实主义》《谈鲁迅的改造国民性思想——在一次学术讨论会上的发言》《鲁迅和书》《鲁迅与中国古典文学》《从鲁迅所开的一张书单说起》《鲁迅关于考据的意见》《鲁迅古典文学研究一例——学习鲁迅论〈水浒〉》《鲁迅永远是革命青年的良师益友》《鲁迅与山西漫笔》《鲁迅与北大漫谈》。

中国现代文学及《野草》《故事新编》的争鸣

1990年6月，由知识出版社出版，为"多学科学术讲座丛书"第三辑总第27种。本书为王瑶、李何林合著；其中"中国现代文学"部分为王瑶所著，内分5个讲题：一、中国现代文学的历史特点；二、中国现代文学史的起讫时间问题；三、中国现代文学与古典文学的历史联系；四、中国现代文学与外国文学的关系；五、中国现代文学研究工作的历史和现状。

润华集

1992年9月，由中国社会科学出版社出版，署名王瑶。除《后记》（1988年12月22日作）外，全书共分三编，一、二编收短文21篇，序18篇，计：《中国现代文学研究的现状和前景——在"现代文学研究创新座谈会"上的讲话》《还是谨严一些好——读文随感》《文学史著作应该后来居上——在〈上海文论〉主持的"重写文学史"座谈会上的发言》《研究问题要有历史感——在〈文艺报〉座谈会上的发言》《"鲁迅研究"教学的回顾和瞻望——在"鲁迅研究教学研讨会"上的发言》《关于中国文学史的名称问题》《"本事"和"索隐"》《"五四"揭开了中国文学史的新页》《"五四"精神漫笔》《希望看到这样一本书——为北京大学九十周年校庆作》《贯彻"双百"方针二愿》《谈重读》《由衷的喜悦——贺〈中国大百科全书·中国文学卷〉出版》《蹒跚十年》《像鲁迅那样对待文艺工作》《在日本仙台日本东北大学学术座谈会上的发言》《关于朱自清先生》《我的欣慰和期待——在清华大学纪念朱自清先生逝世四十周年、诞生九十周年座谈会上的发言》《三晋河山的颂歌——〈现代咏晋诗词选〉序》《坚韧执著的人格力量——严昭〈严慰冰传〉序》《国庆抒情》《真实写出历史全貌——钱理群、吴福辉、温儒敏、王超冰著〈中国现代文学三十年〉序》《对"五四"新文学的文化反思——〈在东西古今的碰撞中〉序》《用世界的眼光看待文学成就——〈中外文学系年要览〉序》《一本简明适用的中国现代作家作品选本——〈中国现代作家作品选〉序》《日本学者研究中国文学的成果——相浦杲著〈日本人心目中的中国文学〉序》《勾画出了中国少数民族对现代文学的建树——〈中国少数民族现代文学〉序》《选择学术方向应顾及自己的个性——乐黛云著〈比较文学与中国现代文学〉序》《中国现代女作家的文学道路——阎纯德、白淑荣等编著〈中国现代女作家〉序》《新诗流派溯源的研究——孙玉石著〈中国初期象征派诗歌研究〉序》《讽刺艺术的历史考察——吴福辉作〈戴上枷锁的笑〉序》《地域文化张力的线索——任伟光著〈现代闽籍作家散论〉序》《鲁迅研究的一个中心问题——〈鲁迅与中外文化〉序》《鲁迅生平史实研究的新收获——蒙树宏著〈鲁迅年谱稿〉序》《用鲁迅精神研究鲁迅——吴小美〈虚室集〉序》《郭沫若文学道路的深入考察——黄侯兴著〈郭沫若的文学道路〉序》《郁达夫生平的发展线索——温儒敏著〈郁达夫年谱〉序》《沙汀艺术成就的新探索——黄曼君〈论沙汀的现实主义创作〉序》《日译本〈现代中国文学讲义〉序》。本书第三编收《中国新文学史稿》（下册）初版本所附录的《建国初期的文艺运动（1949年10月—1952年5月）》。

中国文学纵横论

1993年7月，由台湾长安出版社出版，署名王瑶。除杨勇《序》外，共收论文12篇，计：《中国文学批评与总集》、《谈古文辞的研读》、《谈传统批评习语的含义辨析》、《文学的新和变》、《评林庚著〈中国文学史〉》、《"五四"时期关于中国传统文学的价值重估》、《论中国现代文学与中国古典文学的历史联系》、《中国现代文学的民族风格问题》、《中国现代文学所受外国文学的影响》、《鲁迅〈故事新编〉散论》、《念朱自清先生》（选录）、《念闻一多先生》。

王瑶全集

1999年，由河北教育出版社出版，署名王瑶。全集共分8卷，每卷均有《编辑说明》，说明编辑情况，并介绍各书的版本。

第1卷，收《中古文学史论》与《陶渊明集》。《中古文学史论》系据北京大学出版社1986年版排印，另增上海古典文学出版社1956年版《自序》与上海古籍出版社1982年版《重版后记》。《陶渊明集》据人民文学出版社1983年重印版发排。

第2卷，收《李白》《中国诗歌发展讲话》与《中国文学论丛》。《李白》据1979年上海人民出版社校改本发排。《中国诗歌发展讲话》据中国青年出版社1982年修订本发排。《中国文学论丛》系由《王瑶全集》编辑小组，在《中国文学论丛》（平明出版社，1953年版）与《关于中国古典文学问题》（上海古典文学出版社1956年版）二书的基础上，增补了未收入集的部分有关古典文学的论文，重新编辑而成，共收入论文26篇，计：《中国文学批评与总集》《谈传统批评习语的含义辨析》《文学的新和变》《说喻》《什么是中国诗的传统——〈祖国十二诗人〉代序》《汉魏六朝文学概述》《读史记司马相如传》《颜谢诗之比较》《陶渊明》《读书笔记十七则》《读陶随录》《反美运动在中国近代文学上的反映》《晚清诗人黄遵宪》《关于黄遵宪的补充说明》《论考据学》《从俞平伯先生对〈红楼梦〉的研究谈到考据》《论考据在古典文学研究工作中的地位与作用》《新中国对古典文学的整理和研究工作》《从学习古典文学遗产说起》《谈古典文学研究工作的现状》《谈古文辞的研读》《关于"李白研究"书目答问》《评林庚著〈中国文学史〉》《评冯友兰作〈新理学的自我检讨〉》《〈中国文学论丛〉后记》《〈关于中国古典文学问题〉后记》。

第3卷，收《中国新文学史稿》（上册），据上海文艺出版社1982年修订本发排，增入《中国新文学史稿》日译本序言。

第4卷，收《中国新文学史稿》（下册），据上海文艺出版社1982年修订本发排。

第5卷，收《中国现代文学史论集》，系第一次出版。全书除《后记》(1989年8月8日作)外，共收论文33篇，编为6辑，计：《关于现代文学研究工作的随想》《现代文学的历史特点》《关于现代文学史的起讫时间问题》《论现代文学与中国古典文学的历史联系》《现代文学的民族风格问题》《现代文学所受外国文学的影响》《关于现代文学研究工作的回顾与现状》(以上为第一辑)；《"五四"文学革命的启示》《"五四"时期对中国传统文学的价值重估》《关于三十年代文艺论争问题》《关于文艺大众化》《抗日战争时期及解放战争时期的文艺理论批评概况——〈中国新文学大系(1937—1949)文艺理论卷〉序》《〈在延安文艺座谈会上的讲话〉在现代文学史上的历史意义》(以上为第二辑)；《"五四"时期散文的发展及其特点》《谈关于话剧作品的研究工作——在中国话剧文学学术讨论会上的发言》《中国现代作家笔下的东南亚》《关于"历史进化的文学观念"的理解》(以上为第三辑)；《对〈鲁迅同斯诺谈话整理稿〉的几点看法——1988年3月10日在法国巴黎第三大学东方语言文化学院的讲演》《郭沫若的历史剧创作理论》《茅盾对中国现代文学的历史贡献》《论巴金的小说》《巴金的生活和创作》《〈老舍选集〉序言》《老舍〈骆驼祥子〉略说》《曹禺的话剧创作》《读〈夏衍剧作选〉》《赵树理在现代文学史上的历史地位》(以上为第四辑)；《周作人早年书简辑存笺注〉序》《〈徐玉诺诗选〉序》《刘思慕(小默)〈野菊集〉序》《〈川岛文选集〉序》(以上为第五辑)；《念朱自清先生》《念闻一多先生》(以上为第六辑)。

第6卷，收《鲁迅与中国文学》《鲁迅作品论集》。《鲁迅与中国文学》据陕西人民出版社1982年重版本发排。《鲁迅作品论集》据人民文学出版社1984年初版本发排。

第7卷，收《竟日居文存》。

《竟日居文存》由《王瑶全集》编辑小组编选，系首次出版。共收集外文62篇，编为4辑，计：《"非常时期与国防文学"座谈会发言》《论文艺界的联合》《论集体创作》《当前的文艺论争》《报告文学的成长》《表现在作品中的时代和艺术——评炯之的〈作家间需要一种新运动〉》《一二·九与中国文化》《论作品中的真实》《〈多角关系〉（书评）》《〈伯林斯基文学批评集〉（书评）》《二十五周年纪念感言》《我的故乡》《慰劳大会》《航空奖券》《从特赦施剑翘说起》《登龙青年》《这一天》《五色国旗》《冷静》《关于日记》《丑角》《所谓亚洲国联》《沧石铁路的建筑问题》《奥内阁改组》《中央和西南》《华北的汉奸舆论》《关于二中全会》《西南事件座谈》《世界运动会开幕》《伪军进攻绥东》《华北经济提携》《北平学生慰劳灾民》《绥远局势严重》《二十九军演习》《绥远抗战前途》《一二·九一周年》《西安事变》《北平学生示威》《陕变仍未解决》《陕变和平解决》《迎一九三七年》《陕甘善后办法决定》《陕甘局势与三中全会》《山西当局训练民众》《暑期中的课外团体》《从一个角落来看中国文学系》《清华的出版事业》《关于第四十五卷周刊》《为清华周刊的光荣历史敬告师长同学》（以上为第1辑）；《坷坎略记》《守制杂记》《治学经验谈》(以上为第 2 辑);《真实的镜子——从几篇新文学作品看中朝人民的友谊》《〈新中国短篇小说选〉第二集(阿拉伯文译本)序言》《"五四"新文学所受外国文学的影响》(以上为第 3 辑);《〈中国新文学史〉教学大纲(初稿)》《在思想改造运动中的自我检讨》《读〈中国新文学史稿〉(上册)座谈会记录》《从错误中吸取教训》《关于现代文学上几个重要问题的理解——评雪峰〈论民主革命的文艺运动〉及其它》《〈中国新文学史稿〉的自我批判》《根深叶茂——学习毛主席〈在延安文艺座谈会上的讲话〉笔记》《在"文化大革命"中的检查》(以上为第 4 辑)。

第 8 卷,收《润华集》《王瑶书信选》《王瑶年谱》《王瑶著译年表》《王瑶著作目录》。

《润华集》在中国社会科学出版社 1992 年版基础上有所增删;删去《日译本〈现代中国文学讲义〉序》一篇,增入《自我介绍》一篇。

《王瑶书信选》,由《王瑶全集》编辑小组征集、编选,共收致 37 人 95 封书信,系首次出版。

《王瑶年谱》《王瑶著译年表》《王瑶著作目录》,由《王瑶全集》编辑小组在杜琇编《王瑶年谱》、王超冰编《王瑶著译目录》(均载 1990 年《新文学史料》3 期,并收天津人民出版社 1990 年版《王瑶先生纪念集》)基础上,详加审订,补充而成。

再 版 说 明

《王瑶全集》于1999年由河北教育出版社出版，至今已过去二十多年。《全集》收入了王瑶先生全部学术著作，包括文学史专著、论文、札记、评论、编注等，并收入了作者部分书信、年谱、著译年表和著作目录，一共八卷。《全集》所收入之文，时间跨度较大，呈现了丰富的学术成果和鲜明的时代特色，为广大读者展现了王瑶先生作为一个学者的真实足迹，也为学术界增添了一份文学研究的珍贵资料。

王瑶先生学贯古今，是中国现代文学学科的重要奠基人，奠定了中国现代文学研究的学科基础，向同辈及后辈学人展现了其独特的学术视野和研究方法。先生的《中古文学史论》是中古文学研究中的经典著作，在学术思想与研究方法上至今依然堪称典范。先生的《中国新文学史稿》是中国现代文学史学科的奠基之作，从20世纪50年代开始，一直作为大学中文系本科生、研究生必读教材，并曾译为日文，享有很高的国际声誉。先生的《鲁迅作品论集》被学术界公认为鲁迅研究的权威性著作，彰显了时代学术水平。王瑶先生的文学史理论与方法因此影响了几代学人。

2024年是王瑶先生诞辰110周年，在此有着重大纪念意义的时间节点，应北京大学现代中国人文研究所约请，河北教育出版社决定再版《王瑶全集》。经与王瑶先生的家人取得联系，获得了再版授权，以1999年版的《王瑶全集》为底本，在尊重原作风貌的基础上进行了编辑整理和全新的装帧设计，以此纪念王瑶先生，表达我们深切的敬意和怀念。